U0899148

武汉 我们来了

中国卫生健康思想政治工作促进会 编

图书在版编目（CIP）数据

武汉，我们来了！/ 中国卫生健康思想政治工作促进会编. -- 北京：中国人口出版社，2020.4

ISBN 978-7-5101-5169-9

Ⅰ.①武… Ⅱ.①中… Ⅲ.①故事-作品集-中国-当代 Ⅳ.①I247.81

中国版本图书馆 CIP 数据核字（2020）第 047451 号

武汉，我们来了！

WUHAN, WOMEN LAILE!

中国卫生健康思想政治工作促进会 编

责任编辑 姚宗桥 刘继娟
装帧设计 夏晓辉
责任印制 林 鑫 单爱军
出版发行 中国人口出版社
印 刷 小森印刷（北京）有限公司
开 本 787 毫米×1092 毫米 1/16
印 张 27.5
字 数 330 千字
版 次 2020 年 4 月第 1 版
印 次 2020 年 7 月第 2 次印刷
书 号 ISBN 978-7-5101-5169-9
定 价 79.00 元

网 址 www.rkcbs.com.cn
电子信箱 rkcbs@126.com
总编室电话 （010）83519392
发行部电话 （010）83510481
传 真 （010）83538190
地 址 北京市西城区广安门南街 80 号中加大厦
邮政编码 100054

版权所有 侵权必究 质量问题 随时退换

— 编委会成员 —

张　建：中国卫生健康思想政治工作促进会副会长兼秘书长

郭震威：中国人口出版社党委书记、社长

郭燕红：国家卫生健康委员会医政医管局监察专员

中国卫生健康思想政治工作促进会副秘书长

王华宁：中国卫生健康思想政治工作促进会副会长兼副秘书长

施春景：原国家卫生计生委家庭司巡视员、本书编审

王　山：中国卫生健康思想政治工作促进会办公室主任

— 序 —

2020 年 1 月 23 日，农历腊月二十九，阳光明媚。

上午 9:00，王华宁同志在“共享 e 站”微信平台发布了第 1811 篇“共享笔记”，她颇有成就感，“共享笔记”是政促会面向卫生健康系统的党建和思想政治工作的信息交流平台，微信群 40 多个超过了 6000 人。今天应该是己亥猪年最后一次发布了，因为我们约定节假日不发信息，明天就是大年三十，春节可以歇几天了。但是这两天新型冠状病毒肺炎的疫情让人揪心，你能感觉到空气中的一丝紧张。

下午 15:29，四川省人民医院党办发来一条消息，他们医院紧急动员开展防控疫情工作，紧接着广州医科大学附属第三医院也发来消息，当天中午急诊科党员先锋队举行了宣誓活动。华宁同志转发给我，我意识到一场战役打响了！“发！立刻改编发。”随即，两篇稿子转给了施春景同志，她是“共享笔记”的编审，稿子一经她手就能上一个档次。17:12，两篇“来自防控一线的故事”就发到 41 个群里去了。

之后，50 天时间收到来稿 1300 篇，平均每天 25 篇以上，我们以每天 5 篇故事的速度连续发布，忙得华宁和春景两人每天从早到晚除了编发稿子，其他什么都顾不上，好在两位的老公都主动包揽了全部家务活。

中央和国家机关工委宣传部一直关注着我们的发布，他们从我们发布的 300 多篇故事里优中选优，每天选择 3 篇故事，通过人民网、新华网、党建网、共产党员网、旗帜网和“支部工作 App”广为传播，故事还在发生中，传播还在进行时……

为什么来稿如此踊跃，反响如此强烈，我想主要有以下三点：

一、聚焦平凡伟大。所有故事的主人公，没有大领导和大专家，全是平常普通的医务工作者，正是从这些平凡中，我们看见了伟大。“哪有什么白衣天使，只不过是一群普通人，学着前辈的样子跟死神抢人而已。”

二、突出党员形象。每一篇故事都配有作者的照片，当然也有故事主人公的照片，他们的形象通常是看不见的，这本书可以让你见到他们的面容，他们就是新时代最可爱的人。这个特点其他报道都没有，我们的“共享笔记”一直坚持着。

三、没有大话套话。即使是平日里 “高大上”的话语，到了我们的故事里，也没有半点矫情和虚假。通过故事，通过细节，生动彰显了“敬佑生命，救死扶伤，甘于奉献，大爱无疆”的医者精神，因为亲眼所见，因为亲身经历，所以才能真实感人。

前方激战正酣，我们政促会几位退下来的老同志，实在也做不了什么，能有机会做一点传播发布的工作，也让我们有了些许参战感。我们只想用我们的力所能及向挺进武汉抗疫一线的同仁表示崇高的敬意！

昨天，2020 年 3 月 18 日，是我国本土新增确诊病例为 0 的日子。

记住 2020 年这个春天，我们曾经一同走过。

2020 年 3 月 19 日

目　录

Contents

一、出　征

二、初　战

三、鏖　战

四、告　捷

一 出 征 Chu Zheng

目标：武汉！

孙林丽

中南大学湘雅三医院第四党总支、普外三科

武汉告急！春节将近，新冠肺炎疫情形势越来越严峻，我们每一个人的心都被揪得紧紧的。

在疫情暴发前夕，我还在思忖着，春节假期科室面临急诊班，护理人员又是前所未有的紧缺状态，如何妥善排班，才能尽量满足大家阖家欢聚的春节愿望。

刘恬告诉我："孙老师，科室过年急诊班，估计会有患者需要建立中心静脉通路置 PICC 导管，我和张洁商量好了，我们轮流休假，我从年前开始休，我休完她再休。"

随着发热患者增多，医院于 1 月 17 日全面启动了发热门诊。张洁主动表示愿意放弃春节休假。她豪迈地跟我说："孙老师，我们医院发热门诊如果需要支援，我随时可以去；武汉需要支援，我也随时可以去！”

2月7日晚，接到国务院应对新型冠状病毒感染肺炎疫情联防联控机制医疗救治组《关于组派部分委属委管医院医疗队援助湖北应对新型冠状病毒感染肺炎疫情的函》，湘雅三医院立即着手组建130人的援鄂医疗队。

张洁得知消息第一时间就主动请缨。看着她瘦小的身板，想到她还有才5岁又特别黏妈妈的崽崽，再加上张洁和她老公都是独生子女，家里的父母年岁已高，也需要人照顾。我开始既担心又不忍心。

我反复跟她确认说：“前线条件很艰苦，你的身体受得了吗？你的崽崽还那么小？你真的考虑清楚了吗？”张洁毫不犹豫地说：“我早就做好了心理准备，我要去武汉，去最前线。”

2月8日正值元宵佳节，本是个阖家欢乐的日子，科室同事刘芳、易婷婷、刘恬、王月和朱利勇一起满怀爱心地给张洁紧急准备出发行囊。在她即将上车的刹那，我实在心疼不已，转身早已泪流满面……

为应对可能的紧急驰援任务，护理部再次征集第二批援鄂备战培训队伍，我将此消息在护士群内一发出，马上就收到大量报名：有新入职的护士徐金凤和甘港，有新婚蜜月期的刘婷……

儿子不到两岁的刘恬对我说：“孙老师，我去过感染科，又在ICU待过，适合去前线，我报名。”虽然女儿不同意，但仍然坚持报名的苏志红说："我是共产党员，我报名！"报名刚结束，有着两个年幼儿子的香娥还发信息对我说："孙老师，还可以报名参加吗？我现在已经做通我家人的思想工作了，如果能再报名，我一定参加！"

同样有着两个年幼儿子的佳霖给我转账2000元，说："孙老师，我现在出不上力，就转账给援鄂的姐妹们购买物资，请您一起安排，辛苦您。"当我表示不收钱后，她进一步深情地说："因为我没有车，我只有小摩托，老公又一直在上班还没回来，不方便去采购大件的物资。孙老师，这个请您务必代收，这是给姐妹们的补给。因为没能报名，心里不是滋味。现在姐妹们上了前线，心里的牵挂又多了一份。"

正在休产假的崔庆玲表示："孙老师，现在疫情当头，同事们踊跃报名去一线，我虽不能去，但科室人员少了，孙老师随招，我随时准备上班。"出夜班轮休的刘芳也表示："孙老师，如果武汉前线还需要下一批，我报名。之前因为家里人工作没做好，所以没报名，现在家里也支持，我也可以放心去前线贡献自己的一份力量了！"

何倚也表示："我也想报名，圆我'非典'和新冠肺炎都出征的梦想，做一个经历时代、亲历历史事件的人。如果去不了，医院发热门诊还需要轮转，我也坚决报名！"

这群勇敢的、甘于奉献的、大爱无疆的白衣天使，她们中既有工作多年的主管护师，也有刚刚入职的新护士；她们也都是为人妻母，为人子女，也有温馨小家，也有亲密爱人；她们深知身临一线，也会有风险，也会担心害怕。然而，当严峻的疫情来临，她们却义无反顾，就算面临再大的困难仍毅然决然地向前冲；她们坚决响应组织的号召，在国家需要的时候，挺身而出，用医者大爱对抗疫情，关键时刻充分展现了新湘雅护士的使命与担当！

最终，医院护理部按专业资历要求，确定刘婷作为第二批援鄂备战人员，刘恬得知名单中没有她后，还失落地向我表示：“如果有需要，我还是随时准备上！”每个时代都有不同的“英雄”，在突如其来的疫情面前，要说谁是真正的英雄，当数逆行而上的白衣天使们。

面对肆虐的新冠肺炎疫情，勇士们披甲出征：“武汉，我们来了！”

到武汉去！到前线去！

罗　超

厦门大学附属第一医院

昨天，他们是厦门大学附属第一医院的医生、护士；今天，面对新冠肺炎疫情，他们穿上盔甲成为白衣战士，战斗在武汉抗疫前线。

副院长乐家振。乐家振祖籍湖北，自疫情开始便持续关注着疫情的动态。同时，作为华中科技大学同济医学院的学生，他更是在第一时间站出来，主动请战。“我在武汉读了5年大学，又在那里的协和医院工作过，理当挺身而出，回到老家跟同行一起并肩战斗，战胜这一次的疫情。”乐家振说，他将带领厦门医疗队把厦门精湛、优良的技术带到荆楚大地，不胜不归。

质量管理部副主任庄良金。1月下旬，庄良金就已经递交了请战书，2月8日晚得知厦门市即将派出一批医务人员支援武汉时，他再一次主动请缨。庄良金也是学医出身，虽然已转为医院管理岗位，但医者

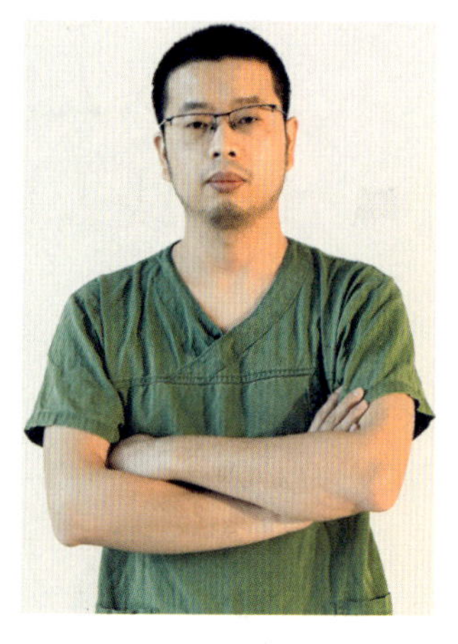

的“救死扶伤”之心依旧在他心中。“从医者，即便不在临床工作，也应当有这样的抱负。有这样的机会到最前线，就让我去吧。”

9 岁多的女儿知道爸爸要去武汉，怕爸爸有危险，号啕大哭。妻子也满是担心，一夜未眠。即便是再担心，作为同行的妻子还是选择了支持。担心母亲反对，庄良金没敢在第一时间对母亲说，直到临行前才将自己出行的消息告诉母亲。

此次，庄良金是厦门医疗队一队的联络员，担负着人员调派、防护培训、后勤保障、心理疏导、与主管部门联系等多重任务，协助领队做好管理工作。

呼吸内科副主任医师马爱平。“呼吸内科是这次防治新冠肺炎的前线，不管是支援发热门诊还是支援杏林院区，抑或是支援武汉，都应该走在最前面。”1 月 26 日中午，科室主任史永红在科室发出动员令。刚刚登记结婚的马爱平正在东北第一次见公公婆婆，看到动员令后，一直抱着赴第一线愿望的她马上热血沸腾，立即决定要报名。“我专业对口，我不去谁去。我报名参加，一定要等我回来签字！”

“她在从东北往回赶的路上就已经口头上向我报名了，她很着急，生怕在路上耽误时间，影响她报名，所以提前跟我联系，她说一定要等她回来签完字，才能把请战书交上去。”呼吸内科护士长王实透露。

“我是呼吸科的医生，我是一名白衣战士，我们科里、我的校友都在请战，我希望能进入一线战场上战斗。”毕业于北京协和医院的马爱平的话充满了医者的责任和担当。

爱人刘先生尽管担心，但还是接受了，对她说：“你专业对口，我支持你的选择，但千万要保护好自己，哪怕苦点累点也别怕麻烦，千万别大意了。”而她婆婆是当地医院手术室的护士长，也很快接受了马爱平的决定。马爱平的父母听到消息后，没出声，半晌才回答：“那就去吧！”再多的不舍，再多的担心，也抵不过马爱平请战的决心。

感染科主治医师郑彩霞。郑彩霞从发热门诊下班回家已经是晚上11点了，看到消息时是夜里12点，她当即就拿定主意要报名参加，并想方设法说服爱人。

不过，她坦言：“这趟去不知道情况咋样，除了爱人，没跟家里任何人说，怕他们担心。”“总得有人要去。既然去了，我就会尽我所能。”

郑彩霞5岁的孩子看着妈妈要走，还不知道意味着什么。郑彩霞对他说：“妈妈去杀病毒，病毒杀光了你就不用一直戴口罩了，就可以出去玩了。”

“妈妈你去吧，加油！”儿子为妈妈加油鼓劲。

“好担心单位的信息一发出去，家里就知道了，就该电话来轰炸我啦！”郑彩霞笑言。

不过，她也深知，纸是包不住火的，“我是希望有好消息的时候再汇报家里，而这个好消息就是‘疫情控制，不少一人’！”

重症医学科主治医师陈菁。陈菁早在第一批时就主动报名要到武汉第一线，这次再次请缨，得知可出征后，当天晚上他告诉了父母和妻子，他们都鼎力支持："安心去吧，后面有我们。"

陈菁说，到前线去，他有三个理由责无旁贷："第一，我是共产党员，在人民健康受威胁时，党员冲锋在前，责无旁贷；第二，作为医务人员，维系人民生命健康，责无旁贷；第三，此次新冠病毒感染导致的大量重症肺炎患者，正是ICU医务人员的业务专长，作为ICU医生，让自己的专业技能学以致用，责无旁贷。"

普外科副主任护师席雅君。"如果可以不报名，咱们不报名好不好？""你一个女孩子去那边干吗？男生去那边就好了。"面对家人的担心，席雅君说，"说不怕是假的，选择这个行业，就要有这个使命在！"

2月8日晚上11点，当席雅君对父亲说去武汉时，父亲没说话，沉默了一会儿问："你是不是已经做好准备了？"席雅君说："是的！"父亲说："那你就去吧，家里你放心，孩子就放在我们这儿，我们会照顾得好好的。"

11岁的儿子也一直帮忙整理行李，到凌晨3点才睡。儿子很坚强，没哭，他问，"妈妈，你什么时候回来？"

"等到疫情控制了，我就会回来。"

"等疫情控制了，我是不是就要开学了？"

儿子本来非常不想开学，但他说："妈妈我还是想着赶快开学吧，这样你就回来了。"

早上到了医院，看到医院为队员准备的各种物资，席雅君本来有些紧张的心也安了下来，“医院是我们的大后方，给我们准备了防护装备。”到了机场，看到几百个战友，席雅君信心燃起：“我们就做好螺丝钉，守好我们这一丬土地，照顾好我们这一区的每一个患者，我们的任务就完成了。”

“其实我们就是去上班，我们只是从在厦门上班变成了到武汉上班，没什么大不了的。”

神经内科主管护师李发银。在神经内科重症病房工作了 7 年多的李发银，也是早早就报名支援武汉，同科室的妻子了解医务人员的职责，也支持他的决定。“他想去就支持他，自己辛苦点也没关系。”

两个年幼的孩子，一个 4 岁多，一个 1 岁多，就交给父亲帮忙照顾。“岳父岳母也会过来帮忙照顾的。”李发银说。

重症医学科主管护师陈如福。“我感觉这种上前线的事就应该男人上，科里的几个女同志也都报名了，是我跟领导申请说一定要让我去的。到了那边，可能要不眠不休地战斗，我已经做好了打一场硬仗和持久战的心理准备。”

陈如福得知医院正在组建第二批支援武汉医疗队时，立即写下请战书：“作为一名拥有 10 年工作经验的 ICU 骨干，我自愿加入抗击新冠肺炎医疗队。更何况我是一名男性白衣战士，更应该出现在前线。”他的请战很快获得批准：“做好准备，随时出发！”

今年 33 岁的陈如福和妻子拥有一对可爱的女儿。孩子小，不知道病毒、疫情意味着什么。1 月 27 日，他将孩子送到父母家，跟 6 岁的大女儿说：“爸爸要去杀病毒了，杀完病毒才能回来陪你，你要乖乖的，照顾好妹妹。”

陈如福将母亲特地从老家为他求来的平安符放进行李箱后拿起手机，给依然坚守在工作岗位、同为第一医院护士的妻子林珊珊发了条微信：“我收拾好了，随时出发，你安心工作，等我平安归来。”

此时，妻子正紧张忙碌地照顾患者，半小时后才回复：“多带点厚衣服。”中午休息时，妻子又问：“你不来医院见我一面？”随即又体贴地说：“没事啦，你自己注意就好。”这对医务人员夫妻的情感，只能通过微信传递，因为他们把大爱奉献给了患者。

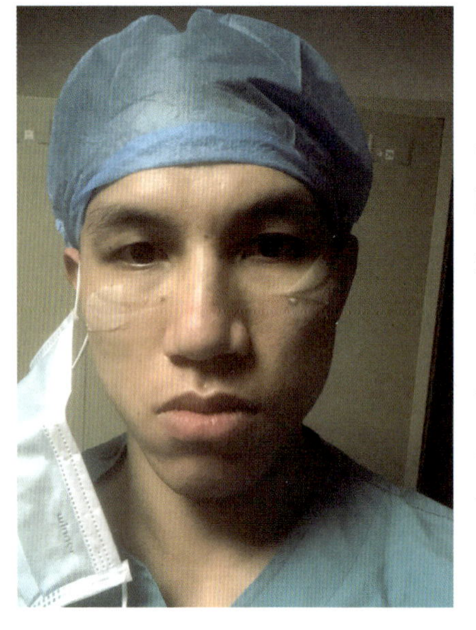

急诊重症监护室护师陈家荆。“自己还年轻，想为社会做贡献。此时应该去。”2 月初，工作 4 年的急诊重症监护室护师陈家荆就向组织申请支援武汉。

在报名前，陈家荆对父母说起此事，父母起初不赞成。陈家荆向父母表达自己的意愿，在他的积极说服下，父母终于同意，但心中仍旧充满着担心。

等待通知的这段时间，陈家荆也在积极学习新冠肺炎的相关知识，为支援疫情一线做着准备。这一天终于来到。晚上 10 点多，陈家荆接到通知。“确定名单后，我也算松了一口气。”他立刻收拾行李，第二天一大早又赶到超市购买了生活用品。随后来到医院，整装待发。

重症医学科护师魏传杰。早在 1 月底，魏传杰便向组织请缨出征湖北，无奈因名额限制，没能成为第一批支援武汉的医疗队队员。这以后，魏传杰一直在等待着，同时，他选择先去支援杏林分院。

2 月 8 日晚 10 点多，魏传杰终于接到支援武汉的通知。排班表上，魏传杰当晚是夜班，2 月 9 日凌晨 0 点开始工作，直到凌晨 4 点才回到住所休息，几个小时后便赶到医院集合。

“武汉是重灾区，身为医务人员有义务支援他们，而且我还是单身，没有什么顾虑。”家中父母虽然担心儿子，但依然支持了儿子的决定，叮嘱他照顾好自己。魏传杰同样也放心不下父母，临行前，再三跟两位老人强调不要随意出门。

向他们致敬！
祝平安归来！

饶经伦、张　静、林　雨
山东大学第二医院宣传部

大年初一本该是阖家团圆的日子，而他们却忙着收拾行装，忙着跟父母、子女道别。晚上 8 点，他们登上飞往武汉的飞机，踏上疫情防控的第一线，展开一次和新冠肺炎的博弈。

为了守护生命，他们甘愿逆向而行。1 月 20 日，山东大学第二医院接到山东省卫生健康委组建赴武汉医疗队的通知，医院党委高度重视，迅速响应，组建了由党委书记袁魁昌和院长王传新为组长的救治领导小组、治疗小组、感控小组、物资储备小组、信息小组和安全小组，并积极动员，仅一小时，医护人员报名就达到 400 多名。经过医院统筹部署，选派呼吸内科王永彬、重症医学科张鲁、感染／肝病科许丽、呼吸内科李玉珍 4 名队员作为第一批医疗队员驰援武汉。

1 月 25 日晚上 6 点半，医院党委书记袁魁昌和院长王传新等院领导代表全院职工为第一批赴武汉医疗队送行，对他们彰显出的责任担当精神表示高度赞赏和感谢。希望他们到达疫区后能够按照当地工作部署，积极开展工作，加强团结，加强组织，充分发扬山大二院尚义担当的精神和风采，充分发挥党员干部和共青团员的先锋带头作用。同时，也要劳逸结合，抢时间调整体力，加强自身保护，每天抽时间报声平安，一定安全凯旋。

在这些队员当中，王永彬是一名预备党员，在接到通知后，他主动在医院工作群中报名请缨。王永彬说："医院给大家提供了充足的物资支持，是大家的坚强后盾，大家在前方一定会科学规范地救治患者，展示'国家队'医院的水平，绝不给山大二院丢人。同时，我们会做好防护，争取早日控制疫情，早日归来。"

张鲁接到赴武汉通知后的第一反应是兴奋和忐忑，他报名后还没对家里人说。张鲁的妻子也是一名党员，她是在朋友圈里看到他要去

援助武汉的消息的，但表示支持他的决定，让他放心家里，安心去前线。张鲁对“战友们”说：“同事们加油！保护好大家，就是保护好自己；保护好自己，就是保护好大家。”

许丽说：“我们夫妻都是医务工作者，报名前也没有跟家里商量，我是一名党员，关键时刻需要首先冲上去，舍小家为大家。”作为山大二院发热门诊的一线员工，她说去武汉并不害怕，披上白衣战袍就会全身心投入工作。

李玉珍说，家里的老人十分支持她的决定，丈夫也给她支持和鼓励，让她安心作战。山大二院永远是大家的坚强后盾，相信有前线、后方的通力合作，有大家的共同努力，有党中央的正确领导，一定能够取得胜利！

新冠肺炎疫情冲淡了节日气氛。山大二院的医护人员们纷纷取消自己的春节假期。风湿免疫科郝学喜，重症医学科温坤、江裴、宋淳，胸外科陈恒、刘艳，新生儿科陈晓琳、王莉，结直肠肛门外科/甲状腺/胰腺外科病区张珂馨，产科门诊李晶、李淑，手外科/足踝外科李琳娜，消化内科吴付运，耳鼻咽喉头颈外科张皓，创伤骨科赵冬梅等400余名医护人员主动请缨作为后续队员，随时准备踏上疫情防控的第一线。

他们中，有人年近六旬，也有人家中孩子尚且年幼。但为了守护更多人的健康，毫不犹豫地选择了舍小家为大家。主动请缨的医护人员还在持续增加。感染/肝病科主任王磊家中老人去世，处理完老人的后事后，也立刻赶回医院投入工作。他说新冠肺炎肆虐，患者需要我们，我们必须全力以赴，共克时艰！

面对疫情，山大二院的白衣战士没有畏惧，没有退缩，主动放弃春节休假，主动要求到疫情防控主战场，把危险留给自己，用生命守护群众健康，义无反顾地践行医者“救死扶伤、大爱无疆”的初心和使命，以共产党员的坚定信念支撑做勇敢的逆行者，为坚决打赢新冠肺炎防控这场硬仗贡献自己的力量。

让我们一起，向所有奔赴一线的医务人员致敬！愿你们一定平安，早日凯旋！武汉加油！中国加油！

不破楼兰终不还

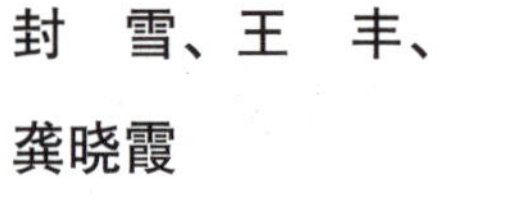

封　雪、王　丰、龚晓霞

江苏省无锡市人民医院宣传处

1 月 25 日是鼠年的大年初一，晚上 6 点，无锡市人民医院医疗队郁昊达、蒋炬、曹凯、王云、浦浙宁 5 名队员冒着细雨，踏上了奔赴武汉的列车！党委书记陈卫平，院长、党委副书记姚勇，到火车站为医疗队送行。

1月25日下午5点，在市民中心召开了庄重而简短的无锡市驰援湖北医疗队出征送行会，市委书记黄钦，市委副书记、市长杜小刚等市领导出席会议，会议由副市长刘霞主持。

医院全力支持医疗队开展工作，为保障赴武汉医疗队工作顺利进行，积极筹备药品、器材、防护设备等必备的物资；主动与医疗队员及其家属沟通交流，提供全面细致的关心和帮助，全力做好各项后勤保障工作，为队员顺利圆满完成医疗援助任务提供有力支持。院领导叮嘱医疗队员要做好自我防护，精诚团结、不负重托、不辱使命，帮助武汉人民早日战胜疫情，平安归来。

5位医疗队员所在的党总支、科室都尽可能地解决医疗队员的后顾之忧。驰援武汉的郁昊达的妻子华佳是医院肾内科医生，肾内科调整科内值班，孙铸兴、王凉、刘斌3位主任主动分担了华佳的值班任务，让她可以更好地照顾家庭。

医疗队平均年龄35周岁，其中共产党员3名，高学历人才两名。临危受命，他们敢为人先；勇挑重担，他们无畏无悔。

医疗队队长，呼吸危重症科主任助理郁昊达说："我和妻子都是医务工作者，救死扶伤的使命感和责任感早已融入我们的血液。守好大家才能顾好小家，我会带领队员们以'不破楼兰终不还'的决心和毅力，认真完成工作任务，绝不辜负组织的信任和重托。"

RICU护士长蒋炬说："作为科室护士长，我的职责是保护好我的护士兄弟姐妹们，我选择毛遂自荐，我不能让她们去冒险。作为家里的顶梁柱，我的义务是保护好家人，不能让孩子开不了学，不能让家人出不了门！要阻止病毒扩散，只有到它的源头去战斗。作为一名医护人员，这是我们的职责，面对病魔，唯有奋勇向前，因为我们的背后是需要我们守护的生命！”

ICU 主管护师曹凯动情地说：“我是在湖北念的大学，一身本领都是在荆楚大地学得的。现在是湖北需要医疗援助的关键时刻，我的老师同学们都奋斗在第一线，我有责任回去和他们并肩作战。”

呼吸与危重症医学科护师王云是最年轻的队员，也是一名有着 3 岁孩子的母亲。接受任务回到家中后，面对爱女心切的老父亲，她这样说：“爸爸，这就像小时候家里发洪水时，你每次都要冲在抗洪救灾的一线一样，现在我也要给我儿子做好榜样。虽然我现在不是党员，但我是党员的女儿，我不会丢你的人，你的一言一行我都记在心里！”

临床研究中心助理研究员浦浙宁博士是国家自然基金青年项目的承担者，他来自医学家庭，家中共有 11 名医务人员。他说：“家人们、同事们都在各个医疗战线奋战着，而我本身的专业就是预防医学和分子流行病学。此时此刻，我要听从党的号召，到人民最需要的地方去，充分发挥自己的专业技能，为早日战胜疫情尽自己的一份力量。”

大年初一，是传统欢聚的日子，你们用逆行，呵护百姓的健康！

愿你们保护好自己，一切平安，等待你们凯旋！

致敬！“最美逆行者”

樊　华

江西省景德镇市第二人民医院党办主任

“我郑重向院领导提出申请，参加抗击新冠肺炎疫情的战斗，请组织批准！我随时听从国家和医院的召唤，前往抗击疫情防控第一线。”

1 月 26 日，在景德镇市第二人民医院的工作群里，近百名医护人员主动请缨，纷纷申请加入江西省援鄂医疗队，以实际行动诠释着“敬佑生命，救死扶伤，甘于奉献，大爱无疆”的职业精神。经院领导研究决定，最后确定由徐立新、余小云、詹勇慧、高梅梅 4 名医务人员加入江西省援鄂医疗队，准备踏上逆行征程。

我们义无反顾，责无旁贷

“这是党员践行入党誓言的时候！不计报酬，无论生死！”徐立新，市第二医院呼吸内科副主任医师，内科第一党支部书记，从事呼吸内科临床工作33年。在2003年“非典”时期，他正在上海肺科医院进修学习，同他们一起参加了抗击“非典”的战斗。

这次，他又主动请缨参加江西省援鄂医疗队。他说：“我是一名党员，又是呼吸内科医生，理应冲在最前面；作为医务人员，这时候，我们再退缩，谁来上？”其实，平时工作中，他经常因工作无法享受完整的假期，有特殊情况，必须立即赶到医院。“生命高于一切！”他笑着说。这么多年来，家人也被他锻炼出来了。所以，此次参加援鄂医疗队，家人都很支持他，只是年迈的父母有点担心，通过他的劝导，最后他们还是同意了。

“得到消息就报名了，没有犹豫。”ICU副主任医师余小云说，“科室里的医务人员都申请参加江西省援鄂医疗队，最后我最符合条件。我愿意加入到抗击新冠肺炎的战斗中去，贡献个人的绵薄之力。”

“作为一名入党积极分子、一名呼吸专科护士，我郑重向党组织申请，参加抗击新冠肺炎疫情的战斗，请组织批准！前往抗击疫情防控第一线。”呼吸科护士高梅梅说。自从武汉暴发新冠肺炎疫情以来，她作为呼吸科专科护士，积极进行病毒的有效防控与护理知识储备，在医院没有发出通知的时候，她便写好请战书，报名参加江西省援鄂医疗队。

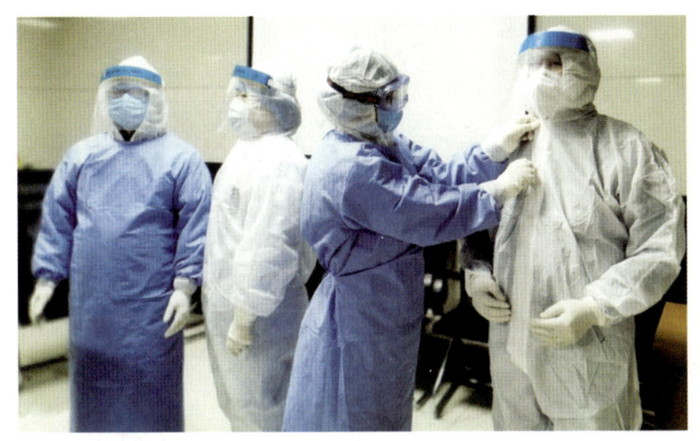

自新冠肺炎疫情暴发以来，重症专科护士长詹勇慧就一直在关注疫情发展的动态，她也知道现在武汉急需重症护理人员。当 1 月 26 日她得知有支援武汉的医疗队在报名时，她想都没想就报名了，简单地跟家人说了她要参加江西省援鄂医疗队，丈夫听到后就开始在家为她收拾行李了。

向选择逆行的他们致敬

这样的医护人员，还有很多很多。疫情面前，谁都怕，但因为身上有责任，肩上有担当，为了更多人的健康和安全，他们选择逆向而行，冲在新冠肺炎疫情最前线，他们用实际行动诠释了医务工作者救死扶伤的初心和使命。

“从来都没有什么岁月静好，只是有人替你负重前行。”让我们记住这句话，向抗击新冠肺炎的每一位“逆行者”致敬，道一声谢谢！并祝他们早日凯旋归来！

用我的逆行换你的平安

王丽群

山东省立第三医院团委书记

2020年的春节，大概没有人能想到会这样度过，一种被专家命名为“2019-nCoV”的新型冠状病毒，疯狂地在中国大地上肆虐。这已经是21世纪以来，冠状病毒家族成员第3次肆虐人类世界了。

2003年的SARS记忆犹新，2012年的MERS横扫中东，给人类留下了至今尚未痊愈的伤疤。而这次，湖北、山东、广东、香港……从刚刚开始的几个确诊病例到几十个、上百个、上千个，在人们还没有回过神儿来的时候，整个中国除了西藏地区，其他省份都已被病毒扩散入侵，并大有侵蚀每一寸土地、每一个生命的势头。

武汉封城、取消集聚性活动、长途交通工具停运、口罩脱销、春节假期延长、不得走亲访友，各种与春节假期格格不入的应对措施更让人觉得形势不容乐观。

疫情就是命令，防控就是责任！山东省立第三医院作为中国共产党在济南解放后建立的第一所医院，作为曾经参加过唐山大地震、“非典”疫情防控、汶川地震、甲流防控等重大救援任务的优秀团队，也绝不会缺席此次新冠肺炎防控战疫。

1月24日，2020年的除夕，接到山东省卫生健康委通知，省立三院院党委向全院职工发出紧急动员令。倡议书发出后，全院近500名医护人员，包括实习生、对口支援医院医生即刻请战，坚决要求参加抗击疫情的战斗。大家纷纷表示：若奔赴一线，必不论生死，无怨无悔！若不能前行，必守好家门，尽职尽责！

1月25日下午3点，省立三院支援湖北的第一批医疗队集结完毕，随时待命赶赴疫区。呼吸科副主任孙金林、急诊科副护士长陈金玲、呼吸科护师刘安萍、重症医学科护师邵珊珊4位队员抓紧时间整理装备、接受强化培训。

1月25日晚11点，省立三院第一批支援湖北医疗队随山东省首批医疗队共138名队员在机场集合，连夜驰援武汉。1月26日凌晨2点，省立三院第一批支援湖北医疗队随山东省首批医疗队到达指定援助地点湖北省黄冈市，第一时间与当地进行了疫情防治情况对接。

1月27日上午9点，山东省首批医疗队临时党支部成立，54名中共党员面向党旗重温入党誓词，用誓言践行初心和使命。

1月27日，省立三院互联网医院作为首批48家省内互联网医院开通线上发热门诊，面向全国广大患者提供免费咨询，发挥了分流患者、筛查轻症、避免交叉感染、减轻门诊压力、稳定咨询者情绪的重要作用。截至目前，互联网医院发热门诊接诊362人次，其他科室在线复诊39人次；参与微医面向全国疫区义诊平台接诊1341人次。从除夕至今32名医生累计受理咨询3689人次。

1月28日，省立三院第二批支援湖北医疗队集结完毕，副院长李丕宝、重症医学科护师贾文君整装待发，即将踏上支援湖北武汉的征途。

这是一场没有硝烟的战争，我的战友啊，他们为人父母也为人子女，他们是血肉之躯，面对密切接触病毒的高危工作环境也可能会被传染甚至牺牲，但他们依然选择逆向而行，因为他们明白为国分忧、为民除患是他们的使命，敢于担当、攻坚克难是他们的职责！

急诊科副护士长陈金玲在集结队伍前半个小时才接到去前线的消息，因为同事感冒，她临时被替换去武汉，但她没有一点犹豫，来不及回家收拾行李，是爱人亲自把行李送到医院。

呼吸科副主任孙金林一直在发热门诊值班，接到通知后，简单回家收拾了一下东西就赶到医院。出门时孩子问他去哪儿，他说："有人生病了，爸爸去给他们看病。"而对于老人，他一直隐瞒着这个消息。

除夕那天，是重症医学科护师邵珊珊4岁儿子的生日，她却来不及给儿子过生日了，也没有告诉儿子要去武汉的事情。丈夫听到妻子要去疫区前线，虽然第一反应是担忧，但还是选择默默支持、鼓励她。

呼吸科护师刘安萍除夕还在科室值夜班，孩子也只有3岁，接到医院组建医疗队集合的命令，来不及回家与亲人告别就要准备出发。

重症医学科护师贾文君只有27岁，在发给护士长的请战短信中，她说："虽然我很瘦很单薄，但我很有劲儿，干活灵巧、快是我的优点，我没成家、没孩子、没牵挂，很想贡献我的一份力量。"为了做好充分准备，她在出发前就请同事帮忙剪掉了长发，在场的人无不热泪盈眶，被这个年轻女孩的勇敢和坚毅所打动。

副院长李丕宝有着丰富的重症急救工作经验，也多次参加大型应急救援任务。面对依依惜别的同事，他乐观地安慰大家："我是老急救人，关键时刻用逆行换来大家的平安是职责所在。没关系，请大家放心，病毒见了我都会害怕，我们肯定会胜利凯旋！"

我想说，这就是最美的白衣天使，这就是最美的逆行者。就像同事撰写的《请缨的战歌》一样，迎难而上的省立三院人就是一个个请缨的战士，随时听从党和人民的召唤，"我报名！"的请战声响彻在三院家园的上空，直击云霄起沧澜。

哪里有需要，我们就去哪里；哪里有灾难，哪里就有我们逆行的身影。用逆行换你的平安，这就是无畏生死的最美战歌！

刚刚落笔，微信传来我的战友从疫区前线发来的手记："大家笑着说，阴雨会停的，疫情会控制的，我们会安全归乡的。待我履行完誓言，一定会胜利归来！"

我是党支部书记，让我去！

陈　纷

江西中医药大学第二附属医院宣传科干事

“我郑重向组织提出请求，申请加入援鄂医疗队，用自己的专业技术，去保卫人民群众的生命健康，去实现一名医生的价值。我是具有多年临床经验的呼吸科医生，更是一名党员、党支部书记，恳请领导批准，让我去！”万松在个人申请书中写道。

1 月 26 日，医院迅速响应国家卫生健康委号召和江西省卫生健康委相关要求，发布了援鄂倡议书。倡议书下发不到两小时，便有 20 余人递交了请战书。经医院研究，6 名医务人员被选任第一批驰援武汉，万松便是其中之一。

万松是我院呼吸内科主治医师，也是临床第一党支部书记，常年工作于临床一线，平时在岗位上尽职尽责，随叫随到。从新冠肺炎疫情发生以来，他便一直在关注着疫情发展，看着确诊人数日益增长，心里也跟着着急。他说："我是一名呼吸科医生，这次新冠病毒是呼吸道传染疾病，我有呼吸道疾病治疗的相关经验，相信我比其他人更适合。"

1 月 26 日上午，通知下达，当天晚上就要收拾行装集合。接到通知的第一时间，万松的脑海里闪过一丝的愧疚，家里两位年迈的父母需要照顾，两个小孩大的 4 岁，小的才刚满 5 个月，并且小的正在发烧，需要入院治疗。这个特殊时期去援鄂，作为家里的顶梁柱，于情于理有些不忍。但作为一名党员，一位医务工作者，他还是毅然决定前往。回到家，他与家人商量，妻子听后有所顾虑，家里的重担落在她一个弱女子身上，作为妻子她可以克服。但前赴疫情前线，前路未知，家人都很担心他的安全。

"我是医生，更是党员，从走入医院立志成为一名合格医生开始，从站在党旗下宣誓成为党员那一刻开始，我就随时准备为人民牺牲一切。作为呼吸科医生，我有自己的专科优势，身为一位党支部书记，我必须做好带头作用，所以，这次救援我必须去！”看到万松态度如此坚决，妻子也不再犹豫，只有几句深情叮嘱：“一定要平安归来，我们在家等你！”

想着小儿子正发高烧，为了减少对妻儿的愧疚，在26日晚集合培训后的深夜，他返回家中，把儿子送到医院的儿科办理好入院手续，稍作安顿后，27日一早便加入到江西省第一批援鄂医疗队伍中，踏上前往武汉的征程。

我问他：“你小孩都发烧生病住院了，这时离开，你不担心吗？不想多陪陪他们吗？”“想，但你看看武汉，那里还有更多人在等着我呢，他们更需要我。”他一如既往地幽默说道：“待我平安归来，我会骄傲地跟孩子们说，你们的爸爸打了一场胜仗！”

在今天的祖国大地上，像万松这样的医务人员还有很多。在疫情面前，他们舍弃小家，逆向而行，踏上赴鄂驰援之路；他们坚定信念，勇担重任，奔赴没有硝烟的战场。他们用自己的实际行动在践行“敬佑生命，救死扶伤，甘于奉献，大爱无疆”的崇高精神。他们不是军人，却都有着军人般“若有战，召必回”的使命担当。他们的心始终和人民群众的健康连在一起。

勇士出征，让我们把目光聚焦他们

朱颖贤、王雄虎
广东省妇幼保健院

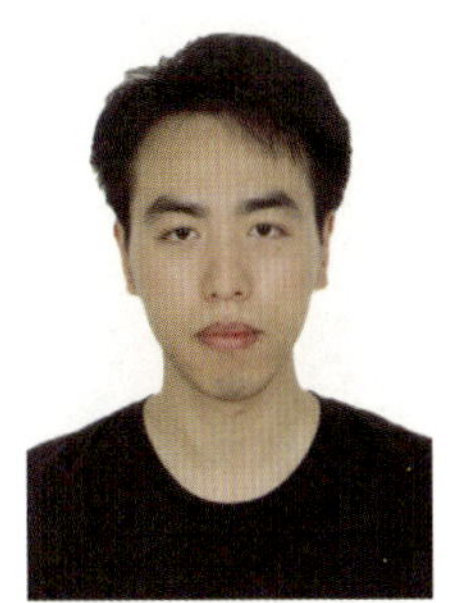

在全国医疗力量从四面八方驰援武汉之际，1 月 28 日（大年初四）晚上 7 点，广东省妇幼保健院 9 名医务人员随第二批广东医疗队乘坐 CZ5241 航班启程奔赴武汉。使命在心，重任在肩，他们是妇幼人勇于担当、忠诚爱国的杰出代表。

医院党委选派的 9 名同志，思想素质硬、业务能力强，他们是来自儿科、呼吸专科、内科重症专科、急诊科、院感科的专业医疗、护理以及医技骨干，他们当中有的是援疆干部，有的是支边骨干，有的是科室负责人，有的是新晋奶爸，还有的是“男丁格尔”。他们的平均年龄 32.5 岁，年纪最小的只有 25 岁。

他们是这个冬天最温暖的风，是新冠肺炎阴霾之下的最美“妇幼逆行者”。党委书记、院长黄汉林到机场送医疗队出征，强调援助工作的重要性和艰巨性，一再叮嘱医护人员们在救死扶伤的同时，要保护好自己，做好防护工作。让我们把目光聚焦他们，向这些最美逆行者致敬！

儿科副主任医师、医疗队队长　唐远平

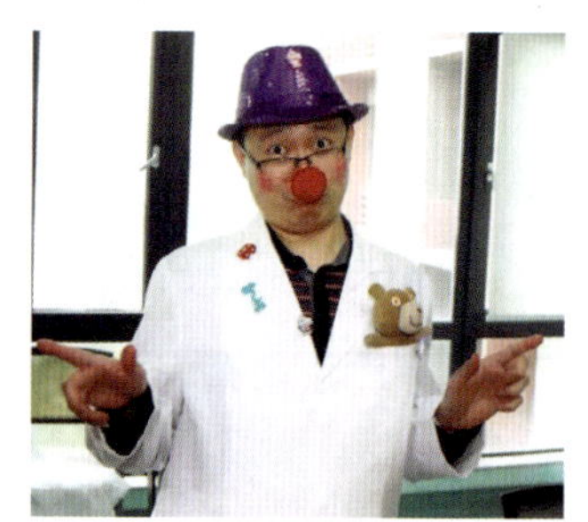

1 月 28 日，第一批医疗队启程后的第 4 天，第二批医疗队又飞奔武汉！他是主动请缨的。这次不同于一般的治病救人，像 2003 年的“非典”一样，是有生命危险的。当问及唐主任是否有后顾之忧时，他坚定地说：“我夫人是省人民医院的医护人员，就像当年我去援疆一样，她再次无条件支持我。医院教会了我如何治病救人，也教会了我在疫情面前勇于担当。现在国家需要我，为妇女儿童保健保驾护航是我的初心，我要到最前线。”

内科副主任医师　邹燕敦

无论是 2003 年的“非典”、2016 年的禽流感还是此刻的新冠肺炎，几乎每一次疫情暴发时，人们都避之不及想要远离疫情，但每次危急时刻，医务人员都冲在第一线。内科邹燕敦主任在得知可以报名参加广东省卫生健康委第二批支援湖北新冠肺炎疫情时，立即请缨。得到医院批准后邹主任激动地说：“感谢医院给我这次出征的机会，让我能更多地为疫情防控做点事情。作为一名党员、一名在内科和急诊科工作多年的医生，理应用自己所学的本领为抗击疫情做点贡献，到祖国最需要的地方去帮助更多急需帮助的人。此次出征，我们一定不畏艰险，不辱使命，平安归来。”

院感科主治医师　陈婷婷

从武汉发现不明原因肺炎并被初步判定为新冠肺炎，到国家卫生健康委将新冠病毒纳入法定乙类传染病并按照甲类管理，再到广东省启动公共卫生事件一级响应，全国疫情的消息无时无刻不牵动着院感科陈婷婷医生的心。“作为一名党员、医务人员、公卫人，在发生疫情时，我们应该贡献自己的一份力量，参与抗击疫情，这是我们的责任与义务，也是无比光荣的任务。”陈婷婷医生是这样想的，更是这样做的。得知成功入选第二批驰援医疗队，她便立刻结束了短暂的春节假期，从河南平顶山市辗转返回广州与医疗队会合。相信在科学防控、科学救治下，我们一定能早日打赢这场没有硝烟的战争。

新生儿科副护士长　周文姬

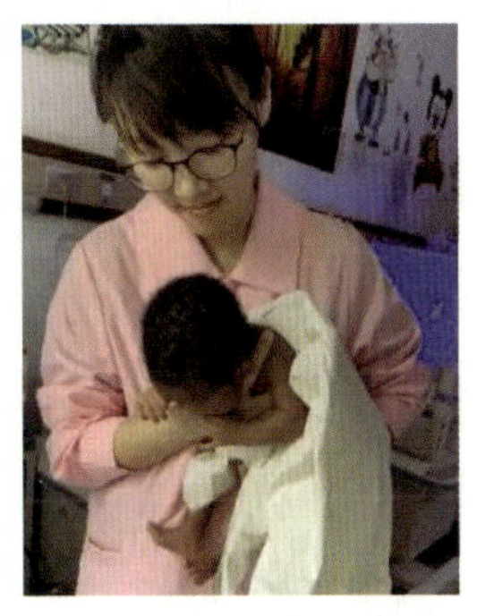

在武汉读书 6 年，对武汉有着特殊的情感。当年的硕士毕业论文也是关于灾难护理方面的内容。在这次支援湖北的征集令之前，周文姬就已报名加入医院临时成立的应急护理组，专门护理需要医学观察的患者。她每天都在关注疫情的变化和湖北疫情发展的态势。在知晓可以报名支援时，她二话没说，率先自荐，在确定自己入选后，她立马开始进行物

资筹备。“我比较有经验，来为大家列一个物资清单，供其他同事参考。”她很积极热心。家人的支持也是她最坚强的后盾，她的丈夫在医院的手术室工作，作为双医家庭，也更能理解和支持彼此。

新生儿科副护士长　陈　灵

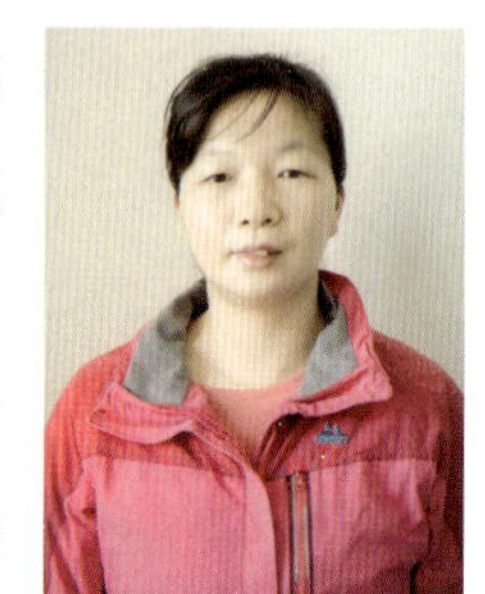

“我在武汉学习6年，对武汉有着深厚的感情。而且我单身，无牵无挂，我去理所当然。”陈灵轻描淡写地描述了一下自己主动请缨的原因。“还没到现场，不知道具体情况怎么样，希望能发挥自己所长。”虽然面对未知的状况，但她信心满满，决定勇敢前行，“报名前告诉过家人，但出发时间还没跟他们说，他们应该都很支持，没什么问题的。”

新生儿科护师　蔡良超

作为有着近7年新生儿和ICU工作经验的全院男护士工作组组长，在知悉全院征集护士支援湖北的消息后，蔡良超与全科男护士一起写了一份集体请战书。“新冠肺炎肆虐武汉，全国上下严阵以待，我们医护人员本就应战斗在第一线，看着武汉同人各种医疗物资和人员短缺，我们很遗憾没能第一时间前去支援，在广东省卫生健康委组建援助湖北医疗团队的时刻，我们男护士请求上前线，因为我们身体素质好，能适应高强度、长时间的工作，同时心理适应能力更胜一筹，家庭也全部安排妥当，已无后顾之忧。我们召之即来，来之能战，战之能胜！十七年来家国恨，但凭三尺手中锋，廓清宇内四海平。我们终将战胜病魔，还全国一个朗朗乾坤。”言辞恳切，豪情万千，闻者动容。

新生儿科主管护师　杨龙龙

全院男护士工作组副组长杨龙龙在得知征集令后，向科室全部男护士发起倡议，集体请战。说到缘由，“其实没有多想，就是关注着疫情的发展，看到武汉地区不断出现的病例，作为同行深知他们面临的压力有多大。想着自己或许能帮点什么就报名了。再加上我是一名党员，更应该迎难而上。”对于是否担心被传染的问题，他说：“有担心，但更应该有担当。”

新生儿科护师　欧剑光

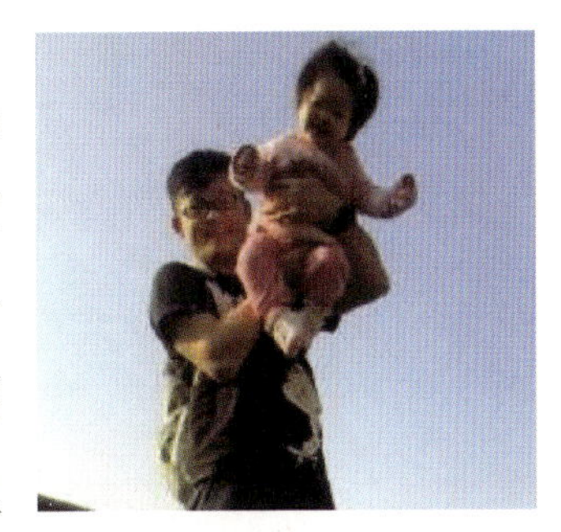

“作为一名党员，一定要发挥党员先锋模范作用。我们全家都是党员，我妻子及家人都支持我去驰援湖北。期待我们打赢这一场硬仗！”“此次前行，风险肯定是比较高的，但是我们只要严格做好防护工作，服从指挥，不畏艰险，就一定能平安归来。”生活中，欧剑光是一名爱心爆棚的超级奶爸，而这一次，他的爱是温暖人心的大爱。

急诊科护师　赖　鹏

赖鹏曾有血透室、CCU 工作经历，工作时间虽然不长，但表现出色，应急反应能力强。在急诊科发热门诊的工作经历，让赖鹏看到了疫情的严重，也能感知到湖北的压力。“从实习到工作，每个科室都是让最好的老师来调教我，我肯定会青出于蓝而胜于蓝的。”他是个阳光大男孩，充满自信。面对未知的传染风险，他说：“按照原则和指引来做基本不会有问题，我们也会保证在安全的前提下操作。”

每个医疗队员背后都是一个牵肠挂肚的家；每个坚强的身影背后，都有柔软的一面。在严峻的考验面前，他们选择了坚强！告别亲人朋友，告别熟悉的城市，在新春伊始，广东妇幼人奔赴武汉，投入紧张的防控疫情战斗之中，以仁心仁术，扶危渡厄，与武汉人民共渡时艰。

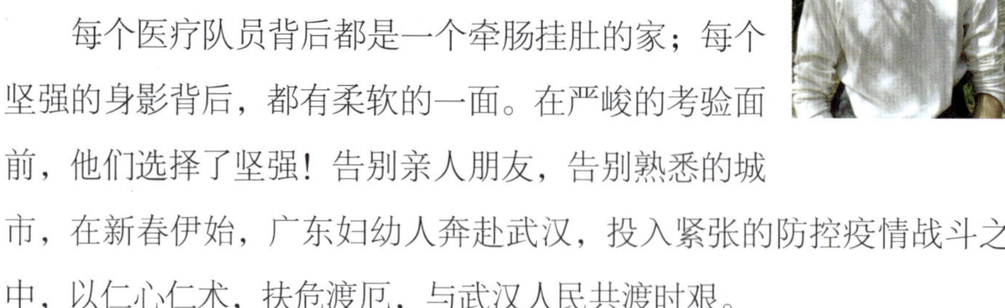

向你们致敬！你们是最勇敢的战士，是最值得敬重的白衣天使！愿你们平安归来。

三勇士写真

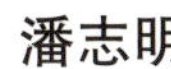

潘志明

厦门医学院附属第二医院党政办公室主任。

李晓兰

厦门医学院附属第二医院党政办公室副主任。

取消休假，坚守、防控、救治！在抵抗疫情面前，有一群人从未停止过战斗的步伐！

1月26日，响应上级号召，厦门医学院附属第二医院15分钟内组建了3人援鄂医疗小组，并于当日集结前往武汉开展医疗援助工作。得知3名医生主动请缨的壮举，当晚医院的微信群沸腾了！

满屏的感动和祝福，只因为他们——呼吸内科主任医师薛克营、江贵源以及重症医学科主治医师叶长青。从接到通知到组队出征仅仅不到5个小时，来不及和家人道别，他们就踏上了征途。

呼吸内科主任医师　江贵源

“江主任，你回家收拾一下，晚上福州集合，明天出发去武汉。”“好的。”回答果断而自然。1月26日中午12点30分左右，厦门医学院附属第二医院呼吸内科主任医师江贵源还在值班，为6楼病房一名患者检查病情，医院办公室打过来的电话，他想都没想，便果断地答应了。因为此次出征，江贵源早有“计划”，他在春节前便向医院提交了支援武汉一线的报名表。

“自从疫情扩散，看着每天攀升的确诊病例和疑似病例数字，真是恨不得立刻出现在现场参与救治，把24年的临床经验积累都贡献给武汉地区的患者。”

江贵源说：“如今，武汉有困难，国家有困难，我又是一名医生，更应该尽自己的一份力。”

事实上，在厦门，江贵源早已是咳嗽和咳嗽顽疾患者之间口口相传的呼吸疾病名医，他从患者咳嗽声中就能得知一些端倪，并对症进行个性化治疗，从不做教科书式医生。此次新冠病毒症状表现之一就有咳嗽，因此，江贵源也坦言自己是最合适的人选，将不辱使命，全身心投入支援。他提高了些音量，坚定地说道：“武汉的医务同人们挺住，我来了！”

重症医学科主治医师　叶长青

早在1月23日，得知厦门市可能即将召集一批医护人员赴武汉

支援后，叶长青就报名了，他认为，自己身为重症医学科的医生，此时此刻责无旁贷。收拾好行李，叶长青义无反顾地踏上了征途："尽自己所能伸出援手，为武汉出一点力。"

除夕和大年初一，他都忙着在医院待命、备战疫情，演练各种突发事件的处理和应急措施，只在晚上和家人简单地团聚。今年 35 岁的他有一个 1 岁多的女儿，刚刚学会走路。谈起要和女儿分别一段时间，他有些沉默，但他还是毅然投入了工作中。

"她肯定是会担心的，但我们从大学就在一起了，相伴 10 余年，她知道我的性格、了解我的想法。同样作为医生，她是很支持我的。"叶长青的爱人是一名内分泌科的医生。在出发前，妻子为他收拾行李并准备了包括口罩、防护服在内的防护装备，还在工作之余抽空为他准备了一桌送行"大餐"。

"我女儿现在才 1 岁，只会咿咿呀呀地叫爸爸和妈妈，虽然她还不会和我说话，但我相信，只要我能为抗击新冠肺炎疫情出一份力，懂事后的她一定也会支持我现在的决定。"叶长青说。

得知叶长青即将启程前往武汉，他的家人虽然也难免担心，但还是支持他的决定："充分做好防护，没什么好怕的！我们在家等你平安回来。"

呼吸内科主任医师　薛克营

薛克营是厦门医学院附属第二医院呼吸内科二病区的负责人，也是此次厦门市援鄂医疗队的队长。从大学毕业他就一直从事呼吸病专

业，其间获得华中科技大学同济医学院临床呼吸专业硕士及博士学位。因此他对武汉怀着一份特殊的感情，在疫情暴发时就做好了响应号召前往武汉支援的准备。

大年初二的早上，这一刻终于来了，厦门市征集首批医护人员前往武汉，薛克营没有犹豫就报名了。“国家有需要，民族有危难，需要我们的时候，我们挺身而出，这是医生的责任与担当。我们责无旁贷，一定会不辱使命，为打赢新冠肺炎疫情防控攻坚战贡献力量！”

虽然已从事呼吸病专业工作 24 年，但参与大型公共卫生事件的救治对薛克营来说还是第一次。

“我儿子在厦门一中读高一，一开始他也很担心，最后也只是叮嘱我注意安全。”说起儿子，薛克营言语间透着自豪，相信自己的儿子也会为有这样的父亲而骄傲。

祝愿这些大爱医生们早日平安凯旋！

我像战士奔赴战场一样奔向武汉

杨汝燕

山东省胸科医院

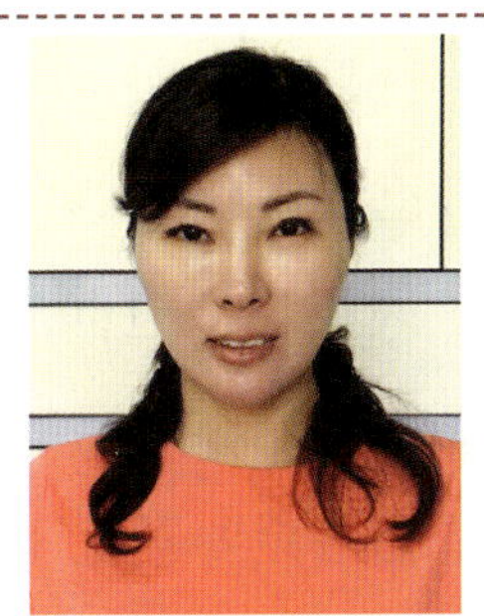

白参加工作到省胸科医院以来，我就和监护室有了不解之缘，尤其是当了这 10 年的监护室护士长，节假日能够轻轻松松在家待一天都是一种奢望。这么多年的春节也都是在医院度过的。

今年的春节本来计划陪父母两天，不成想又被病毒阻挠了回家的路。形势严峻，全员战备，随时待命。作为一名护士长，作为一名党员，我毫无顾虑地写了请战书表明我的决心，随时听从医院安排！

2020 年 1 月 25 日，大年初一早上，我像以往一样来到科室巡视并给患者拜年。科里重症患者较多，我从早上 8 点忙到下午 3 点还没有吃午饭。离开医院来到父母家，妈妈听说我一天了还没有吃午饭，连忙给我煮了一盘水饺，我狼吞虎咽地吃完，心里还是惦记着医院，就跟妈妈说：“我还得去医院加个班，晚点回来，别担心。”我抓紧时间又返回医院，没想到，这一加班加到了武汉！

晚 7 点 37 分，我正忙着，接到刘凤林副院长的电话，让我不管想什么办法，无论如何 9 点前赶到遥墙机场，乘坐包机驰援武汉参加应急救治！听到这句话，我当时脑子一片空白。虽说已做好了随时参战的准备，但是这样毫无预兆地出现这么紧急的命令，还是让我有点蒙。我还想，这是演练吗？在考验我的应急能力吗？距离飞机起飞仅剩一个多小时，已经来不及回家拿换洗衣服了，我交代了夜班护士几句就往外赶。

飞机场那边催，这边也找不着去机场的车，我开着自己的车就往机场赶，心想把车放在机场吧，一时着急根本没考虑到会停多久，只想着一定要赶上飞机。车开出 3 分钟后，恰好接到了快车司机的电话，我又改乘快车紧急赶往机场。那会儿，我脑中只有一个念头，就是千万别因为我晚到了而耽误飞机起飞。

终于在 8 点 45 分赶到机场，悬着的心才开始放松下来。大家见我就抱着一件大衣和一个小手提包，问我：“你的行李呢？”我说：“通知紧急，来不及回家拿，怕赶不上飞机，从科里就直接赶来了。”

从接到援鄂通知到报到点集合，在不到两个小时的时间里，我就像战士奔赴战场一样，没有一丝犹豫，没有一丝退缩，也没有一刻停歇，因为我知道这场没有硝烟的战争的危险性。从 2003 年的“非典”，到 2009 年的甲型 H1N1 流感以及 2013 年的 H7N9 型禽流感，一路走来，我经历了多次生死考验，积累了一定的护理实战经验。

疫情面前，作为多次参加应急医疗的护士长，我义不容辞也义无反顾，因为，疫情就是命令，责任重于泰山，我不仅是一名白衣战士，更是一名共产党员。

在机场等待的间隙，我给老妈打电话说：“我加班呢，今晚回不去了，不用等我了。”上飞机的时候又给孙文青主任汇报了一下工作。所有的这一切，都在紧张有序地进行着。

11 点 20 分，飞机到达了武汉天河机场。武汉下着蒙蒙小雨，凉飕飕的。

在困难面前，冲锋在前，任劳任怨，无怨无悔，舍小家顾大家，这些年我都成了习惯，每次应急我都冲锋在第一线。我时刻牢记自己是一名护士长更是一名党员。今天，让我最放心不下的是我年迈的父母和今年马上面临高考的儿子。我知道自己不是一个好女儿，更不是一个好妈妈……

我为自己是一名护士而自豪。若有战，召必应，这是一名医务人员义不容辞的责任。为了亿万群众的安危，也为了自己身边那些爱我们的人，我们将用坚守点亮万家灯火，用大爱守护人民健康。

我一定会给组织交一份满意的答卷，坚决无愧于白衣战士这一光荣的称号！

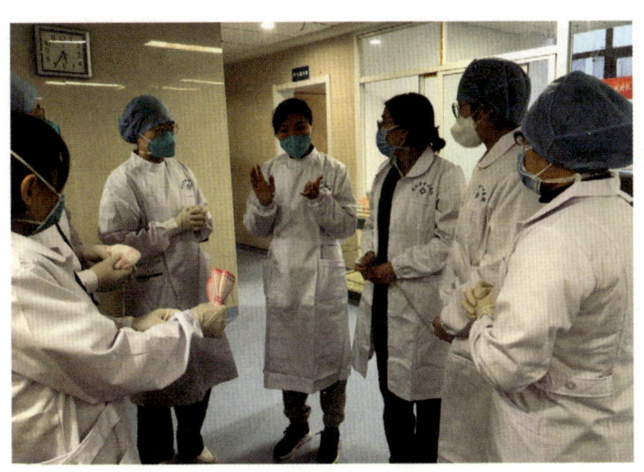

疾控战士出征背后的故事

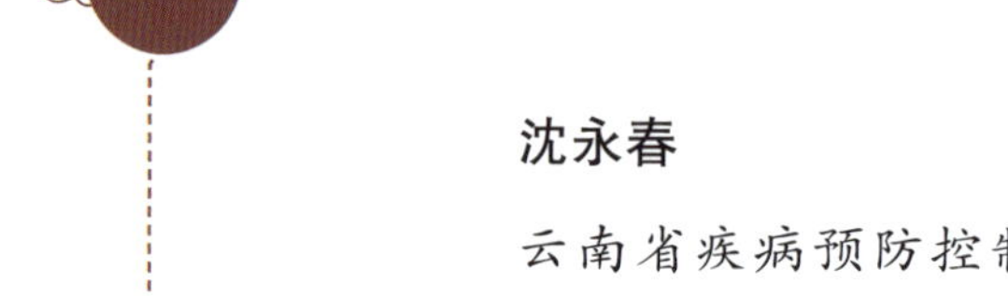

沈永春

云南省疾病预防控制中心党委办公室

2020年1月31日清晨，李凯、陈敏、张美玲、周晓芳4位“英雄”乘坐高铁，踏上了支援湖北抗“疫”的征程。

早在一周前，云南启动云南省重大突发公共事件一级响应，作为党员的他们就在中共云南省疾病预防控制中心委员会发布的倡议书上签上了自己的名字。1月29日，中心接到国家卫生健康委需要实验室检验人员支援湖北的紧急通知，他们4人再次在自愿奔赴前线的请战书上签上了自己的名字。

李凯，免疫规划所副所长，博士。他和妻子都是云南省疾控中心职工。春节期间，夫妻二人把5岁的女儿交由外婆照顾，双双坚守在抗“疫”战场上。由于一线值班等原因，李凯已经多日没有见到醒着的女儿了。

临行前夜，5 岁的女儿坚持要等爸爸回家，在外婆口中得知爸爸要去当“英雄”，她欢天喜地地帮爸爸收拾行李，把平日最喜欢的一个娃娃“公主”送给爸爸，让它替她陪伴爸爸。同样在疾控中心工作的妻子更是什么都没说，只是坚持让他把一个苹果带在身上。李凯笑着说：“衣服上没有那么大的口袋。”“没有也要装！”妻子说苹果寓意平安，希望他平安归来。

陈敏，性病艾滋病防治所副所长，博士。他的父亲也是一名老疾控人。当年，陈敏博士毕业后选择回云南从事疾控工作就是受父亲的影响。“昨天打过电话了，我爸干疾控工作几十年了，还能不让我去啊？这其实不就是出个差吗？没什么！”众人口中的“壮举”，在他眼里只是个“出差”。

“我们的家乡在那儿，我们的家人也都在那儿，家乡现在有需要，我们得赶去支援。”得知支援湖北的通知，在云南抗击新冠病毒的战场上连续奋战多个昼夜的中心急传所的周晓芳和张美玲，现转战湖北，支援她们深爱的家乡。

周晓芳是家中的独女，已经 6 年没回家过年的她，在疫情来袭时，默默退掉了机票，坚守在工作岗位上。她是武汉人，她的父母、舅舅、舅妈……大多数亲人都在武汉，武汉疫情每天的变化都在牵动着她的心。然而，她仍然坚守在一线，用一例例样本的检出表达对“家乡”的支持。她的“家乡”有两个：湖北、云南。此刻，她隐藏了对家人的所有牵挂，代表第二家乡去帮助她的另一个家乡。她说：“这本来就是我该做的。”

张美玲家里孩子才 1 岁多，每每值班回家时孩子都在熟睡，她不忍吵醒，只是守在床边看看孩子可爱的睡脸。

面对疫情，职责所在，众人口中的“壮举”，只是疾控人眼里的“出差”。正是他们的一次次负重前行，才换回大多数人的岁月静好。再见，战友！健康、平安归来也是你们的光荣使命。

直挂云帆济沧海

甘　露

安徽省蚌埠市第三人民医院

普外科护士

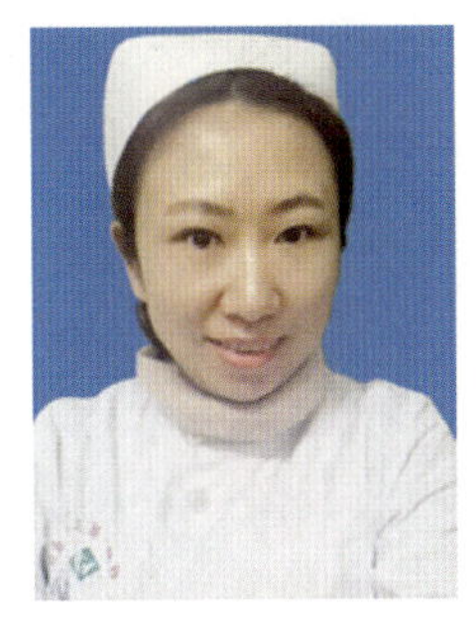

2003 年“非典”之后，我和我先生朱晓杰相识在三院。当时我去轮转的新科室报道，怯生生地按下门铃，开门的就是他。当时，他是一名重症监护室的医生，我是一名新入职的护士。

婚后，因为两个人都在临床转夜班，最忙碌的时候，他进家门，我出家门，虽然住在同一屋檐下，但两三天见不上面是常事。朋友曾开起玩笑说，你们俩整个单人床就行了。其实，很多医护双职工，都有这样的情况。

面对国家重大疫情、重大灾难的时候，重症医学专业总是冲在前面挑大梁，医院里的人都知道，在 ICU 工作，不仅考验体力，更拷问心灵。

今年的除夕，我在医院值夜班，他在家带孩子休息，我们同往常一样，不能一起在家团聚。可整晚他除了把孩子安顿好，还时刻被武汉疫情牵动着心，一条条信息发给我，全都是关于武汉的疫情，在这个特殊的除夕之夜，我明白，他想去前线，他放不下前线的一切……

疫情发生之后，在院党委的号召下，我们每个支部党员都积极报名到一线去，我们俩作为党员都报名去发热门诊值班。我在家和他商量："如果排班在同一天，你去还是我去？"他说："当然是我去！疫情来临之时，我肯定第一个就要站到前面去，作为一名 ICU 医生，直面疫情，责无旁贷！"我说："你比我作用大，那你去，加油！"

大年初二，当院党委号召报名去武汉一线抗击疫情时，我院各个支部党员和医护人员纷纷报名，大家都做好了出征的准备。当天下午，我收到他的微信说，他要去前线了。我第一个反应就是问他"要去多久""孩子怎么办"，而他，又继续在科里治疗他的患者，面对我的追问和担心，再也没有回复我……

晚饭后，他早早收拾好了行李。我以为他会和我聊几句或抱抱年幼的孩子，可是他却把自己关进了书房处理和转托他的患者……这一刻的感觉难以言喻。

夜里，我一遍又一遍地刷群、刷微博，希望得到武汉那边疫情得到控制的好消息，而随着信息更新，我那颗心一遍又一遍被揪起来。临行当天，他回家告诉年迈的父母。午饭刚刚开始，孩子举起酒杯说为爸爸饯行，眼神中满是不舍。突然，他接到信息说半小时后出发。匆忙中，他连饭都没吃完就要回去拿行李，年迈的父母立刻追出去，婆婆甚至连鞋都没有穿好，赶紧跟上，交代着已经重复了很多遍的话……

2003 年“非典”时，我大学毕业，留存的记忆只有新闻报道中的白大褂，空气中挥之不去的消毒水、白石灰味，看着飙升的感染数字心中的慌乱，小汤山英雄们脸上胜利的笑容……这一切好像就在触手可及的昨天。

如今，我成了这些英雄们的同行者，他们的衣食住行与我都相关——我的爱人、朋友、同学都即将或者已经站在了病毒的面前，我无法视而不见。而我深知，我现在的使命是在医院党组织的领导下，积极投身到我院抗击疫情的第一线，安心在岗完成本职工作，做好个人防护，在家照顾好 4 位年迈的父母及年幼的儿子，让爱人安心地在前线抗击疫情。

我和爱人同时请愿支援武汉

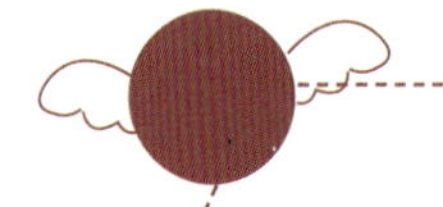

米艳芝

河南省肿瘤医院内科党总支、内科党支部青年委员兼群众委员、呼吸内二病区主管护师

1 月 18 日，在新闻上看到 84 岁的钟南山院士从广州奔赴武汉，我被钟南山院士在高铁餐车上闭目休息的情景感动得泪目了。那时候，我还没有意识到疫情的严重性。

1 月 21 日，媒体上铺天盖地的疫情信息扑面而来，陆续看到全国各地的疫情报道，特别是武汉市的疫情报道，我才意识到疫情的严重性。武汉的疫情，牵动着全国人民的心，震撼我的是全国医务人员的迅速请战反应，无畏生死，勇往直前。

身为临床一线护理人员，身为一名 14 年党龄的老党员，“主动请命去支援武汉”的愿望，在我心中生成。我深深地明白，在这场没有硝烟的战争中，我应该也必须冲在最前面。因为，疫情不仅仅是武汉的事情，也是整个国家的事情，国泰方能民安！

当院党委号召全院医务工作者驰援武汉的时候，我和身边所有党员一样，义无反顾地报名了，我在心中暗暗地告诉自己："身为党员、医务人员的我，不仅仅要站得出来、冲得上去，更要扛得下来。"

我和爱人都是医务人员，大家都劝我们夫妻二人，只一个人报名就行了，毕竟孩子小，家中还有老人，两人都走了，孩子和老人怎么办？是的，我是孩子的母亲，也是父母的女儿。"苟利国家生死以，岂因祸福避趋之。"身着白衣战袍，国家需要、人民需要，就应义不容辞，这是责任也是担当！

我懂大家的关心，也感动于他们的爱，但正因为我们是医疗行业双职工，才没有人比我们更希望国家平安，希望每个人都健康。我们深知只有国家的"大家"好了，我们家庭的"小家"才会好，我们才会有幸福美好的生活。所以，我们只能先顾大家再顾小家。

"我爱人是医院 ICU 医生，"他对我说："我们既然选择了这个

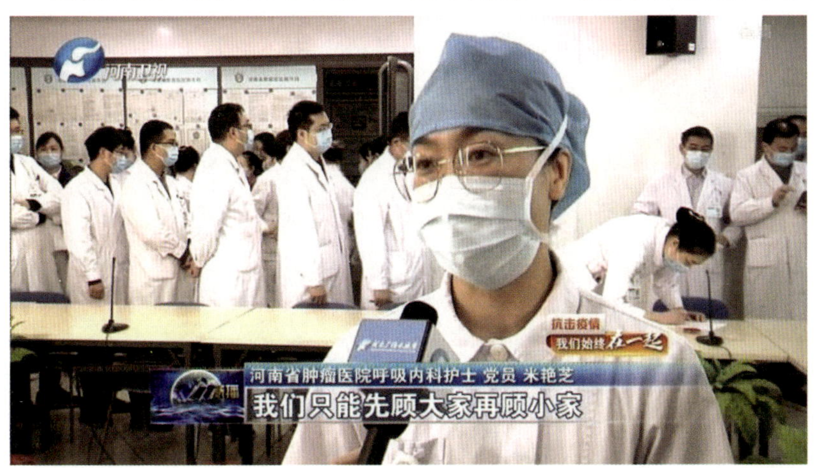

职业，当祖国和人民需要的时候，就应该勇往直前！”所以，我和爱人同时报名了。

特别幸运的是，我和爱人同时被选中参与到本次援鄂医疗救援名单中。但院党委考虑到我们是双职工，所以我们两人将分批次前往疫情一线。

在医院援鄂人员宣誓仪式上，院党委书记、院长张建功说：“在这场没有硝烟的战役中，党员干部要站得出来，冲得上去，发挥党员先锋模范带头作用，用实际行动去实现党旗下的誓言。”作为白衣战士，在疫情面前绝不退缩，随时待命，奔赴武汉，我将和我的战友们一起战斗，召之即来，来之能战，战之能胜，绝不辱党旗下的铮铮誓言！

病毒不灭，我不归！

冯建军

复旦大学附属浦东医院院感科主任

除夕夜，还没开始吃年夜饭，上海赴武汉医疗队紧急集合的通知就到了。短短的一个多小时，来自浦东新区 8 家医院的 19 名医护人员就集结完毕，我就是其中一员。在除夕夜这个特殊的日子，我们登上飞往武汉的专机，支援武汉，抗击新冠肺炎！

临行前，浦东新区翁书记向浦东医疗队队员发出号召："希望大家发扬救死扶伤精神，发挥上海水平，打一个漂亮的、零伤亡的战役，同时一定要注意自身安全，全部平安凯旋！"

1 月 25 日，农历新年的第一天，凌晨 3 点，医疗队安全抵达武汉。国家卫生健康委副主任王贺胜鼓舞大家发扬上海精神："重大灾害面前始终走在全国的前面，积极施救，希望全部队员互相帮助，打一场胜利的攻坚战！”

我们所在的医院是武汉市金银潭医院，专门收治新冠肺炎确诊患者，目前收治患者400余名。进场前，我对浦东新区全体19名医护人员进行了院感职业防护和环境消毒的培训，起到了积极的作用。

我和浦东医院的两个护士住在同一层，她们俩住在一个房间，我们一直保持着密切的联系，精神状态良好。

之后，我连续上了3天班，每天站8小时，中间不能喝水，下班后小腿都是水肿的。各种原因导致老毛病又犯了，还好，现在一切基本入轨。

昨天下午，我送我院的两名护士进了医院的隔离间，迈出了她们接触患者的第一步。为了完成医院党委“安全带去，安全带回”的要求，我全程陪同，一步步仔细讲解穿衣流程，帮着她们套上一件件防护用品，进去前又仔细检查了她们的防护服、面具和鞋套。一切妥当后，才放手让她们走进去，并且一直等到她们正式开始工作，没有不适时，我才离开……

浦东新区医疗队已经成立临时党支部，选举浦东新区医疗队队长赵云峰同志为党支部书记、冯建军同志为组织委员、尹育红同志为宣传委员，医疗队8名党员均表示一定要“不忘初心，牢记使命”，在疫区工作期间发挥党员的模范带头作用！

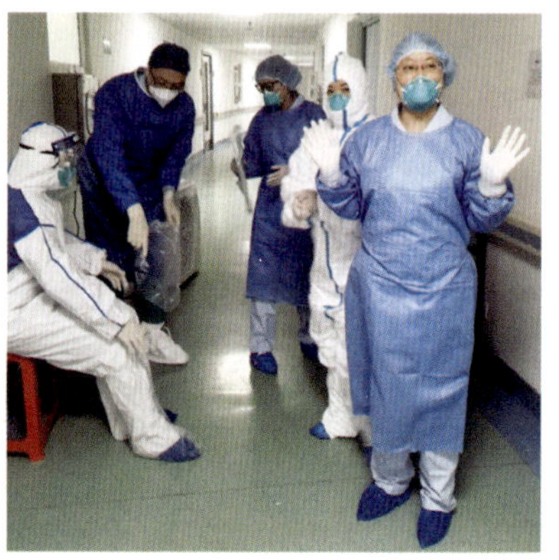

19名队员目前均身体健康，精神抖擞，努力克服困难，保持迎战状态，做好打持久战的思想准备！“病毒不灭，我不归！”

抗疫一线，武汉随记

陈　娜

中国医科大学附属第四医院

1 月 25 日（大年初一）这一天，对于我们沈阳中国医大四院首批抗击新冠肺炎出征武汉的每一个队员来说，都永远难以忘记。一个随时待命出发的电话，取消了我们所有人的假期。我一边整理着要带的东西，一边和家人商量，和女儿解释。我很小心地和女儿说着，在地图上比画着，告诉她我要去的地方，告诉她我要去干什么，还有不能带她去姥姥家，不能出去玩儿……

我生怕她会哭，那时候我就想如果孩子哭了，我怕自己也控制不住情绪。但是我没有想到，孩子给我画了一幅祝福的画，对我要做的事表示异常的理解，这更坚定了我奔赴武汉的决心。

我没有用更多的时间和精力去考虑要不要去，而是抓紧用临行前仅剩的一点点时间和同事交接我的工作。疫情面前，作为一名护理人员，作为一名党员，绝不能退缩！

辽宁医疗队用几个小时的时间就组建了一支138人的队伍，我们当中，每个人都扮演着很多角色，是女儿又是妈妈，是儿子又是爸爸，然而我们都有一个共同的身份——医务工作者！就在我们中间，还有一些人是单身，父母年纪大又不敢告诉他们，所有的压力都要自己一个人承担。要说的人和事太多太多，今天就给大家讲讲和我在一起工作多年的方丽卉医生吧！

方丽卉是我们中国医大四院危重症医学科的副主任医师，大年三十刚刚值完一天一宿的连班，而且当晚我们科室是满床状态。要是在平时，方医生至少要在家“昏睡”一天才能缓解当班的疲劳。只想回家睡个好觉的她，还没有下班就听到招募志愿者驰援武汉的消息，没有与家人商量，她就毅然决然地写下请愿书，准备上战场，再大的压力她都要一个人承担，她只跟领导请求不要告诉家人，她不想让家人担心。

提起方医生，我们对她的评价是：技术一流，勇挑重担，爽朗率直。她腿部怕寒，一着凉就疼，前一段时间为了检查腿部疾病，还休息了一周的年假，但疾病并没有太大的缓解。过年了，本想换个班回家陪陪父母，却没想到赶上突如其来的疫情，打乱了原有的安排。“千万别告诉我爸妈我来武汉，怕他们担心啊！”方医生是我们科室姐妹4人里唯一一位非党员，却有着和共产党员一样的坚强和勇敢。

在武汉，我和方医生一起被分到辽宁援武汉重症组。1月30日，我们正式进入蔡甸区人民医院重症医学科工作。工作中，方医生尽职尽责，坚守岗位，积极参与重症患者的救治。她常说："我要尽我所能，让重症患者的病情得到缓解，让轻症患者减少恐惧，感到舒适，为武汉人民尽一点绵薄之力。"

告诉大家一个好消息，昨天方医生已将一份滚烫的入党申请书递交到我们辽宁援武汉医疗队临时党支部有关领导手中。

无论经历怎样的严寒 春天都会如期而至

吴玲玲

上海市奉贤区中心医院护士

来武汉已经第 4 天了，今天终于有点时间、有点体力写日记了……

我是党员我先上

1 月 23 日，除夕前一晚，下班回家还未进门，就收到医院发出的支援武汉的征集令。抗击疫情重于一切，没等与家人商量，我便立即请求领导，自愿报名去武汉前线。

“领导，我主动报名去武汉，我是呼吸科护士，更是一名党员，这是我的职责所在，我义无反顾，请领导同意我去。”

“你们夫妻是双职工，都在医院工作，挺不容易的，要不要先和家里人商量下？”

“不用商量了，赵坤肯定会支持我去的，我妈妈那边我会做好她的思想工作的。”

就这样，我被定为院里赴武汉支援的第一梯队人员。本应该和上海第一批医疗队一起在除夕夜赶赴武汉的，但由于第一批医疗队人数已满，我被定为第一批医疗队增补人员。

断发上前线

爱美是每个女人的天性。因为职业关系，从未留过长指甲，一直引以为傲的就是自己那头乌黑的长发。为了方便开展救援工作与保护自身安全，向来惜发的我，怀着不舍与坚定的心情，剪去了 20 厘米左右的乌黑长发。三千青丝固然是一种美，但英姿飒爽、巾帼不让须眉更是一种美。他们都说短发的我看起来像一名女战士。

使命的召唤

接到随时待命的通知后，我做好了随时上前线的准备。领导的关怀、同事的鼓舞、家人的支持是我强大的后盾。整理好行李，做好母亲的思想工作，随时准备奔赴前线。

1 月 27 日傍晚，我接到奔赴前线的通知。“妈妈你要去哪里呀？你答应陪我一起拼积木的。我想你。”看着儿子依依不舍、泪眼婆娑地在窗内目送我离开，我一时没忍住泪如泉涌。这是他长这么大以来第一次与我长时间分开。但这份使命驱使着我前行，我擦干眼泪，与家人挥手作别。当晚，带着区里与院里紧急筹措的医疗物资与其他 49 位护理增补人员连夜坐火车赶赴武汉。

有你们在，我会更加勇敢

1 月 28 日，清晨 6 点到达酒店。搬运、整理好物资，简单地安顿与稍作休整后，即刻投入院感知识培训、防护培训与分组演练等各项准备工作中。因为上海第一批医疗队的驻地已经满员，我们被安排到了两公里外的另一个驻地。

面对陌生又特殊的工作环境，加上交通等原因，一时还无法与我们医院首批出发的其他队员“会师”，心里难免有点紧张与不安。领导与同事们知道我是这批队员中最年轻的一个，对我也是格外关心与爱护，给了我很多的温暖与信心，我们前线队员的一举一动都牵动着后方领导的心呀。

春天一定会来

1 月 30 日是我进病房的第一天，我被安排在重症护理组。同组的队员都是上海来的，对这边的电子病历系统、护士站工作系统还不太熟悉，工作流程与岗位职责还不完善，加上病房里没有护工与家属陪伴，患者的一切大小事情与护理工作都要靠我们护士来完成，这大大增加了我们的工作量。

穿着密不透风的防护服，戴上各种防护用品，要完成这些工作需要消耗比平时更多的体力。防护服内，衣服湿了又干、干了又湿。护目镜里凝聚起了许多“雾水”。为了把本职工作做好，我连续工作了 12 个小时。

理智告诉我不能这样“拼命”，该出病房了，不然会增加自身感染风险。但是一想到自己多干一点，就能帮其他战友多分担一点，只有把本班的工作安排得妥妥的，才能安心地交给下一班。

我在适应新工作环境与紧张有序的治疗和护理中度过了第一天，出病房后才发现天已经黑了。为了节约资源、减少防护用品的浪费，12 个小时的工作期间我只吃了一顿盒饭，抿了几口水，上了一次厕所。长时间的工作后只觉全身肌肉酸痛，体力严重透支。回到住处仔细一看，由于长时间佩戴手套与劳作，“纤纤玉手”已经肿成“五根香肠”了。

但是，即便再苦再累，看到一个个坚定的眼神与忙碌的身影，看到一位位患者在我们的治疗和护理下变得乐观开朗，我们一切的辛劳和付出都是值得的。身是痛的，心是暖的。

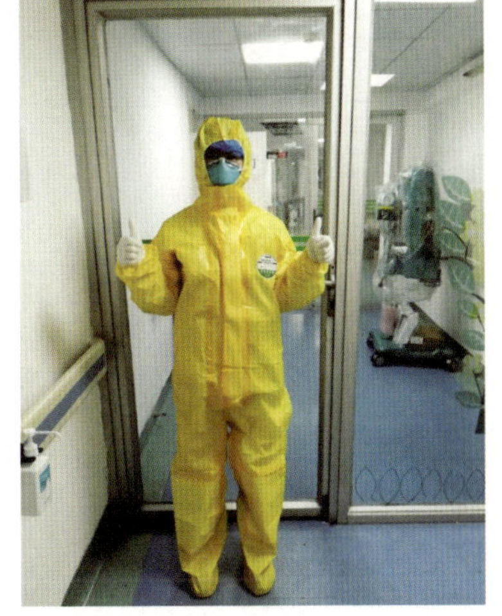

我想，在这“强敌”来袭的冬天，只要我们大家怀着奋战到底的决心，抱着积极乐观的心态，相信无论经历怎样的严寒，春天都会如期而至……

青春是用来奋斗的

山东省卫生健康委员会机关党委

2020 年伊始，新冠肺炎疫情突然来袭，为广大医务工作者吹响了远征的“集结号”。省直卫生健康系统广大团员青年迅速行动起来，主动请缨、踊跃参战，用实际行动彰显了青春担当，为打赢疫情防控阻击战汇聚起青春力量。

“家里还有弟弟，我早把生死置之度外”

1 月 24 日，省立三院发出了第一批支援湖北医疗队的紧急集结令，28 岁的 ICU 护士贾文君果断报名。她在发给护士长的短信中写道：“虽然我很瘦，很单薄，但是我很有劲，干活快且灵活，这是我的优点。我在 ICU 工作 5 年，没出过什么错。我没成家，没孩子，没牵挂，就算有事，家里还有个弟弟，我早把生死置之度外了。请您一定考虑一下我，我一定不会

拖组织后腿的。”

1 月 28 日，贾文君作为医院第二批援鄂医疗队队员，如愿出征。当天，她毅然剪掉了珍爱多年的长发，一头干净利落的“板寸”，正如同她坚毅果敢的性格。在机场接受采访时，她说：“我一定不负嘱托，竭尽所能，不辱使命，但不希望得到过多关注和报道，怕爸妈从电视上看到后担心。”说完，泪水夺眶而出……

跟随救援队抵鄂后，贾文君作为小组长，带领组员们投身到繁重的护理任务中。临时党支部成立后，她在第一时间向组织递交了入党申请书，她写道：“……此次抗击疫情的队员，一半以上都是党员，大家都在发挥着党员的先锋模范作用，我看到后深受感动。上学的时候，我就有加入党组织的想法，此次身在武汉抗疫前线，我愿尽我的微薄之力，帮助湖北同胞渡过难关，请党组织考验我！”

“我的‘非典’情结，终于找到了安放之处”

王晓蕾是省胸科医院医学检验部的一名医生。参加工作以来，由于工作繁忙以及路途遥远，她已 11 年没有回老家大同过年，而是把阖家团圆的机会让给科室其他同事。2020 年春节前，她答应母亲一定回家过年，并早早买好了返程的车票。然而，疫情来势汹汹，省胸科医院被确定为全省唯一一家省级定点医院，医学检验又是疫情防控的关键环节，这意味着，接下来整个科室的工作任务将会异常艰巨。接到医院的动员令，王晓蕾毫不迟疑地退掉了车票，并给远在千里的母亲寄出一封家书。

……妈妈，请原谅我退完票后才告诉您。爸爸走得早，而您的独生女儿已多年没有陪您吃顿年夜饭，想想真的不孝。但危急时刻，所有人都在夜以继日地辛苦工作，很多同事都比我冲得更前，相比之下，我能做的又是多么微不足道。

2003年“非典”来袭时，我还只是一名医学院的学生，在危急时刻，我无能为力，无可作为，只能与其他人一样躲在家中，曾经梦想成为医生、大显身手的抱负，在真实的疫情面前不堪一击。2009年“甲流”暴发时，我的职业生涯刚刚起步，我终于能够拿枪上阵、直面瘟神，虽然还不能够独当一面，但那种归属感、价值感，我终生难忘。

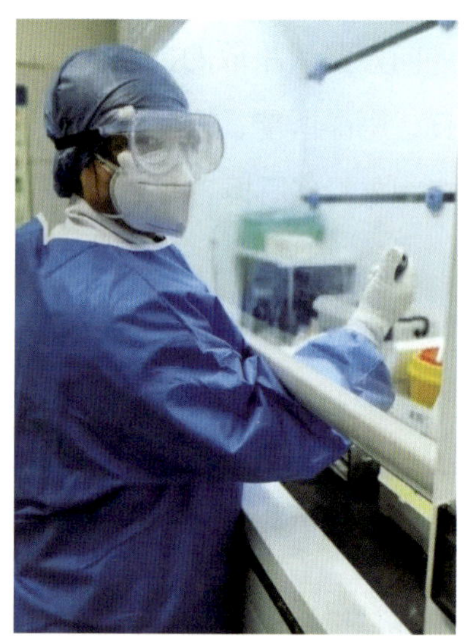

今天，新冠肺炎疫情出现了，我再不是“非典”肆虐时那个有心无力的学生，再不是“甲流”横行时初出茅庐的小青年，我已成长为一名有责任、有担当、有勇气的医生，我的“非典”情结，终于找到了安放之处，我想留在这个战场上……

“除了胜利，我们已无路可走”

有的逆行者在人海里穿行，他们的背影清晰高大；有的逆行者却是在斗室之内冲锋，他们的背影隐藏在厚厚的防护服下，只是一个个模糊难辨的轮廓。

省疾病预防控制中心检验检测组，就有这么一群年轻人。从1月20日全省首例疑似病例标本检测至今，他们3人一组轮番值守，24小时连续作战，不分昼夜，只要标本送达，实验马上开始，确保在第一时间出具准确结果，为病例确诊或排除以及密接人群划分等工作提供了“一锤定音”的诊断数据，有力确保了我省疑似病例的确诊速度。

他们是离病毒最近的人，他们的面孔身形、汗水欢笑，似乎永远隐藏在全副武装后面。他们之中，既有身经百战的防疫“老将”，也有刚刚走上岗位的疾控“新兵”。“老将”说：“知道被选进实验组，感到非常荣幸，觉得又能干点啥了，浑身有使不完的劲儿。”“新兵”说：“来到这种高危实验室，接受了严格的技术指导，并时时感受到前辈们的保护和关爱，心里的惧怕早已烟消云散。”

夜幕再次降临，又是一夜鏖战。通宵实验的组员走出实验室，筋疲力尽但又信心满满：“疫情不控，绝不收兵。除了胜利，我们已无路可走！”

“这是我们的使命”

疫情发生后，作为山大二院重症医学科的一名护士，宋淳瞒着妻子张倩，偷偷报名参加了援鄂医疗队。“我是一位男护士，在重症医学科干了5年了，见惯生老病死，对生命充满了敬畏，内心的使命感

和责任感让我做出了这样的决定。”宋淳说。但他和同为护士的妻子毕竟新婚才 3 个月，他怕妻子不能够理解自己的决定，所以准备“先斩后奏”。

没想到，知道实情后的妻子不仅没有阻拦他，反而也坚持要报名参战，想与丈夫同上“前线”。这下宋淳可犯了难，他拦下了妻子：“我们都是独生子女，如果都去，万一有什么事，怕双方老人承受不住，我们这样一个在前线，一个稳定后方，是最好的选择。”张倩则表示：“我还是想报名一起去湖北，我们‘90 后’成长起来了，身为医务人员，这是我们的使命！”

“使命”一词，成为宋淳和张倩新婚的特殊注脚，他们的爱情，注定因此而不同。

“等我回家娶你！”

大年初一，工作群里发出了医疗队志愿者征集信息，王冰第一个报了名，他是山东第一医科大学第一附属医院重症医学科主管护师。

王冰是个“90 后”，他的未婚妻李蕊也是一名护士。她很能理解王冰的决定。两人经历了 4 年的爱情长跑，原本计划 5 月 3 日在老家聊城临清市举行婚礼。但疫情的到来让原本既定的生活轨迹发生了改变。“不知道要出发多长时间，我做了最长时间的打算，所以就推迟了婚礼。疫情什么时候解除，再决定什么时候办婚礼。”

出发前，李蕊对王冰说：“保护好自己，多做点贡献。”“如果我不来武汉，咱们应该要拍婚纱照了。”他不好意思地笑了下，接着又说：“李蕊，等我回家娶你！”

一个个剪影，一支支团队，一封封请战书，清晰地勾勒出青年卫生健康人的情怀与担当。党有召唤，团有行动。以大爱之名担当使命，以青春之名逐梦想前行，共同战“疫”，我们在路上！

最美的爱情就是我们携手抗疫

周　青

重庆医科大学附属第二医院

宣传科科长、团委书记

“君在战武汉，我在守重庆，长江一线同抗疫，只盼归来披红妆。”

都说有两个医务人员的家庭不多，因为很多医务人员都不愿意找同行做伴侣，担心繁重的工作会影响感情沟通。但在重庆医科大学附属第二医院（简称重医附二院），有两位年轻人却不这样认为。他们觉得他们有更多的共同话题可以聊，不管是工作上的困难还是生活中的问题，都可以向对方倾诉，心灵相通。在新冠肺炎疫情来袭之际，他们更是不约而同奔向战场。他们就是重症医学科的“90后”男护士施跃荣和血液内科的女护士李寒。

时间回到2016年，两个重庆医科大学护理学毕业的年轻人一起参加了重医附二院的公招考试。他们互不认识，因为同校、同级、同专业，在之后的岗前培训中熟识起来，相互加了微信，再后来就慢慢成了恋人。

恋爱中，更多的是李寒照顾施跃荣，李寒对此笑说：“因为他是四川简阳人，从大学到工作，都是独自一人生活在重庆，我是重庆本地人，毕竟要尽地主之谊。另外，他是重症医学科的，工作比我更辛苦。”相比不同工作的恋人，李寒更能理解和感受施跃荣的辛苦。

3 年里，他们共同成长，一起进步，为成为优秀的宽仁人、三全护理人而努力。3 年里，他们对医院产生了深深的认同感，医院带给他们的感受是宽厚、仁爱、责任、信念。“克宽克仁”的医院精神刻进了他们的灵魂。

2020 年春节之前，这对心心相映的情侣准备回男方老家过春节。因为施跃荣 ICU 工作忙碌的关系，已经好久没有回简阳了，他很想家、很想父母。他们提前帮别的同事上班，准备好了礼物，只待节日的到来。

春节前，新冠肺炎疫情暴发。大年三十，重庆市启动重大突发公共卫生事件一级响应。接到医院停止休假的通知，还没来得及回去的他们，立即回到医院待命。护理部发布了“召集令”，征集两区发热病房护理志愿者。

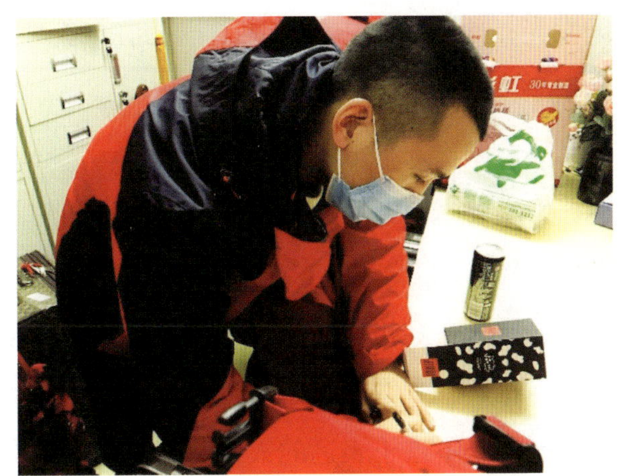

犹豫了几分钟，李寒报名了。当问及李寒当时的心路历程，她说："第一次遇到这样的公共卫生事件，内心不紧张是假，所以犹豫了一下，但是一想到作为三全护理人的职责和价值，就坚定地报名了。"

此时，施跃荣也打电话来问李寒："那个志愿者你报名了吗？我已经报名了。"李寒听着他的话笑了，原来这个人比她更勇敢，他们想到一块儿了。

我问施跃荣："你为啥这么勇敢地就报名了？"他说："在大学报考这个专业时，就想到了可能会有这样的公共安全事件，在那个时候就已经做好心理准备了。"

报名后，李寒比施跃荣先接到通知，参加培训，学习发热门诊各项工作流程、操作规程、注意事项，学习完毕后每个人都要考核过关。李寒认真学习每一个细节，并把这些分享给施跃荣。随后几天，施跃荣在家待命，李寒则到医院的发热门诊去支援。

直到施跃荣的护士长打电话来询问他是否愿意参加重庆援鄂医疗队，施跃荣坚定地回答："愿意！"此时，李寒眼中的他更加闪闪发光，他是她心中的英雄。出征前，李寒忙着给施跃荣准备各种生活用品。

施跃荣出发那天李寒正好下夜班，之前他一直在培训考核，时间紧张，出发之前，他们只能在日间病房匆匆见一面。李寒嘱咐他一定要做好防护，注意安全，其他的话，都来不及说。

施跃荣在登机前通过媒体告诉李寒："等我们共同战胜新冠肺炎疫情，我们就去领证吧。"看到新闻的李寒感动不已，因为以往的施跃荣是一个不善于表达的人，李寒知道他是抱着很复杂的心情、鼓足勇气说出的这句话。

现在，施跃荣已经到湖北省人民医院投入战斗了，他告诉李寒："我一切都好，不要担心。医院准备的物资真的很充分也很细心，防压疮的减压贴、防起雾的东西、尿不湿等，这边吃住条件也很好。"至今施跃荣都没有告诉父母他已经去援鄂一线了，他说："还是不说了吧，说了他们也只有担心，你要帮我瞒住他们哦。"

李寒觉得，在这场战役里，她看到的不仅是男朋友施跃荣身上的闪光点，也感受到了参与抗疫的志愿者们的热情。每天有医院、护理部和前辈们的关心和嘱咐，有负责老师在工作和生活上无微不至的照护，有心理援助团队的慰问，有同事之间相互的加油打气……"这一切都让我感受到身为宽仁一分子的温暖。"她相信，有这样一个大家庭，有这样一群人的存在，我们一定会战胜疫情！

我们相约到武大看樱花

刘 洁

重庆医药高等专科学校附属第一医院（市六院、市职防院）泌尿外科

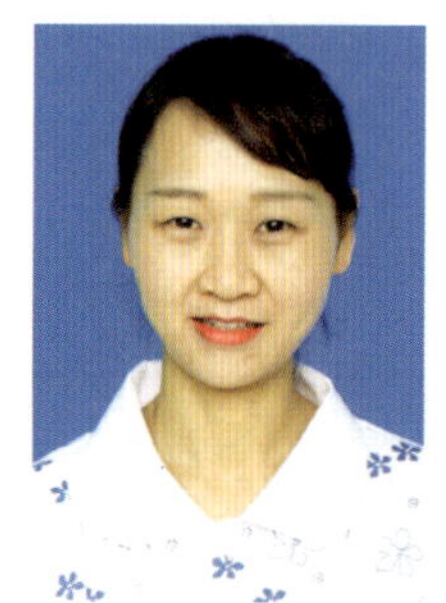

医务人员和公安民警，两个将黑暗挡在背后的职业。职业不同，却有相通之处。坚守，是他们共同的信仰。当护士遇上警察，医警家庭的奉献远超常人的想象。

“我在重症内科、外科都干过，让我去！”大年三十，在接到医院的通知后，我第一时间毫不犹疑地报名请战援鄂。我的丈夫韦钰是重庆铁路公安处丰都车站派出所的副所长，对于我们一家来说，庚子鼠年的除夕，注定是一个难忘的夜晚。

如果没记错的话，这是我们结婚以来共度的第一个除夕，这本该喜庆祥和的日子，却被肆虐在中华大地的新冠肺炎疫情阴影所笼罩，坐在餐桌前，我们却有些相顾无言。

“我有话对你说。”身为派出所领导的丈夫先打破了沉默。“我也有事要告诉你。”我的回应让丈夫有些意外，静静地等待着下文。“我知道你要赶回所里去，我刚刚也做了一个决定，我要去支援湖北疫区，对不起，我没来得及跟你商量。”

没等丈夫回应，我接着说道：“刚刚院里给我打电话，让我从科里自愿报名去武汉的人里确定一人，我是护士长，我必须承担起这个责任，我不能让更年轻的同志们去冒险。她们工作时间太短，经验不足。我知道这对不起你和两个孩子，但我不能退缩，这也是我真心的想法，院领导已经同意了。”

“我支持你，抗击疫情是我们共同的责任！”

在知道我报名参加援鄂医疗队后，两个孩子一直抱着我不放手，姐姐的眼泪在眼眶里打转转，弟弟更是大哭，我只好安慰他们说：“妈妈只是去外面打怪兽了，很快就回来。”

送别我后，韦钰也立即返回到工作岗位上，加强对进出站口的盯控工作，随时做好接送疑似患者的处置工作，协助站区医务人员对旅客进行体温检测，并主动对旅客开展疫情防治宣传。

工作间隙，韦钰给我写了一封信：

凌晨，飞机起飞，我留在原地，但心却随你而去。我不怕我会有危险，但是我怕你在害怕的时候不能扑入我的怀抱。你逆流而上，为了人民的安危，我又能说什么，只能让你带上我的坚强，在你孤独、无助而疲惫的时候，让它陪你战斗到底，给你心里一些温馨。

亲爱的，我向你保证，我不会输给你，我会无愧于在你心目中“警察蜀黍”的形象。在丰都，在重庆，在每一个车站、每一个关卡，做好人员卡控，更在有人需要我们的时候迎难而上，绝不畏缩！

亲爱的，我向你保证，我会照顾好孩子和父母，在这没有硝烟的战场上，你们是最勇敢的战士，你们和病魔殊死搏斗，为了患者生命争分夺秒，所以你放心，我会坚守好你的后方，做你信念的力量！

亲爱的，我要你向我保证，你要照顾好自己，平安回来。你在这场疫情的核心区，为遭受磨难的患者带去曙光，你们赶着死神的脚步，抢救下一个又一个濒危的生命！我希望你能在工作的同时，注意做好防护。

夜深了，明天只会更加忙碌，但是忙碌和挑战只会加速我们的蜕变。得胜归来，我们会是更好的自己！

我相信，摘掉口罩、春暖花开的日子很快就会到来！到那时，我们相约一起去武大看樱花。

妈妈，你早点回来！

黄　丹

江西省妇幼保健院党办

冬将远去，春正归来。2020 年立春清晨，NICU 护士长李莉亲吻了还在熟睡中的宝宝，来不及道别，毅然转身，拖着大大的行李箱，离开了家。与她同时踏出家门的还有 MICU 护士长文秀兰、产科护士王媛。

当天凌晨，医院医务科长张鹰接到江西省卫生健康委援鄂护理组出征指令，随后立即电话通知护理部主任刘晓。为让 3 名援鄂护理人员出征前再睡个安稳觉，刘晓主任决定天亮后再通知她们。

接到出发的命令后，李莉、文秀兰、王媛没有丝毫犹豫，迅速行动，整理行装赶赴医院，集结出征。上午 10 点，医院举行了简短的出征仪式，院领导班子全体成员和部分干部职工为即将出征的 3 名队员鼓劲加油。

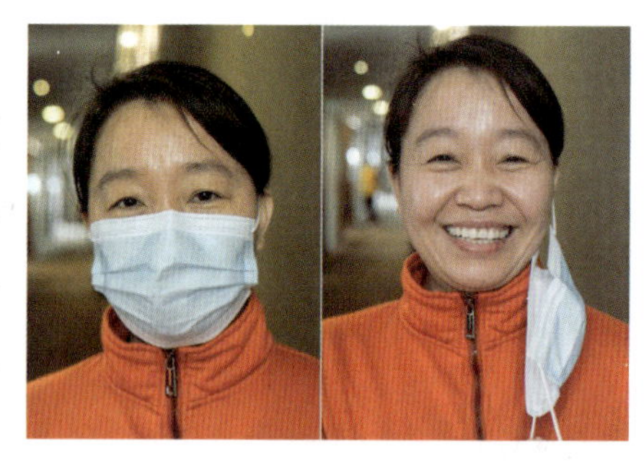

出征在即，李莉代表医疗队发言，她哽咽却坚定地说："1 月 23 日参加医院疫情防控部署会时，我就暗下决心，只要疫情救治工作有需要，我将随时出发援助武汉一线。作为一名党员，只要国家有需要，我们就应该义不容辞，迎难而上。"

党员李莉是 NICU 的护士长，她的大宝正在备战高考，二宝刚满两岁，当得知医院招募春节期间发热门诊、急诊的医护志愿者时，她第一时间报名，并积极带动科室其他人员参加。

当接到需要支援武汉的通知时，她又是科室第一个报名的："我是党员，有 20 多年的 ICU 护理经验，请组织批准我援鄂。"

李莉早上出门时，二宝还没醒。当他醒来时，妈妈已经踏上征程，李莉爱人发来视频，儿子以为妈妈只是出差，奶声奶气地唤道："妈妈，早点回来！"李莉不禁泪目。

援鄂医疗队急需呼吸、重症方面的优秀护理人员，当医院接到派遣护理人员援鄂的通知后，护理部刘晓主任第一时间想到 MICU 的文秀兰护士长，当她致电文秀兰同志时，文秀兰没有一丝犹豫，表示自己要加入援鄂医疗队，履行一名医者的职

责和使命。

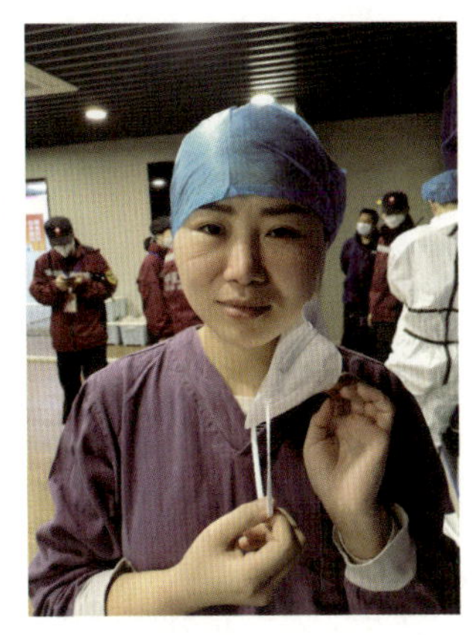

王媛是产科一名年轻的护士，她在请战书中写道："我还是单身，没有家庭负担，父母也很支持我前往疫区，希望组织给我机会为抗击疫情做贡献。"临行前，为便于开展工作，王媛请同事为她剪短头发，变成了十足的假小子。还没找男朋友的她笑着说："疫情当前，女汉子一个顶俩。"

临走前，面对送别的同事、亲友，李莉、文秀兰、王媛 3 名医疗队员齐声表态："请大家放心！我们一定不辜负党和人民群众的期望，不辜负医院的嘱托！听从指挥，抗击疫情，不负众望，胜利归来！"

我悄悄踏上了援鄂的征程

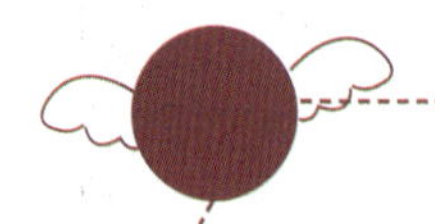

雷建华

中南大学湘雅二医院感染科医生、第三批援鄂医疗队队员

元宵节的下午，我悄悄地踏上了援鄂的征程。除了正在指导永州疫情现场流行病学调查的爱人，我没有告诉其他亲人。

其实，从元月初新冠肺炎疫情发生以来，我就一直在医院的发热门诊值班。随着疫情的逐步发展，工作量越来越大，直到医院大规模扩大发热排除门诊，并且要求我们按照二级防护接诊患者，我就基本上是处于工作和隔离的状态了。随后，医院将我们感染科的 3 个病区设置为标准的隔离排查救治病房，我们几个值班人员，除了穿上厚厚的防护服接诊和治疗患者，其他时间就只能在病房的清洁区休息，同时自我隔离观察了。

电视和网络每天都滚动播放着疫情防控的信息，其中有不少医务人员被感染、住院，甚至有更让人担心的报道。我的女儿还有老家的爸爸妈妈紧张了，他们不停地打电话、发微信，问我情况怎么样。我只能给他们回电话、发照片，告诉他们，我们的防护很到位，工作条件和生活条件很好，我的身体也很好，让他们放心。

其实，作为感染科医生，我一直在密切关注这次疫情的主战场——湖北武汉的动态。我主动向蒋永芳主任提出，只要有需要，我就上。

1 月 27 日，医院第一批援鄂医疗队出发。

2 月 4 日，医院第二批援鄂医疗队出发。

与此同时，湖北的疫情，武汉的疫情，还在进一步发展。

我知道，肯定还有后续的医疗队奔赴武汉一线，所以一直在思考着应该做些什么准备工作。

果然，2 月 7 日下午，蒋主任通知，医院将组织第三批援鄂医疗队，明天就出发。我回答：“上。”

明天？ 2 月 8 日？元宵节！太有意义了！

我给正在永州疫情防控现场指导工作的爱人打了个电话，告诉她我已经作出的决定，并且告诉她，不要告诉女儿和老家的爸爸妈妈，我实在不想让他们担心。不过，我还是打了一个电话给女儿，毕竟，爸爸妈妈很多天没回家了，接下来最乐观的估计我也要一个月后才能回家，那时候，女儿估计已经在另外一个城市上学了。

我告诉女儿，由于长沙发现了确诊病例，我作为感染科医生，需要在隔离区上班，至少需要一个月，说不定还要几个月的时间。女儿非常认真地说：“爸爸，我知道了。你和妈妈都是疫情防控一线的人员，现在这个样子，你们肯定是很忙的，我自己能够照顾好自己，你们不要担心。只是你们一定要注意防护，千万不要被感染了。”

元宵节的下午，医院中心广场，一种前所未有的壮怀激烈，毕竟，这是湘雅二医院历史上一次性派出的规模最大的医疗队。红旗招展，呼声阵阵，出征的、送行的、壮威的，热闹非凡。科室蒋主任、两位护士长还有多位同事无微不至地为我准备了大量的生活物资和可能会用上的医疗资料。

这时候，医院农工党主委党西强教授代表组织专程过来送行了。党教授非常庄重地把一枚国徽别在了我的胸前，握着我的手说：“雷医生，你记住，农工人与祖国同在！”是啊，国家有难之时，人民需要的时候，农工人怎么可能会缺席？

一天后，在隔离病房工作时，我把这句话写在了防护衣的后面，拍了一张照片，传给了党教授。我把这句话刻在了心里。

医院同行的，还有一位年轻的农工党成员，她叫廖佳颖，是医院肾内科的护士。后来我才知道，她不仅是一位技术高超的护理人员，还是一位擅长诗画的才女。

从医院中心广场到高铁站，医院文宣部门和省内的多家媒体进行了报道和采访。尽管我也是心潮澎湃，激动不已，但是我只能认真地佩戴好口罩，把帽檐尽可能压低，并且尽量回避摄像机的镜头，因为我知道，我的亲人一直在关注着我们医院的消息，为了不让他们担心，我只能悄悄地踏上援鄂的征程。

到达武汉后，医疗队的中共前线支委会马上召开了会议，并且把会议精神和形成的决定转发给了每一位队员。我和廖佳颖同志都明确表示，坚决服从前线支委的领导，按要求完成分配给自己的任务，并且坚决做好各项队内、组内的协同、协助工作。

经过再次对专业内容进行认真的培训和讲解后，到达武汉的第二天晚上，我们连夜开赴本次援鄂任务的主战场——同济医院中法新城院区的一个重症病区。到达病区以后，我们发现，这个病区是临时由骨科病房改造的，尽管尽可能地按照“三区两通道”的要求进行了布局，但仍然存在一些隔离消毒的缺陷，存在发生医务人员院内感染的风险。

我和同行的感染科副主任张旻还有各位队员，与同济医院接洽的医务人员一起，反复推敲，终于在晚上 11 点敲定了基本的院内感染防治要求和医务人员防护服穿戴和脱离程序。此时，患者通道的大门已经响起了敲门声，住院病例来了！

作为感染科专家，特别是具有隔离病房工作经验的医生，我第一个穿上了厚重的防护服，义无反顾地进入了隔离病房。随后，第一批轮值医生和护理团队几十人进入病区。零点不到，一个接一个的患者，或蹒跚步行，或坐着轮椅，或躺在平车上，陆陆续续地进入了病房。从他们的眼睛里，我读到了他们看到这一身雪白以后的欣慰，有几个患者几乎要哭出来了，他们说：“看到你们，看到病床，就看到了希望。”

工作是艰苦的，全然陌生的环境，不一样的医嘱信息操作系统，既要快速合理安排病床，又要安抚患者情绪，快速甄别患者病情的轻重缓急，下达医嘱，实施治疗和抢救。特别是，由于担心空调系统会造成病毒扩散，病房里面没有空调；由于是新开的病区，取暖设备也还没有配备，加上当天晚上下着小雨，病房里面非常寒冷。

最重要的是，我们按照防护培训的要求，脱下了自己随身的毛衣和外套，只是一层薄薄的洗手衣外面罩了一层防护和隔离衣。患者安置在病床上以后，有厚厚的床垫和棉被，而我们医务人员却只有默默地忍受着刺骨的寒冷。但是，看着患者一个一个地过来，看着他们求助的眼神，我们怎么可能停下来？

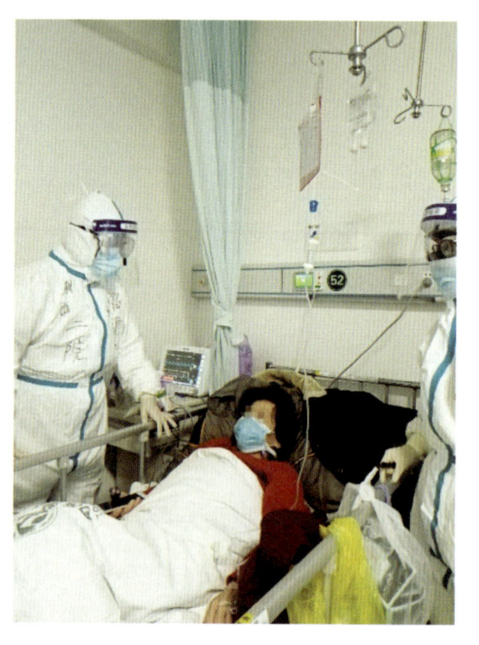

我们第一批医护人员几乎没有停歇地工作了整整8个小时，当第二批人员穿戴好防护进来的时候，我们几乎都累倒了。到了10日上午，这个新开的病区50张病床已经收满患者，最紧张的时间过去了。

接下来的几天，我们按照队内的安排，步入医疗常规，医护人员按期轮班，医生每班8小时，护士每班4小时，穿戴全身防护服进入病房进行诊疗。我发现，湘雅二医院人真是厉害，就是这短短的几天，各项工作迅速进入正轨。随后我每一次进入病房，都发现了进步，发现了规范，发现了重症患者的好转，发现了希望。

衷心地希望这次疫情早日结束！

祝福我们伟大的祖国山河无恙，国泰民安！

妈妈，您怎么刚回来又要走

李　研

北京市和平里医院呼吸内科副主任医师

“我希望你们回去后能把‘首善、实干、团结、奉献’的首都援疆精神带回岗位，发挥最大的作用！”2020 年 1 月 1 日北京援疆指挥部的领导这样对我们说。两天后我们踏上了返京的路程。

还没来得及适应北京的工作生活，武汉疫情就暴发了。1 月 18 日，先是接到科室主任的信息：提前结束休假上班；接着医务处的电话又打了过来：入选医院新冠肺炎专家组成员，随时会诊院内患者……

1 月 28 日早晨，在接到组建东城区援助湖北医疗队的通知后，我义无反顾地报名参加了。通知指示“最快今天晚上就出发”，我开始

“经验丰富”地打包行李，当女儿揉着睡眼出现时，我正在拉上行李箱的拉链。

“妈妈，您不是说再也不走了吗？”女儿小小的脸上露出了惊慌，表情很熟悉，和一年前看到我在打包援疆行李时一样。一瞬间才反应过来：我把一切接受得太顺理成章了，竟忘了通知我的家人。

先生经过短时的沉默，开始往我的行李里塞感冒药；女儿紧紧地抱着我；婆婆则转身进了厨房：“吃饱了再走！”……对我的工作，他们一直是支持的，至少不会让我看到他们的叹息与不舍。

和平里医院的 5 人援鄂小组很快建立起来，医院党委在短时间内就为我们配备了各种物资，谈心谈话，安排培训。我们各自也从不同渠道收集信息、经验，互相帮助准备物资……一切都已经准备好，我们随时待命出发！

等待命令的同时我回到呼吸科，在熟悉的岗位上工作，为科室尽力，同时也在一线继续学习，增长经验。疫情到来后，大量发热感染患者的收治让科内的压力更重了，同事们都在高强度工作。大家没有任何怨言，除了防护级别的提升，都努力做到和平时一样兢兢业业地工作着。因为我们知道，只要我们不畏惧，患者就不会恐慌，治疗才能够继续，病情才能缓解。

昨天病房中一位患者病情突然变化，夜间出现反复加重，为随时掌握病情变化，我整夜留在科内和值班医生一起处理病情，值得高兴的是，患者终于挺过来了……今天查完房下班后，和科里的同事简单地告了别，明天我就要接受新的任务：到发热门诊参加值班，熟悉流程……一天没接到出发命令，我就仍然要守在工作岗位上。

等待的日子总是最难熬的，每天看着新闻上不断增长的患者数字和武汉医疗同人们满负荷的工作状态，内心十分焦急。尤其是了解到之前我们援助的新疆和田地区传染病专科医院也派出了支援武汉的医疗队，并已投入工作时，我更是百感交集：从结核病高发的和田到新冠病毒肆虐的武汉，所有人都在不同战线上竭尽所能地与病魔战斗。

一年的援疆历练，让我成长，“首善、实干、团结、奉献”的首都援疆精神已牢牢刻在我心中。援疆之前我能做到在关键的时候首先冲上去，援疆之后也学会了在准备期的踏实等待。现阶段我在认真工作的同时会继续提高自己，随时做好准备。

我知道，在不久的将来，属于我的战斗即将打响！我也答应女儿，等妈妈下次回来就再也不走了……

一名共产党员的日记摘编

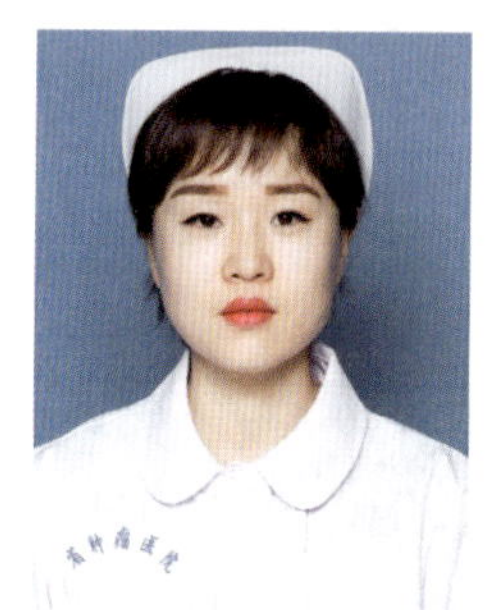

朱玉明

河南省肿瘤医院放中党总支放疗党支部第六党小组组长

2020 年 1 月 24 日除夕（星期五）

大年三十到婆婆家已经是晚上 7 点了。刚到家，就收到医院要求大年初一返院上班的消息。许久不见的孩子见到我很高兴，可是我告诉他明天妈妈就要回单位，孩子很难过，哭着抱着我不松手。我告诉他：“爸爸在家陪你到初六，妈妈是护士，有患者需要妈妈，妈妈必须回去。”

孩子终于还是接受了这个事实。可是第二天孩子爸爸也接到了他们医院的返院上班通知，我们俩都要走。临出门，孩子拉着我的衣角，哭着说：“我要妈妈，我要妈妈，妈妈换个工作，多陪陪我……”在离开婆婆家转身的瞬间，我的泪水夺眶而出，“孩子，不是妈妈铁石心肠，只是妈妈职责所在，长大了你会懂的！”

2020 年 1 月 26 日大年初二（星期日）

接到护士长发的支援武汉的通知，当时爱人就在我旁边。我说：“我要去武汉，疫情前线现在紧缺护理人员，我又是党员，而且在胸外科工作过，现在又在呼吸放疗科，我觉得我的条件正符合。”

爱人是一位麻醉医生，很理解也很支持我。他说：“你去吧，我也去，反正孩子跟老人都在老家，我们也没什么顾虑。不过还是先不要告诉双方父母，毕竟他们年纪大了，别让他们担心。”

于是，我赶紧报了名，当时心里只有一个念头，很庆幸我是一名党员、一名医务工作者。在这个和平的年代，在这场没有硝烟的战争中，我能作为一名白衣战士为了国家去战斗，是何等光荣！此时，我心中热血沸腾，恨不得立刻出发，奔赴前线。

2020 年 1 月 27 日大年初三（星期一）

下午，得知医院第一批应急医疗队入选人员没有我，心里真的特别失落。从主动报名开始，我就做好了赶赴前线的各项准备，于是我向护理部主任徐晓霞再次请缨，告诉徐主任我是一名党员护士，我是多么想去一线……在徐主任的点赞和鼓励下，我等待着第二批医疗队的确定。

2020 年 1 月 28 日大年初四（星期二）

中午，突然接到病区护士长的电话，说让我立即填表，我被选中进入医院第二批医疗队了，当时激动的心情无法形容！当天下午，就确定了我被分到危重症患者救治医疗队。我第一时间就跟我的好朋友分享了这个消息。她们非常震惊，在电话里哭得泣不成声，担心我的安全。那会儿心里真的有一丝恐惧，但是共产党员的信仰和信念使我战胜了恐惧，坚定了我的选择!

我是共产党员，共产党员就是要在关键时候站得出来，危险时刻挺得上去，到人民群众最需要的地方去！到疫情防控一线去！不忘入党初心，保家卫国！不忘学医初心，救死扶伤！今日，国家需要，患者需要，我请愿——驰援疫情一线!

义无反顾，不负一身白衣

符王润

海南省妇女儿童医学中心宣传科

2020年2月3日，为支援湖北开展新冠肺炎医疗救治工作，国务院应对新冠肺炎疫情联防联控机制医疗救治组向全国各省（市）发函，要求组派护理专业医疗队援助湖北应对新冠肺炎疫情，海南省将从全省各医院抽调医务人员，组建一支100人的护理团队。

海南省妇女儿童医学中心临危受命，迅速完成了人员选派工作，10名来自各科室的护士集结完毕，随医疗队出征湖北，奔赴湖北抗击疫情的一线。

中心干部职工纷纷在朋友圈为他们点赞："希望我们医院最美的护理团队平安归来，琼鄂携手，并肩前行，坚决打赢疫情防控阻击战，胜利必将属于英雄的武汉，必将属于英雄的人民。致敬最美逆行者——

海南省妇女儿童医学中心支援湖北护理专业医疗队。”

征集：深夜临危受命，早晨完成集结

2月3日晚上11时，海南省妇女儿童医学中心护理部主任轩妍接到了副院长李玲打来的电话：“省里需要征集我们10名护士支援湖北，明天出发！”放下电话，轩妍立马开始征集报名人员。

早在1月28日，中心党委就向全体干部职工发出号召，正式组建援助湖北省应对新冠肺炎医疗预备队，根据新冠肺炎疫情防治需要，准备随时驰援湖北省，并向全体干部职工发出了《抗击疫情做表率驰援湖北当先锋》的倡议书。倡议书发出不到一天时间，中心就有200人报名参加湖北省医疗队（预备）。

“轩主任，听说医院要增援武汉，我再次报名。我有重症护理的基础，而且本人毕业后在成人急诊科有3年的工作经历，有很强的胜任能力，我有信心能为武汉出一份力。”科室的程范波一次次极力争取，她虽然年轻，但业务能力不错，反应快。

“妇科门诊李丹报名参加。没有任何困难，全力以赴。”

“段文敏同志已多次向护士长提出支援的申请。”

“心外神外林诗婷报名参加。没有任何困难，随时待命。”

……

号召深夜一经发出，响应者众多。这其中包括很多早在1月28日就报过名的护士。2月4日一早，在中心的会议室内，一场支援湖北的动员会召开了。已经报名的护士们赶来了，一些错过深夜信息早上醒来看到后的护士们也赶来了。

“现在是我们担当的时候了。今天我们将从你们中挑出10个人援助湖北。可以参加的，大家举下手。”会上，樊利春院长郑重地说道。在场的护士纷纷举起了手。

“到了湖北，不管是哪个岗位都会非常辛苦，你们谁有困难的，特别是身体不舒服的一定要提出来。”樊利春院长继续提醒道。报名的护士中，有的还在重感冒，有的年纪已经将近50岁，有的家里的孩子还很小，但没有一个人提出有困难。

“黄玲，你有困难吗？”樊利春院长问道。“我没困难！”将近50岁的儿保科护士长黄玲回答道。“李喆，你顶得住吗？”樊利春院长再问道。“顶得住！已经和家里说好了。”月子中心负责人李喆回答道。“孩子，你这么瘦，身体怎么受得了？”看到瘦弱的儿童重症医学科护士程范波，樊利春院长心疼地说道。“不瘦啦，我都快100斤了！”这名积极报名的姑娘腼腆地小声说道。

经综合考量后，中心领导班子成员最终挑选出李喆、赵小丽、李丹、段文敏、刘琪、林诗婷、叶艳、陈小芳、黄琳欢、林婷这10名身体素质好、年轻、富有经验的护理人员成为第一批驰援湖北的医疗队员。

“援助湖北的通知一发出，所有的科室都给予了很大的支持，各科室医护人员踊跃报名。这种积极支援湖北的大爱精神非常感人。我从他们的眼神中看出参队的渴望，他们是新时代最可爱的人。希望我们这 10 位出征的勇士平安凯旋！”中心党委顾硕书记被在场所有人的奉献精神所感动。

准备：想到了所有细节，为战士们备足作战装备

“防护服、护目镜、口罩、羽绒服、成人纸尿裤、轻羽绒背心、手套、棉签、焖壶、充电宝、插头、笔记本、毛巾、洗漱套装、水鞋、纸巾、肥皂、便携衣架……”这一串长长的多达二三十项的购物清单，是中心领导班子成员和医务部、护理部、保障部等相关科室负责人商量后列出来的。

动员会后，趁着院感科对 10 位即将出征的护士进行防护培训的工夫，其他人开始忙碌了。保障部、医务部、护理部等工作人员拿上采购单，赶往各大商场为护士们采购装备。他们要在短短两个多小时内采购完毕。

“快，大家帮忙打包。”中午 12 时许，采购的物品被陆续运送至会议室。顾硕书记和樊利春院长带领在场的同事们开始动手为护士们打包行李。一时间，不大的会议室变成了仓库，10 个背包和 10 个旅行箱被一一排开，大家按照物品列表单打包，然后逐个放进背包和箱子里。一切准备就绪。每人一个行李箱，一个背包，这里面，装满了姑娘们的生活所需，也装满了中心全体干部职工对她们的关爱。

下午 1 时，在家中收拾完衣物，与家人告别的护士们赶回了会议室。上午结束完培训已是 10 时许，要赶在下午 1 点半出发前往机场，她们只有短短几个小时回科室交接工作，回家准备行李，同家人告别。

到达医院，让这些姑娘们想不到的是，同事们早已为她们装备好了行李。“防护服放在这里了，护目镜在这儿，这里是纸巾，这里是口罩……”担心护士们找不到东西，樊利春院长拉着护士们，指着行李箱里的物品一样一样仔细地交代着。

“这次大家踊跃响应国家的号召，支援湖北，让我很感动。大家都非常有大局意识，有强烈的责任感，我代表中心党委和全体干部职工向大家表示诚挚的感谢和崇高的敬意。到了湖北，大家要服从指挥，注意科学防控，要保护好自己，注意休息，不要疲劳作战。有什么事要相互照应，有什么困难及时提出来，要记得还有大后方在支持你们。”临出发前，顾硕书记为 10 位姑娘加油打气，“大家一定要有信心，期待你们平安归来！感谢大家！”

“孩子们，去了湖北，保暖内衣一定要穿好，一定要注意保暖，家里有困难及时和医院反映。这次大家可能会分到不同的地方，一定要把自己照顾好。大家都很勇敢。你们安全，我们才放心！”樊利春院长像叮嘱自己的孩子一样叮嘱道。

就在护士们出发前，中共海南省妇女儿童医学中心委员会发出了《关于成立支援湖北省护理专业医疗队临时党支部的通知》，宣布正式成立支援湖北省护理专业医疗队临时党支部，由李喆同志任临时党支部书记，赵小丽同志任临时党支部副书记，将鲜红的党旗插在疫情防控第一线。

出发：疫情什么时候结束，我们什么时候才回来

“我的工作安排妥当了，家人全力支持我，我是党员，我必须上！”此次担任领队的李喆回家和 8 岁的女儿告别时，女儿为她画了一幅上面写着一路平安的画，这让她十分欣慰和感动。

“我是一名党员，一名重症医学科护士长，我还年轻，想做点有意义的事。也非常感谢家人对我的支持。”33 岁的赵小丽是儿童重症医学科的护士长，一听说中心要组建驰援湖北的医疗队，她不但自己报名，还让科主任帮自己一再争取赴湖北的名额。而她最小的儿子才两岁多，“家里有老人帮忙照顾孩子，我很放心。我已经做好了至少一个多月才能回来的准备，疫情什么时候结束，我们什么时候回来！”

“国家有难，匹夫有责。作为一线护理工作者，有义务、有责任承担这重任。虽然我也有犹豫，因为放心不下孩子，但是国家的事是

大事，我们作为医务工作者义不容辞！”心胸外科和神经外科护士长林诗婷的话语铿锵有力。

“我作为一名共产党员要冲在前面。一生那么长，总要做点有意义的事。”妇科门诊的护士李丹有着一名党员应有的担当。

25岁的黄琳欢是刚工作两年多的手术室护士。“我姐姐也是一名护士，家里人都很支持我去。我父亲是一名教师，他告诉我，这是报国的时候，也是锻炼自己的时候了！”当被问及是否想过支援湖北的困难和危险时，一直挂着笑容的黄琳欢沉默了一会儿，低声说：“想过，也想过自己也许会被感染甚至牺牲……”在哽咽了一阵后，这位年轻的护士擦干眼泪坚定地说道：“但是我不怕！”

下午2时许，中心领导班子成员将她们送到了机场。在这里，由海南各市县10个医院的100名护士组成的海南省支援湖北护理专业医疗队即将集结出发。

“中心有这么强大的后盾全力支持我们，我们一定会时刻做好自身防护，不辱使命，坚决完成任务！请领导和同事们放心！”出发前，临时党支部书记李喆语气坚定地说。

愿疫情早日结束，愿我们的姑娘们早日凯旋！

二 初 战

Chu Zhan

48 小时脚步的丈量

巩守平

西安交通大学第二附属医院党委书记、教授

来到武汉整整 48 小时了，我们 130 名队员从古城西安来到九洲通衢的武汉，由西安交大二附院的抗疫岗位到了武汉的抗疫前线，大家马不停蹄的脚步声与揪人心肺的心跳声交织在一起，让我不禁回想起过去的 48 小时……

2 月 7 日晚 18:30，我接到国家卫生健康委的通知，次日赴鄂抗疫，组建 130 人的队伍，30 名医生，100 名护士，准备好防护物资，当晚 11 时上报名单。3 个小时，全院的医务人员踊跃报名、请战，争先恐后，班子开会，确定人员，准备次日出发！

2 月 8 日 14 时，130 人的医疗队正式出征！家属泪送、相拥、嘱

托；校长泪赞："你们是勇士！"队旗飘扬，队员们发出"众志成城，抗疫必胜，武汉加油，中国加油"的呐喊！在飞机上，我第一次也应该是最后一次，用飞机上的播音器材向队员们明确了我们的任务和目标。

蓝天中，我们听到了郭雄老师的儿子作为本次航班机长代表东航的温馨机长播报，大家泪奔了！

当晚 21 时，队员入驻后，我们召开了第一次骨干会议，成立了医疗队的医疗组、护理与感控组、管理组、宣传组，明确了职责和工作要求。

2 月 9 日早上，就医护组的分组及排班予以明确，党支部组织架构搭建，支部设组织、宣传、纪检、青年和保密委员，做到了工作到哪里，党的组织就在哪里！

上午 11 时召开了医疗队战备大会，统一思想并进行了工作布置，医疗队最年轻的医师——心内科的卢紫薇和最年轻的眼科护士苏雪作为队员代表的发言，让我真实地感受到，医者之美的种子早早地在她们小学三年级"非典"肆虐的时候就种下了。

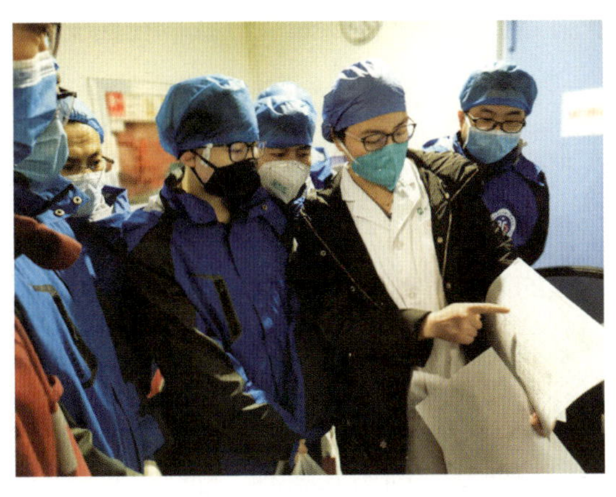

下午16时，请来了国家级感控专家北京大学李六亿教授进行了现场感控培训。我们从内心深处认识到，我们是来帮忙的，不是添乱的，抗疫必须从我做起。经过一个小时的培训，从队员们专注的眼神里，我读懂了我们队员的所学所思，他们之后的穿脱防护服、隔离衣训练，都在一丝不苟地进行着……

晚上20时，我去华中科大同济医院中法新城院区C栋10楼西区对接了病区。也就是当天晚上23时，我们接受了患者救治任务！一个病区，50张床，一个新改建的“新冠”病区。医疗一组和护理一组半个小时内集结完毕，所有的队员闻讯后在大厅里自觉集结，为第一班的战友们加油鼓劲。

那一刻，我眼眶湿润，我为我们战友的担当和负重前行而感动！我们几位干部坚决要求陪同战友上战场，我们一同到了病区，抗疫最前线同济医院的王医生和詹护士长向我们认真地介绍患者的情况，45名患者，重的和危重的……我们的战友坚定地走进病区。

2月10日凌晨3时，我和杨主任、马主任、吕主任、王主任等回到了驻地。透过窗户看着武汉宁静的夜色，我思绪万千。再看着手机里很多老师、同学、朋友发给我们的短信和微信，大多数是赞美，“逆行者”“新时代的英雄”；更多的是真情牵挂，“一定要保护好自己”“平安归来”“我们在西安等你们”……

此刻，我独自一人流泪了，感动着来自天南海北的关心，感动着无数人员的笃行！我们是逆行者，我们为大爱逆行；我们也是凡人，“英雄”两个字我们还不配。只是，我们的善心一直在击打着每一个队员的心房。此时不出手，枉费从医心！

我为我们的队员史晨毅流泪了。因为他在他的亲人病故当天，来不及回家上炷香，就与我们同行。我何尝不知逝去亲人撕心裂肺的痛苦！而他从未向组织告白，而是用行动向我们表明了他在疫情与亲情之间的选择，在孝心与忠心之间的选择！多么好的战友啊，一个 25 岁的青涩年轻人，真正是“平凡造就伟大，伟大出自平凡”的诠释！

我为疫情的无情流泪了。每日的疫情数据让我们很着急，可恨的新冠病毒明目张胆地偷去了人们往日的岁月安好！此时我想起了毛主席《送瘟神》中的诗句：“天连五岭银锄落，地动三河铁臂摇。借问瘟君欲何往，纸船明烛照天烧。”我们一定能赢！我想我们不是逆行者，我们都是负重前行者……

短短 48 小时，我们脚步不停。我们所有的战友在这里并肩战斗，没有推诿，没有退缩，没有旁观者，没有懦弱者；短短的 48 小时，我们工作不停，只有主动，只有前进，都是战斗者，都是坚定者。

眼下，还有艰辛的救治工作在等着我们，要说 48 小时的脚步在丈量着什么，我想更多的是丈量着我们 130 名医务人员的初心和担当！更多的是丈量着国事就是家事的情怀与大爱！

武汉加油！中国加油！

我们就在你身边！

徐春燕

南昌大学第四附属医院呼吸科护士长、内科党总支书记

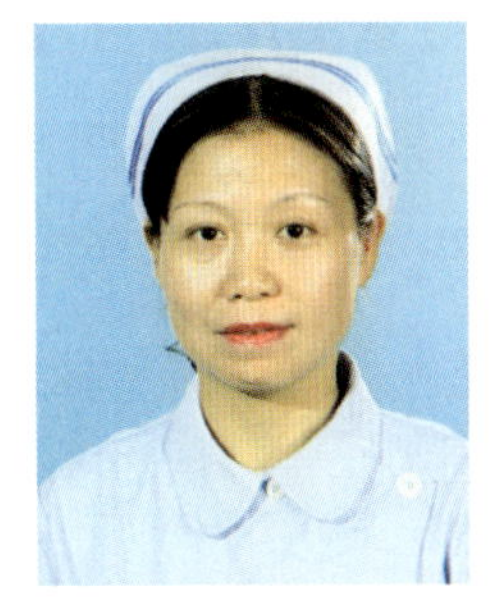

2020 年 1 月 30 日　武汉

我随江西省第一批援鄂医疗队进驻武汉市第五医院，援助湖北应对新冠肺炎疫情。

到达武汉还不到 36 小时，今天早上 8 点，我们正式进入武汉市第五医院呼吸科，与五院的医护人员进行交接。

呼吸科的武护士长对我们的到来非常感谢，称我们是“及时雨”。在我们到来之前，她们已经连续工作了近 40 天，真的是太辛苦了！

呼吸科给我的感受是，医护人员之间配合得非常好，我们之间的工作交接和沟通也非常顺畅，使我们可以很快进入工作当中。工作交接、熟悉环境、护理排班、与后勤支持对接，整整忙碌了12个小时。晚上8点回到酒店才发现，今天竟连一口水也没有喝。

酒店里有社会各界捐赠的水果、面包、牛奶等食品，让我感受到了大家对一线医务人员的关怀，感受到了全国人民在和我们一起打这场硬仗，感动，暖心！

不说了，赶紧吃晚饭去了，养好精神，明天继续战斗！

2020年1月31日 武汉

穿好防护服走进医院呼吸病区，病区非常安静，所有的患者都戴着口罩，有的躺在床上，有的在房间活动。不一会儿，3床患者呼叫，过去一看，患者喘得厉害，不肯戴面罩吸氧，也不肯使用无创呼吸机，所以血氧一直上不去，最要命的是情绪紧张，他甚至把吸氧面罩给扯断了。看到他这样，我赶紧过去把他的面罩戴好，并轻声安慰他："你别紧张呀，我们不都在这里吗？"可是他还是一个劲儿地吼，问我："我是不是会死？"

"不会，不会，你看你声音这么洪亮，怎么会？你不要紧张，不要大声说话，安静下来，好好吸氧，一会儿就好了。你看看你的指甲，都是红的，血氧现在挺好的。你现在最需要的就是安静休息，别再说话。"患者听了我这番话，安静了许多，能闭上眼睛休息了。我守在他的床旁。过了一会儿，他睁开眼睛，看到我还在他身边，说了一句："我现在感觉好多了，刚才我觉得我要死了。""不会的，有我们在，你会好起来的。好好休息，我们就在你身边！"

武汉天空放晴，疫情一定会很快控制。也希望每一位医护人员做好防护，胜利属于我们！

火线党旗下

郭孙升

复旦大学附属金山医院重症监护室护师

1 月 25 日大年初一，小雨，温度：5~10℃

驰援武汉金银潭医院第 1 天，动员部署。

凌晨 4 点，我们终于到达金银潭医院附近的万豪酒店。今天是支援武汉的第一天，最主要的任务是动员与工作部署。由国家卫生健康委副主任王贺胜和第一人民医院副院长郑军华给大家作动员及医疗工作流程与注意事项的培训。

会上，我们了解到，我们将会接手两个楼层的新冠肺炎病区，其中北二楼病区以轻症为主，北三楼病区以相对重症的患者为主。会后，由领队收集各医院的护士的工作科室和年资，以备统筹进行医疗工作调配。

这一天在紧张有序中度过，我明天就会知道我被分配到危重患者组还是轻症患者组了，现在心里有点没底。作为 ICU 的护士，我觉得无论被分配到哪一组，我应该都能够胜任。

临睡前，我郑重地写下了入党申请书，在这危险困难的关键时期，我愿意按照先进共产党员的标准，恪尽职守，不忘医者初心，不畏困难，迎难而上，在党的引领下，坚决打赢疫情防控阻击战。

1 月 26 日大年初二，小雨，温度：1~5℃

驰援武汉金银潭医院第 2 天，中班。

上午，我们上海医疗组的队长去实地病区考察，中午组织临时会议，根据实地考察情况开始安排具体工作。我们金山医院的 3 名队员（我、陆美华、张文英）都被安排到了轻症组，由我首先开始中班。

15 点，我们来到武汉金银潭医院北二楼病区，这里目前有 30 多名确诊患者，而这里的医生和护士马上要撤离去组建新的科室了。为了帮助我们熟悉流程，每班留下了一位原科室的护理老师来指导我们，但每班一位的指导老师应该也不会维持几天。因此，我们将会面临陌生的工作环境、陌生的医疗电子系统、新型的疾病等困难。所以我们要尽快熟悉起来，给我们接手病区的缓冲时间真的不多。

16 点，我们正式进入病区，换上工作服，戴上 N95 口罩进入了外围的工作间，在原科室老师的帮助指导下穿上隔离衣、防护服后，怀着有点忐忑的心情进入真正的患者病房，我开始了上海援鄂医疗队的第一个病房中班工作。我们穿好防护服后在病房外一起加油鼓劲，集体高喊："武汉加油！上海加油！"

进入病房的一瞬间，大家都感觉到了寒风彻骨！冷！这个所谓的隔离病房竟然是原先外科病房临时改造过来的，没有负压系统，也没有层流系统，所有走廊和病房的窗户全部打开，也不能打开暖气空调，因为暖气空调可能会造成病毒循环。这里工作环境的温度和外面的温度几乎一样。

由于之前我们在酒店练习穿脱防护服时，是在有空调的房间，就算穿了一件单衣包在密不透风的隔离衣后，不一会儿就会汗流浃背。而这次真正进入病房前，我们都是只穿了一件单衣和隔离衣，在只有 2 ~ 3℃的环境中，我们感觉到的只有一个字：冷！虽然很冷，但大家的斗志不减，我们在一起加油鼓劲，一定能克服一切困难！在给病房的患者做治疗时，他们发现换了一批人，就问我们是哪个救援队的，并感谢我们的到来，在寒冷的病房里给我们增添了一丝暖意。

下班后才发现，原来，我们今天都没来得及吃晚饭，因为下午会议结束后就直接把我们带到了医院，其间没有多余的时间吃晚饭。上班忙没有在意，下班时才发现这件事，大家都笑着说："以前上班有一顿没一顿的，都习惯了。"我问另外两位老师是医院哪个科室的，她们说："急诊，你呢？"我笑着说："ICU。"原来，我们都是战场上久经考验的战士了。

晚上打开手机微信后发现，3 楼的危重组医疗救治工作更加繁重。这个病区几乎全是戴面罩呼吸机的患者，基本全是重症患者，原本 5 人一组的危重护理组临时增加到 8 人一组，又从我们轻症护理组调去了 15 名护士增援，才能够满足急缺的护理人力资源。我们医院的陆美华、张文英老师被紧急调离轻症组，赶往重症组支援。我继续留守轻症组。

1 月 27 日大年初三，晴，温度：1~5℃

驰援武汉金银潭医院第 3 天，夜班。

今天，李克强总理来到金银潭医院了，来给我们一线的医护人员鼓劲。非常可惜，我那时候在下中班后补觉休息，醒来才知道这件事情，心里万分遗憾。李克强总理了解到我们目前面临着护理人员不足的问题，尤其是危重症护理人员的不足，立即指出务必要保证护理人员的充足，国家会紧急增援 150 名危重症护理人员。李克强总理到来的同时，也给我们带来了很多生活物资。李克强总理亲临现场为我们加油鼓劲，更坚定了我们打赢疫情防控阻击战的决心与信心！有国家这个坚强的后盾，没有什么困难病魔是我们战胜不了的！

下午，得知急诊抢救室的罗春要来。作为第一批护理增援队员，她的到来无疑是给我们注入了一支强心针。由于春节期间快递的停运，武汉的封城，罗春能够进入武汉，带入物资的机会就尤其宝贵。医院管理部门和后勤部门快马加鞭地给我们准备了一批新的生活物资和医疗物资，他们加班集中打包，让罗春一起带入武汉增援我们。

医院领导说：“我们医疗队过去尽量多带、带全医疗物资，尽量不要给武汉添麻烦！”所以，每次我们一有需求，医院立即帮我们采购，尽全力保证物资的齐全。非常感谢医院后方各部门这几日不遗余力的帮助和支持。

1 月 28 日大年初四，晴，温度：5~10℃

驰援武汉金银潭医院第 4 天，夜班。

这是一个漫长的夜班，今日脱去防护装备以后发现，由于中夜班连续 9 个多小时佩戴 N95 口罩，并且不能挪动身上的防护装备，我的鼻梁处有了深深的压痕。夜班回来劳累睡去，一觉醒来后发现鼻梁处已经有了一个水泡。

罗春在今日凌晨 5 点多到达武汉，但暂时没和我们在一个医院，具体到哪家医院还在等待分配中。

晚上，由领队郑军华院长组织了上海援鄂医疗队内部的党员大会，作为入党积极分子的我也参加了此次会议。这次大会的主题是"担当"，郑领队要求我们在此次援鄂的任务中要做到"不忘初心，牢记使命，只争朝夕，不负韶华"；党员同志更要"勇担当，善作为，让党旗在防控疫情斗争第一线高高飘扬"。

1 月 29 日大年初五，晴，温度：5~10℃

驰援武汉金银潭医院第 5 天，责任班（下午），12:30—17:30 上班。

这个班的强度还可以，因为主要的治疗都已经在上午就开始了，下午就差不多是扫尾工作。下班后终于迎来了一个好消息：罗春真的来了！上海的 50 名增援队员中有 15 名战友来到了金银潭医院。

罗春也被分配到金银潭医院，熟悉的战友在一起并肩作战，默契的配合让我更是信心满满。随她而来的，还有医院后方给我们准备的一箱箱整齐的物资。此时我们上海金山医院的 4 位战友聚在一起，就好比红军的长征大会师一样激动。

1 月 30 日大年初六，晴，温度：5~12℃

驰援武汉金银潭医院第 6 天，责任班（上午），8:00—12:30 上班。

原以为会和昨天责任班（下午）一样轻松，结果却出乎意料，原来上午的工作任务非常重。在我们穿好防护装备进入病房后，就要开始测量所有患者的生命体征，测完以后就开始了所有患者的输液治疗，在给近 40 个患者挂盐水、接补液的同时，还需要给他们其中一部分人进行静脉穿刺。平时在病房看起来很轻松就能完成的任务，在密不透风的防护装备包裹下，我的行动就显得非常笨拙。

不一会儿，我就开始气喘了，在 N95 口罩严密的包裹下，感觉头开始发晕，喘不上气来。在这种状态下，我们组的两个成员，互相打气，坚持，心中默念、努力做好“三查八对”。连续作战两个小时，在给所有患者上完第一批补液后，我们总算松了一口气。此时，防护眼镜里面已经布满了一层雾气，全身的衣服已经被汗水打湿，在寒风的吹袭下，黏在皮肤上面非常湿冷。随后就是病房巡逻、病情观察、日常护理及后续补液治疗。

下班后，一边脱防护服，一边有闷在里面的汗水滴下来。在脱下所有防护装备后，整个人不由得一身轻松。回到酒店洗完澡后，发现由于鼻梁处长期受压，已经出现压疮破损，我赶紧拿了医院准备的碘伏棉签进行消毒以防感染。随后，和家里报了声平安，在视频中看了一眼我那仅仅出生 20 天的儿子，倒头就睡着了。

你若安好，便是晴天

葛亚男

江西省妇幼保健院新生儿科

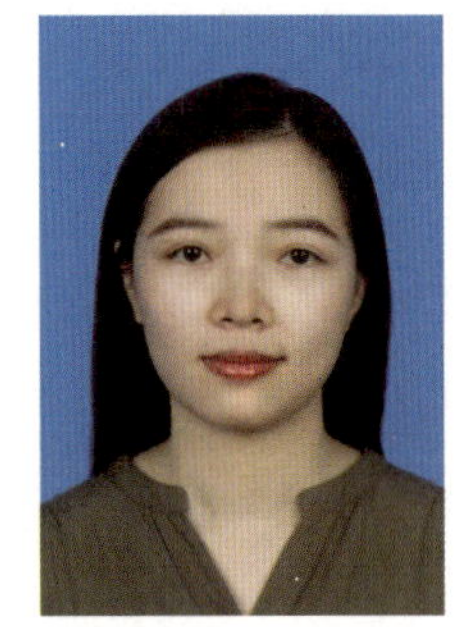

护士长怎么样了？心里正默默想着，突然听到同事说："快看，护士长终于'冒泡'了……"原来是与大家"失联"多日的您在科室群里发了一段视频，当时我正在岗位上，心里一阵暗喜，抬头刚好看到夕阳的余晖洒在科室窗户上，真应了那句："你若安好，便是晴天。"

真好！心里稍稍松了一口气，要不然，连着多日的暖阳也不觉有温度。接着就看到大家都在一遍又一遍地听您发给大家的语音，那熟悉的声音是那么好听……

还记得上一个春节假期，甚至整个冬天，几乎都是雨天。这个春节不一样，很多艳阳天。但，因为疫情，我们还不能在这有暖阳的蓝天下自由地呼吸和奔跑，因为阴霾还未散去……

因为离别，我们湿了眼眶；因为终于等到您，我们敬爱的 NICU 护士长——李莉，您报来的平安，我们再次红了眼眶。

2020 年 2 月 9 日 16:14，您先发来的一段视频，无关您自己的汗水、苦与泪，而是国家（江西）紧急医学救援队再次出征的视频，是力量，是光明！ 16:34，大家还在不断感慨终于等到您的信息，终于等到了您那熟悉的声音，您又发语音和我们报了平安。

您知道吗？这些天大家想您，就去各大网站、各种媒体努力搜索和您有关的字眼、找寻您的身影，不放过任何蛛丝马迹，只要一有同事找到就立即和大家分享：这个是，这个像，这个就是……

袁丽萍老师说："我从来没在心里这么盼望过一个人，盼望她回来，让我看看她。"您知道吗？我们一直不敢问，怕您没时间，怕打扰您休息，怕……就等着，都等着，我们想一定会很快等到的。是的，5 天了！在您赴前线 5 天后的今天，我们等到了！

2 月 4 日出征，抵达武汉还奔波在路上的您，18:36 在科室群发来一段只有 7 秒的视频，视频内容是 4 个铿锵有力的字：武汉加油！

2 月 6 日，我们第一次从其他渠道知道了您的情况：是从 2 月 5 日晚 6 点带着团队一直奋战到第二天凌晨 5 点的您，是身体已疲惫但依旧力量感满满的您！

2 月 7 日 22:41，我知道您准备上班了（需提前一小时穿防护服）。2 月 8 日 14:12，我知道您又值了一个深夜的晚班，声音还是疲惫，满是心疼，匆匆结束对话……今天是 2 月 9 日，上午您和您的战友负责了 5 个区域的 109 名患者，包括所有的治疗、护理、饮食、生活等，是从早上 6 时起，没有一刻停歇，全身湿透……

您从不和我们诉说这些，但我们还是知道了您因多层防护服不可避免地带来的旧伤未愈又添了新伤。您报完平安立即开始了叮嘱：“疫情很严重，大家在南昌一定要做好防护，一定要高度重视，一定要……”声音沙哑，还很疲惫，最后匆匆一句：“我要睡觉了，大家都要平安……”

不是这样的，我们都记得您以前“不爱”睡觉的，早上很早到科里，中午继续工作不午休，晚上很晚才离开科室，还总是精力充沛。

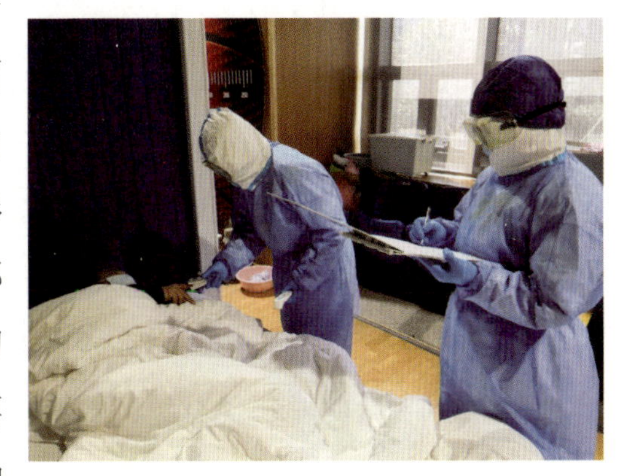

我又开始一遍一遍地听您发来的语音和视频，泪如雨下……视频里还是那首熟悉的歌：“……向着风/拥抱彩虹/勇敢地向前走/黎明的那道光/会越过黑暗/打破一切恐惧我能/找到答案/哪怕要逆着光/就驱散黑暗……”护士长，您就是勇敢向前的战士！

还记得巴金曾说过，在这个时代，战士是最需要的。是的，疫情当前，您毫不犹豫地请战，头也不回地出征上了战场，您的战场没有枪林弹雨，您的武器也不是枪弹，但您的敌人却真实地藏匿在我们肉眼所不及的某个角落肆虐，您几乎是在与阴影下的魑魅魍魉肉搏！您只记得职责、使命、担当，却把个人的生与死、安与危都抛诸脑后……

龚冰老师说这张照片的背景，那面大大的国旗很激励……是的，

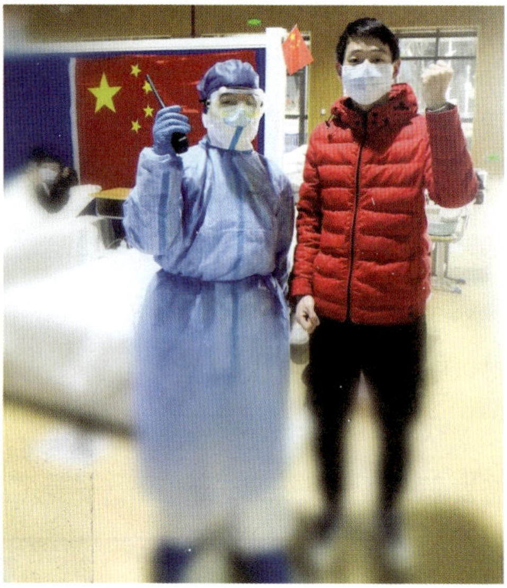

我们不仅知道您是谁，更知道您为了谁！

宋代诗人苏麟《断句》：近水楼台先得月，向阳花木易为春。意为：靠近水边的楼台，因为没有树木楼阁的遮挡，可以先看到月光的投影；向着阳光的花木，因为可以更早受到日光的照拂，往往可以更快发芽，迎来春天。

今天，中国医学教育四家“百年老店”：北协和、南湘雅、东齐鲁、西华西，四大“天团”已会师武汉！我们的团队已再次出征！国家已建立16个省支援武汉以外地市的一一对口支援关系，以一省包一市的方式全力支援！我们万众一心，众志成城，积极援鄂，心心向阳，一定会很快迎来美好的春天！

李莉老师、文秀兰老师、王媛老师、宇翔老师、余腊梅主任、张赟老师、李洪叔叔，无数的白衣战士、武汉人民……让我们一起抗击严冬，静候春天。但，请你们一定都要平安归来。你们若是安好，便是我们所有人的晴天！

来自武汉一线的报道

应晓燕

浙江省立同德医院宣传统战部副主任

一份守护、一份责任，一份使命、一份担当，他们义无反顾地奔赴武汉抗击新冠肺炎疫情的主战场，全力奋战在第一线。

1 月 25 日大年初一，浙江省立同德医院呼吸科护师吕玲玲和重症医学科护师陈彦洁作为浙江省第一批抗击新冠肺炎紧急医疗队队员出征武汉。1 月 28 日大年初四，浙江省立同德医院呼吸科主治医师、党员郑继生，重症医学科主治医师、党员王俊和重症医学科主管护师姜淑庆作为浙江省第二批抗击新冠肺炎紧急医疗队队员前往武汉。

20 多天来，他们工作怎么样，生活怎么样，无不牵动着院领导和同事们的心。记者连线医疗队员，他们在繁重的工作之余，陆陆续续微信留言，报告了工作和生活情况。

王俊：“唯一的心愿就是让重症患者快点好转。”王俊担任重症监护组副组长，进驻武汉市天佑医院比其他队员早一些。“当地医护人员已经奋战很长时间，满脸都是疲惫。希望我们的加入能减轻一下他们的压力。”王俊和其他组长一起沟通防护流程、医疗方案、硬件整改、完善工作等，真正做到事无巨细，“唯有认真才能不辜负祖国的重托、百姓的信任，因为我们代表的是浙江”。

重症监护室里住满了新冠肺炎危重患者，有的人露出焦虑、害怕的眼神，王俊俯下身子，轻轻地对他说：“你会好起来的。让我们一起加油！”8 小时穿着闷热的防护服在病房里来回穿梭，不论是身体还是精神都始终紧绷着，但是王俊知道：“患者需要我们给予信心和关爱，希望我们的辛苦付出能换来患者的早日康复，我相信胜利一定属于我们！武汉加油！中国加油！”

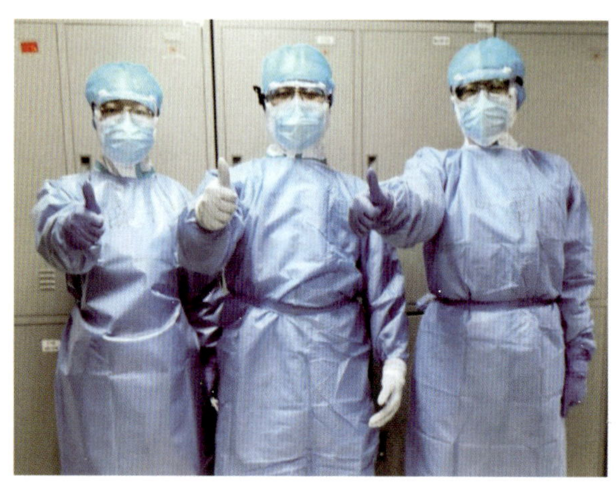

郑继生：“连续工作 14 个小时，感觉膀胱都要爆掉了。”郑继生在武汉市天佑医院隔离病房，第一天轮到值前夜班，下午 4 点到夜里

12点。因为要去熟悉工作，中午12点半他就去了医院，患者实在太多，又拖了一下班，回到驻地已经凌晨2点了，中途不敢喝水，晚饭也没吃。

他说："忙的时候不知道饿，就是膀胱要爆掉的感觉，忙过了以后才知道又渴又饿，回到酒店一口气喝了一瓶矿泉水、吃了两桶快餐面，从来没觉得快餐面这么好吃过。"

今天，郑继生还为一对老年夫妻悄悄流了眼泪。两人都有肺部感染，老太太的病情非常重，刚到时指脉氧只有50多，口唇发绀非常明显。老头子是聋哑人，看到医生进来就跪下作揖，咿咿呀呀指向老太太。"场面太震撼了，不忍直视，不过在隔离病房，我们要控制情绪，因为哭出眼泪会打湿眼镜，影响工作。"最后因老太太病情实在太重，而转到了ICU，老头子则留在普通病房接受治疗。老两口相濡以沫的感情击中了郑继生内心的柔软处。他说："我一定要竭尽全力救治他们！"

吕玲玲："脸上的口罩勒痕，是爱的印记。"呼吸科护师吕玲玲是"90后"，她在武汉市第四医院工作。由于病房实行无陪护管理，工作更加繁重。多数患者能自理，个别患者需要护士全护理，翻身、喂药……吕玲玲说："患者看到我们，都伸出大拇指，对我们赞不绝口，一个劲儿表扬我们。"病房里没有空调，但护士们也不敢多穿衣服，一件短袖，一件单薄护士服，外面再穿上防护服，戴上N95口罩、护目镜等，4个小时下来，已经汗流浃背，头发都湿了，脸上更是伤痕累累，惨不忍睹。她们开玩笑说，这是爱的印记。虽累得腰都直不起来了，但吕玲玲觉得很充实。"看着一个个患者能在我们的护理下露出笑容，顿觉累意消散。”

姜淑庆：“手绘患者需求画片，医患沟通无障碍。”为了零感染，打胜仗，也为了保护好自己，去照顾更多的人，主管护师姜淑庆，仔细研究、认真练习穿脱防护服的每一个步骤。动作熟悉，操作精准，观念清晰，每一个细节都做到稳、准、慢。她说：“对自己严格要求，对自己负责，对团队负责，对患者负责。”

重症监护室里，有一位患者意识清醒，但是插了气管插管，不能说话，医患交流存在障碍。细心的姜淑庆利用短暂的休息时间，手绘患者需求，把“喝水”“挠痒痒”等做成非语言交流画片，更精准了解患者需求。“画画不是我的特长，但我是用心描绘的，为更多的患者做好医疗服务工作。”尽管工作任务重、非常辛苦，但是姜淑庆憧憬着：我们要肩并肩、手牵手，一起走向胜利的终点。待春暖花开之时，我们相约去登一登黄鹤楼，去看一看樱花，去吃一吃武汉热干面。

陈彦洁：“今天有3个患者痊愈出院了，慢慢都会好起来的。”重症医学科护师陈彦洁也是名“90后”，她说：“工作时穿防护服，戴着口罩、护目镜，一个班下来耳朵这里几乎勒成了一度压疮，相当难受，还有鼻孔受压，几乎让我完全张口呼吸。每次工作时，都能感受到闷热到将要窒息，每次操作都大汗淋漓，出病房写记录时衣服又干了，反复地干湿如同冰火两重天。”

“回想起每天院领导的关心，科室同事们的问候，心里充满了温暖。医院每天收集队员们的需求，快递了5箱急需的防护物资和生活用品，昨天都收到了。领导和同事们的关心，我真的很感动。

付出总是会有回报的，今天有3个患者痊愈出院了，慢慢都会好起来的。”

世上哪有什么天使，只不过是一群孩子披上了战袍。病毒无情人有情，在这场抗击疫情的阻击战中，有党和国家作为坚强的后盾，就是我们战胜困难的信心和勇气所在。万众一心、众志成城，我们一定会把这场战争打赢，安全回杭！

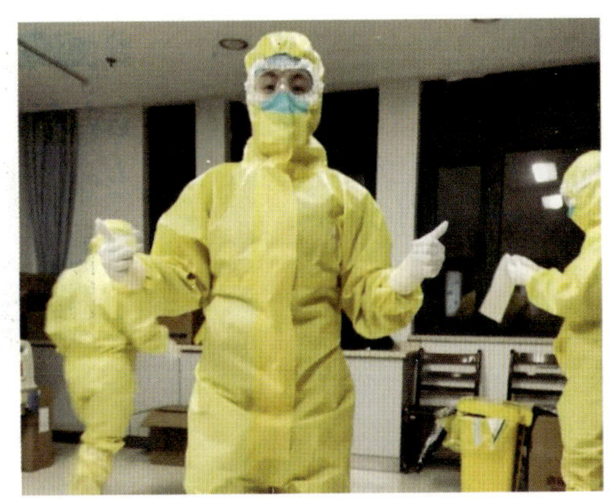

她又第一个冲在了前线

任梦丽

上海市第七人民医院党政办

抱一抱孩子，亲一亲眼中带泪的亲人，曾参加过 2003 年抗击“非典”疫情和 2008 年汶川大地震救护工作的上海市第七人民医院骨伤康复科护士长李冬梅，又第一个冲在了武汉抗击新冠肺炎疫情的前线。

1 月 24 日除夕之夜，上海市第一批援鄂医疗队启程出发。上海市第七人民医院骨伤康复科护士长李冬梅就在这支队伍中。接到通知时，她还奋战在医院值班的岗位上，没有年夜饭，没来得及与亲人一一道别，背起行囊马上出发。

李冬梅护士长是一位有着 20 多年党龄的老党员，曾参加过 2003 年抗击“非典”疫情的斗争和 2008 年汶川大地震的救护工作。这次抗击新冠肺炎疫情，她又冲在了第一线。

没有什么豪言壮语，没有什么惊天动地，微信报名群里简简单单的几句话——“我排在你前面，你小孩小，我家里没啥牵挂的。”“作为共产党员，我报名！我身体好。”“科室其他人就先别考虑了，孩子都小，就我家里没事。”让无数人泪目。

之后，她说：“我们很多同事都报名了，是因为大家都知道，只是换个地方承担我们的责任。”

1 月 26 日，大年初二，李冬梅护士长在武汉前线有条不紊地开展着各项工作。两天来，她一直紧张而有序地配合进行正式“开工”前的梳理工作，医疗队即将工作的武汉金银潭医院要新成立一个临时护理单元，按照“战斗方案”正有计划地逐步推进，并重点进行防护培训和实训。下午，北三危重症病区即开始运行，李东梅作为护理组组长，主要负责承担收治和管理重症患者的护理工作。

“1 月 28 日，武汉迎来了久违的阳光。我上的是早班，从早上 8 点到下午 4 点。目前我工作的北三病区收治的都是危重患者，有些患者处于昏迷状态，意识不清，病情随时有可能发生变化。因为里面没有陪护人员，所有的基础护理，说得通俗一点，吃喝拉撒都是需要护理人员来完成的。所以大家的工作量非常大。”李东梅在日记里这样写道。

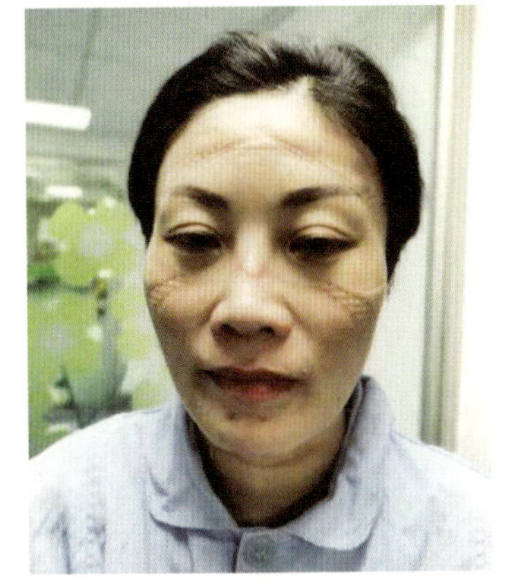

为了节省一套防护服，连续工作 9 个小时，期间不吃不喝。当结束一个班次的工作，摘下防护口罩时，模样太让人心疼，脸被口罩勒出了深深

的印记。

“1 月 31 日，交完班，洗好澡，已经是凌晨 3 点了，还好，出门时在门口拿了件军大衣，御寒能力杠杠的。‘形象’是顾不得了，只是经常告诫自己，千万不能感冒啊。还好医院与宾馆的路程不远，差不多 15 分钟。估计没有多少人见过凌晨三四点的武汉，我大概是其中的一个吧。回到宾馆，睡意倒没有了。多日见到的种种，真心觉得生命是如此脆弱。愿逝者安息，愿生者早日康复！”

这场防疫战不好打，但正是有了很多李冬梅这样的人，他们就是我们和死神之间隔着的那道墙。他们拦在那儿，把这份工作的神圣性发挥到最大。这个世界因为他们所以才美丽。

想起电影《无问西东》里的一句话：“这个时代缺的不是完美的人，缺的是从自己心里给出的真心、正义、无畏和同情。”我们相信医学，相信科学，也相信这般人类道义无敌。

李冬梅说，希望走的时候，送行的人能少一些，待凯旋之时，大家再来分享战胜疫情的快乐。

冬将尽，春可期，山河无恙，人间皆安！

寂静的夜里，我们守护着你们

李黎梅

上海中医药大学附属龙华医院肾病科主管护师、第二批援鄂医疗队队员

我和骨伤科护士长李群、ICU 护士刘蕙宁作为上海市第二批援鄂医疗队的成员，于大年初四接到任务匆匆奔赴抗疫前线。我们现在战斗在武汉市第三医院的抗疫战场上。

飘逸的长发，说剪就剪。过去我们都认为，长发是女性柔美的象征，尤其是双胞胎妈妈李群更是拥有着一头柔顺及腰的美发。为了节省穿脱防护服的时间，三千青丝虽然不舍，但我们还是果断地剪去。

往身上喷药水刺激得直打喷嚏、流鼻涕；压在鼻梁上的口罩又痛又紧又闷；防护服里汗湿了的内衬衣；快节奏、高强度的作息时间赶得我们只觉得睡眠不够……每一天都是战斗，可是我们依然乐观而坚强，我们把新剪的发型称作“援鄂抗疫头”，我们把戴着的防护镜称作“雾里看花”，而我们更希望用这一份乐观和坚持，影响到更多的人。

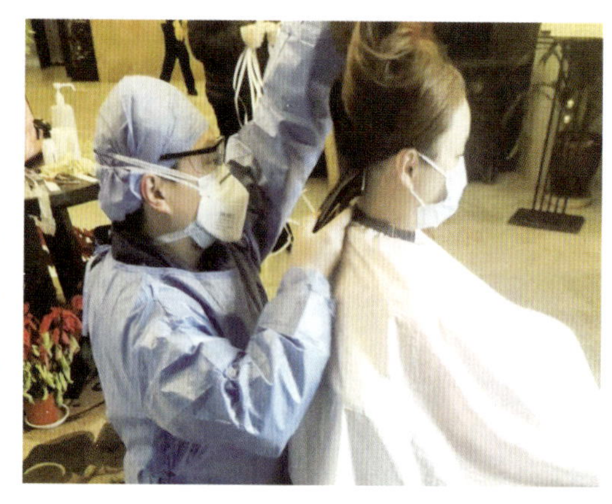

第一天上班时，我碰到了两位“90后”武汉当地护士，两位小姑娘非常紧张和焦虑。她们进入隔离病房只有两天，一切都是陌生的，加上高强度的工作，让人感到不适，还会担心感染病毒。

我告诉她们，“正气存内，邪不可干”，并利用中医护理的优势，为其中一位护士按摩合谷穴，缓解了她的头痛，解开了她的心结。看着备受病魔折磨的患者，我一直微笑着鼓励他们，此时患者的信念更重要。当我看到一位老爷爷笑着说肯定能顺利出院回家时，我突然觉得天空也放晴了。

李群护理的一位患者胃口不太好。他一会儿看看护士，一会儿看看桌上的八宝粥，李群发现他神色犹豫，早已猜中他的心思，果然，这位患者是想让护士喂他喝粥却不好意思开口。

李群马上把粥热好，喂他几口停一下，再予以高流量吸氧。在沉重的防护服、闷热的口罩、模糊的防护镜下，所有的操作都是超负荷的，连续半个小时弯着腰重复这样的动作，其中的辛酸只有自己能体会。但是李群却很开心，因为她看到了那位患者满足的笑容。

“90后”的队员刘蕙宁出发前，因为背着脸盆被大家戏称“面盆姑娘”，一看就是爱干净、讲精致的“嗲囡囡”。但是，在为重病患者进行专业和基础护理时，她完全不顾患者排泄物的脏臭，体现出专业人员的态度与境界。

“嚓嚓嚓……”一阵阵身着防护服走路摩擦发出的独特旋律响起。寂静的夜里，我们守护着你们，但是我们并不孤单，我们的身后有强大的后援团：社会各界的朋友，医院的领导，我们护理部的各位老师，还有很多很多关心爱护我们的家人、朋友，为我们提供了精神和物质的双重保障，让我们有必胜的信心。

我们的经历会让我们内心变强大，我们的付出会让家人自豪！我们的一点点牺牲，能让更多的患者痊愈，让更多的家庭团聚。

用最温暖的方式去爱别人

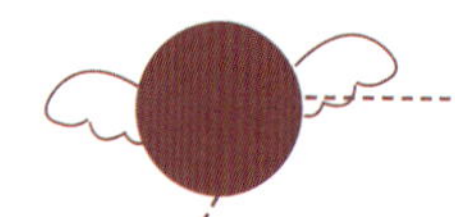

孟小丽

吉林大学第二医院呼吸与危重症医学科监护室护士长、吉林省援鄂医疗队护理管理组秘书长

2020 年 2 月 2 日　大年初九

今天是驰援武汉的第 8 天。工作之余，我每天最关心的就是疫情的最新消息。作为驰援疫情一线的管理者，我的心态正在从最初的情境化感受逐步向理性化管控转变，这既是我的职责所在，也是“打胜仗”的需要。因为任何一项流程的贯通、职责的明确，都会让战友们节省大量时间和体力去救治更多的患者。

作为吉林省援鄂医疗队护理管理组秘书长，我的职责是排班、沟通、解困及对战友进行心理疏导，为组长提供管理支持。工作看似条理清晰，但做起来要非常的细致，很考验沟通协调能力。

我不仅需要在每个天亮前完成合理的人岗匹配，还要解决近百人现场遇到的所有困难，这种工作强度是常人难以想象的。都说心胸是委屈撑大的，能力是逆境中练就的，果真不假。这一周，我们整个管理组成员每天睡眠平均不超过 5 小时，延时吃饭时间平均超过 3 小时，微信沟通超百次，共解决了问题数十项，为 20 多名护士做了心理疏导，梳理出微流程 10 多个，明确了职责近 10 项。

不过，成绩背后，是我对家人的愧疚。2 月 1 日是儿子的 8 岁生日，今年的生日我缺席了。吃饭之余，我视频问他的生日愿望，儿子却说："妈妈，我想你，只希望妈妈平安归来，到时候我给你买个大蛋糕。"那一刻，我的泪水决堤了。

我问战友："你们怕死吗？"她们回答："怎么能不怕！我死了，孩子怎么办？家人怎么办？"这样的问题如果去问患者，想必会有同样的答案。

那好吧，就让我们一起，通过我们一线管理者和一线医务人员的共同努力，用最高效的运行方式去救治更多的患者；用最理解战友的方式去疏导她们的压力；用最温暖的方式告诉自己，我在爱护着别

人，别人也在爱护着我。

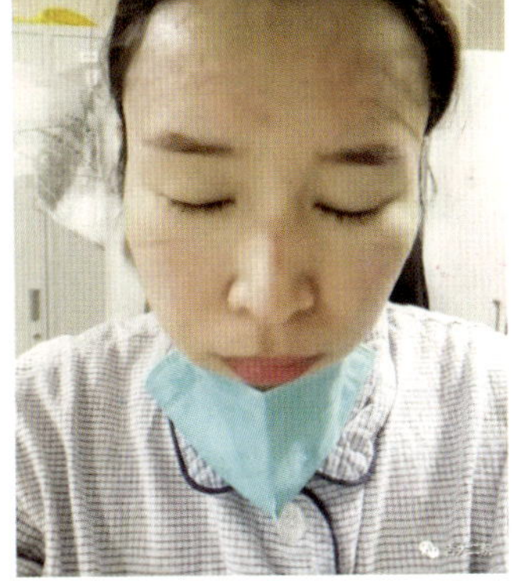

你们来了真好！

朱海燕

江西中医药大学第二附属医院ICU护士长

我们来鄂支援将近一周了。回想起这几天的经历，有紧张、有激动、有忐忑，但更多的是压力和责任！

1月27日下午，抵达武汉。28日，援鄂小组就展开了紧张有序的培训，除理论知识培训外，最重要的是穿脱防护用品的操作流程，一个下午的练习下来，防护服都被我们练破了。

1月29日，前往一线。我被分在重症组，上的晚班，并有幸成为小组组长。零点，我带着第二护理小组成员正式进入重症病区接管患者，重症组属于一线中的一线，被感染的风险很大。

来到病区时，病区已经住满了危重症患者，环境不容乐观。赵琳护士长为了保护我们，每班只给我们安排4个小时。但是穿脱隔离衣、防护服，做好消毒、洗手要耗费很多时间，所以几乎都要提前一个多小时去接班，有时候碰到抢救患者，拖班也是很正常的事。

大家都处于战斗状态，护理工作向来烦琐，涉及方方面面。考虑到人员、物资紧张等问题，为了节约消耗，护士除负责患者的一切护理工作外，还承担着病区保洁员、搬运工的职责。在穿着厚重的防护服，戴着密闭的护目镜和双层手套下，即使坐在那里都觉得呼吸困难，但护士们没有一个退缩，每天竭尽全力完成采血、打针、吸痰、换药、翻身等护理工作，工作的难度可想而知。

每天下班，里面穿的衣服几乎都会湿透，每个人的脸上、手上都布满勒痕，眼睛干涩，鼻子、耳朵生疼，但为了安全，还是要用酒精擦拭鼻子、耳朵。回到宾馆除了正常的手卫生，还要用生理盐水擦洗眼睛，用热水冲澡半小时左右。

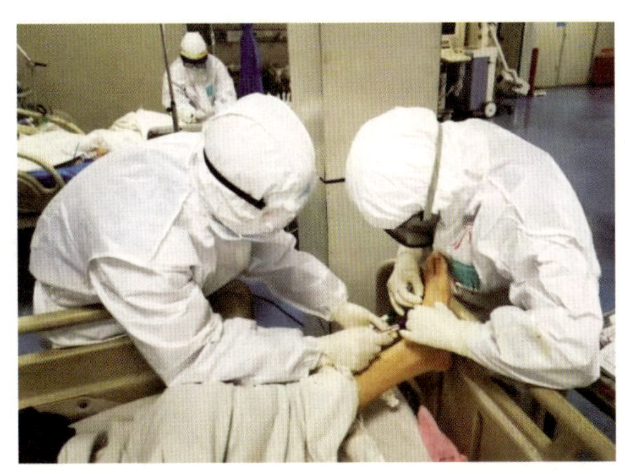

在工作的间隙，只要和武汉的老师聊起最近的工作，她们的眼里就会泛起心酸的泪光，语调中带着哽咽。她们总是说：“你们来了真好！”我们支援武汉不到1周就已经深有体会，何况这里的老师已经坚持这么久了。

我们来了之后，她们也丝毫没有松懈，而是更加认真、更加坚定、有信心地抗战疫情。上班第一天，老师们带着我们熟悉工作环境、工作流程、电脑系统、护理文书等，认真负责地做着自己的事。在这里，我要向她们致以深深的敬意，她们实在是太了不起了！

因为怕妈妈担心，来武汉之前我没敢告诉妈妈支援武汉的事，这几天也不敢给妈妈打电话，生怕自己忍不住哭出来。昨天晚上接到妈妈的电话，接通电话的那一刻，竟一句话也说不出来，生怕露馅了。我一直憋着不哭，尽量假装无事发生一样轻快地跟妈妈聊着家常，告诉妈妈自己现在在家里休息，一切平安，请她放心，也叮嘱她不要出门，要保护好自己。

我在抗疫一线一切安好，请医院领导和家里的亲朋好友放心！但看着家乡也有新冠病毒感染的消息，心却止不住地揪起来，真希望在全国人民的共同努力下，能尽快打赢这场防疫战争，回归我们宁静、幸福的生活。

前线日记摘编

甘肃省中医院援鄂医疗队

编者按：2020 年 1 月 28 日农历大年初四，甘肃省第一批医疗救治队员奔赴武汉一线，请看甘肃省中医院的援鄂队员们从一线发来的一组日记。

2020 年 1 月 28 日　大年初四

甘肃省中医院康复医学科护士长、援鄂医疗队队员　张燕琴

“尊敬的白衣天使，我是机组乘务长，今天是 2020 年 1 月 28 日农历大年初四，今天是值得我们铭记的日子，作为甘肃省第一批医疗救治队员，你们乘坐 MU700 前往武汉。这是一场没有硝烟的战斗。你们放下一切奔赴前线，你们救死扶伤、大医精诚的精神感动了我们所有人。有幸能送你们奔赴前线，愿你们一切顺利，等你们凯旋时，我们去接你们！”无言，泪目……

我一直都觉得自己是个情感丰富的人，可是此刻，当飞机的广播中传出这样一段声音，虽然感动得眼泪无声地在流，但内心无比坚定，旁边的一位姐姐抽泣着，我拥她入怀……

作为一名共产党员，这就是我义不容辞的责任，“不忘初心、牢记使命”，用行动践行一切，前方的路途很艰辛，但我有信心面对一切，我要为国而战！武汉，我们来了！

2020 年 1 月 30 日　大年初六

甘肃省中医院重症医学科护士、援鄂医疗队队员　杜雨津

昨晚上班到现在真的感触很深！当你穿着防护服 10 个小时的时候，你都不是你了！不能喝水，不能上厕所，晚上又冷又饿，坐着都呼吸困难。

从我们到武汉的那一天起，就感受到了武汉人民的友好，从昨晚和今天接送我们的工作人员，到看护的患者及家属，每一个看见我们的人，都会对我们说：“谢谢你们，你们辛苦了！”真的可以感觉到他们是打心眼儿里感激我们。他们是需要我们的，这让我觉得一切辛苦都值得。作为甘肃省中医院的一员，我很自豪！大家一起加油！

2020 年 1 月 30 日晚　大年初六

甘肃省中医院重症医学科护士、援鄂医疗队队员　胥　飞

1 月 28 日，我们抵达武汉，曾经那么热闹的一座城市，如今大街上寥寥数人，一股凄凉感从心中涌起。宿舍的工作人员告诉我，现在好多人都在远离武汉人，都怕跟武汉人接触，只有你们医务人员不害怕，不远千里来帮助我们，我们真的感激你们！

每天工作的时候，需要穿着防护服连续工作10个小时，不能进食、不能喝水、不能上厕所，晚上又冷又饿，就连坐到那里都觉得呼吸困难。但每当我们想起武汉人民对我们的期盼，对我们的感激，瞬间又觉得一切的辛苦都是值得的。

感谢医院对我们的信任，能给我们这次机会，有幸成为援鄂医疗队的一员，我们很自豪！在国家危难之际，大家一起努力，尽我们一份绵薄之力，相信我们一定能够共渡难关！

2020年1月31日　大年初七

甘肃省中医院康复医学科护士长、援鄂医疗队队员　张燕琴

今天是我来武汉的第4天，阳光格外灿烂，晒在身上暖暖的，感觉我们的到来给武汉人民带来了希望。

今天我不需要轮班，一个人站在房间的阳台上（因进驻一线人员怕引起交叉感染，不可互相串门）翻看着手机里的无数个祝福，心中的恐惧瞬间消散，那种被爱包围的幸福感在这段时间体会得淋漓尽致。有来自院领导、护理部领导、支部书记、科主任的关怀，还有家人、朋友、同事、同学的关心，甚至有一些是不经常联系的亲友们的问候。所有人都为我们的行动点赞，为我们祈祷。

1月29日下午5点，全体赴鄂医疗队员刚刚接受完国家卫生健康委关于新冠肺炎培训后，接到紧急通知，要求选派一组队员前往武汉市中心医院接手新病区，收治疑似病例。

截至1月30日早8点，我们共收治疑似病例5人，其中一例为高龄、高危“大白肺”患者。

甘肃省中医院援鄂医疗队在进驻一线中开了好头，也充分展示出我们“不忘初心、牢记使命”的奋斗精神，时刻以自己为中医人而骄傲。

这些天，经常看到的字眼就是“逆行者”“英雄”，其实自己的想法很简单，“服务人民、报效祖国、平安回家”。

2020 年 1 月 31 日　大年初七

甘肃省中医院重症医学科主管护师、援鄂医疗队队员　南英姬

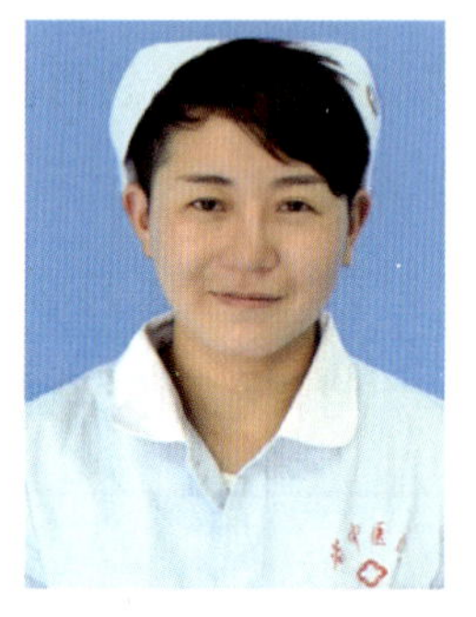

从下飞机到现在，已经是离开家的第 3 天了，感触真的很深。武汉人民都很热情，无论我们需要什么帮助，只要他们能做到的，都尽力而为。

那天下了夜班，又冷又累，我向食堂工作人员要了些生姜片，想煮水喝。食堂工作人员很热情，还问我够不够，类似这样的事情还有很多。

当看到患者那么难受和痛苦，还在担心我们，怕我们被感染时，瞬间就觉得我们所做的这一切都不算什么，所有的努力和付出都是值得的。

医疗队护理组组长唐锐、副组长张燕琴对我们特别地关心，时刻提醒我们上班一定要做好防护，穿脱隔离衣一定要严格按照程序进行。下班后，又叮嘱我们一定好好吃饭，好好休息，加强锻炼。

在国家危难之际，让我们大家一起努力，共渡难关！加油武汉！加油中国！

2020 年 2 月 2 日　大年初九

甘肃省中医院重症医学科副主任、第一批援鄂医疗队队长　姚双吉

江城樱花新浴容，丽姿妖娆笑春风。豆蔻梢头处处春，平定瘟疫不是梦。

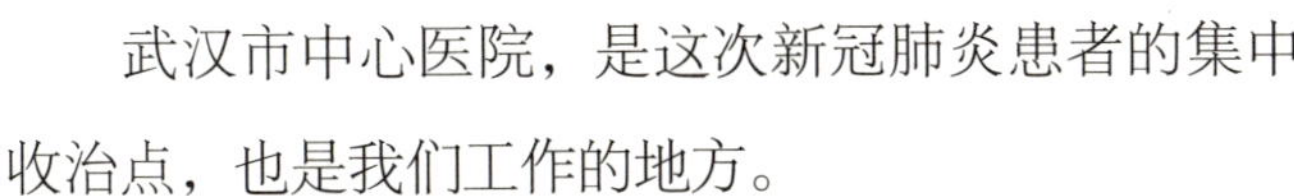

武汉市中心医院，是这次新冠肺炎患者的集中收治点，也是我们工作的地方。

每当进入医院的隔离病区，气氛就显得有点压抑、沉闷。你可能永远想象不到穿上铠甲似的防护服是一种什么样的感觉，防护服不透气，穿上不一会儿，你就感觉汗流浃背，呼吸不畅。护目镜起雾让视线模糊，这些都可以忍受，但是，从穿上防护服起 8 ～ 10 个小时不能吃、不能喝、不能上厕所，我们是穿着尿不湿工作的。我自己能清晰地感觉到胳膊、背部的汗流，直到衣服都被汗水浸透。脱完防护服，鼻梁、面部被压得血痕清晰可见。

虽然工作很辛苦，但当我们查房时，患者说的最多的就是“谢谢，你们辛苦了”，让我们这些远离家乡、远离亲人的医务工作者备感温暖。我们能感受到武汉人民的善良，以及疫情给他们造成的创伤。此刻，我们选择逆流而上，同武汉人民一起与疫情抗争。

沧海横流方显英雄本色，大疫当前彰显医者大爱。

健康所系，性命相托。我们无怨无悔，唯愿疫情迅速得到控制，人民能够安居乐业。

看到太阳，感觉就看到了希望

王海红

上海市奉贤区中心医院护士

到达武汉的第二天，我们上海市援鄂医疗队就接手了金银潭医院的北楼 2、3 楼病房。

上海市医疗队的护理人员分为重症组和轻症组。我们医院的 3 位队员都分在轻症组。昨天下午，我收到护理组组长的命令：由于重症组患者病情重、工作量大，护士人手不够，所以将我抽调入重症组，让我马上做好准备，和另外几位护士老师们一起接手北 3 楼临时 ICU16:00—24:00 的中班工作。

15:00，我们上中班的人员就已经集中在了宾馆一楼大厅。之所以提前 1 个小时，是因为要去掉路上花费的时间（我们都是走着去上班，大概需要 15 分钟），还要留出时间穿防护用品和听取交班。

我们每个护士负责一个病房的4个患者，输液、治疗、喂饭、喂水、大小便，事无巨细。

防护用品从头到脚，里里外外穿了3层，每做一个操作，都要消耗大量的体力，一波操作做下来，已经气喘吁吁。所以只要一空下来，我就坐下来休息，保存体力。时间一长，脸上、鼻子上开始发痒，可又没法用手抓，疲劳感也开始袭来，能坚持到24:00，连续工作8个小时，靠的真的是体力、毅力和心底的勇气。

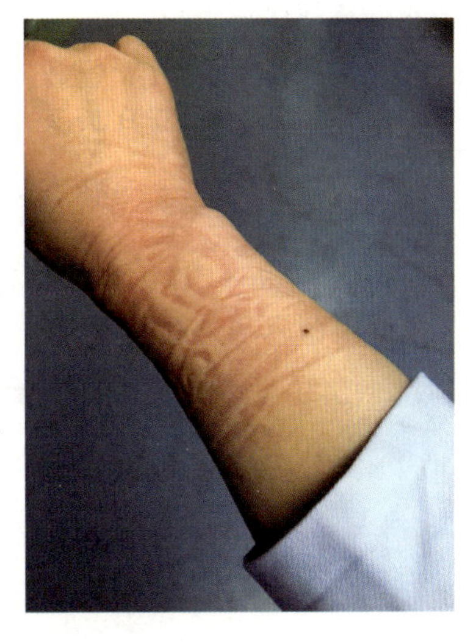

昨天下班回来后，到凌晨3点才睡下，然而今天早上7点多就醒了，就是感觉浑身酸痛无力。感谢我的室友，早上帮我带了早饭上来，昨天晚上我下班回来，她又帮我烧水泡泡面，又帮我洗水果，真是位知心大姐姐。

上海的小伙伴们都在互相鼓励，提醒我们要多吃多睡，保存体力，你们的关心我都收到了，我会多吃多睡的，你们放心！

今天，我还要上夜班（0:00—8:00）。看了天气预报，后面几天太阳公公休假结束，要上班了。看到太阳，就看到了希望！

23:00，我们8个上夜班的小伙伴相约在一楼大厅，全部到齐后出发去医院北3楼临时监护室上班。大家一边走一边交流着上班的心得，一个个娇弱的身影，在灯光辉映下，越拉越长。

一层一层穿戴整齐后，进入隔离病房，和中班认真做好交接工作。我还是接了昨天中班负责的那个房间。4 个患者都睡得很安稳，我挨个把监护仪上的生命体征做好记录，把呼吸机湿化罐里的水加好，把病房里的灯调暗了一些……做好这些，我轻轻地走出病房，把治疗车和凳子搬到病房门口，时而伏案记录，时而穿梭于床位之间，默默地守候着这一方的安宁……

夜晚的 ICU 还是有点冷的，病房不能开空调，走廊里的窗户要一直开着通风。我是个冬天特别怕冷的人，一到冬天就手脚冰冷。上夜班前，我特地多穿了衣服，但到了凌晨，哪怕戴了 3 层手套，双手还是拔凉拔凉的。负责隔壁病房的小伙伴，将一个她用空盐水瓶注入热水做成的暖手宝塞给了我，并细心地用记号笔注明了“废盐水瓶，不能使用”。捂到手里的那一刻，我真的觉得好温暖，暖手、暖心……

8 个小时虽然难熬，但是我们在一起，一起坚守，一起努力！

日记摘编

冯　波、李金花、汤丽君

上海市仁济宝山分院呼吸内科

冯　波（呼吸内科医生）

2020 年 1 月 24 日　除夕

本来已经订好初二的机票，一家 3 口回广西老家过年，但为了应对新冠肺炎疫情，我已于年前取消了回家的机票，并连日奋战在发热门诊、呼吸内科门诊与病房。

昨天接到医院通知，3 小时后集合赶赴武汉支援，虽然已有心理准备，但真的被证实要去了，心情忐忑。吃完饭，年幼的儿子拉着我的手要我陪他玩，爱人不舍的目光追随着我，欲言又止。

作为一名 ICU 的医生，她知道我肩上担负的责任，知道我此去工作的性质，她不舍不忍，但不得不接受。爱人把我送到机场，抱住我忍不住默默流泪。我知道她懂我的心中所思所想，我也懂她的哭声里包含着的殷殷期盼与祝福。此刻，我的内心只有一个信念：我们一定会战胜病毒早日归来！

2020 年 1 月 26 日　大年初二

上海援鄂医疗队正式接管武汉金银潭医院的两层病区，其中二楼收治 30 名轻症患者，3 楼收治 27 名重症患者。我作为第一组成员被分配到普通病房开展救治工作，但听说重症病区需要医务人员，我与另一名医生立即请缨入驻重症监护病区。工作量非常大，进入病区后无法吃饭、喝水，所以只能在正式进入病区前匆匆吃点，水也不敢多喝。我们还穿上了尿不湿。

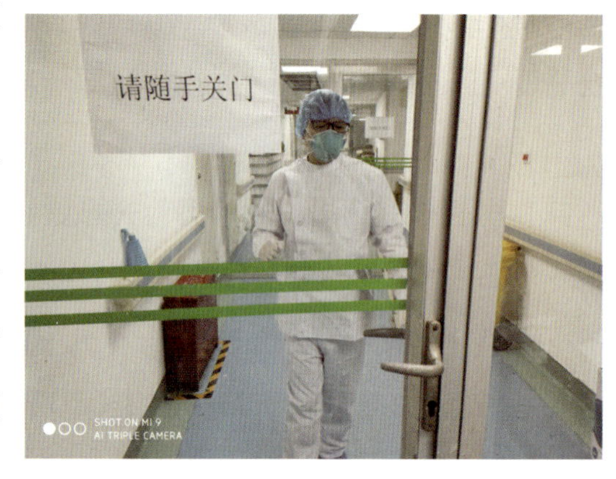

请大家放心，我们会保护好自己，这样你们才能放心，我们才能救治更多的患者。

2020 年 1 月 27 日　大年初三

今天，李克强总理来医院慰问我们了，我心里太激动了，昨天在重症监护室一夜的劳累全都忘了，聆听总理鼓舞人心的话，我们一定会全力以赴，做好医疗保障。加油武汉！加油同志们！

李金花（呼吸内科护士长）

2020 年 1 月 24 日　除夕

接到要援鄂的消息时，我正独自一人在家过除夕，因为呼吸科的特殊工作性质，年前每日加班无休，女儿早就回到了爷爷奶奶家，爱人也在加班，家里就我一个人，安静得没有一点儿过年的气氛。比起上班时呼吸内科的繁杂，我享受着此刻的静谧安详。接到立即援鄂电话的那一刻，一下子没反应过来，感觉很不真实，虽然领导早有待命指示，但一直感觉离自己很遥远。

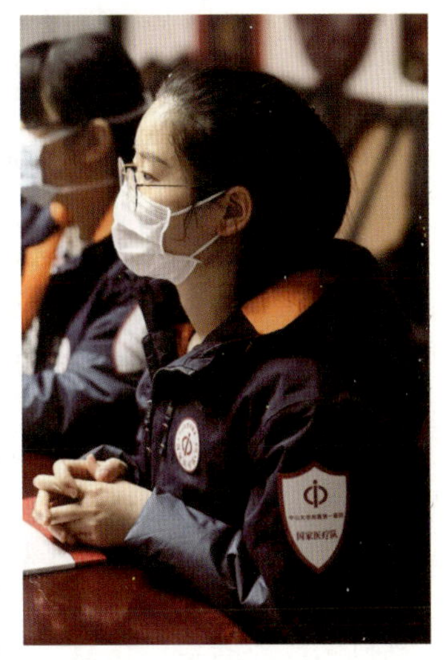

想到自己作为一名共产党员，作为呼吸科的护士长，具有义不容辞的责任。在与爱人和女儿微信短暂告知后，简单收拾好行李，我义无反顾地奔赴前线了。

2020 年 1 月 26 日　大年初二

抵达武汉驰援的第 2 天，我们集中开展了培训，医疗队要求必须每个人过关。我们一遍一遍地练习，确保每个动作都准确无误。

来到武汉之后，我自己拿剪刀把长发剪了，既清爽又方便，穿脱防护服更快了。

2020 年 1 月 30 日　大年初六

每天进入重症监护室病区，我都要求自己尽可能为患者提供最好的护理服务，鼓励、支持他们，让他们快点好起来。现在我们都慢慢熟悉了工作流程，每天护理交班、穿防护用品的时间都在缩短，为了抢救患者争分夺秒。

进入病区工作从最开始 10 个小时左右，到现在 6 个小时，我已经逐渐习惯了。虽然工作真的很累，但我能坚持住！

汤丽君（呼吸内科护士、团支部委员）

2020 年 1 月 27 日　大年初三

新冠肺炎疫情牵动着全国人民以及千千万万医务工作人员的心，激发起团结携手、抗击疫情、共渡难关的爱国热情。1 月 25 日，我接到了作为第一批援鄂增补队员赶赴一线参加医疗保障的重任。

2019 年年底，我刚刚完婚，面对依依不舍的新婚丈夫，面对家中高龄的奶奶，面对满心担忧的父母、公婆，心中有万般滋味。其实我真的没想到“新冠”这么快就与我“零距离”接触了，但想到我是一名呼吸内科护士，也是一名团干部，我觉得自己要走在前面，做在前面！接到通知后我与家人沟通过，得到他们的大力支持，我与爱人也一致认为，我们只有保障“大家”的健康，我们的“小家”才能更加幸福。

临行前，我向组织递交了入党申请书，我希望能以实际行动高标准严格要求自己，早日加入这个先进的集体，真正成为新时代优秀的中国共产党员。

2020 年 1 月 31 日　大年初七

来驰援武汉已经第 4 天了，经过前期紧张的培训，今天我正式进入北三重症监护病房开展工作。就在前一天晚上我和室友得知要正式上岗的消息后，我们一直在房间训练穿脱防护服的流程，我们想尽可能的熟练，做到最好。

进入重症病房后，因为穿着厚厚的防护服，6个多小时干下来身体真的有点透支，不过我能坚持住。

今天遇到一件非常暖心的事情，下午一点左右，有位患者一直关心我，问我吃饭没，还对我说："小姑娘辛苦了！"说着说着我们眼中都泛起泪光，此刻我理解了什么叫心心相惜。

昨天下午，我们医疗队收到了一批来自上海发展和改革委员会、上海粮食和物资储备局送来的军大衣，这批物资正好解决了我们上下班路上的保暖问题。谢谢大家对我们的关心和帮助。我们会坚持到胜利那一天的。

勇闯“金银潭”的 28 小时

谭云妃

湖北省宜昌市第二人民医院宣传科科长

“我这会儿正在吃午饭，下午可以休息，你放心，我很好。”1 月 28 日中午 12 点，身在武汉市金银潭医院的宜昌市第二医院医生张斌终于脱掉了身上的防护衣，如约在微信上给妻子张慧琴报平安。此时，他刚刚结束一个 28 小时的“超长班”。

1 月 23 日一早，宜昌市第二医院 ICU 医生张斌主动报名，到武汉金银潭医院进行支援。

在金银潭医院，张斌一个人要负责 5 个重症病房，一大半患者是病危状态。

1 月 27 日早上 8 点，做好层层防护工作的张斌准时走进了重症隔离病房。虽然已经在 ICU 工作多年，张斌也没想到，这个班会持续

28 小时。

刚刚完成交接班，就有患者病情有变。插管，抢救，抢救，还是抢救！从上午 8 点到下午 2 点，6 个小时的时间里，张斌不间断地抢救了 4 个重症患者。

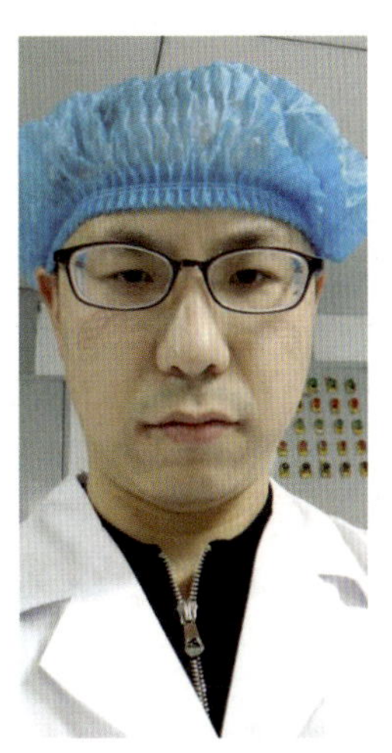

身为医生，张斌比谁都知道插管抢救最易被感染，可只要一站在患者面前，脑子里想的就全是怎么救人，那些害怕和疲惫早已被他抛到九霄云外。让他欣慰的是，3 位患者在他的努力下成功脱离危险。

吃饭是难得的喘息时间，可因为抢救患者，张斌已错过了午饭时间。1 月 27 日下午 2 点，看着已经冰冷的盒饭，张斌一点儿胃口都没有，扒拉了两口之后又匆匆放下了。

刚刚脱离危险的患者还需要密切观察，顾不上休息，10 分钟后，张斌又走进了病房，挨个儿病床查看患者的情况。

张斌告诉记者，因为自己负责的都是危重症患者，病房里的气氛非常压抑，所以，患者一个稍微有点感情的眼神都会让他觉得欣喜。

1 月 27 日晚上 11 点，张斌终于出来休息了。又一次错过吃饭时间，等待张斌的依然是已经冰冷的盒饭。此时，这个坚强的汉子，前所未有地想念妻子。到武汉 4 天，从来没有叫过苦的他，第一次主动给妻子发了一条有点儿撒娇语气的微信："好想吃你做的火锅啊，老婆！"

勉强吃了几口饭，10 分钟后，重新穿戴好防护服，收拾好心情，张斌迈着略显沉重的步伐，再一次走进了隔离病房。

等张斌再出来时，已是1月28日中午12点。本来的24小时班，临下班又抢救了一个患者，顺延到了28小时。

连续28小时的值班里，张斌先后抢救了10多个重症患者，中间只吃了两次饭，防护服里面的衣服也已经不知道被汗湿了又干、干了又湿了多少次。

张斌坦言，这是自己从业以来，第一次进行如此高强度的抢救工作。走出重症病房，他几乎站不稳，不得不坐下歇一会儿，好不容易拿起筷子，他才发现双手已累得发抖。

因为怕妻子担心，张斌拒绝了妻子的视频电话，只发了一段语音报平安，并附了一张自己刚刚下班的自拍照。

终于看到了丈夫的自拍照，妻子张慧琴心疼地直掉眼泪："你看脸上都没颜色，这还有印子。真的瘦了！"心疼丈夫的妻子问张斌，自己怎样才能帮他？张斌想了想说："如果有时间了，就多准备点好吃的，尤其是火锅之类热的东西，等我回来要吃个够！"

虽然上完了28小时的超长班，但留给张斌的休息时间也只有下午半天和一个晚上。因为1月29日一大早，他又要准时走进危重病房了。

对不起，“共读一本书”公众号暂停播音……

鲁 杨

河北省人民医院党政办副主任

还记得2019年年底，共享笔记曾发过一篇《今夜9点，让我们共同聆听……》的文章吗？说的是河北省人民医院第八党总支运用“互联网+党建”模式，建立了红星驿站微信公众号，并开办了“共读一本书”栏目，由医院老年病科党支部宣传委员王娜担任主播，每周三晚9:00准时推送语音版节目。截至目前，已播出86期。

王娜诵读的“共读一本书”播出以来，深受医护人员的喜爱，听读量高达两万余次，已成为大家茶余饭后学习党建知识的小窗口。然而，自2020年2月19日开始，“共读一本书”语音播送暂停了，这是怎么回事呢？

原来，为抗击新冠肺炎疫情，支援武汉前线，“共读一本书”栏目主播王娜同志积极响应党中央号召，迎难而上，主动请战，已于2月19日成为逆行白衣队伍里的一员，随河北省第七批援鄂医疗队奔赴了武汉抗疫一线。因此，河北省人民医院红星驿站《共读一本书》栏目暂停播音。

随着栏目的暂停，众多听友在得知王娜奔赴前线后，上演了一幕幕让人感动的“隔空喊话”，在这场没有硝烟的战争里，每个人都在努力，虽不在一起“战斗”，心却连在一起。听友们期待疫情早日结束，王娜平安回家。

一位来自本院的同事兼铁杆听友说，2月18日看到第七批援鄂医疗队中王娜的名字时还是很诧异，因为她是两个孩子的妈妈，公公婆婆身体不好，家里其实困难不少。

所以第一时间给她打了电话，王娜的声音很平静，她说，“其实我已经主动请战了好几次，这次能被选中，我很激动，因为我是一名医务工作者，是刚刚站在领奖台上接受表彰的先进宣传委员，更是一名党员。我必须上，放心吧，我能行！”

短短的几句话，让我感受到了她异常的坚定。就和“共读一本书”开播时，她天天熬夜录音时一样，倔强、坚韧、斗志昂扬，让我无可奈何却又无比钦佩。

2月19日是第七批援鄂医疗队出发的日子，她已经剪去了飘逸的长发，信心满满，蓄势待发。也许看出了我的担心，她像往常一样拍拍我说：“别担心，我在急诊科工作了8年，完全有能力救治患者，也有能力保护好自己，等疫情结束，我回来咱们一起去吃好吃的，继续做咱们的公众号。”就这样，王娜和医院其他22名队员信心满满地踏上了抗疫征程。

现在，王娜所在的河北省第七批援鄂医疗队，正在武汉大学中南医院开展重症患者的救治工作。他们的工作很辛苦，每天要面对不能喝水、不能上厕所等各种生活困难和急危重症患者的抢救、诊疗等艰巨任务。王娜说："每天能和战友们一起工作很开心，队里充满着阳光，我正在学一首歌，学会之后要唱给我们的患者听，希望能把正能量传递给他们，鼓励他们战胜病魔！"

疫情面前，总有一些暖人的关怀牵动着你我，总有一些朴实的感动直击人心。任何华丽的辞藻在真情牵挂面前总是显得那么多余，下面我不加修饰地摘取了部分"共读一本书"的听友发给王娜的信息，与大家共同感受疫情笼罩下的温暖。

高浩宁妈妈：后知后觉的我昨天才知道你奔赴了抗疫一线，才明白你为什么忽然停了"共读一本书"的节目。敬佩、感动、感激、担忧都不足以形容我当时的心情。沧海横流显本色，疫情肆虐担铁肩！你和同事们一定要保护好自己，一定要保护好自己，一定要保护好自己！盼你早日平安归来！

好闺密贾志梅：像往常一样拨通你的电话，送上日常的问候，却意外听到一个令我震惊的消息，下午你就要奔赴抗疫的最前线——武汉。细思一下，意料之外，情理之中，你是那么善良。大爱的女孩，逆行者的队伍里又怎能少了你的身影！还记得，你在《小娜糖友会》细致温柔的讲解；还记得红星驿站"共读一本书"你磁性恬淡的声音。今天，你又突然冲向了抗疫的最前沿！一直觉得，你就是一个安静柔情的小女子，岂料今天让我见识了你的铮铮侠骨英雄胆，真是铁肩可担日月，妙手必转乾坤！

由于当前形势所逼，不允许我送别我的好姐妹，只道一句“珍重”，你便踏上了征程。多少担心忐忑，多少叮咛未说，多少惦念不舍，只融汇成一句话，祝你平安顺利，早日凯旋！

王娜，等你回来，每晚 9 点，我们还要听你播音。

我能，我就是重症护士！

徐艺纯

吉林大学第一医院ICU科护理平台、援鄂医疗队队员

2020年1月23日　大年二十九　萌动

明天就是除夕了，计划下午科室内进行全科总结表彰。中午，昝涛护士长突然告知我抓紧做一个PPT，下午要在科内举行“抗击新冠肺炎动员大会”。

大会上，领导讲了此次疫情的严重性，说如果疫情控制不住，就需要我们重症护士去支援，同时还给大家讲述了她当年参加救助汶川地震伤者和“非典”防治的经验。平静的心顿时心潮澎湃，没多想，果断报名。

2020年1月25日　大年初一　抉择

按照往年习惯，带着小宝去婆婆家拜年，刚到婆婆家门口就接到了单位领导的电话。电话的那面声音很急促，吉林省要组建医疗队支援武汉，随时准备出发，具体去哪个地方不知道，要支援多久也不知道，5分钟内要给答复。看着怀中3岁的女儿，旁边一无所知的老公，我犹豫了。

我想起一位我特别敬佩的英语老师曾经跟我说过一句话："你一定要一直努力，不要停下来，你的所有付出，就是让你成为一个令女儿自豪的妈妈！"在重症监护室工作10年，护理过各种危重患者，这是我的工作，我的职责，我的专业所长，现在正当危急关头，疫区正需要我们这样的重症护士。我拿起电话打给领导："我报名，我去！"因为我希望，当以后女儿和小伙伴谈论自己的妈妈时，她能自豪地说，她有一个勇敢的妈妈！

2020年1月26日　大年初二　出征

今天是出发的日子，院里举办了出征仪式，并给大家准备了各种生活物资和防护物资。听一个小伙伴说："你们吉大一院太牛了，为了给你们准备物资把欧亚都要搬空了。”听到这些，顿时觉得自己能在这么牛的医院工作很自豪！

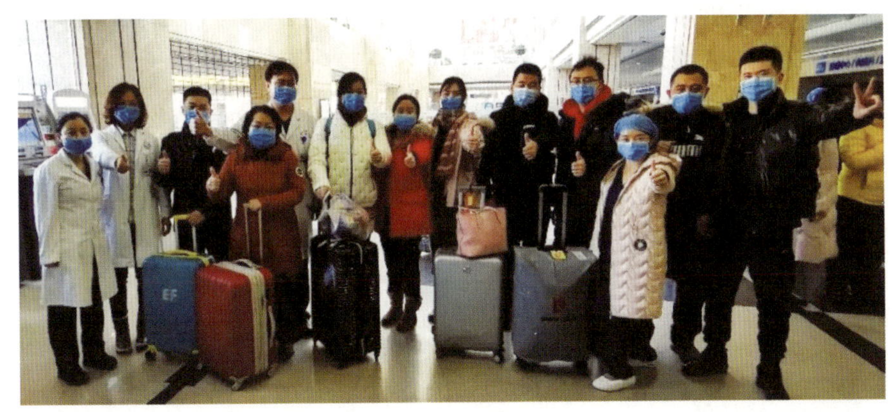

科里的领导和伙伴们也一直在忙活着给我们筹备各种药品和生活用品。院里开完会回到科里整理皮箱，看见昝涛护士长疲惫的神情，前一天晚上没睡好，因为大半夜她还在挨家跑药店给我们准备必备药品。

匆匆整理行李，在领导和同事们的关切中，我们出发了。去往机场的路上，我一直在搜索关于武汉疫情的报道，感染患者例数不断上升，抵达之后如何应对，一切未知，心里难免有些忐忑。

22:30 抵达武汉。坐大巴入城时，真正明白“逆行者”的含义。

2020 年 1 月 27 日　大年初三　培训

参加了关于新冠肺炎防控知识的培训后，下午我们搬到要支援的同济医院中法新城院附近的宾馆安顿下来。

晚上 7:30，我们到医院进行防护知识培训，熟悉医院病房环境，为了收治新冠肺炎患者，这个医院紧急打造了一个能容纳 600 多张床位的隔离病区，我们吉林省医疗队负责 100 张床，一共 94 个护士，一个班除去穿脱防护服的时间需要工作 6 小时。

培训完已经快 22:00 了，回到住宿的地方抓紧练习防护服的穿脱，确保穿脱防护服所有环节不出现问题。

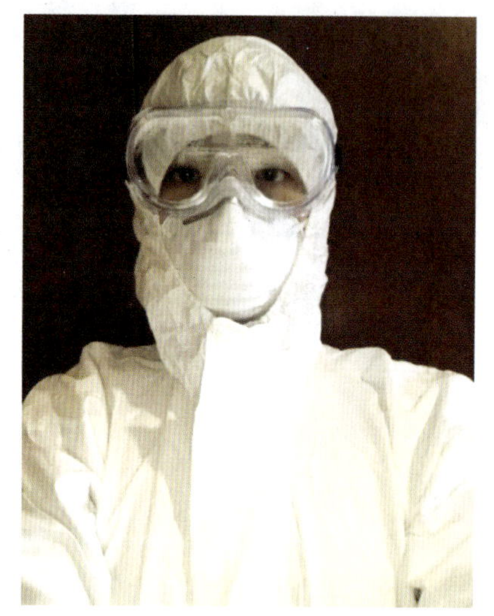

为了防止病毒传播，医院停止空调取暖，武汉的室外温度一般在 0 ~ 3℃，如果不供暖，室内跟冰窖一样，院方建议我们里面穿自己的保暖毛衣，然后再穿一套院里准备的病号服，外面穿一件隔离衣，最外层穿防护服。因为里面穿得厚，脱防护服时还不能污染到内面，真的很难。

还有一个让我特别纠结的事，上岗时如果需要去厕所就需要重新穿脱一遍防护服，不仅浪费了时间，还浪费宝贵的物资，所以上岗时只能穿纸尿裤来解决生理需求，想到这感觉有点儿尴尬，不过既然有勇气来，就要有勇气克服各种困难。

晚上，一个几乎不联系的朋友发微信，说他老家是武汉的，非常感谢我们能够去支援武汉，顿时觉得自己使命感特别重，暗自立下 flag：尽我最大所能为此次援鄂行动贡献一份力量。

2020 年 1 月 30 日　大年初六　凌晨 3:50　信念

2020 年 1 月 29 日农历初五，这是我进入隔离病房的第一天。如果用一个成语来形容这一天的感受，那就是“五味杂陈”。从昨天开始，已经有小伙伴分批进入隔离病房照护患者。今天中午，我也即将进入隔离病房。

早上起床后，我正练习穿脱防护服，突然接到护理大组长的电话，说原定中午 12:30 的班提前至 11:15。此时此刻已经 10:30 了，我的心里突然紧张起来。早上起来到现在还没喝水，在迅速吃完饭后愈加口渴，心里挣扎了一会儿，为了防止上岗后去厕所，还是决定不喝了。

今天跟我一组的护士有 5 人，两个是吉林医药学院呼吸科的老师，另外两个是一汽总院呼吸科的老师，其中年纪最大的姐姐 40 岁。我问她为什么会选择来援鄂，她说：“因为我是一名党员，疫情暴发，人民危难时刻，党员就应该冲在前面。”我不是党员，可听了姐姐的话忽然很是羡慕。如果有机会，我也希望自己能够像她那样自豪地说：“我是一名党员！”

大家将帽子、口罩、手套、隔离衣、防护服、护目镜、鞋套一层一层仔细穿戴好，武装完毕后已经浑身是汗了，由于戴了双层口罩，呼吸也不太顺畅。通过清洁区、缓冲间，推开最后一道门，便是病毒最集中的区域——污染区。

我们今天要照料的是东区专门收治确诊或疑似新冠肺炎的患者，目前一共 26 人，包括一名危重患者，与我们共同工作的还有武汉同济医院中法新院区的 4 名护理同行。进入病房后，大家开始分床。

交班的老师问道：“一名患者病情危重，谁能来护理？”“我能，我就是重症护士！”我主动请缨。虽然在家的时候，我偶尔会抱怨重症监护室工作的辛苦，可在此时我很庆幸自己是一名重症护士，可以在最关键的时刻，用自己的专业为饱受病痛折磨的同胞做出一丝贡献。

这位新冠肺炎重症患者是一个65岁的老大爷，不能离开高浓度的吸氧面罩，稍微动一下便会呼吸困难。我接班的时候他还没有吃午饭，我问他为什么不吃饭，大爷说不想吃，太难受。我就劝他：“吃完饭还需要吃药呢，不吃药病怎么能好呢？”见他勉强点点头，我马上把已经凉了的面热好，放到他床边，可大爷刚吃了两口便喘不上来气。

见此情况，我说：“我喂您吃吧。”大爷一个劲儿说“不用不用”，我再三坚持，他方才答应，不难看出，大爷本是一个特别刚强的人。吃过饭后，大爷又不好意思地跟我说想要小便。用完尿壶后，我正要拿去倒，大爷说：“先别去倒了，等满了一起倒吧，省得总麻烦你。”看到大爷在如此难受的情况下还为我着想，心里忽然暖洋洋的。

接下来的6个小时中，我根据医嘱给大爷做了一些处置。被防护服层层包裹的我，身上早就被汗溻湿了。临到下班时，大爷不舍地望着我：“姑娘，你还会再来吗？”“会的！”我十分肯定地回应他。看着大爷期待的眼神，疲惫、汗水在这一刻都化为乌有，一切的一切都是值得的！

回到缓冲间里，我小心翼翼脱掉防护服，再通过一道道门，每接触一个部位都要用含酒精的消毒液洗手，洗完之后手已经红红的了。

待回到宿舍，洗澡，消毒耳朵、鼻腔，全部收拾完已经晚上 8 点多了。

今天是初五，晚饭是领队准备的饺子，虽然有些凉了，但吃到嘴里还是暖暖的。闲暇中打开手机，里面的微信消息已经多得无法显示数量。我仔细查阅了援鄂群的数十条信息——今天省卫生健康委的两个领队老师又给大家添了些物资。

这几天，两位领导一直忙前忙后，为大家做后勤保障工作。大家缺什么、想吃什么，只要提出来，他们都一律满足。吉大一院的领导也时刻关心着我们，经常询问我们物资还缺什么。我们想说，给我们带的吃的已经可以吃好几个月了。亲爱的李虹彦副院长每天都给我们打气，让在前线的我们感受到了家的温暖。

看看时间，孩子应该还没睡觉，我与她视频聊天。孩子看到我，第一句话就问："妈妈啥时候回来？"我说："妈妈在上班，休息了就回去。"孩子又问："你啥时候休息啊？"说着说着，就用小胳膊抹眼泪，好像不愿意让我看见一样。我没法回答她，也不想骗她，更怕控制不住自己的眼泪，只能匆匆结束视频聊天。

回想起刚到武汉时，我问我们感染科的朱媛护士长："你来了，两岁孩子咋办啊？"她转过头，忍着眼泪说："跟我说啥都行，就是别跟我提孩子！"

来这儿支援的人都是孩子的父母，也是父母的孩子，而支持他们来到这里的信念，就是身上的这件战袍。

夜深了。只有在这安静的深夜，才能让我静下心来记录下武汉生活的点滴。

来自武汉金银潭医院的战地日记

郑永华

上海市金山区亭林医院呼吸内科副主任

难忘除夕夜

2020 年 1 月 25 日（星期六）　大年初一

今年过年，我本来是不准备回家的，一来路途太远，二来新冠肺炎疫情恐怕有蔓延的趋势，作为呼吸内科负责人，我当然是作为第一人选去支援武汉的。说实话，我希望援鄂的通知永远不会下来。

除夕夜，我和朋友刚端起饭碗准备吃年夜饭，医务科赵科长给我打来电话，3 小时内火速集结前往武汉！

我马上回家随便拿了几件换洗的内衣，塞进背包。肚子还有点饿，我抓了点零食放在马夹袋里，想一会儿在飞机上再吃点。同时，我最关心的是防护物资，马上和设备科同事联系，把物资清单核对了一遍，再跟他说了具体注意事项。

赶到医院，吴鸣副院长等在楼下，冒着细雨一起把物资放到车内。这时候，我脑子里一片空白。说什么呢？不说了吧！一个眼神，一个挥手，尽在不言中。

专机飞往武汉，整理物资，一直忙到大年初一早上5点才入睡。醒来一看手机，满屏都是亲朋好友的祝福、关心和焦急问候，瞬间被感动得一塌糊涂。我想试着坚强一点，可惜最终依然被泪水模糊了双眼，被这么多的亲人们牵挂着，我感到此时此刻的自己就是世界上最幸福的人！

初入金银潭重症病房

2020年1月26日（星期日） 大年初二

下午2点，我们就要接管金银潭医院的两个病区，包括一个普通病房和一个重症病房。

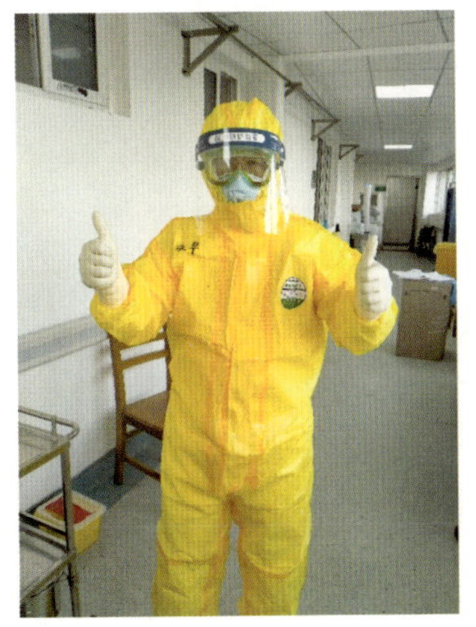

当听到“重症病房”这4个字的时候，我心里不禁“咯噔”了一下，身体居然出现一过性微颤，但是很快就恢复了镇静。由于时间紧迫，医生组和护理组迅速展开防护服的穿戴培训，要求人人过关，不过关者要重新穿戴，直到过关为止。我们医生组根据队员们的职称、专业、工作年限分组，当场确定每个病区的人员。

重症病房的患者病情重，基本上都需要呼吸机辅助治疗，根据各方面的条件，我和另外 16 名队员分配在重症病房。我看了一下队员们的简介，都是赫赫有名的高手，可谓阵容强大。周新主任特别强调大家要严格查房时间，严格隔离防护，严格落实医生护士排班和交接班制度。培训结束后，所有队员们整理装备，走出驻地，向金银潭医院进发。

第一次前往这个最前沿的阵地，心里真的没有底，如同一个刚上战场的新兵蛋子，感觉处处都充满着危机，随时都会有危险，因此一路上瞪大眼睛，四处观察，小心翼翼，生怕出现什么差错，越靠近医院心里越紧张。但是真正进到医院之后，反而变得沉着冷静起来，可能是出于职业的本能，一进到医院就像回到了自己原先的工作岗位，一切都变得从容淡定。

在北 3 楼重症病房，接待我们的是本院的两位医生，他们给我们详细介绍了病房的情况和注意事项，重点是消毒、隔离、自我防护，重中之重是防护服的正确穿脱方法，由资深护士亲自演示、指导我们穿戴防护服。

一切准备就绪，穿着层层严密包裹的专业防护装备，我第一次进入了重症病房，第一次见到了本次新冠肺炎的患者！看着一台台呼吸机，望着一架架心电监护仪，听着此起彼伏的报警声，凝视着各种五颜六色的仪表数据，我感到任重道远！

在一个病房里，住着一位武汉本地大妈，病情好转，生活已经能够自理，我们询问完病情临走之时，大妈向我们表示感谢，我们也挥手致意祝她早日康复出院。虽然她看不清我们的面容，也不知道我们是谁，但是她知道我们为了谁。

在走廊里和一位金银潭本院的护士交谈。她说我们的到来减轻了她们很大压力，本院医护人员已经连续工作快 1 个月了，没人回家，无怨无悔。我对这些同行除了敬佩，还是敬佩，他们是武汉最可爱的人！

赋诗一首

2020 年 1 月 28 日（星期二） 大年初四

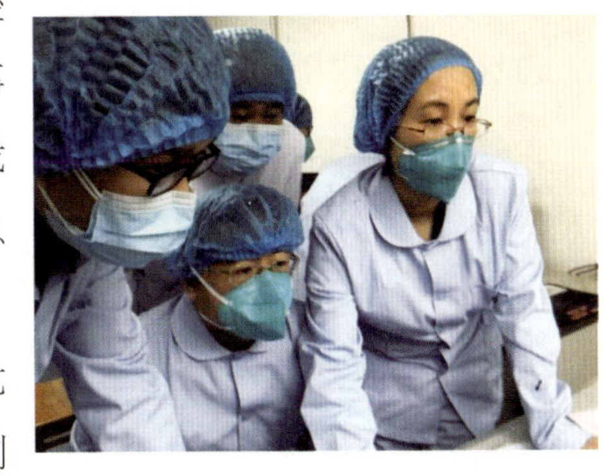

忙忙碌碌的第一个夜班已经上了 4 个小时，处理了一大堆事情，患者病情暂时还都稳定，我们几位值班医生也可以稍微休息一下，梳理一下前半夜的工作。

重症病房的患者病情都很危重，每天的生命体征和各项监测指标如同过山车一样忽高忽低、忽上忽下，很不稳定，值班医生的心也随着患者病情的变化而跌宕起伏。

每次出现异常指标，我们都要集体讨论，认真分析，查找原因，明确诊断，对症治疗。我们力争以高度的责任感和使命感全心全意为患者提供专业的医疗救治。针对每一位患者，我们及时在国家卫生健康委发布的最新诊疗方案的基础上，开展因人而异的个体化治疗，既要避免误诊、漏诊，也要避免过度诊疗。

长时间住在隔离病房，很多患者的内心非常孤独，很容易出现焦虑恐惧、悲观失望等心理障碍，还好有护士姐妹们穿着厚重的防护服在病房里穿梭巡视，可以与患者们进行简单交流；我们医生每天也会穿着全套防护装备进隔离病房查房，询问患者病情，解答患者的疑问。医务人员给了患者极大的心理安慰和精神支持。

自从来到武汉，每天都会有很多朋友关心问候，嘘寒问暖，叮嘱我做好防护措施，保护好自己。今天有朋友问我什么时候可以返回上海？我沉思片刻，赋诗一首：

病毒肆虐暗武汉，
孤城遥望金银潭。
白衣战士穿银甲，
不破病魔终不还！

见到家人了

2020 年 1 月 29 日（星期三） 大年初五

昨晚忙碌的夜班一直上到今天早上 8 点，交班结束后更换衣服走出病房，踏上回驻地的路。一看已经 9 点半了，赶上了早餐的末班车，匆匆吃过早饭，大家各自回房休息。

刚躺下就接到一个同事的电话，说第一批上海援鄂医疗队增补队员 10 分钟后到达，希望休息的队员们下楼迎接，同时协助搬运各种物资。挂完电话我立即起床穿衣，急速赶到一楼大厅等待增补队员们的到来。

非常高兴，本次增援队伍里有一位自己科室的护士胡娜娜，她虽然刚刚递交了入党申请书，但在行动上她早就入了党，危难时刻她毅然选择奔赴武汉疫区，是我们金山区亭林医院的骄傲，更是我们呼吸科医务人员的榜样。

作为第一批到达武汉的“大哥”，我给娜娜分享了经验教训，重点是如何做好个人防护措施。我们信心十足，一定能够战胜病魔！

看到沪牌，温暖激动

2020 年 1 月 30 日（星期四） 大年初六

进入重症病房，首先要做好自我防护。每天，我里面穿着贴身的手术衣裤，再穿一件手术隔离服，再穿防护服，防护服外面再穿一件手术隔离服，等于是有三层防护，再加上鞋套、面部保护屏，整个人被包裹得严严实实，又闷又热，透不过气来，一会儿的工夫就开始出汗。

针对每一位患者，我们都仔细询问病情，详细记录呼吸机的参数和心电监护的数据。为了避免长久暴露于病毒环境造成自身感染的高风险，我们和患者之间的交流时间有限。从每个房间出来，都要重新消毒洗手，全身喷洒医用酒精，避免交叉感染。

穿防护服的时候相对容易，脱防护服的时候非常危险，因为在脱衣服的过程中，里面的衣服很容易被防护服的外层污染，这种概率非常高，稍有不慎就会把病毒带到清洁区。从隔离病房出来，我里面的手术衣裤已经湿透了，感觉自己都要虚脱了，赶紧穿上一件羽绒服，避免受凉感冒。

我在隔离病房里前后共待了一个小时，都已经受不了了，而护士们要连续工作 6 ~ 8 个小时，我真的佩服她们的身体素质和敬业精神。

从早上一直忙到下午 2 点，由中班的队员们接班，我这才换了衣服回驻地。走出病房，外面阳光灿烂。今天是个大晴天，小伙伴们结伴同行，聊着天，顺便晒晒太阳杀杀菌。冬日里的阳光给我们带来了温暖，也给我们带来了战胜病魔的希望。

在酒店门口，遇到从上海长途奔驰而来的货车，后方给我们送来了一批物资，其中包括军大衣。穿上军大衣，瞬间就温暖了，不再惧怕夜间的严寒。因为货车挂着沪牌，大家备感亲切，临别之际，货车司机举着“武汉加油”的标语向我们表达问候和敬意，在场的队员们争相拍照留念，祝司机师傅们一路平安。

全国人民心系武汉，这个冬天不太冷！

集体的智慧是无穷的

2020 年 1 月 31 日（星期五）　大年初七

从今天开始，由临时院感组的专业人员进驻病区，专门负责监督管理每一位进出病区的医护人员的消毒卫生，负责清洁区、污染区的垃圾分类和及时清理，阻断病毒的传播路径。

一旦发现错误必须当场纠正，每个人都必须从自身做起，严格执行工作规范和各项操作流程，最大限度地减少内部人员交叉感染病毒的发生率。当前我们一切工作的前提就是先做好自我防护，要保证医务人员零感染。

通过院感组的努力，今天病区环境卫生、消毒隔离措施得到了彻底改善，办公室、值班室安装了空气净化器，整个病区面貌焕然一新。由于隔离病房内部是严重病毒污染区，里面的任何物品都是严禁带到外部病区的，这就意味着每次进入隔离区都不能携带手机，查看患者时以文字形式记录的患者病情信息也没法带出来。

常言道，三个臭皮匠，顶个诸葛亮。大家群策群力，干脆买个新手机，就放在隔离病房里面，专门用于拍摄患者的病情记录、各种仪器设备的参数和生命体征，再发到本组微信工作群里，供外面办公室的其他医生参考。

下午，就用新手机进行了视频查房，效果不错。还有队员提出用无人机给患者送药，减少护士的工作量，还可以实时与患者进行沟通交流，缓解患者的心理压力，真是高手在民间啊！

经过几天的搭班合作和环境适应，来自各个医院的队员们开始互相熟悉起来，尤其是排班分配在一个病区和一个组的队员们逐渐成了亲密的战友。来自同一家医院的同事们更是抱团取暖，此时此刻如同亲人一般互相照顾，互相鼓励，互相帮助。在这里，我们是一个集体，更是一个大家庭！

首例 ECMO 治疗成功

2020 年 2 月 1 日（星期六） 大年初八

今天，病房里有一位危重患者生命垂危，无创面罩呼吸机治疗效果有限，进一步抢救需要气管插管呼吸机、ECMO 治疗。目前病房条件有限，并不是负压病房，气管插管、ECMO 的操作风险很高，在操作过程中稍有不慎就会被病毒感染。

另外，气管插管、使用 ECMO 的患者需要专业的医疗团队来管理，一个患者至少需要三四个医护人员 24 小时不间断守护，要耗费大量的人力和物力，最终也不能保证百分百救治成功，死亡率依然很高。但是，只要有百分之一的希望，我们就要付出百分百的努力，尽一切办法挽救患者的生命。

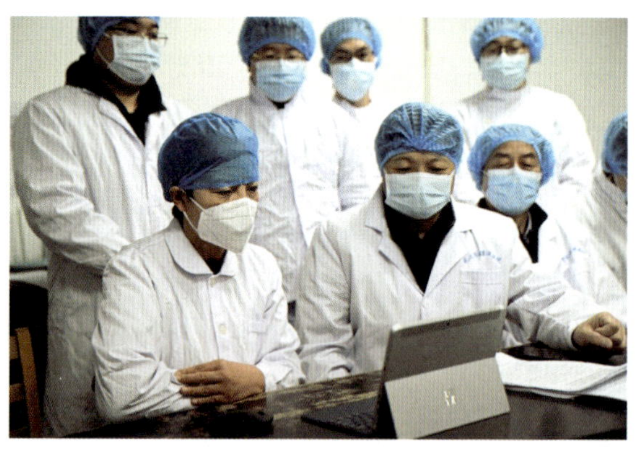

经过专家组的认真讨论，从各个病区抽调了 ICU 专业的医护人员组成临时团队，在现有条件下，大家克服重重困难，冒着自己被感染的巨大风险，下午给这位危重患者做了气管插管、ECMO 治疗，整个操作过程顺利。这是我们上海援鄂医疗队首次使用气管插管和 ECMO 救治危重患者。在这个特殊时期，意义非凡！让我们共同期待患者能够早日脱离危险！

惊心动魄的一个班

2020 年 2 月 2 日（星期日）　大年初九

今天上中班，下午一接班就被告知本组有 3 个危重患者病情恶化，随时都有生命危险，已经电话联系了患者家属做好思想准备。

看来下午这个班任务艰巨，抢救工作在所难免了。我还问了一下昨天气管插管、上了 ECMO 的那个患者病情怎么样，早班医生说目前还算平稳。

坐在电脑前，我认真查看危重患者的当前用药、最新检查报告、呼吸机的参数、心电监护的动态数据、有关病情变化的病程记录，从蛛丝马迹中努力寻找患者病情恶化的原因，提前做好抢救准备。正在这时，护士呼叫，从普通病房转来一个危重患者，问我们放在哪个床位上。我回答说："就放在我这组的空床上吧。"护士很快就把该患者的病历资料拿给了我，光看资料还不够，得亲自去看看患者本人，了解详细病情。

就在这时，护士突然呼叫有患者需要抢救！我回答马上进来，说完直奔更衣室，严格按照操作规范换上了防护服，再由督导护士认真检查确认防护措施万无一失后从容地进入到隔离病房内部，先去看需要抢救的患者。

原来，患者情绪突然烦躁，要伸手打人，坚决不肯继续使用呼吸机，6 个护士都按不住，眼瞅着血氧饱和度越来越低，我当机立断下达医嘱给予患者注射咪达唑仑针镇静，患者很快安静下来，在呼吸机辅助通气治疗下血氧饱和度又回到了 90% 以上，患者病情暂时得到了缓解。

处理好之后，我赶紧去看转科来的新患者，护士说患者转来的时候就带着无创呼吸机，但血氧饱和度一直在 80% 左右，我马上调整呼吸机参数，同时嘱咐护士给患者重新调整呼吸面罩的松紧度，尽量减少漏气，看来我的判断和措施是有效的，很快，患者的血氧饱和度就升到了 90% 以上。

进一次隔离病房很不容易，我顺便把另外几个危重患者以及其他小组的危重患者也查看了一遍，通过视频给在外围办公室的队员提供患者的各种病情信息，省得他们再进来一趟。

从隔离病房出来回到办公室，刚好遇到上海市委书记李强视频连线上海援鄂医疗队了解情况，我们几个下午上班的队员们站在郑军华队长和周新主任后面，共同接受李强书记的检阅和慰问。

短短的几分钟时间，我们深切感受到了上海市政府对我们的信任、关心和重视。我们一定不辱使命，出色完成本次援鄂医疗任务，请党和人民放心！

患者都平安，我便心安

谭云妃

湖北省宜昌市第二人民医院宣传科科长

姐，我怕我回不来了。所以我现在每天记日记，我做了什么，帮助了哪些患者，为这个社会留下了什么，我都一一写下来。万一回不来了，还可以给你们留下些回忆……

——摘自杨慧与家人的微信聊天

杨慧是宜昌市第二人民医院 ICU 的护士。疫情发生后，她第一时间报名申请支援武汉。1 月 23 日，杨慧奔赴武汉市金银潭医院支援，她将自己的所见所闻、所做所感记录下来，把汗水与眼泪融入在一篇篇日记里，用自己的行动诠释着“奉献”的意义！

2020 年 2 月 3 日　正月初十

今天上晚班，18:00—1:00。17:00 到达科室先吃晚饭，今天有菠菜，感觉特别好吃，来了这么长时间这是吃的第二种蔬菜，之前一直吃大白菜。科室要求每个人查咽拭子，我和同事很好奇，怎么全科人都查呢？难道是有同事被感染了？果然听说有一名医护人员不舒服，但还没确诊，不管是或不是，我们都是一个战壕的，祝愿他快点好起来，希望大家都平安无事！

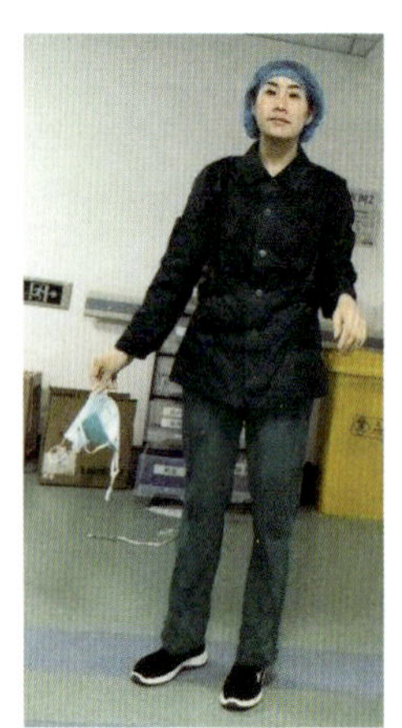

衣服不透气，闷在里面出汗，感觉口很渴，但没有多余的衣服，也只好忍着继续在里面工作，直到下班才能喝口水。所有人都在努力着，希望能早日结束这场战“疫”。

2020 年 2 月 5 日　正月十二

时间过得真快，凌晨 2 点坐下来记录文字，听到窗外的鸟鸣声，月光氤氲，夜晚没有那么凉了，心想春天该来了吧。

下午 3 点钟，3 号病房的一位患者需要上胃管，这里的胃管很软，不好上，需要导丝，我就把空肠管的导丝安装上去，很顺利，一下就插好了。插好后需要确定胃管是否在胃里，我就把胃管放到水杯里，却发现有气泡溢出，过了一下又没了。

医生说刚才用了无创呼吸机，可能胃里面有气。因为我们穿得很严实，无法用听诊器，我们就选择第二种方法：我往胃管里打气，同事把手掌放到剑突下来感受气过水声，我觉得这个办法不错。

下午 5 点开始抽血，有血气和静脉血，心想一个患者要被扎两下会痛苦，同事说可以只扎一下，用采血针头就可以了。我就先看他采血，的确很方便，而且还省时，减少穿刺次数，也减轻了患者的痛苦。又学了一项新技能，有收获的感觉真好！

晚上 8:30 下班，9:00 回酒店洗澡睡觉，突然想起今天是我的生日，36 岁啦！

2020 年 2 月 8 日　正月十五，元宵节

21 床是气管插管上呼吸机的，今天停用镇静剂，神志清晰，也很配合我的工作，但是依然要约束他的手腕，因为气管插管的患者清醒之后非常难受，为防自行拔除引起风险，给他换成氧疗模式，自主呼吸，呼吸变得平稳。患者还记得我，我对他说："你好多了，这几天都是我护理的。"他为我伸出大拇指，我也给了他一个大大的赞。

20 天了，我们的关系早已不是医护和患者，像亲人，像战友。我们相互依赖，相互扶持，在这个密闭的空间，我们用眼神、用各种手势给对方打气，我觉得人只要有精神，还有一口气，就要去搏一搏。看到患者能脱离呼吸机，自主呼吸的那一刻，真心为他高兴！

2020 年 2 月 9 日　正月十六

上班的时候，随身的对讲机突然开始喊话："南五楼收患者，来了一位女患者，清醒的，有点缺氧，上了高流量鼻吸氧，做入院评估，打针，采血……生命体征平稳。"接着对讲机连续喊话："南五楼收患者，南五楼收患者。"

一个、两个、三个……直到第 9 个，我一直在机械地忙碌着。有的患者缺氧，给了氧气，生命体征逐渐平稳。最后收的是一对老夫妻，爷爷病情稍重一些，安顿好爷爷，又去接婆婆，婆婆是自己走进来的，她长叹一口气说："终于有个床躺下了。"哎，床位紧张，心里真不是滋味！

这段时间以来，虽然工作劳累，但看着患者一个个好转，甚至可以出院，心里总是高兴的，身上也有劲儿。可是今天又转进来这么多患者，一下子心情压抑得不行，希望早点结束这场战“疫”，希望大家都平安无事。

2020 年 2 月 10 日　正月十七

夜间，我不停地在病房巡视，听到哪里有报警器声，就立即去处理，生怕耽误一秒。18 床的患者是清醒着的，这两天一直低烧，精神不太好，也没什么胃口，我走到床边时，她突然睁开眼睛小声唤住我：“你说我这个病能不能治好？”

我正思量着怎么回答，她说：“你尽管说，什么结果我都能接受！”我安慰道：“有很多患者都治好了呀，您看昨天那位不就转到普通病房了吗？您要好好休息，要好好吃饭，会好起来的，一切都会好起来的！”

我一直陪着她，直到她慢慢睡去。我想哭，眼泪在眼睛里打转，仰仰头让眼泪再流回去，不然会弄花我的护目镜。

2020 年 2 月 11 日　正月十八

转眼我们已经来到金银潭医院 20 天了。刚下班，同事告诉我说 36 床的方伯伯说他想我了，让我有空去看看他。可惜脱了防护服就不能再进去，我马上给方伯伯发了一个短信：“方伯伯，我是杨慧，今天看到您的气色比以前好多了，真替您感到高兴。虽说您现在仍然需要吸氧，但不要着急，疾病是慢慢恢复的，我相信您一定会战胜病毒的！加油，方伯伯！我期待您早日康复，活着就是最大的胜利！”

是啊，活着就是胜利！想起我管理的几位患者生命体征都很平稳，心里就特别的开心，也暗暗祈祷着今天如昨天一般好。患者都平安，我便心安。

没有一个冬天不可逾越 没有一个春天不会到来

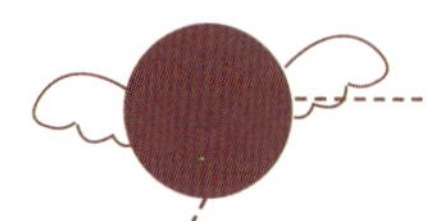

朱 娜

浙江大学医学院附属第一医院党办干事

距2月14日出征武汉已有13天，每天都在紧张的节奏中拉开序幕，我真正体会到了什么是没有硝烟的战场！在这里，没有时间想家，想女儿，想还不知情的老父亲……唯愿我能倾尽所有做好联络员的工作，用心保障好奋战在前线的白衣战士。

作为浙大一院援武汉协和医院肿瘤中心医疗队的联络员，我深知责任大、任务重。当前是抗疫的关键期，黄河院长（浙大一院院长、党委副书记）和医疗队临时党支部书记陈军（浙大一院院长助理）很关心“战士们”，多次跟我强调：吃、住、行是后勤保障的头等大事，一定要把同志们安排好、照顾好、服务好，解决大家的后顾之忧！

是的，在前线打拼的白衣战士们很辛苦，很勇敢，很不容易。

他们身穿厚重的防护服，护目镜下是一张张被口罩勒出道道深痕的面庞，有的甚至出现了皮肤溃疡……他们克服了种种困难，却风趣地跟我说："这就是天使的痕迹！"

虽然，我不能在重症病区护理患者，但是我可以把我们的战士们服务好，让他们感觉到后勤的温暖，吃得放心，住得舒心。所以我要求自己在工作中不能有一丝懈怠，把餐食、车辆出行等后勤服务放在首位。

为了确保下夜班归来的战友们都能吃到温热的饭菜，一解工作的疲乏与紧张，经协调，驻地分批定时供应餐食，每晚22:00，我都会到供应点的保温箱里清点盒饭份数，动态落实。由于每个人的食量不同，结合队员们在群里提出的建议——避免粮食浪费，我第一时间跟酒店对接，推出了不同饭量的餐食。

身在前线战地，宣传前方战情刻不容缓。除了后勤保障外，我还负责对外联络、宣传等，目前已有60多篇稿件发布于院内网和门户网，部分稿件选录在人民日报等媒体，队员们都希望可以把疫情前线的正能量宣传到每一个角落，真正感受到"一方有难，八方支援"的强大战斗力，武汉胜则湖北胜，湖北胜则全国胜！

"同志们，今天给大家过一个集体生日，院党委始终关心和牵挂着大家，你们战斗在疫情救援的第一线，冲在先、干在前，展现了医疗队的良好风貌，希望你们在干好工作的同时，保护好自己，祝大家生日快乐！"我院院长、党委副书记黄河的生日祝福语让队友们温暖入心。

原来这是黄河院长、陈军书记关爱前线战士，共同为寿星们庆生。作为临时党支部组织委员的我，为寿星们准备了鲜花和小蛋糕，这也是一件非常有意义的事，虽然我们身处疫情核心——武汉前线，但也阻挡不了这份炽热而又真诚的祝福之情。

“我今天隔离病房夜班，刚回到酒店宿舍，生日蛋糕和鲜花都收到了。非常意外的惊喜，内心暖暖的，深深感动！在此谢谢浙大一院领导的关心。在武汉抗击新冠疫情过程中，在黄院长、陈书记带领下，我们一定发扬救死扶伤精神，以精湛的医术诊治患者，同时做好个人防护，为武汉人民贡献自己的一点绵薄之力。希望疫情尽快得到控制！”这是来自金华市中心医院倪红英主任结束夜班回驻地后的真挚感言。

当小伙伴们亲切地叫我“娜姐”时，我想我是幸福的……

想起到达武汉的第二天，也就是 2 月 15 日，气温骤降，天空中飘起了雪花。如果在平时，我一定跟随轻盈的雪花飞扬到那个能找到母亲的地方，一个连梦里都见不到的地方……但是在武汉，当时从驻地到医院的通勤车仅一辆，条件艰苦，因而紧张的车辆调度足以打破我内心对母亲的种种思念。

“您好，请问您几点上班，车子几点在驻地门口等？”“好的，您先稍等，等车子到医院了，我电话通知您，您再下来，外面下雪天，注意保暖……”记不清，那天的通讯录里有多少个来回的电话；记不清，我是深夜何时吃的晚饭；记不清，我是何时趴着睡着的……总之，那个雪夜，我所想的都是我的战友们，有担心，有焦虑，有委屈，但更多的是坚定！我深信，只要全力付出，用心服务，没有什么困难可以压倒我，一切都会好起来！

嗓子哑了，不怕；腰痛病犯了，不怕；头晕沉沉，不怕！但体力明显消耗大半，当我接起一位陌生医生的电话时，轻声说了句：“您好！”“娜姐，你怎么了？你千万要注意身体，你如果倒下了，我们怎么办？你可是我们的后勤保障哦！”瞬间，我哽咽了，原来在伙伴心中，我是不可或缺的……这让我更加坚定地认识到，用心干好后勤服务工作，至关重要！

在我们的医疗队后勤保障组中，和我搭档的还有两位可爱的战友，是伙伴们口中的“后勤 3 人天团组”。一位是综合监护室的杨建娣，另一位是医工科的李均。我们 3 人达成一致，尽己所能，团结协作，细致周到地做好整个医疗队的后勤保障工作。

说起杨建娣老师，别看她体型纤瘦，力气可不小。主要管理我们的“弹药库”，负责各种物资的进出。她还定期组织给队友们注射日达仙，提供队友所需的保健服务。而男神——李均老师，主要负责设备调试，协助物资发放、运输等，做好爱心车队的值班事宜及车辆消毒等，实属我们天团的暖男。

其实，每天都有感动的人、感动的事、感动的画面触及心灵，除了前线医疗护理的感人故事，我们后勤方阵发生的故事也是让人无比温暖。每当一大批物资出现在驻地时，我都深受感动，不能自已。

其一，感动于大后方浙大一院的大力支持，除了刚到武汉的 400

多件物资外，2 月 18 日运来的 189 件物资，25 日运来的 72 件物资，都是我们战友们的宝贝，是战士们冲在前线的“盔甲”和“盾牌”，也是大后方领导们情系我们医疗队 140 名队员最好的见证。

其二，感动于我们队员间强大的团结凝聚力。虽然我们这个队伍，有医联体医院的医务人员，但是我们同属于浙大一院的一分子。每当有物资到达前，我都会在群里组织召集，许多队友主动表示愿意前往搬运，宁可放弃自己难得的休息时间。排着人字梯队接力传送物资的场面极其壮观。这就是我们的浙大一院精神，团结一心，齐心协力。

没有一个冬天不可逾越，没有一个春天不会到来！待到春暖花开，我们必定凯旋！伙伴们，加油！

我只知道，职责所在，使命必达

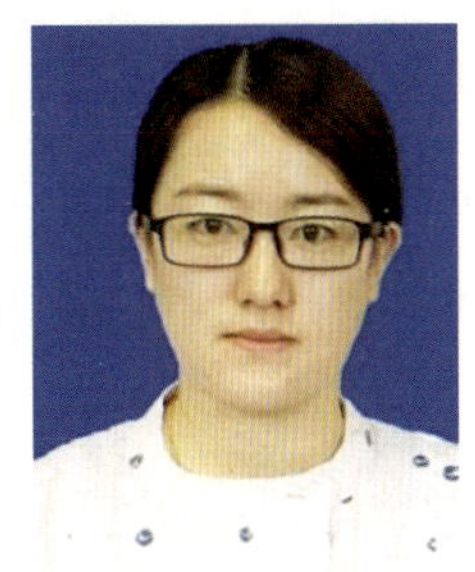

程海娇

吉林大学第一医院胸外科护理平台、援鄂医疗队队员

没有好的文采，没有华丽的语言，谨以这简单的词句真真实实记录我的援鄂生活，留作一生的回忆。

2020 年 1 月 23 日　腊月二十九　壮志雄心

今天值白班，接到院里组建支援梯队的通知。白班还没结束，我就频繁接到妈妈的微信，问我能不能回家过年。晚上 8 时，忙碌一天后终于回到温暖的小家，稍作犹豫，还是决定开车去父母家，陪他们吃饭。

2020 年 1 月 25 日　大年初一

今天早晨，大家还沉浸在团圆的喜悦中，我已经坐上了返回长春的动车。刚下动车就接到科室领导的电话，告诉我医院组建首批援鄂医疗队的消息。我没有丝毫犹豫，报名了此次支援行动。放下电话，我又打电话给家里，想要告诉父母此次出行，却在电话接通后不知如何开口。

听说我要去武汉支援，妈妈声调一下子变了："第一，你才做完手术不足一个月，身体还没恢复（12 月 27 日做手术并大出血）；第二，你的女儿才 29 个月，现在正在发烧 39.2℃。你就这样去吗？"

我回答道："我是科室危重症技术督导，我有着 5 年以上的 ICU 护理工作经验，我也是一名危重症专科护士，所以我最适合，也最应该去！家里有你们呢。"

电话那头没了声音，我知道妈妈在哭。电话这头的我，也不知道该和家人说些什么。我只知道，职责所在，我一定要去。

2020 年 1 月 26 日　大年初二　出征前夕

我回到科里取物品，张连杰护士长正在用心帮我收拾、整理行李，恨不得把家都给我搬走，怕我穿得少，还把自己的羊毛衫脱下来给我带去。切身体会着那种发自内心的关怀，我的泪水在眼眶里打了好几个转，差点掉下来。

快收拾完的时候，我抬头一看，不知什么时候周围站满了科室领导和同事，大家都眼含泪水默默注视着我。不知所措的我笨拙地站起来，向大家鞠了一躬，拿起箱子准备出发。赵勇护士长一步上前，用力拥抱了我一下，传达了他们无数的惦记和嘱咐。我转过身拿起箱子离开，不敢再回头，只听见身后的同事在给我加油，给我鼓励。

此次出行，院里给大家准备了丰富的物资，有我们想不到的所有生活必备物品。如此强大的后备力量，以及无微不至的嘱咐，让我们更加坚信自己的选择是对的。国难当头，我们有责任和义务贡献自己的力量。生命所系、健康相托、职责所在、使命必达！

2020 年 1 月 29 日　大年初五　抵达武汉的第一天工作

经过几天培训，我开始了武汉同济医院中法新城院区的第一天工作。

早 8:00，我穿好防护服走进病区。说实话，这身衣服真的快要令我窒息了，但我必须有坚强的意志克服干扰，去完成好我的任务。

交班时，同事再三嘱咐我，13 床的大爷不配合工作，一定要谨慎。面对陌生的环境、陌生的病情、陌生的面孔、陌生的方言，我有些迟疑，小心翼翼地走进病房。

大爷正在发脾气，我听不清，也听不懂他在说什么，只好像往常一样进行自我介绍与宣教。正准备为他检查皮肤，忽然发现大爷排泄在床上了。在同事的帮助下，我很快帮大爷收拾好床铺，大爷突然安静下来："我会配合你，谢谢你！"话音一落，我的眼泪也随之流了下来。

疫情面前，人人恐慌，每个患者肯定都无比害怕。但我相信，在全国医护人员的共同努力下，我们一定能早日打赢这场战役。我们来之能战，战之必胜！

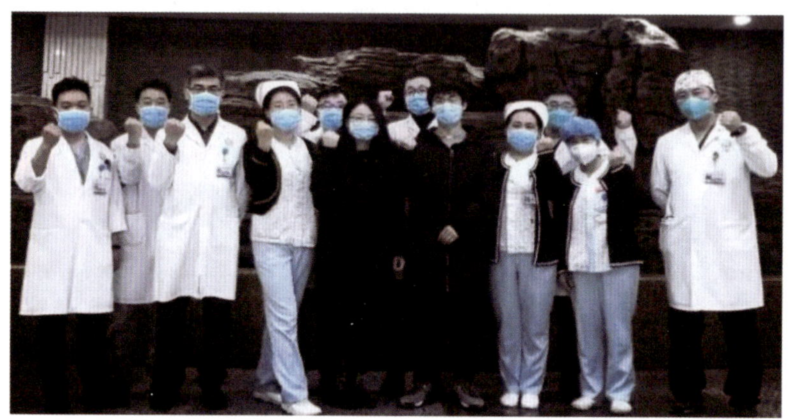

做患者的“知心姐姐”

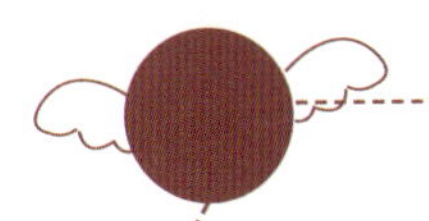

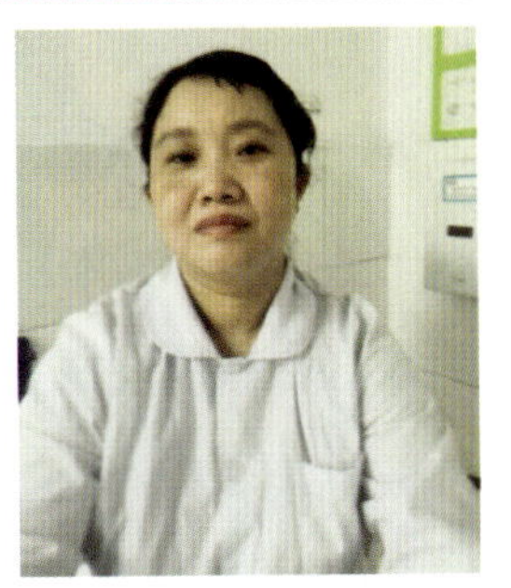

陆美华

复旦大学附属金山医院神经外科重症监护室护师

今天是2月3日大年初十，不知不觉，来武汉已经第11天了，在上海家中吃年夜饭的场景还历历在目，而此刻我已身在武汉，刚刚结束今天的值班，身体虽累心里却多了份战胜疫情的信心。

回想起刚到武汉的时候，苦练穿脱防护服，焦急地等待着进入一线的通知。终于到了可以进入病房的时候，既因为完全不熟悉的环境而心怀忐忑，又因为终于抵达抗“疫”战场去抢救生命而充满干劲。

第一次进入金银潭医院的重症监护室，小小的穿衣间都是人，但是大家相互监督，虽不熟悉竟也有些默契。护士长安排床位，我负责8~11床位，初步了解了患者的情况，8床的患者68岁，高流量吸氧中；9床的患者55岁，呼吸机辅助呼吸；10床的患者61岁，呼吸机辅助呼吸；11 床的患者 31 岁，呼吸机辅助呼吸……

为了让患者更快地熟悉我，我进入病房后的第一件事就是与患者打招呼："大家好！我是来自上海医疗队的陆美华，大家有事跟我说，不方便说话的话敲床栏，我会听到的！"

虽然一个班只有 4 个小时，但是期间患者的各项治疗，喷洒消毒液，以及数不清次数的喝水、喝奶、喝饮料和排便，还是狠狠地考验了一把我的体力和精气神。每小时记录患者的生命体征，因为患者觉得血压计袖带绑着不舒服，所以随测随绑，即使很麻烦，但能最大限度缓解患者的不适感。

如果患者是清醒状态时，每小时的测血压也成了我们缓解患者坏情绪的聊天时间，一边绑血压计，一边陪他们聊聊天，说说宽慰的话，封闭状态里说话多了就会累，呼哧呼哧的，有时他们会说胸闷，透不过气来，我就教他们深呼吸：吸气——吐气——吸气——吐气，一遍又一遍，直到他们觉得好一点。此时，我却已累得气喘吁吁。

忙忙碌碌，两个小时后，我感觉对自己体力的考验突然加大了力度，呼吸都变得困难，护目镜上渐渐起了雾气，视物变得模糊起来，还有点头晕的感觉。但是，我坚持着，我克服了！第一个班顺利结束。我下班了，让我觉得自己这个"70 后"的体力还是棒棒的！

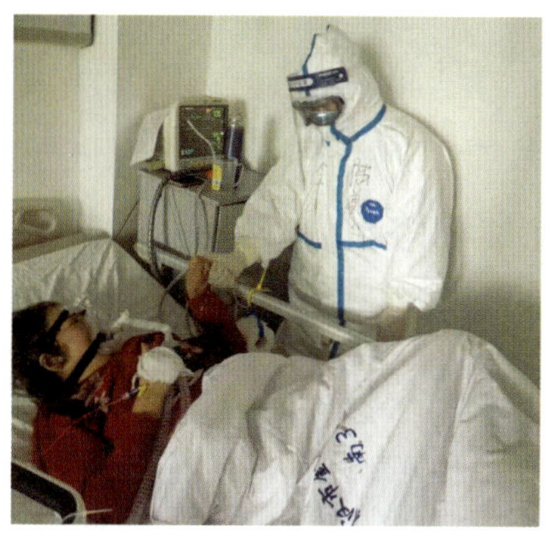

后面的几天，我渐渐地跟患者相熟起来。其中有一位 30 多岁的女患

者，她是武汉某医院的一名药剂师，老公也是同一家医院的医生，家里还有一个两岁的儿子，由于她长期战斗在疫情防控第一线，最终没能抵得住病毒的侵袭，幸亏发现得早，家人没有被感染到。

起初看到她的时候，她情绪还是有点低落，她放心不下年幼的儿子，还牵挂着家里的老人。我自认为自己最大的优点是性格豪爽、永远乐观，医院的同事总是说："你爽朗的笑声总能抚慰一切烦恼与忧愁，你就是一位知心阿姨、知心姐姐。"隔离病房里，我更应该做患者的知心人。

可能一方面由于我的开导，另一方面由于我们是同行，我们马上成了无话不说的好姐妹，互加了微信，我叫她欣欣，她叫我华姐。有时病房里年龄大一点的阿公阿婆自带地方口音说话我听不明白时，欣欣总会自告奋勇充当我的翻译，真心配合默契。我们相约，等欣欣好了，我们再相聚一起并肩作战！

这场战"疫"，考验颇多，除了意志力外还有来自体能的考验，但是我们不怕。我想，最要紧的就是稳住精气神，合理保存体力，休息日除了休息补觉外，适当锻炼身体也是非常重要的。总之，调整好身体，调整好状态，我们一定能打胜仗。

与君书：君前行　妻安后

素心颜

中南大学湘雅二医院第八党总支、党群党支部

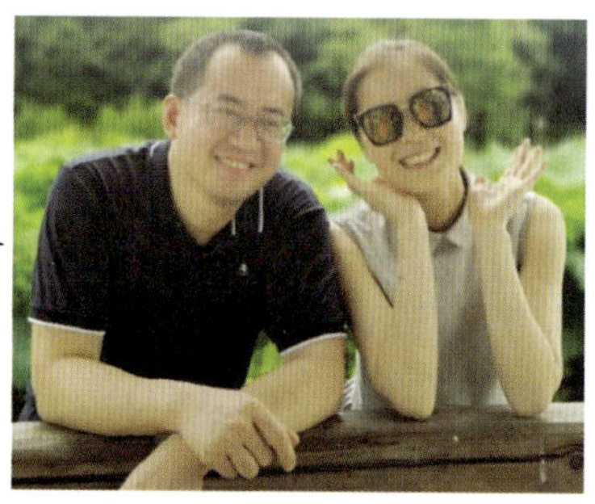

娃他爸：

见字如面！称呼我就不改了，怕你不习惯说我矫情。自你出征已9日，通过每天的通话得知你和队友们都一切安好，但面对严峻的疫情和来自各方的消息，出于医者的担忧及不在现场的不安心，为妻还是经常彻夜难眠，现在是凌晨3点了，仍睡不着，索性起床，字里行间和你神叨一番，还是一贯的话题：忆往昔医学成长路，思如今报效帮扶恩。

犹记得20多年前，你，一副扁担、两个箩筐、一身质朴；我，坐着绿皮火车、历经19小时、穿越大半个湖南，从偏远的湘西来到长沙，走进湖医（曾经全称：湖南医科大学），融入湘雅。从血管到神经、从循环到骨骼、从畏难到爱上，医学这条求学路不比高考轻松。但正是如苦行僧一样的医学求学路让“公勇勤慎、诚爱谦廉、求真求确、必邃必专”的湘雅精神深深地融入了我们年少的基因里，塑造了为医者的人生观、价值观和世界观。

犹记得进入南院那面墙上毛主席给湘雅的题词“救死扶伤，实行革命的人道主义”，以前的每次经过，如今的每次想起，都让人感到医学的高尚、医者的责任。时刻谨记“德不近佛者不可以为医，才不近仙者不可以为医”的高度修炼——是湘雅园塑造了我们从医者的灵魂。

告别校园，我当年留校，你几经辗转回到母校的怀抱，你我成为二院人。

犹记得2006年洪水来袭、2008年汶川地震、2010年玉树地震、2014年非洲埃博拉、2015年监利沉船等不可预知的灾难来袭，二院人迅速反应，展开支援。二院人与国家同频、与人民共振的精神塑造了“技术硬如钢，服务柔似水，担当重若山，医院亲如家”的二院文化精髓。在医院文化的感召下，面对此次疫情肆虐，勇于表达者请战、含蓄内敛者备战，但我深信二院的每个人皆是举手迎战的担当者——是二院文化孕育了我们担当作为的言行。

你经常和我说成长的路上，缺衣少食没学费，有叔叔伯伯帮，有国家政策扶；青春年少自信不足，有益友相伴相知；学业困惑成长迷茫，有良师答疑解惑；专业精进个人提升，有如父如母如亲人般的引路人、导航师。

你我皆是一路成长、一路感受着来自我们所处的时代、所站立的中国以及亲人、老师、朋友甚至是陌生人的帮助与关爱，我们心怀感恩，想将这份“爱与责任”的接力棒接续传递。你我皆知，能用所学报效社会一是职责，二是反哺，亦是不负韶华、不负所学、不负施恩者所期——是这美丽中国、温情人间滋养了我们心中有爱的情怀。

都说“患难见真情”，现在我们中国、我们武汉在高速前行的征程中遇难关、遇险阻。你我作为湘雅人、二院人，要将湘雅精神、二院文化及大爱情怀绽放在防控第一线，用行动力践医者初心、勇担抗疫使命。当你接到出征的命令时，你如备战已久的战士般亟待出发，你没有迟疑、我没有不解，一切就自然得如同往常去做个急诊手术一样。

那个出征的清晨，我为你准备好了行李，你知道我泪点低，严厉拒绝了我近距离的送行；你知道我担心多，默默听我唠叨操作注意事项；你更知道我的女汉子样，眼神秒杀了我替夫出征的意愿。但我有我的方式和坚持，站在远处寻你身影、听你豪言、目送你上车、尾随车队送你出征。

去武汉，你没有和我讲太多，直到你到达武汉、到达洪山体育馆、待一切准备妥当，才告知我战场是由体育馆临时改建的800张床位的方舱医院，收治新冠肺炎确诊的轻症患者。接到消息，作为学医者的我感到不安，一个偌大的空间不具备隔离措施怎么办，隔离不到位引发感染怎么办……

好多疑问萦绕在脑海中，导致深更半夜我和闺密电聊近一小时探讨这些疑问。第二天我时刻关注着网上关于方舱医院的所有信息，看到国家全方位做好前线医护人员的安全防护工作、保障物资供应、确保医务人员零感染的决心，我的疑问一一得到解答，国家对疫情理性果断的处理措施让即使身在前线的人员都觉得安心，我们何来不安！

在随后每天的交流中，通过你的描述和文字，让我有如身临现场一般真实地感受到了每一位前线抗疫人员有序、有力、有章法的奋战，有情、有爱、有胸怀的担当。你发给我的“冷雨夜挡不住热心的武汉兄弟姐妹们，纷纷应声赶来送暖宝宝给一线的医护战士，担心交叉感染我们，离着 5 米开外就把东西放下，然后退开，向我们弯腰鞠躬致敬，感动得一塌糊涂，可爱可敬英雄的武汉人民”这段感言，何止让你感动，隔着屏我都泪流不止。

昨日，电视上看到，武汉火神山医院重症医学二科 44 岁的护士、来自云南曲靖的吴亚玲悄悄走出工作区，在员工通道一个靠窗角落里，连通家人的微信视频，她泪流满面，朝着千里之外家的方向，跟着视频里的亲人们一起，深深三鞠躬，向母亲的遗体作最后告别。这一鞠，天地动容；这一鞠，忠孝取义；这一鞠，再无生见。

犹记得每次选派医务人员出征，我看着一个个熟悉或不熟悉的年轻面孔，有冲撞灵魂一般的心疼，亦有少年担当国之幸的欣慰。昨日驰援中法医院的护士姐妹们的集体手记、字里行间流露的真情实感，让我如行走在春风里，让我无须构思便写下：“你们的美，朴实无华却真挚热烈；你们的好，无须渲染却浸润心底；你们的柔，看似若轻却抚慰灵魂；你们的刚，女儿本色却铮铮而行。”

有时去治愈，常常去帮助，总是去安慰，体现了行医三境界——是你们给了它最好、最真实的诠释。

现在的武汉前线，有 177 名湘雅二院战士，看到你们疲惫歇息时记下的经历手记，朴实无华的文字却给了我最最真实、最最动容的灵魂触动，是你们在保卫武汉，那么请让留守的我们，保障你们的前方后方。医院是我们最坚实的依靠，我们会全力做好奋战在新冠肺炎疫情防控一线医务人员及家属的保障。作为临时党支部书记，你要鼓舞队伍的士气，更要确保他们的安全，做好后勤保障的同时关爱他们的家人，让前线安心、后方放心。

明天就是情人节，你我皆非儿女情长之人，就让你我初心不改，做个有情怀、有担当的行医人吧！家中父母一切安好，臭崽一切如常。还是出征时的那句话：君前行，妻安后！愿你和前线抗疫的每个人携手力克病毒，共同凯旋！

娃他妈：素心颜

2020 年 2 月 13 日凌晨 3 点

我的首战

孙永超

中南大学湘雅三医院第三党总支肾脏风湿免疫科

今天是到武汉的第二天。兵贵神速，一大早大家就再次开始了穿脱隔离服及各项专业防疫的培训。队长王知非一直叮嘱，在救治患者的过程中保护自身的安全同等重要，必须一个一个过关。

下午接到通知，今晚正式接手同济医院中法新院的一个 50 张床位的病区，立即收治患者，同时预告今晚到明天上午就会收满。任务艰巨，需要我们打起十二分精神来应对。

夜班本来是 1 点开始。但小组为提前熟悉情况 11 点就乘坐大巴从驻地出发了。武汉的夜，路上灯火通明，却寂静无声，没有行人，没有车辆。我望着窗外，百感交集，昨日从长沙出发时的喧嚣还历历在目，医院领导的嘱托，亲人的牵挂，老公和儿子的不舍……此时此刻，我已踏上这片病毒肆虐的土地，迎接首战！

快到达院区时，路上救护车多了起来，6 台一组从我们身边疾驰而过，蓝色的灯光在夜间格外刺眼，仿佛预示着等待我们的将是一个不眠之夜。

到达后立即接班，熟悉环境和流程，熟练医生工作站的使用。

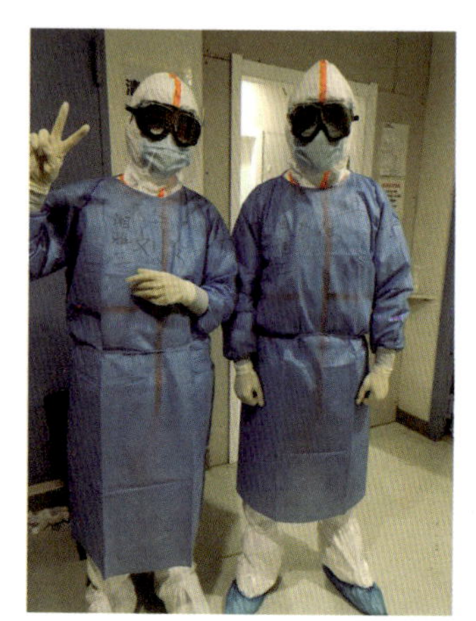

凌晨 1:30，抗疫第一枪正式打响！患者一拨一拨被救护车运过来，虽然患者病情轻重程度不等，但是因为大部分都是老年患者，所以情况不容乐观。

坦白说，刚开始面对这种阵势时还是有一点点紧张，但很快就适应了节奏。小组 4 位医生兵分两路，刘兮、肖伟穿防护服进入隔离病房接诊患者，我与黄伟留守医生办公室，等待从病房内传出来的患者病情，然后制订诊疗方案，及时完善病历。

真感觉这是一场没有硝烟的战斗，我们在阵地上守护的不仅仅是患者，他们更是我的同胞，1 个，2 个，3 个……就这样一个接一个，一直持续到下一班的战友出现。一个夜班，我们收治了 48 名患者，感觉这应该是我职业生涯的“巅峰”时刻了。

走出医院，已是上午 10 点，望着云后的那抹阳光，我知道战斗才刚刚开始，后面的任务还很艰巨，但我相信，胜利必将属于伟大的中国人民。

珊珊日记

曹珊珊

华润辽健集团阜新矿平安医院呼吸肾内科护士长

2020年2月9日（星期日）

经历了一夜的辗转反侧，凌晨4点，闹钟响了，提醒我该出发了。坐在床边，看着儿子熟睡的小脸，忍不住凑上前去亲了一口，又生怕眼泪落在他的脸上，惊扰了他的美梦。这是一场归期不定的出行。我在心里默默地说：儿子，和妈妈一起加油！我们都是最棒的。

凌晨5点，收拾完毕，我和爱人出发了。从知晓我去武汉的消息后，他就对此事只字不提，也没有反对。我知道，这也是最大的支持吧。毕竟没有哪个人愿意把自己的亲人送上战场。

5:20，到达医院，门诊大厅已满是我最亲爱的同事们。我看到了他们关切的目光和紧张的神色。在心里，我曾无数次嘱咐自己不许哭。

但是，听到李院长为我们送行时那哽咽的话语，我哭了，我看到每个人的眼里都泛着泪光。我知道这是对我们的不舍和牵挂。放心，我可亲可敬的亲人们，既然把这么神圣而又艰巨的任务交给了我们，我们不是一个人在战斗，又有什么理由不完成任务平安归来呢？

6:00，我们在市政府门口与同行的战友们会合，市委领导为我们送行。

11:25，我们坐上了南方航空公司的飞机。在飞机上，我听到了我们辽宁勇士们共同的心声：为中国分忧，为武汉加油，为辽宁争光，为人生添彩！

14:30，我们顺利抵达武汉天河机场。现在的机场冷冷清清，只有零零散散的几名工作人员。费了九牛二虎之力，终于把我们 8 个人的 31 件行李抬到了大巴车上，我们是带了多少东西呀！沿途看到武汉高楼林立，依旧能够见到往日的繁华，现在只是少了生气。

19:00，终于把我们的行李运到了宾馆房间。现在我已经筋疲力尽，只有一个念头——睡觉。

2020 年 2 月 10 日（星期一）

今天是来到武汉的第二天，天气阴沉沉的，昨天晚上睡得还不错。来到武汉，心情彻底平复下来了。整理装备用品，发朋友圈报平安，给儿子和老妈打电话是最难的，我是说到沈阳学习去了，说过一个谎言要用多少个谎言来弥补啊，我彻底体会到了。能瞒多久算多久吧！

原定的上午培训改在了下午。早餐过后，在宾馆附近的超市逛了逛，东西贵得离谱。根据大家的经验，我也买了一包纸尿裤。武汉人非常好，主动帮我们照相，一起与我们喊口号，无论天南海北，我们是一家人。

没有培训，就学点儿武汉的方言吧，领队把之前山东队总结的方言给我们发过来，一共 83 句，没有几句能听懂。

2020 年 2 月 11 日（星期二）

第三天，武汉的天依旧是阴沉沉的，老天的心也像我们国人一样沉重吗？难道太阳也不敢出门了吗？还是戴上口罩儿了呢？

来到武汉的 48 小时，带给我满满的感动，社会各界向我们捐赠的水果、牛奶已堆积如山。

在超市，想要几个大纸箱，工作人员说：“你们是医疗队的？想要随便拿。”对于一个团结的民族来说，任何困难都是难不倒我们的，让我们共同努力，还武汉一个晴朗的天空，一片畅快呼吸的大地。

上午依旧是按隔离要求布置室内分区。去超市买了点所需物品，铺上了医院给准备的床上用品，不错，很温馨呢。没有任务，自己做点功课吧。找到了穿脱隔离衣的视频，反复看了几遍，注意细节，这是保护自己最关键的环节，一点也不能放松。

下午接到通知，阜新、盘锦、辽阳三座城市的 49 名医护人员被安排在了一组，我们有了一个共同的名字——武汉六病区医疗队。领队要去雷神山踩点儿，还要统计医生、护士进行排班。离传说中的雷神山更近了，有点儿紧张，有点儿激动，我还是再看几遍穿脱隔离衣的视频吧。

2020 年 2 月 12 日（星期三）

昨天晚上 11 点，宾馆服务人员告诉我们，联系好的理发师傅已经在赶往宾馆的途中了，听到我们需要，他们已经等不到天明了。理发的地点就在我的隔壁，听到他们到来的声音，穿好衣服，对着镜子，再看一眼我飘逸的长发吧。

理发师傅一行 4 人由人民警察护送。据说，还是当地小有名气的美发师呢。根据我们的要求，近 50 名长发的女生统一理了“新冠头型”。当电动推子在我脑后“行走”，怎么感觉头皮和我的小心脏一起在“突突”呢？

30 多年了，用电推子修剪头发还真是第一次，不过师傅的手艺真不是吹的，束起头发，戴上帽子，真的没有一缕发丝露出，放下头发，还能遮挡我光溜溜的鬓角和后脑勺。此款发型，安全又不失美观，再次向师傅表示感谢。

师傅说：“你们才是我们最应该感谢的人！你们是来帮助我们渡难关的，你们的要求必须满足，等到疫情结束，或者是再来武汉的时候，一定要请你们赏樱花，吃周黑鸭、热干面。”我们说：“好啊，到那时还要再剪一次这样的发型。”

换成了这么干练的发型，我还会是儿子的“仙女公主”吗？不！当我登上飞往武汉飞机的一刹那，我应该就变成了他的女神。多年以后，他会为我今日的决定而自豪的。

2020 年 2 月 13 日（星期四）

说不上是日记，只是记录我在武汉的点滴，这是一笔宝贵财富，等到我头发花白，再拿起日记本，是何等的欣慰。我努力过，我拼搏过，我的青春无怨无悔！我看似柔弱的外表下，拥有强大的内心。

从昨天开始，我的心就忐忑不安，信息时代太神奇了，打开手机，随处可见辽宁医疗队驰援武汉的消息，我们这次乘坐的南方航空公司也在宣传，我与机组人员的合影竟然被当成了封面，还上了电视，不会被病中的妈妈看到吧？我是瞒着她来的，由于走得匆忙，没敢直接告诉她，现在是非常时期，不能下楼，她可是天天都在看电视啊！

首播后没接到电话，今天重播后也没接到电话，悬着的心放下了一点点。出发之前，把我俩的微信朋友圈改了权限，她不能看到我发的任何消息，同时，我也通知了家里所有的亲属，不许跟我妈提及我的事情。归期不定，可能也瞒不了太久吧，一点点渗透吧，我相信她一定能够理解我。

妈妈，我向您保证，这是我最后一次骗您，也请您答应我，一定要听医生的话，积极配合治疗，别忘了我们的约定——等您病好了，我们全家人还要一起去北京呢。

妈妈，再次说声：对不起！您一定要好好的。想你！

2020年2月14日（星期五）

早晨起来感觉头晕晕沉沉的，可能是因为培训，回来得太晚了，凌晨1点多才睡觉。今天病区就要开始收患者了，我被排在了前夜，负责收第一批入院的患者。看完昨天培训的工作流程和隔离衣、防护服的穿脱流程，准备睡一觉，可心里有事儿，怎么也睡不着。

下午5点到达病区，白班的战友们已经将病区布置妥当，随时准备接收患者了。按常规清点物品，再次熟悉环境及流程。晚上8点接到电话：有多名患者马上到病区，立即准备。接到命令后，我们夜班的几个人赶紧去穿防护服，站在穿衣镜前，脑袋一片空白，前几天练的流程全都忘了，好在有中南大学的老师一步步地带领我们穿好衣服，并认真地检查了每个细节。真正的战斗开始了，加油吧！

20:50，患者到了，尽管外面下着大雨，但他们还能按照我们的指引，有秩序地排队、测量体重、体温、指脉氧，然后由护士引领入病房。我们为患者打来热水泡好了面，由于身穿厚厚的防护服，行动起来极为不便，面罩戴久了，里面也起雾了，时不时会有小水珠流下来，视线特别不好，动作就更慢了。安顿好一名患者后，他对我说："丫头，慢慢来，不着急，到这儿我们就放心了。"

23:00，这批患者接诊完毕，入院宣教、心理护理；重症患者氧气输入、心电监测。有的患者陆续开始睡觉了，工作暂时告一段落。巡视完病房，坐在凳子上放松早已酸痛的腰，有点儿饿了，这时才想起，晚饭送到医院，一忙乎，穿防护服前忘吃了。

23:30，陆续又有几名患者入院，逐一按程序安排好。凌晨 2 点，我的第一个班结束了。忙碌又充实的一个夜班，又累又饿，我已筋疲力尽……

坐大巴车回到宾馆已经快 5 点了，打开电话，看到儿子昨天发过来的视频，忍不住又一次泪目，妈妈也想你了。儿子长大了，听话了，我们都是最棒的。睡觉吧，希望在梦里儿子能把视频里的话再对我说一次。

给孩子们做个好榜样

丁新林

广东省高州市人民医院党办主任

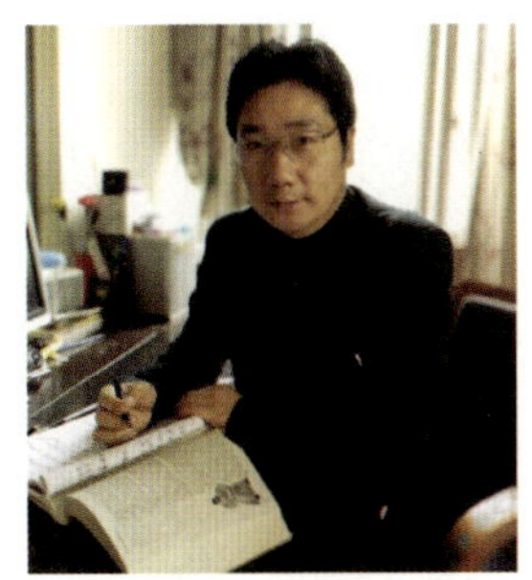

疫情肆虐，全国各地医疗队都涌向武汉。高州市人民医院作为县级医院也组建了一支22名队员的医疗队，分两批奔赴武汉前线，共产党员朱燕梅就是其中一员。

“我们两个都在抗疫一线，我们可有两个孩子，而且都还这么小，万一……万一我们有什么事，孩子们怎么办？”朱燕梅的老公苏灼华也是一名党员，疫情发生后，他担负起社区的防控排查工作，这次听到妻子说要去武汉前线，心里很是担心。

“我是孩子的妈妈，但也和你一样，是一名党员，我们应该发挥党员的作用，给孩子们做个好榜样。”朱燕梅说。其实苏灼华知道，在这个时候，作为一名党员，应该做什么。看着妻子坚定的目光，他没有再说什么，默默地帮妻子收拾行李。那一夜，两个懵懂的孩子酣酣大睡，他们二人翻来覆去，怎么也睡不着。

主动请战

“爸爸，武汉疫情这么严重，是不是很危险啊？我们千万不要去武汉。”苏灼华的大女儿6岁，和爸爸一起正看着疫情新闻，突然对爸爸说。

“我们一家人哪儿也不去，就待在家。好了，现在已经10点多了，快睡觉吧。”苏灼华把两个孩子都哄睡着了，自己又打开电视关注武汉疫情信息。看见各地的医疗队都在奔赴武汉支援，他心里暗自庆幸妻子工作的医院是县级医院，应该不会派人去武汉支援。

那天正是大年初二的晚上，妻子朱燕梅上夜班。他边看电视边等妻子回来。直到凌晨一点多，朱燕梅才回到家。她是高州市人民医院心血管内外科一区的护士，在院工作有13年了，在同事的眼里她就是一个“拼命三娘”。

“老公，跟你商量个事。”朱燕梅进屋后就直接说。“有什么事明天再商量吧，现在很晚了，你也累了，我明天一大早还要……”

“我想报名参加高州支援武汉医疗队。”朱燕梅抢过老公的话说。

听到妻子的话，丈夫一下子蒙了。作为两个孩子的爸爸、作为朱燕梅的丈夫，他十分不希望妻子去；但作为一名党员，他知道他没有理由反对，沉默了片刻，他说：“孩子和家庭我来照顾，你安心工作，全力参战。”

“那边冷，我帮你多收拾点保暖的衣服，你在那边要保重，我和孩子等着你。”朱燕梅的丈夫一边收拾行李一边说。

1 月 28 日一大早，朱燕梅冒着严寒，与医院其余 11 位同事，作为该院第一批驰援武汉队员，逆行踏上北上的列车。

决战武汉

朱燕梅去的是武汉汉口医院，几天的培训后，开始正式上岗了。她每天穿着厚重的防护服在病房里穿梭，每天都要工作 10 小时以上，接针水、测血压、测血氧、换氧气筒……不到一个小时，就已是汗流浃背，完全感受不到武汉冬天的寒冷。

由于护目镜经常起雾，周围还布满水珠，帮患者打针时，朱燕梅很难看清血管，只能靠血管的弹性和穿刺经验，幸好每次都是“一针见血”。

“我最喜欢你了，虽然整天戴着口罩和护目镜，我都能认出你来，你不但技术好，还有你透亮的眼神总让我有一股亲切感，总觉得自己一定能治好。”朱燕梅给 U4 床肖阿姨送早餐时，这位阿姨亲切地说。

肖阿姨刚入院的时候病情比较重，朱燕梅对她的护理格外细心，经常去床边查看。帮她打饭喂饭，端屎倒尿，安抚她的情绪……就像照顾自己的妈妈一样照顾她，令她十分感动。

2 月 15 日，武汉下了一天的雪，气温断崖式下降，这天朱燕梅上的是凌晨 3—8 点的夜班。

凌晨 1 点 20 分闹铃响了，朱燕梅迅速从暖烘烘的被窝里钻出来，因为怕工作时上厕所，她不敢喝水和牛奶，只是吃了两颗巧克力就出门了。

一到医院，她就开始了紧张而忙碌的工作。大约两个小时以后，朱燕梅突然感到头痛欲裂，呼吸困难，胸口憋闷，她知道是自己的生理期来了，赶紧扶着墙，张口深呼吸，但还是很难受。

同事赶紧帮忙扶她到护士站坐下来休息，剧烈的头晕头痛使她突然想呕吐，因害怕弄脏 N95 口罩，她每次都把口中的呕吐物狠狠地咽了回去，可是眼泪、鼻涕没把住，还是把 N95 口罩弄脏了。

“哎，真不争气，还是把口罩弄脏了。”朱燕梅叹了口气对同事说。

“你都这个样子了还考虑口罩，还是赶紧回去休息吧。”同事劝她说。

“夜班护士本来就少，况且还有那么多患者，我不能休息。”朱燕梅说。

她换掉口罩，呼吸几口新鲜空气，又继续投入紧张的战“疫”中。血与汗混在一起，整个裤子都是湿的，身上的衣服也从来没干过，她强忍着不适，仍然像往常一样工作，没有人知道在她身上发生了什么。

“今晚你夜班啊，注意保暖，今天下雪降温了。”肖阿姨关切地对她说。

一句轻轻的关切，让她彻底忘记了疼痛，越发精神起来。正是有这样无数可爱的患者，才让我们的白衣天使甘愿奋不顾身。

“这段日子多亏了你，像我的女儿一样无微不至地照顾我，就要出院了，我们可以一起合个影吗？”肖阿姨说。

朱燕梅很爽快地答应了，镜头里，她的眼神还是那般透亮，肖阿姨一点也没有感觉到她的身体有什么不舒服。

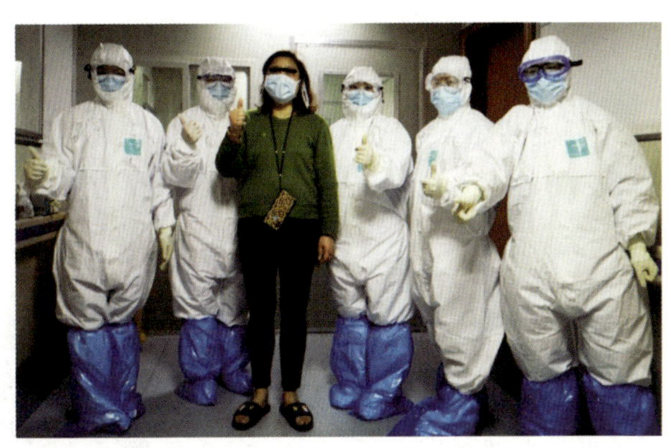

终于熬到下班了，湿冷的衣服紧贴在身上，这时她才感觉到又累又饿又冷，全身无力得像散了架一样。她拖着疲惫的身躯回到了酒店，一下子瘫倒在床上。

凝望着天花板，朱燕梅又想起了自己的孩子：“亲爱的宝贝，再难，妈妈也不会放弃的，一定要坚持到疫情退去的那一天，坚持到武汉重新热闹的那一天。妈妈不会让你们失望的，一定会做好你们的榜样！”

我不回家，我要“回家”

赵清雅

上海同济大学附属东方医院、第二批援鄂医疗队队员

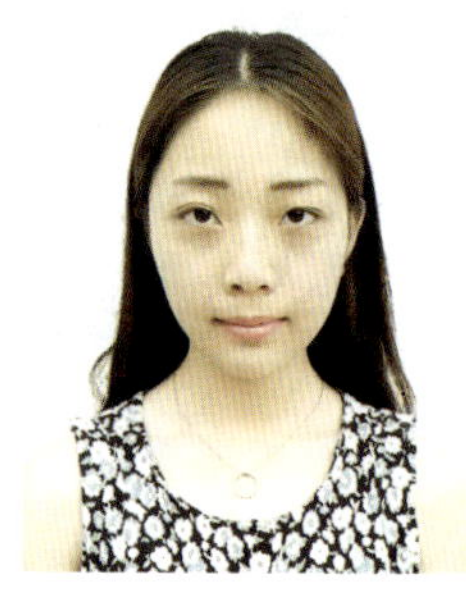

这是我在上海的第 4 年，也是第 4 个没有与父母团聚的春节。看着疫情越来越重，作为一名中共党员，危难时刻就是要勇挑重担。我再三考虑，退掉了回家的票。

腊月二十八那天，我上夜班。打通爸爸的电话后，还没来得及说话，爸爸就问我晚上几点到汉口转车，几点到钟祥，说去接我。我告诉爸爸，现在疫情非常严重，我不能回去了。哽咽着说完，我暗暗自责。

我曾经答应父母今年无论如何一定回家过年，却又一次失约了。爸爸非常体谅我，不能回来就好好上班，我们视频天天见，一样的。

我止不住地流泪，觉得亏欠他们太多。但我深知，党员的肩上有着更重的责任。这个时候，没有大家，哪里有小家？

腊月二十九，工作群发来了支援武汉的报名通知。我第一时间告诉护士长周莹老师："我报名。"作为湖北人，支援家乡，责无旁贷；作为医务人员，面对疫情，义不容辞；作为一名中共党员，更是要冲在前面！

护士长看到我的报名消息，感动得哭了。她告诉我："一定要每天报平安。"科室王主任叮嘱我们："要补充营养，一定保护好自己，平安回来！"科室里，很多同事都报名参加了支援武汉行动，我的科室战友徐筠老师就已经在腊月三十接到通知，奔赴武汉。

大年初一，我在上班途中接到通知，随时待命。我匆忙准备好了行李，做好了随时奔赴武汉的准备。看着新闻中那么多医务人员超负荷地工作，我多么希望早点过去支援。

终于，我在大年初四这一天接到通知，出发武汉！院领导到机场送别，机场里全是整装待发的医务工作者，不畏艰险，迎难而上。

1 月 28 日，大年初四，作为湖北人，我踏上了回家的路。当晚 7:16，我到达武汉天河机场。下飞机前，队长告诉我们支援的是武汉第三医院。从机场到酒店的路上，已经看不到往日的喧嚣。看到街边大楼上打出"武汉加油”4个字时，我心里非常难受。我多么希望上面写的是“武汉欢迎你”。

到达酒店，整理完行李，已经是凌晨2点多了。第二天，参加培训动员大会，熟悉病区情况、学习预防与控制技术指南、收集健康宣教材料。我和我的战友一起学习，全身心投入，我们早已准备好迎接这场战争。我们相信，这一定是一场胜仗。

上海第二批援鄂医疗队成立了临时党组织，召开了全体党员动员大会。我是这66位党员中的一位。这个时候，就更能体现党员的担当和责任。我始终铭记自己是一名中共党员，把人民的利益放在第一位，肩负着使命。我们在党旗下宣誓，不忘初心、牢记使命，坚决打赢疫情防控阻击战。

培训结束后，我跟战友剪短了头发。

即将进入隔离病房，我已准备好了！

武汉，那些让我难以忘怀的事情……

赵　毅

四川省达州市中心医院感染与疾病预防部副主任、感染内科副主任、副主任医师

2020 年 2 月 17 日（星期一）武汉　晴

昨天晚上，下班回来洗漱整理完毕已经凌晨 1 点多了。清晨，我早早地起床，处理好各种事情。我整理了一下思绪，不知不觉离开达州已经 4 天了，这几天的经历如同坐过山车一样，还历历在目。

时间回到 2 月 13 日的凌晨 3 点，我在睡梦中被急促的电话铃声惊醒："我是达州市卫生健康委医政处，通知你今天上午 8:50 到市政府集合，准备去武汉。"因为太疲劳，我竟然又迷迷糊糊地睡着了，但后面的电话声就没有间断过，仓促中我竟然忘了准备随行需要的生活用品。

这时候，老婆和儿子也陆续从睡梦中起来，帮我收拾行装。老婆始终没有说什么，只听她不停地低声叨咕：“怎么又是你啊？”

当我带着简单的行李来到医院集中点的时候，看见党委书记王平等很多领导和同事，都在忙前忙后地为我们准备物资。从医院出发前，王平书记郑重地将一面鲜艳的党旗交到我的手中，语重心长地对我说：“赵毅，不管在哪里，你都不要忘记自己是一名共产党员，在抗疫最前线，要充分发挥好党员的先锋模范作用，牢记初心，不辱使命。同时要照顾好自己和随行的战友，我们期待着你们早日平安归来！”

王平书记、曾凡伟院长等院领导及多个职能部门的同事一起送我们来到西外市政府集结。这时我突然想起了自己还没有告诉父母。电话打通后是母亲在接听，我对母亲说了驰援武汉这件事后，间隔了约半分钟，沉默，我感觉几乎要窒息了，母亲才艰难地说：“儿子，小心点，一定要照顾好自己。”随即电话断了。

我心中五味杂陈，鼻子不由得有些酸，眼泪差一点夺眶而出。“父母在，不远行，游必有方”，明事理的母亲一定会支持我的，我心里暗暗宽慰自己。

随后，我们达州驰援武汉的医疗队共计 20 人乘车前往成都双流机场。

路途中，我一直在思考，达州医疗队的成员来自达州 7 个医院，年龄最小的仅有 23 岁，自己作为达州医疗队的队长，我该怎么去管理，抗疫任务结束后怎么把他们平安地带回来……

当天，我们抵达酒店的时候，经过一路折腾，大家都已经非常疲惫，但我们携带了大量的物资需要自己搬运（因为物资太多，川航还专门派了一架飞机运送物资）。医疗队成员虽然女同志占多数，但这时候没有一个人推托，没有一个人说“我累了，要去休息”。等大家清点好所有物资，已经是凌晨3点多了。从接到电话通知到目前，我们所有的队员差不多都是24小时没有合过眼。

第二天下午，大家听说明天就要进病房，立即做好各种准备。让我特别感动的是李亚琼同志，虽然我们在一个医院工作，但因为专业不同，接触并不多。在这支队伍中，她担任联络员，并负责物资管理。这几天来，她每天只休息两三个小时。她以忘我的精神完成大家防护用品和生活保障物资的发放，同时还要在隔离病区兢兢业业工作，可谓十分辛苦。

来自宣汉县人民医院的罗俊，在隔离病房忘我工作时甚至忘记了时间，一个人独自处理64个患者时间长达10多个小时，没有喝水、没有吃饭、没有上厕所，简直就是新时代“铁人精神”的再现。

还有我们达州市的领导、医院的领导和同事、家人和朋友等，每天通过短信、微信等多种方式无微不至地关心、问候我及家人。九州通的曾光辉总经理得知我们缺乏物资后，每天电话联系，并安排专人千里迢迢给我们送来。所有这些，让我们感觉我们不是在孤军奋战，大家随时都在关心、注视、温暖着我们。

还有很多很多让我难以忘怀的事情……

我站在需要我的地方

任晓勇

西安交通大学第二附属医院耳鼻咽喉头颈外科病院常务副院长，主任医师

2019年2月8日，耳鼻咽喉头颈外科病院4名成员整装出发，奔向抗疫战争的前线——武汉，与他们一起出征的还有来自医院其他科室的126名队员。他们是西安交大二附院第三批驰援武汉医疗队，此次对华中科技大学同济附属医院中法新城院区进行医疗援助。

疫情就是命令，时间就是生命。4名队员7日深夜接到通知；8日中午紧急出发，晚上抵达武汉；9日上午召开援鄂国家医疗队战备大会，并分立医疗组、护理与感控组、管理组、宣传组和临时队务办公室，随后立即进行防护流程、呼吸管理等培训，于当天晚上投入临床医疗护理工作中，开展新冠肺炎确诊危重患者救治。

从出发到现在，他们一直牵动着我们每个人的心。现在就让我们通过一些简短的记录来走近他们，了解他们在前线的战“疫”故事……

杨慧：抵达武汉不到 24 小时即进入病房

杨慧 2020 年 2 月 3 日刚刚解除医学观察，7 日晚即接到通知前往武汉抗“疫”。临行前她给了儿子一个大大的拥抱，一切尽在不言中。抵达武汉后，从开始培训到进入病房，不到 24 小时。面对不熟悉的工作环境、工作流程、战斗伙伴，紧张、压力与责任并存，但同时更增强了她战胜疫情的斗志和信心。

此次医疗队接管一个病区，杨慧担任护士长，共带领 25 位护士，24 小时三班倒，护理约 50 位患者，均为老年重症患者，每天都是高危风险操作。庆幸的是，医院物资准备充分，各种防护用品比较齐全，足以保障大家顺利地进行治疗。

罗花南：援藏结束后，主动请缨驰援武汉

一年半的援藏任务刚刚结束，就又紧急驰援武汉。他说：“我是党员，哪里需要我，我就去哪里，家里有老婆照顾，我放心！”抵达武汉后，2 月 9 日深夜得到紧急召集令，第一小组医疗组组长罗花南同护理组作为医疗队第一岗奔赴临床一线。在病房里，45 个中、重症患者，重症监护、无创辅助通气、危急重症、新患者入院……

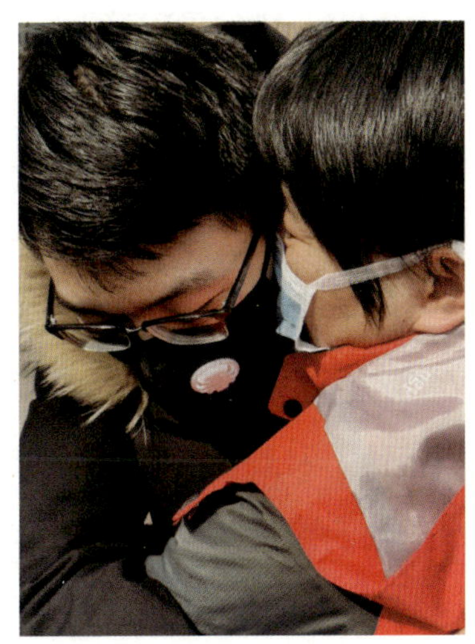

严密的防护服、3 层手套，活动十分不方便，穿梭在各个病房为患者诊

治，护目镜的雾气经常会影响视野，那就调整姿势，通过经常地低头、侧头动作，让雾气汇成水滴，缓缓流到护目镜内侧镜底，方法永远比困难多。无论遇到多大的困难，他们都努力克服，在做好个人防护前提下，确保高质量地完成任务，绝不给后面接班的战友增加负担。

黄杨杨：军礼献给武汉抗疫的你

一个优秀的“新人”，9 年临床经验，在医院组建第三批驰援武汉医疗队时积极报名，主动申请前往抗疫一线。女子本弱，为母则刚，临别时，她对儿子说：“爸爸是优秀的军人，妈妈怎能不迎难而上？妈妈要做好榜样，让你为我骄傲！”抵达武汉后，她认真学习防护知识，反复练习穿脱防护服，即使汗流浃背，也不曾停歇。黄杨杨护师和杨慧护士长在同一组，同时兼任本组感控工作，自始至终检查每位战友的防护装备，以保证大家的安全。她是一名优秀的白衣天使，一名优秀的党员，一名优秀的军嫂。

程龙：瞒父母不辞行，“90 后”的风采与担当

阻击疫情，舍我其谁？作为一名青年抗疫人，科室的男护，在新冠肺炎肆虐的战场上，逆战而行，为了让家人少牵挂、不担忧，他选择向父母隐瞒，辞别刚刚受伤骨折的女友奔赴前线。

抵达武汉后，程龙护师在吃饭、休息之余练习防护用具的穿戴，在第二天就上了夜班。穿着厚厚的防护服，走得快了就会喘，那就慢慢适应，调整呼吸，患者不能等，在与疫情做斗争的路上不能停歇，要肩负起护理工作者护佑健康的职责和使命。

邵娜：离长安赴武汉，她一直战斗在临床一线

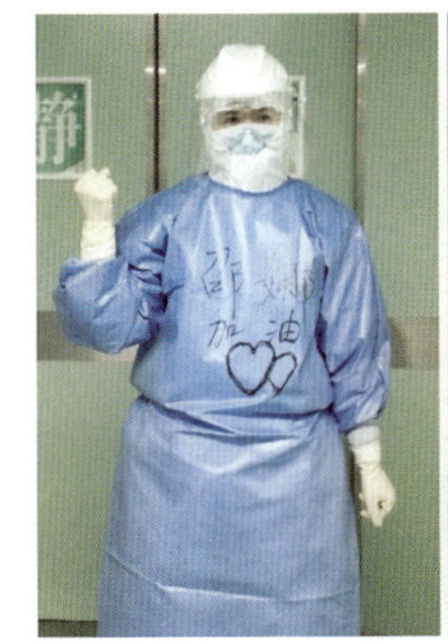

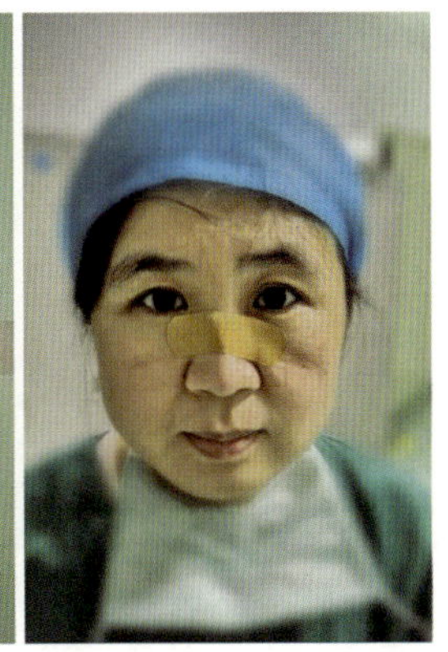

2020 年 1 月 26 日，援鄂队伍在告别声中集结出发，邵娜作为陕西省第一批驰援武汉医疗队队员，疫情面前，迎难而上，让我们看到了最美的背影就是“逆行者”在负重前行。今天是驰援武汉第 17 天，目前邵娜在武汉市第九医院重症医学科。援鄂以来，她一直战斗在临床一线，培训、准备、进入病房、护理患者，一刻也没有停下来。

在大家的共同努力下，陕西省第一批援鄂医疗队的首个危重症患者治愈出院。16 天的精心治疗和护理，针对患者病情，不断优化工作流程和护理重点，及时给予患者心理安慰和疏导，鼓励患者以积极的心态战胜病魔，让大家更加有信心打赢这场没有硝烟的战争！

没有被禁锢的城，只有不离开的爱。面对疫情，无数医护工作者主动请缨、奋不顾身、恪尽职守、迎难而上，冲在抗击疫情的最前线，以实际行动践行着医务工作者的初心和使命。让我们向抗疫一线的医务工作者致敬！

隔离病房里被遗忘的生日

党晓曦

北京大学人民医院、援鄂医疗队队员

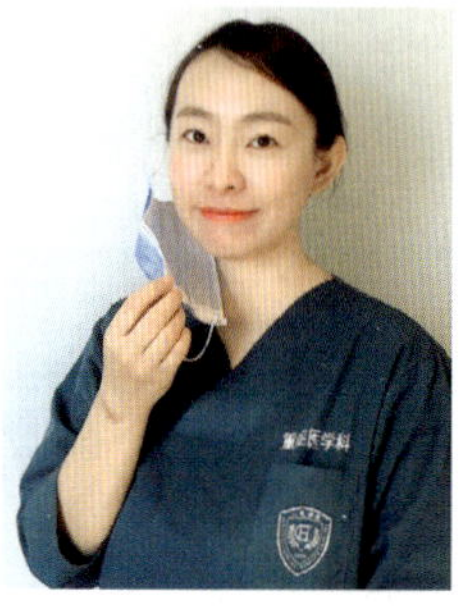

编者按：1 月 30 日晚 10 点，北京大学人民医院援鄂医疗队队员党晓曦终于忙完了隔离病房救治工作，开完工作总结例会，她拖着疲惫的身躯刚回到房间，就接到闺密的电话："晓曦，生日快乐！""啊？我生日？"党晓曦看了看手机上的日期，才发现自己把生日这件事忘得干干净净。

作为北京大学人民医院进驻同济医院中法新城院区的第二批医护人员，党晓曦在隔离病房里度过了难忘的一天。让我们翻开她生日这天的前线日记，看看她是怎么度过的吧！

今天是我们来武汉的第 5 天了。很早就醒了，因为今天我要正式进入隔离病房工作。

7 点，吃完早饭，一切准备就绪。听第一批进驻病房的姐妹们说，这顿饭要顶到下午 5 点，我特意多吃了几口。

8:30，我们准时到达了同济医院中法新城院区。

对抗击新冠肺炎疫情的工作，我始终是怀着用满腔热血努力拼搏的、昂扬斗志的。但距离隔离病房越近，我的心就越忐忑，感到压力特别大。

这是我第一次走进隔离病房，它长什么样？区域怎么划分？和我最熟悉的监护有啥区别？我之前反复练习的穿脱防护服是否过关？这种高强度工作我能否撑得下来？……无数个问题在我脑海中狂奔。

“党晓曦，你要加油！你代表的是国家队，绝不能掉链子！”我不断地在心中给自己鼓劲儿。

进入病区后，在王雯老师及王秋老师的带领下，团队有条不紊地准备交班前的防护工作，和中日友好医院的医疗队顺利进行了交接班。穿戴好防护服，一层一层包裹严实，护目镜、口罩勒得紧紧的，让人喘不过气来。我用最快的速度熟悉了环境，掌握了流程，认识了住院患者。

作为一名重症监护的护士，在平时，我们每时每刻都在观察患者神志、监测生命体征和各项指标，对机械通气、静脉治疗、血液净化、ECMO 等各种治疗设备上的操作和数字都极为熟悉，每天快速执行医嘱或者进行抢救。可到了隔离病房，突然发现这里和我平时擅长的、熟悉的重症护理技术，似乎有点不一样，同时面对27位患者，工作节奏、流程、性质也完全不一样。我有点着急了，汗更是呼呼地冒出来。

很快，忙碌的工作让我无暇再去想其他。27位患者中有4位病情较重。生命体征、氧饱和度、氧气流量、精神状态、输液量……多年的重症护理经验，让我在看到他们时，脑海中自动蹦出护理记录，加强护理项目。我又找回了自己的工作感觉。

中午到了，我移动着“笨重的身躯”挨个儿为每位患者把午餐摆好，叮嘱他们好好吃饭。有些患者乏力不适，生活垃圾到处都是，我帮他们清洁好环境。饭后，逐一记录他们体温的变化。当看到他们的体温降下来时，我会冲他们竖竖大拇指，他们会回报给我一个充满希望的笑容。

每次收回体温计，我都会将温度甩回正常。可是隔着五层橡胶手套根本握不住这细细的水银体温计，更不要说甩了。看我笨手笨脚犯难的时候，一个患者说：“让我来帮你吧！”这句话，让我心里一直暖暖的。

从初进病房的忐忑不安，到适应后的规范有序，从我给每一位患者加油安慰，到患者传递给我鼓励温暖，都让我觉得充满了干劲，各种艰苦都可以克服。

健康所系，性命相托。我是北大人民医院重症监护室的护士，用自己的耐心、细心、责任心守护每一位患者，容不得有一点儿马虎。想起同样工作在抗击新冠肺炎防疫一线的老公。他是军人，应该更加忙碌吧？能和他并肩为祖国发挥着自己的能量，让我觉得如此骄傲！相信我们的孩子也一定会理解爸爸妈妈的选择。

从7点多吃完早餐，8点多到达病房开始穿戴防护装备，到下午全部工作完成，5点走出病房，再回到宾馆，完成严格的感控流程，开完工作总结例会，党晓曦感觉自己像被掏空一样。35岁生日，就这样在满脑子的感控、质控、物资、流程中，在隔离病房工作的忙碌与疲惫中度过了……

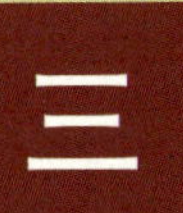

三 鏖战 Ao Zhan

死神，请你滚开！

唐　欢

上海中医药大学附属岳阳中西医结合医院 ICU 护士长

由于隔离病房环境的特殊性，我无法携带手机，无法拍照记录，只能用文字来描述我的所见、所闻、所感。

我是上海第二批医疗队队员，也是这一批的护理组长。大年初四，我们接到命令后，马上拿起行李出发。抵达武汉后，我们立即进入“战备”状态。经过岗前培训，进驻位于光谷地区的武汉市第三医院。

1 月 31 日晚，我们岳阳医院医疗队 3 人都是夜班。22 时，我们一起从宾馆出发，坐班车去医院上班。在穿上一层层隔离衣、防护服，戴好了口罩、帽子、护目镜等，完成一系列接班前的准备工作后，我们正式进入病房。

一进入病房，就看到上一班的战友们正在奋力抢救一位患者，心肺复苏已经超过30分钟了，患者还是没有任何生命迹象。医生和护士们并没有放弃，依旧在有节律地按压，继续努力想要把患者从死神手里抢回来。

看到这一幕，我的心情变得格外沉重。作为一名ICU护士长，每天遇到的都是危重患者，每天都在抢救患者。可这一次，感觉太不一样了，病房变成了战场，“天使”化身为战士。我们，只想把死神轰走，把患者留下。

整个病区，所有的在班护士，都密切关注着患者的心率、心律、血压、呼吸、氧饱和度等生命体征变化，精神高度集中和紧张。

病房里有一位年轻的患者。她是本院的一名医务人员，于大年三十发病。由于她的氧饱和度低，呼吸很费力。她的主管医生给予她高流量氧气吸入。她泛着泪花，断断续续地告诉我们：“我不敢睡觉，害怕睡着了后鼻导管掉落，会再也醒不过来……”

听到这里，我护目镜后的眼睛湿润了。

我们岳阳医院1996年出生的护士小倪溦，拉着她的手，对她说：“老师，你休息一会儿，休息一会儿，我们会看护好你，一直帮你看着鼻导管，没事的，你放心睡会儿吧。”

我们是多么希望她能够安静地多睡一会儿，哪怕是30分钟，10分钟，5分钟也好。多一分钟的休息就能积累一分钟的能量来和死神对抗！我们要和她一起努力！

岳阳医院的另一个队员祁伊莉跟章护士分管了最重的一组患者。她们刚给患者 CRRT 下完机，章护士在检查患者各导管时，发现患者氧饱和度下降、血压下降……立即呼叫医生。这是今晚当班医生的第 6 次抢救了！

虽然大家已经非常疲惫，但是看到患者病情一有变化都立即投入到抢救状态中。深静脉置管，多路静脉输液，呼吸机辅助呼吸……患者还是出现了心跳停止。立即 CPR！小祁和章护士轮番上阵。

大家拼尽力气了，患者还是走了。

章护士忍不住哭了："这两天一直在照顾这位患者，病情变化真的很快，昨天还蛮好的，感觉生命好脆弱。"

哭完，章护士坚强、坚定地站起来，为患者进行尸体护理。她说："让我再送他最后一程，希望他一路走好，天堂里没有病痛！"

看着她坚强的背影，我眼里忍了又忍的泪水夺眶而出。

章护士忙碌的时候拜托我帮她看护好她分管床位上的其他患者。不管有多艰难，我一定完成我的承诺，我要把患者都好好地交到下一班手上。我做到了！

这是我在武汉上的第一个班。

写到这里，我再也写不下去了。虽然这个夜班只有 4 小时，但这 4 小时所发生的一切，注定是我这辈子也忘不了的。这是武汉上班的第一天，我希望这是我在武汉看到或经历的最后一次尸体护理。祈祷以后的每一天，我们的患者都远离死神！

死神，请你滚开！

战“疫”场上的铿锵玫瑰

夏　辉

中国疾病预防控制中心传染病所

1月30日下午4点，徐帅、黄元铭和邱小彤踏上了前往武汉的高铁。两个小时后，栗冬梅、车洁、范雪亭、郑皓4人也奉命前往武汉。他们作为中国疾控中心传染病所派出的第一支实验室检测队伍驰援疫情最严重的湖北地区。

7人的检测队伍中，有6名女性，他们有着不同的经历，来自不同的科室，却有着共同的目的：挺进一线，支援武汉。

巾帼不让须眉，主动请缨赴一线

栗冬梅博士来自传染病所媒介生物控制室。作为有着丰富检测经验的疾控工作者，她获知需要派赴武汉开展病例实验室检测人员的消息后，第一时间报名参加一线抗疫工作。而此时，她的母亲刚做完手术出现了并发症，身体情况不明，父亲刚出院不久，她很担心他们的身体健康。但父亲对她说："国家有难，能选你去，我特别骄傲。"她带着对父母的担心，肩负疾控人的使命和责任，与同事们一道义无反顾地踏上了前往武汉的列车。

徐帅和黄元铭是一对年轻的夫妻，分别来自传染病所生物安全实验室和病理免疫室，也都在攻读博士学位，此次双双请缨参与一线检测。徐帅自 1 月 17 日始，借调至国家卫生健康委应急办预警处工作。

除夕之夜，万家团圆之时，她值夜班继续开展工作，接收流转全国 30 个省（区、市）的疫情信息和数据，通宵未眠。这是她第一次离开家人、第一次在办公室度过这特殊的除夕夜。

1 月 26 日，所党委书记卢金星发出支援疫区动员令，职工们积极响应。徐帅得知消息后，夫妻俩立即报名，并向所领导递交申请。她写道："作为一名积极向党组织靠拢的青年同志、一名疾控工作者，在国家危难、人民危难之时，奔赴前线，义不容辞。作为第一批'90后'，今年的我正式进入 30 岁。17 年前，我们被别人保护着；17 年后，让我来保护你们。"

在参加此次疫情应对工作之前，徐帅刚刚接到自己一篇投往国际期刊的研究论文的返回修改意见，需要尽快补充实验、再投回杂志继续审稿。为了疫情应急的需要，她毅然放弃尽快补充实验的机会，主动报名和接受所里的安排，投入工作当中。一对年轻的夫妻双双出征，这也许就是疾控人大无畏精神的最好体现。

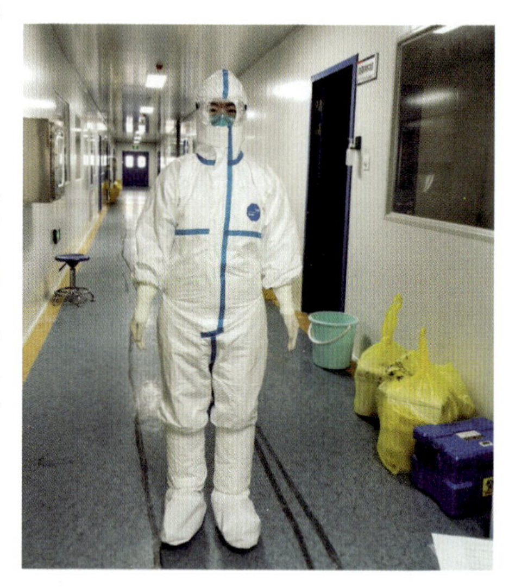

车洁，2012 年入职传染病所，现在细菌耐药室工作，8 年的疾控工作已经让她具备了疾控人特有的敏锐。今年 2 月 3 日，是她结婚 5 周年纪念日，她和爱人很早就预定了北海道的旅行路线，行程、酒店、包车全部预订完毕。但，疫情来了。

作为疾控人，她每天密切关注疫情进展，取消了春节休假，与战斗在防疫一线的同事们探讨疫情，更是迫切地想要加入他们，为防疫事业贡献自己的力量。随着疫情越来越严重，她向爱人提出取消旅行计划。她表示，作为疾控人，就算不能奋战在一线，也要和全国疾控人站在一起，虽然这个时候的她还不知道能做些什么。

虽然内心还有忐忑和恐惧，但疫情面前，车洁告诉自己不能退缩。下定决心去武汉后，她向所里提出申请，告知爱人并开始收拾行李。接到通知后，在前往单位的途中她怕控制不好情绪，所以没给父亲打电话，而是发了一条微信替代："我要去武汉参与应急检测工作了，我会照顾好自己，就别打电话了。”父亲回复：“注意安全，保护好自己。加油！”

范雪亭是 2019 年 9 月刚入职的博士，来自结核病室。在得知所里要建立应急工作队时，她主动给实验室管理处处长侯雪新发微信，报名参加应急工作。1 月 30 日下午 3 点，她在宿舍接到电话询问她能否立即出发前往武汉，她脱口而出的是：“能！”

时间紧迫，她来不及和父母家人告别，匆匆在家庭微信群里发消息说：“我要去武汉了，今晚出发，时间紧急，先准备行李，亲人们不要担心。”随后，她简单收拾了一下行李，立即乘车和同事们前往北京西站。

临走前，科室万康林主任前来送行，帮她提行李送去坐车，一路嘱咐一定要注意安全，照顾好自己，实验时一定注意防护好自己，如果有什么困难都可以提出来，他一定尽力解决。此时的她非常感动，又感到异常踏实，接受任务之初的紧张和害怕消失了。因为她知道，在她背后有着坚强的后盾，大家会一直支持她。

作为一名“90 后”，2020 年是邱小彤参加工作的第 3 个年头，就职于生物安全实验室，在读博士。2019 年年底她领了结婚证，做了幸福的新娘子，并计划 2020 年 2 月份休婚假。今年过年前她买了新衣服、新首饰，做了美甲，准备美美地过大年。但作为疾控人，她时刻关注着疫情的进展；作为一名党员，她心里随时等候组织的召唤，穿上那身中国卫生的应急服装，到最困难的地方去。

春节当天，她向党组织提交了到一线参加应急工作的申请。1 月 26 日，当看到卢金星书记的动员令后，她立即报名。

1 月 28 日，邱小彤被安排在中心技术组开展工作。1 月 29 日，她接到通知被派往湖北一线。她发信息给父母："我可能要去武汉做实验室检测。"她的父亲回复道："任务艰巨，使命光荣，作为国家疾控中心的一名技术人员和共产党员，应该发挥专业优势冲到一线为国效力。工作中要一切行动听指挥。同时要做好个人防护，我们等待你的凯旋！"

邱小彤的父母都在卫生系统工作，春节也都忙于疫情防控，这也是他们第一个没有见面的春节。看到爸爸的短信，邱小彤不知是激动，还是担心和不舍，泪水不争气地湿了眼眶。但她知道疾控人只有向前，绝没有退缩！

郑皓是此次派出队伍中年纪最小的一位，就职于医院感染室。她的父母为军人和医务工作者，他们深知这次疫情防控有多么重要，一直鼓励、支持着她。当接到去一线的通知时，她内心非常激动，感到作为疾控小兵，终于也有为一线做贡献的机会了。

作为最小的成员，刚到武汉时她心里不免有些紧张，但是各位老师同事对她的鼓励、帮助和照顾，让她迅速融入这个忙碌而温暖的大家庭里。作为"90 后"，她虚心向老师学习，努力工作，争取为疫情防控做出一个疾控小兵应有的贡献。

根据既定工作安排，邱小彤提前下高铁前往孝感疾控中心；徐帅、黄元铭先前往武汉再转车到黄冈疾控中心，抵达时已是 1 月 30 日深夜 12 点；栗冬梅、郑皓、车洁、范雪亭乘坐的火车也于 1 月 31 日凌晨 4 点 35 分抵达武昌。

铿锵玫瑰战“疫”场上显身手

1月31日上午8点，留在武汉的栗冬梅、郑皓、车洁、范雪亭4人，稍作休息后就和工作组其他同事在武汉疾控集合召开会议。随后根据会议安排，兵分三路前往4个区级疾控中心实验室进行考察，评估其实验室条件、生物安全情况及检测能力，并提出切实可行的整改意见。

晚上，她们刚返回武汉市疾控中心，就接到指挥部通知，黄冈市疫情不容乐观，检测能力有限，检测人员极度缺乏，需要在武汉的两个检测组中抽调一组支援黄冈市，即刻出发。疫情就是命令，车洁和范雪亭快速收拾行李，连夜出发赶至黄冈，抵达黄冈时已是第二天凌晨1点多。

根据武汉疾控的现实需求，栗冬梅和郑皓开始着手编写《武汉市新型冠状病毒感染肺炎实验室检测工作手册》中的“新型冠状病毒的实验室检测操作规程”部分，确保内容实用、适合基层，便于保证人员环境安全、检测质量，提高工作效率、利于疫情控制。

同时，两人还积极开展样本检测工作。2月5日，中国疾控中心传染病所的高等级移动生物安全实验室抵达武汉，栗冬梅和郑皓被调往实验室开展标本检测。身在武汉，栗冬梅更近距离地接触到这场残酷的战“疫”，她每天都关注疫情信息是否更新了，病死率有无变化，新增病例是否下降。

她在酒店里看到很多全国各地赶来的医疗救援队，看到那些医生、护士们在酒店大厅里排队剪头发，就知道他们将面临的困难和要与疫情抗争到底的决心。我们的检测队伍也一样，武汉的医疗援助队员们也一样，全国人民都一样。她相信，有我们国家的努力，有我们每个人的努力，我们一定能渡过难关，走出阴霾！

距离武汉市 150 多公里外的黄冈，是仅次于武汉的疫情严重地区。在考察了黄冈疾控中心实验室后，徐帅、黄元铭、车洁、范雪亭 4 人在组长的带领下，和其他组员一起通宵进行实验室改造，仅用一天时间就解决了实验室的安全隐患，随后开展了实验室流程管理，简化检测流程，提升检测能力，以应对大量样本的检测。2 月 4 日，在与当地人员的共同努力下，首次实现了样本“零积压”。

邱小彤是传染病所唯一一个被派到孝感的，那里是湖北疫情第三严重地区。在孝感疾控中心，她与同事们一起不断完善检测方案，优化检测流程，仅用了 3 天就实现了样本“零积压”。作为疫情严重的孝感地区，样本检测工作强度非常大，每天穿上防护服在实验室里，再加上对气候的不适应，她每天都感觉到异常疲劳。

但相比于刚来时对陌生环境的紧张和对疫情的担心，现在心情略微放松了下来，因为毕竟有那么多战友并肩作战。她现在已经不记得是星期几、不记得是几号，没有了周末和假期的概念，每天脑子里反复思考和回想的只有昨天做了多少份样本、多少份是阳性。今天要做多少份样本，怎么安排才会更合理，已无暇顾及其他。

巾帼不让须眉。她们是女儿、是妻子、是母亲，她们有着无尽的女性柔情和爱意。当交警把徐帅和队员们一路疾驰送往黄冈疾控中心时，她会感动；当邱小彤收到父亲的回复短信时，她会眼眶湿润；当车洁一路经过哨卡看到深夜工作的人们，她会为每一个奋战的人骄傲；当战友们为范雪亭过一个简单而特殊的生日时，她会从心底升起一股暖流。

她们从无数的细节去感受爱，感受温暖，她们的情感朴素而厚重。当有重大疫情发生，她们主动请缨冲到疫情第一线，用精湛的技术、过硬的业务能力、充满女性柔情和大爱的善意，与人民甘苦与共，用她们的实际行动诠释了大无畏的疾控精神，铸就战“疫”场上的铿锵玫瑰。

隔离病区的“三八”国际妇女节

任晓辉

山西医科大学第二医院宣传部部长。

章　峥

山西医科大学第二医院副主任护师。

“壁上红旗飘落照，西风漫卷孤城。……昨天文小姐，今日武将军。”在这场没有硝烟的抗击新冠肺炎疫魔的战场上，一群可爱的人用柔情似水的弱肩撑起半边天空，以特殊的形式在隔离病区与女患者欢度自己的节日，给患者以温暖，帮患者树立战胜病魔的信心，为打赢这场没有硝烟的战争奉献自己的心智与力量。

这是山西第二批援鄂医疗队负责的华中科技大学附属同济医院中法新城院区病区。从 2 月 2 日至今，100 名护士每天都精神高度集中，不畏艰辛地工作着。为缓解她们的疲惫、舒缓她们的紧张心理，同时更为女患者鼓劲儿，在“三八”国际妇女节来临之际，医疗队护理团队队长、山医大二院护理部副主任张颖惠和姐妹们，专门策划了有意义的系列活动。

她们请山医大二院精神卫生科的武波涛老师给大家进行了一场“温暖相守，同心相连”的团体心理辅导。大家敞开心扉，诉说内心的小烦恼和思亲想家的情绪，场上有的队员呜呜哭泣，压抑统统得到宣泄，心理得到放松；她们抹掉泪水，脸上露出了自信的微笑，以饱满的精神状态继续战斗。

“毒魔面前你们是白衣战士，你们刚毅顽强。你们也是爱哭爱笑的姑娘，也有脆弱与忧伤，我愿为你们遮风挡雨。大家只有保护好自己，才能呵护好生命，我们是最棒的，我们一起加油！”张颖惠说，“一个多月了，身处异地，工作苦累，只有及时调正好自我心态，才能保持旺盛的战斗力。”

“三八节”前夕的 3 月 5 日，恰逢惊蛰，她们进行了为患者送梨的活动；节日当天进行了为患者送家属祝福，送队员准备的福寿包的礼物、送手指操节目等活动。“阿姨，我们特意给你准备了梨，祝阿姨早日康复，我们一起盼春暖花开。”“阿姨，快看，这是我们特意让叔叔给你拍的三八节祝福视频，听叔叔的话，好好配合治疗，早点回家和叔叔团聚。”“妹妹，这个是送给你的三八节福寿包，祝你节日快乐，早日康复，病好了，你带我们去看武汉

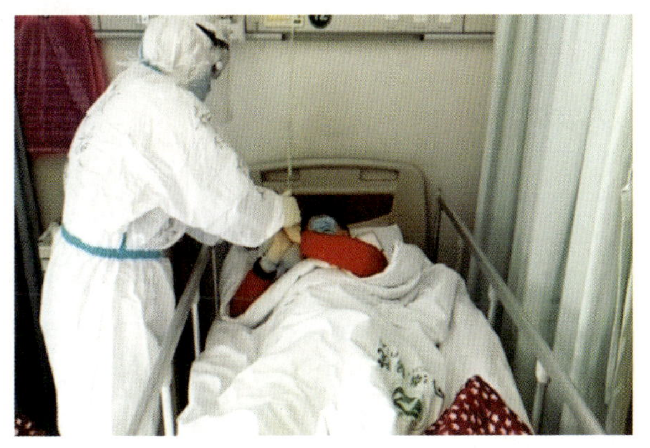

的樱花。”

“‘一眨一眨亮晶晶，我许下的愿望，就像一颗水晶，汗水伴着我，一步一步往前闯’，姐，我们准备的三八节手指操节目好看不，祝姐姐节日快乐，早日康复！”她们还为患者梳妆打扮。精心准备的这些活动给了病区患者一份特别的惊喜，收到祝福的女患者们都特别开心。

这是一个特殊的“三八节”，隔断时空不隔爱，隔离病毒不隔情。队员们说，“她们是特殊的弱者，我们要和她们心手相牵，共唤春天的到来！”

在这个特殊的节日里，山西医疗队护理姐妹们，用自己的医者仁心给这些特殊患者送去了一份份温暖与安康，让今年这个“三八节”在患者心里珍贵而难忘。一张张笑脸和一声声感谢，生动诠释了山西援鄂巾帼战士，在战“疫”战场上书写大爱的风采。

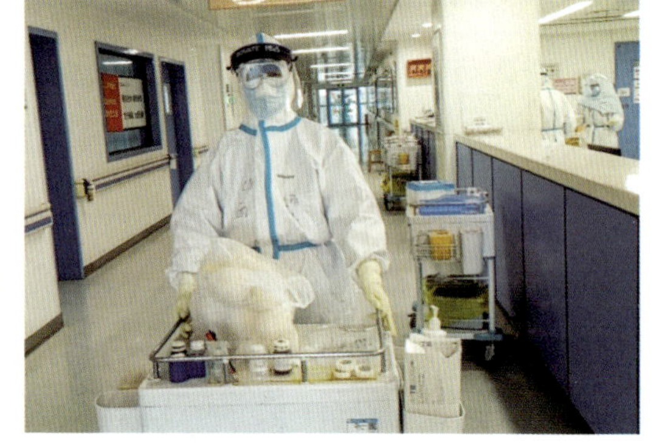

暖心！女儿为妈妈记录战斗岁月

闫子慧

陕西省人民医院急诊科副护士长曹钏宏女儿

编者按：陕西省人民医院急诊科副护士长曹钏宏，是国家紧急医疗救援队（陕西）队员，也是陕西省人民医院第三批支援武汉医疗队的一员，2月4日随队出发前往武汉支援。曹钏宏护士长素来就有记日记的习惯，但是前线工作任务极其繁重，她根本抽不出身来详细记录每天的所见所想。

曹钏宏护士长的女儿是一名在职研究生，女儿每天通过短暂的视频，了解记录下了妈妈在武汉的点点滴滴，从她的只言片语中，我们仿佛能看到整个武汉保卫战的真实景象。

序言：今天是妈妈离开家，奔赴抗疫前线的第9天。起初的几天，她还坚持着写日记的习惯，但随着工作的一步步推进，她越来越

忙碌，开会、安排人员、整理物资、进病区工作……晕车的她甚至已经习惯了强忍晕眩和恶心，在车上回复工作群里的消息，不敢有丝毫的耽搁。

妈妈是一个很有计划的人，她可以用5分钟吃“战斗”饭，5分钟洗“战斗”澡，但她依然希望自己可以挤出时间，保持住写日记的习惯。然而死神不会给人以分秒的等待，身在前线的妈妈太忙了，作为女儿，我希望可以替她完成这项工作，帮助妈妈记录下这些难忘的战斗岁月。

2月4日（星期二）

大年初六晚上，妈妈在和医院领导的电话里说：“必须要报名，国家需要就上，哪个岗位都行，不需要和家人商量，他们都理解。”当医院组建援鄂医疗队时，妈妈丝毫没犹豫就报了名，当时我和爸爸一点都没有感到奇怪，因为尽管妈妈已近50岁，但她工作时总保持着青年人的热情，以往的急救队训练她从未缺席，玉树地震之类的救援工作她也是次次报名。所以我们从不担心她的身体会无法支持工作，也从不怀疑她的能力会无法胜任工作。

但当昨日她收到通知，预备随时出发时，我和爸爸的心还是揪了起来。昨天晚上6点半，妈妈收到通知，7点收拾好行李抵达科室，我帮妈妈整理她要带去武汉的物资时，觉得眼前的一切都如同一场梦境。今天早晨9点她出发了，我才恍然梦醒，原来我的英雄真的要去前线了。

我真的很担心她，赶时间的她没有吹干头发就出了门，到了科室觉得有些不舒服，又怕头疼会误事，她背着我们吃了一颗止痛药，被我发现了还装作不在意地说："药可以乱吃，但事不能有误。"我的妈妈总是这么勇敢，这么坚强，大是大非面前，她比任何人都更坚定。

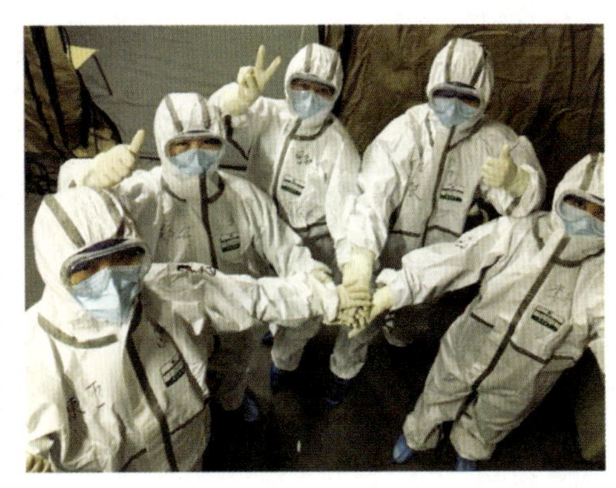

我不如她远矣，她走后我失眠了好几个晚上，每天都盼着疫情早日结束，盼望着她能早日回家。

2 月 5 日 /6 日（星期三 / 四）

在外远行的人常常是报喜不报忧，我的妈妈平日里生病都是自己吃点药，不肯让家里人担心，现在更是只肯拿开心的事情和我们讲，把武汉的生活描述得趣味盎然。但她不知道的是，尘埃里开出花来，而爱她的人看到的却不止是花。

2 月 4 日妈妈出发去武汉，到达之后就一直在准备物资，安置方舱里的设备，5 日和 6 日连续两天开工作会议、加入方舱医院护理部、参与院感质控和数据统计等。我问妈妈，你忙得过来吗？妈妈说，两天 4 次进方舱，看到了方舱的变化，才真正知道了什么叫中国速度，所以她们也要用中国速度去发现问题、改正问题，完成方舱运行前期的准备工作。

2 月 7 日（星期五）

妈妈在会议间歇，练习了穿脱防护服，剪了头发。晚上洗漱时很是开心地和我们讲，她把头发的鬓边剃了，这样用帽子包起来不容易暴露，过了一会儿，又和我们说她把头发也剪短了，现在是和爸爸谈恋爱时一模一样的发型。她得意地向我们展示着自己的新发型，一直夸剪头发的人第一次上手就剪得不错。

然后又很羞愧地讲，防护服穿脱起来必须要小心翼翼，穿时不敢粗心，因为太珍稀了，不可以弄破，脱的时候也要慢慢来，万一身体碰到防护服外部，就会有触碰到病毒的风险。她练习了好多次，还是不能保证万无一失，甚至因为练得太过认真，错过了微信群里开会的消息，害得别人呼叫了半天。

2 月 8 日（星期六）

方舱开始接收患者了，妈妈也准备进舱。虽然其他同事觉得她年纪大了，进舱之后感染的风险会比较大，劝她先不要入舱。但她坚持要进去看一看，只有和患者沟通之后，才知道哪里有准备不足的地方，谁也阻挡不了她。

2 月 9 日（星期日）

妈妈计划第二次进舱，这天会有大批量的患者进入病区，所有人都在枕戈待旦，检验前期工作成果的时候到了。我和爸爸远在千里之外，也感受到了妈妈的紧张，可我们什么都做不了，只能在心里默默为所有病患和医务工作者祈福。

这次妈妈带队在晚上 7 点至第二天凌晨 1 点进舱工作，我和爸爸就一直揪心等到凌晨 2 点，妈妈出舱之后报了平安才安心睡下。

第二天视频的时候，我们看到妈妈脸上的压痕还没有褪去，这是因为护目镜和口罩必须紧紧戴着，保证皮肤不暴露。妈妈安慰我们，穿防护服是笨重了点，但远远没有网络上说得那么憋闷，其实我知道，她一定是故作轻松才这样说的。况且，6 个小时不吃饭、不喝水、不去卫生间，绝不是一件舒服的事。

2 月 10 日（星期一）

上午 11 点，我想着刚下夜班的妈妈不知道有没有睡醒，发微信，她没有回复。等到午饭时间终于忍不住给她打了电话，妈妈却没有在吃饭，而是又回到了方舱工作。接收的患者越来越多，工作人员极度缺乏，妈妈不得不当起了搬运工的角色，她把一箱箱水、生活物品、药品、氧气桶等搬到方舱工作人员的入口，把防护服、手套、口罩等搬回更衣帐篷。妈妈得意地对我说，这次之后，力气一定变大了不少，没准还能长出不少肌肉。

之后的几天里，早晨，妈妈因为要赶在早上 8 点第一批医护人员入舱前准备好物资，拜托他们带进去，等不及驻地准备好早饭就要赶到方舱；晚上，还要等晚上 8 点的一批人员入舱后，整理好更衣帐篷，才能返回到驻地。

每天，妈妈都要到晚上 9 点以后才能吃上晚饭，妈妈笑称自己现在很有“砖”的精神，哪里需要往哪里搬。可她不知道的是，故作坚强的她才更让人心疼。爸爸每次和她视频之后，眼眶总是红的，因为在平时，妈妈是爸爸捧在手心里的宝贝。现在，他们却总是在尽自己最大的能力安慰着彼此。

尾声：妈妈吃晚饭和我们视频的时候，是我们一家最开心的时候，她常常一边吃着方便面，一边口齿不清地和我们聊天。妈妈从不曾谈起工作的辛苦，她说的最多的是感谢的话。

她说，急救队里的刘莉阿姨，给大家买鞋和日用品；梁栋每天都会在群里询问大家的需求，不辞辛苦地一趟趟采购；史厨师长不论多晚都会为大家准备晚饭；司机师傅也不管晴雨、不论早晚地接送大家。妈妈说，她常常早出晚归，是最麻烦大家的人，专车她就坐了许多次，浪费了不少汽油。

可惜忙碌的妈妈没有时间和我说太多，通话最长的一次是她们队有人第一次进舱，她不放心，一直在外面守着。那天和妈妈说到了凌晨1点，她从没有为自己哭过，这天却哽咽着说："兴珍阿姨进舱时被防护服遮着的脸只有巴掌大，我才发现她瘦了好多，看着好心疼。"她说，翟向阳、田婉莹、高丹萍和郑千千高喊着"武汉加油，陕西加油"进舱之后，她恍惚了好久才发现自己已泪流满面。

妈妈从不言苦累，她觉得除了年纪大点，她和别的医务工作者没什么不同。

她每天进入方舱前都会给守卫的警察道声"早上好！"，离开方舱时也要和清洁人员说声"辛苦了！"。她说是同伴给了她力量，每一个奋斗在武汉疫情前线的工作人员都值得赞扬。

我很感谢我的妈妈，在我的成长过程中，她一次次用她的故事告诉我，她想要成为什么样的人，她希望我成为什么样的人：只做灿烂星河里的一颗星就好，不求闪耀夺目，但求能驱散黑暗，迎接黎明。

援鄂医疗队第七批，第七批了！

王 娜

河北省人民医院老年病科党支部宣传委员、第七批援鄂医疗队队员

2020 年 2 月 19 日，我随河北省第七批援鄂医疗队离开家乡到达武汉。第七批，第七批了！可见我们即将面临的抗疫任务会有多艰巨。

今天，是我来到武汉后的第一个休息日，来武汉已经整整一个星期了。这 7 天的时间给我带来了 30 多年来从未有过的震撼和感动。终于有时间整理一下思绪，写下我的第一篇“战疫手记”了。

为我深爱的祖国和同胞而战斗

到达武汉时，天色已晚，在队长的声声叮嘱中我们做好防护，踏上了这片饱经风霜的土地。火热和忐忑的心在感受到武汉初春的微风时顿时安静、踏实了下来。武汉天河机场，一如往常般的热闹和繁忙，远不是我想象中的静谧，仿佛从未经历过疫情阴霾。来自全国各地的医疗队，身着不同颜色和款式的队服来来往往，就像黑暗中的天河上架起的一座座彩虹桥般美丽，运送着一批批战士到达抗疫一线战场。

“你们是哪里来的啊？”“加油啊！”一声声陌生却又亲切的方言将我的目光吸引到扶梯的对面，“嗨，我们是河北的，你们呢？”队里年纪稍小的队员大声地回复着。“我们是陕西的，加油啊！”“加油！加油！”互相的驻足打气声，让队里的氛围顿时高涨了起来，大家你一言我一语地开始慢慢融入了这个城市，融入这场没有硝烟的战争中，每个人都在努力！

愿用生命作为一座座挡住病毒的大山

到达武汉后的这些天，我们快速地投入了开展工作的准备中，整理物资、进行培训、学习防护知识等，生活紧张又充实。同时也让我重新认识了许多相识多年却又陌生的战友。

齐晓勇，一名61岁，身经百战的老战士。每天像叮嘱自己的孩子一样嘱咐着我们所有的事。同时我也真切感受到了这个老党员的大将风范，似乎一切都在他的掌握中，他是大家的定心石。

张童，一名“80后”年轻党员，阳光、开朗，是个称职的宣传员。每天拿着相机捕捉着大家的身影，热心地帮助每一个人，没人知道的是，他还患有糖尿病、高血压，却义无反顾，主动请缨随我们来到武汉。他说，你们的故事要让更多的人知道，我要用相机记录下一个个援鄂队员的忠贞和承诺，为打赢抗“疫”阻击战鼓劲加油！

吴婧，一名出色的消化内科女医生。虽不善言辞，却有着报效祖国的满腔热情，来到武汉后第一时间向组织递交了入党申请书，让我感受到了基层医生滚烫的初心。

冬天纵然寒冷，春天的脚步不会延迟

武汉大学中南医院是我们第七批河北医疗队开展工作的地方，主要收治重症患者，我们要整建制接管其中两个病区。

2月22日，是必须记录下来的日子。这一天是河北第七批医疗队作为中南医院首支外省医疗队正式开展工作的日子，而我也迎来了到达武汉后的第一个工作日。

工作一旦开始，就会将所有的担忧忘却，整整一天，我和我的战友们都在忙碌着。从病区出来后，大家已经累瘫了，有的人甚至连说话的力气都没有了。虽然我们面临着无法上厕所、无法喝水等各种困难，但是我们的心却充满了力量，这些力量来自国家的支持、单位的支持和家人的支持，更来自战友们一起奋斗、互相帮助、不畏艰难的决心。面对疫情，我们绝不退缩！

此时已是深夜，望着窗户外面沉睡的武汉，我想说，请大家放心，我们一定平安、胜利归来！

（武汉大学中南医院院景）

辽宁医生与武汉患者相互点赞

刘丹舟

华润辽健集团阜新矿总医院重症医学科医生

一

今天的班是半夜12点到第二天早晨8点，当晚病房住着14名患者。接班后，我一一查看患者。突然，一个病床的指示灯亮了起来，我急忙来到这名患者的身旁。

患者大口地喘息着，断断续续却急切地说："我刚才去了一趟洗手间，回来就开始呼吸困难。"我仔细查看病情后，为患者调整了吸氧模式，进行了相应处置，并留在她身旁观察病情变化，这样也能让她更安心些。

过了一会儿，患者的喘息状况得到了有效缓解，但是情绪还不

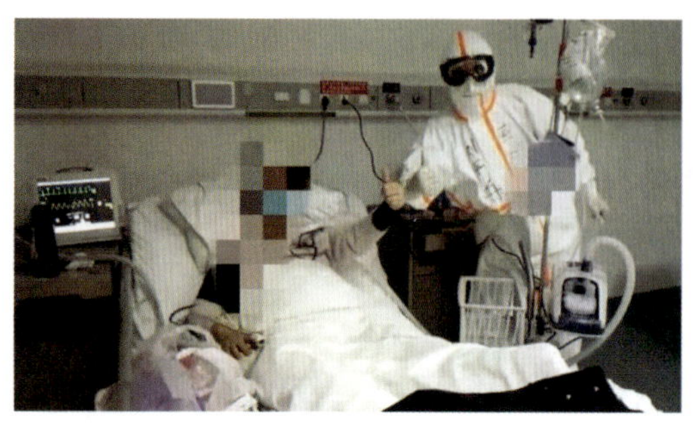

太平稳，眼神里充满焦灼。她不停地问我："我已经病了10天了，我还会好吗？"

我握着她的手鼓励她说："现在你的症状已经有所好转了，相信我们，积极配合治疗；也要相信你自己，多给自己鼓劲儿，你一定会一天比一天好起来的。"

又过了好一会儿，患者的情绪逐渐平复，脸上也有了笑容。看得出来，她在我的鼓励和安慰下对战胜疾病又充满了信心。

让我没想到的是，她开心地让护士为我和她拍照，她举起手臂向我的方向竖起大拇指，我想那是对我工作的肯定。我也对她竖起拇指，为她的坚强和勇敢点赞。

快门按下，照片中留下的是患者和看不见脸的"大白人"的影像。她说："没关系，虽然看不到你长什么样，但我知道你们都来自辽宁。"

在武汉近半个月的时间里，一次又一次对患者危急病情的处置，一次又一次看到患者症状的好转，我越来越感觉到专业技能在"战场"上的重要性。

二

今天是夜班，晚上10点多的时候，一名施行ECMO（人工心肺机）治疗的患者仪器开始报警。这是一位35岁的年轻患者，因病情需要，专家组给予了 ECMO 治疗。

查看患者后，凭借着在总院 ICU 多年积累的急诊急救工作经验，尤其是在多次危急抢救中对 ECMO 这种大型高精尖设备使用经验的积累，我妥善地为患者调整了 ECMO 管路及流速、流量，并给予相应处置。很快，仪器的报警解除了，患者的状态也平稳了。我这才长出了一口气。

穿戴着厚厚的隔离防护用具，在这里的每一项操作、每一次处置，都需要比平时同样的操作多付出几倍的体能。一个夜班下来，尽管病房的温度很低，但我早已是汗流浃背。

尽管每天的工作很辛苦，也充满了风险，有时还会感到压力重重，但我也感受到了一份从未有过的充实。

当我累了，或者感到压力大的时候，常常会用我们辽宁队的口号鼓励自己：一起拼，一起赢，一起回！期待在武汉天河机场返辽时与我的战友们再次胜利相聚！

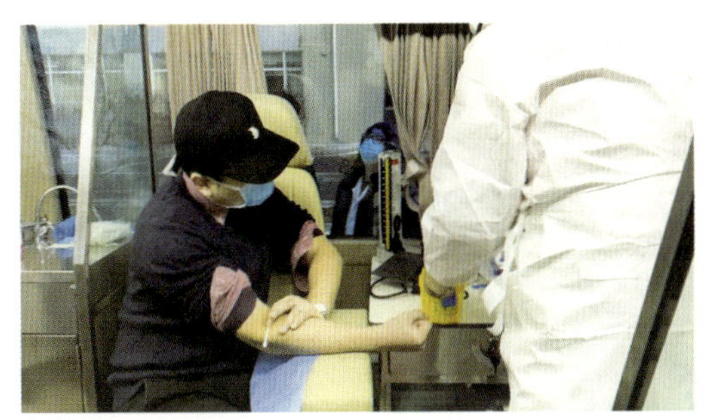

一树花开两地芳，人间处处是真情

朱　娜

浙江大学医学院附属第一医院党办干事

2 月 14 日，浙江省第四批援鄂医疗队抵达武汉，整建制接管武汉协和医院肿瘤中心的重症病区和重症监护室。我作为联络员，随队赴鄂。兵马未动，粮草先行。我们医疗队总共有 450 余人，是浙江历次援鄂医疗队中人数最多的一次，任务艰巨，时间紧迫。如何有效解决医疗队后勤保障，提供健康、舒适、安全的食宿环境是我们面临的首要问题。

“雪中送炭三九暖，视若无睹腊月寒。锦上添花不觉美，助人为乐众称羡。”武汉市江汉区工商联、武汉市乐清商会、武汉汉口泛海喜来登酒店的负责人第一时间伸出了援手，义不容辞地承担了浙江医疗队后勤的相关工作。几个部门联手，破解难题奉献爱心、凝聚力量统筹协调，为防疫之战昼夜服务，不辞辛劳。

从人员配备到情感关怀，从 24 小时餐食到车辆接送，从物资搬运到物品分发，从地垫消毒浸泡到公共区域消毒……优质温馨的服务，体现了亲人般的关切；方便通畅的交通，保障着路上的平安；

24 小时的热食供应，温暖着我们每一位队员；干净整洁的环境，彰显着一流的标准。作为联络员的我，早已和这里的工作人员建立了深厚的战友情。

新冠肺炎无情人有情，一树花开两地芳。除了政府、商会、酒店的工作人员之外，还有一批自发前来帮忙的志愿者朋友，他们有来自浙江在武汉工作的家乡人，也有武汉当地的爱心人士，这其中也发生了很多感人的故事。

丁淑怡是我院驰援武汉的护士，可能因护目镜太重，准备进隔离病房时，她的眼镜坏了。对于依靠眼镜才能看清东西的人来说，这可不是小事。此时的武汉，到哪儿去找修配眼镜的地方呀。令她想不到的是，第二天中午，她的问题就顺利得以解决了。眼镜坏的当夜 12 点，她把这件事告诉了远在杭州的老公，她老公通过网络查到酒店附近眼镜店的电话号码。接电话的老板非常热心，但他现在出不了小区，店铺也开不了，于是他给了丁淑怡老公一个眼科医生——陈庆丰（温州人）的电话。从大年初一到现在，陈庆丰和哥哥陈庆申已经为 20 多位从外地来支援武汉的医护人员修配了眼镜。通过爱心接力，不仅解决了丁淑怡的眼镜问题，他们还建立起了一份令人难忘的抗疫友情。

“我是丽水人，听说这里有很多浙江的医务人员，我就送来啦，希望他们都能

平安地回家！”3月4日上午，一位小哥给医疗队送来了特仑苏牛奶、橘子等物资。

“很难想象，这些人平时都是自己当老板的，现在是什么杂事、重体力活都做的志愿者，搬运东西、采购物资，样样亲力亲为，没有一点老板架子。”武汉市乐清商会副会长柯文斌就是其中的一位志愿者，负责采购和搬运物资。大伙和他开玩笑：“你做老板这些年，没想到还有这样卖力‘搬砖’的时候吧？”柯文斌说：“人这一生，不一定有机会能够面对生死，这次对我来说也是一次磨炼。既然选择了做志愿者，就要像经营企业一样，无论是做什么，都要做好。”

此次浙江医疗队驻地后勤保障的对接工作，主要由武汉市乐清商会的5位同志来完成，他们细致周到的服务着实解决了不少棘手的问题——会长陈余克曾深夜亲自调度车辆，商会主任淡亚群已然成为我们的暖心姐姐，只要有问题，她都会第一时间帮助协调和落实。

正是有了他们，我们在开展工作的过程中才更加顺畅和高效。他们用实际行动支持医疗队全力做好危重患者救治工作，为打赢这场疫情阻击战提供了坚实的后勤保障。很多人都说我们援鄂医护人员很辛苦，给了我们很多赞美。但我们应该看到，在我们身后，有许许多多像他们这样的武汉人，他们是普通的英雄，默默付出，无私奉献，应该被更多人铭记。

武汉的樱花已在用力绽

放，一如这座英雄城市，勇敢而顽强！没有一个冬天不可以逾越，没有一个春天不会到来。无论何时，我们都和武汉人民同呼吸共命运！

武汉胜则湖北胜，湖北胜则全国胜。当前疫情防控正处于最关键的攻坚阶段，我们还要继续并肩作战、不胜不归。我们坚信，有以习近平总书记为核心的党中央的坚强领导，我们一定能够夺取疫情防控斗争的全面胜利！

战“疫”还在继续，故事还在延续，感动还在持续……

方舱医院里的一封情书

罗 荷
中日友好医院心脏科

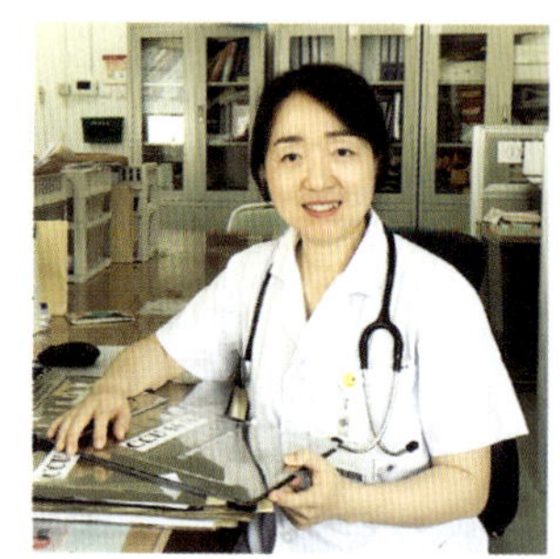

今天是 2020 年 2 月 14 日。凌晨 1:00，我和另外三位队员再次出发，去武汉东西湖方舱医院 B 厅值班。上班不能带手机，因此临行前习惯性地再次看了一次微信，已经有不少朋友圈开始转发各种与情人节相关的温情图片和话语。对于我们这些 10 天前就从北京来武汉支援的医疗队员而言，这个情人节，必定只能与心爱的人心灵守望了。

后半夜的值班，工作事务不多，按照惯例巡视患者、整理医嘱、记录病程。大多数患者都已安然入睡，有个别患者睡不着觉来要一片安眠药，也有焦虑的患者过来和我们聊聊天。400 余张床位的方舱 B 厅，此刻十分宁静与安详，谁能想到，这是 400 多位被新冠病毒侵袭的肺炎患者，缘分啊，医护和患者五湖四海相聚在一起，度过了元宵节，又迎来这情人节。

凌晨5点多，轰隆隆的雷声伴随屋顶上“噼里啪啦”巨大的雨点声响起，外面竟然下起瓢泼大雨。我们这些北方人简直惊呆了，这种雷阵雨是北京夏天才会有的现象。我专门走到门口去看了看，远处地面上溅起朵朵水花，还好，患者出门至洗漱间和卫生间的通道上方都有遮挡。回到办公室，想象了一下天气预报说的北京今天有暴雪的场景。这真是一个特殊的情人节。

此时，一位60岁左右的大爷走进办公室门口，还没等我们询问，他便说道：“我也不太会说话。”可能担心自己的武汉方言我们听不懂，他拿出一张纸放在办公桌上，说：“感谢你们！感谢你们！”然后他竟然膝盖弯曲要跪下！安硕研医生赶紧把他扶起来。终于明白，大爷是想表达对医护人员的感谢。我们纷纷表示，“这是医护人员的职责，我们来到武汉就是和你们共渡难关的”。大爷朝我们摆摆手，示意我们继续工作，他独自走回了自己的床位。

打开这张纸，是一封“情书”。抄录如下：

2020年2月14日　情人节

新的一天又开始了，悲观中生命的倒计时又少了一天、一时、一秒。2020年的情人节本该是和老婆和家人在一起过。可由于瘟疫把我们隔断。瘟疫隔断了多少个家庭，也隔断了多少青年人热恋中的心。她们悲伤，她们心里在哭、在流泪，也更在思念。思念家人、思念孩子、思念恋人，更思念自己的父母。舍家救人是她们天职，是她们高尚的奉献！瘟疫呀！你何时离开？不要再来骚扰脆弱的人类！感谢四面八方支援武汉、平息瘟疫的白衣天使、医护人员。我代表染上瘟疫的病友向你们致敬！谢谢你们，天使！

跪拜！！！

2020 年 2 月 14 日

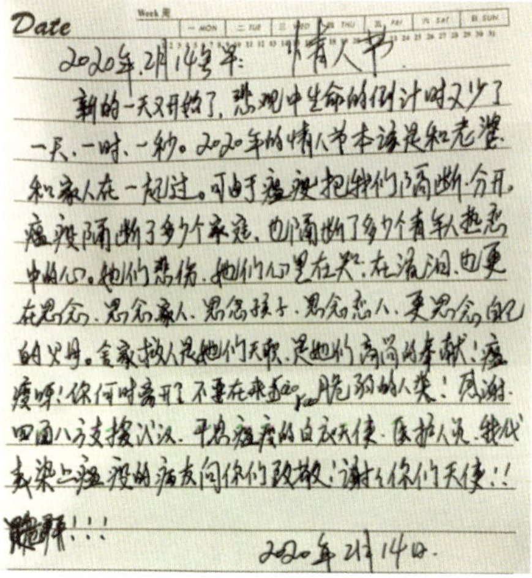

所有在场的医护人员均已泪目。我和安硕研医生按照印象中老人离去的方向，在方舱内那个通道默默地寻找他，但戴着口罩熟睡的脸庞都是如此的相似，无法辨认哪一位是刚才送“情书”的作者。

不打扰你们了，睡吧，身体和心灵均已疲惫的病友们！就让这初春的暴雨驱散所有的阴霾，洗刷这个城市的病痛。愿春暖花开之时，每个人都能摘下口罩，与自己的爱人亲吻，与自己的亲人拥抱，还我们大家一个 2020 的情人节。

重症隔离病房里的歌声

应晓燕

浙江省立同德医院宣传统战部副主任

2 月 17 日（星期一）

今天是浙江援鄂医疗队在武汉第四医院重症隔离病房工作的第 24 天。

5 床是一位 79 岁的老爷爷，每次去护理他，浙江省立同德医院 90 后护师陈彦洁都很甜美地叫他“爷爷”。爷爷在退休前是老支书，爱好锻炼身体的他每天晚饭后，都要去公园里溜达一圈。爷爷说，有一天晚上回来就发烧、头痛，到医院一查说要住院。病情进展很快，没几天他就被转入重症隔离病房。

在陈彦洁的眼里，老爷爷很体贴护士。“爷爷，您有什么不舒服，一定一定要打铃，及时处理才有助于康复。”爷爷却说：“你们大老远地从浙江到武汉来帮助我们，已经很辛苦了，能不麻烦你们就不叫你们了。”

爷爷前段时间气喘得厉害，现在经过医护人员治疗后，已经不喘了，他非常高兴，对护士们说：“我爱唱歌，我会唱很多首歌。”陈彦洁立即化身为他的粉丝：“爷爷，您唱一首呗！”“社会主义好，社会主义好，社会主义国家人民地位高……共产党好，共产党好，共产党是人民的好领导……”爷爷的歌声苍老而有力，富有情感，他是把自己心里对共产党的感激都融入歌声里了。爷爷说平时记不住词，唱不完整，但今天唱完整了，病房里传来一阵热烈的鼓掌声。

多么亲切熟悉的歌声啊！爷爷的歌声久久回荡在医护人员和患者的耳边。在抗击疫情期间，党中央反复强调“把人民群众生命安全和身体健康放在第一位”“生命重于泰山”“要全力救治患者”这些直击人心的话语，都是中国共产党“坚持以人民为中心”的生动体现。

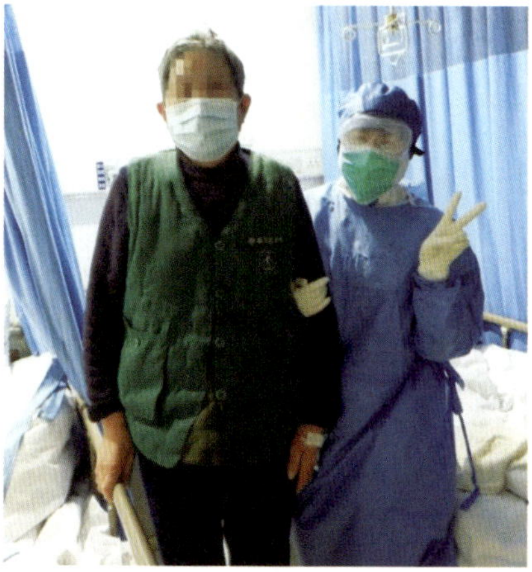

全国各地一批又一批的医疗救援队奔赴武汉抗疫前线，我们是在党的领导下打一场无硝烟的防控战啊！一个又一个的感染者，经过我们的救治，临床治愈了。中国正在向全世界证明，我们的防控是有力的，我们一定会战胜这场疫情！

2月20日（星期四）

22床的阿姨，病情有点危重，一直在呻吟，陈彦洁隔几分钟就过去看望她一下。“我真希望阿姨能挺过去，能与家人团聚。”前几天阿姨血氧饱和度曾下降到三四十，经历过几次抢救，好在都是有惊无险。

在巡查病房过程中，陈彦洁发现阿姨在扯氧气管，就走过去给她整理管路，阿姨夹着“哎哟哎哟”的呻吟声艰难地对她说：“姑娘，能给我唱首歌吗？”“阿姨，我五音不全，唱不好。您想听什么歌，我尽力唱给您听！”看着阿姨期盼的眼神，陈彦洁已经忘记了感控医生的嘱咐：“在隔离病房尽量少开口，因为你张嘴呼吸，容易被感染到。”

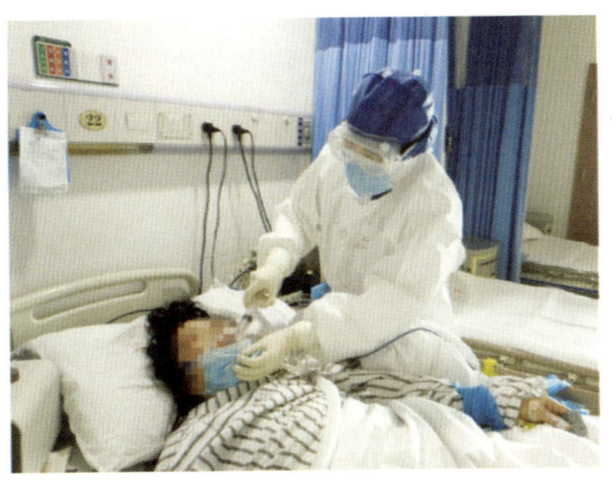

“不去想他们拥有美丽的太阳，我看见每天的夕阳也会有变化。我知道我一直有双隐形的翅膀，带我飞给我希望……”陈彦洁唱了一曲《隐形的翅膀》，本来喘气很急的阿姨听着陈彦洁的歌声慢慢地不再“哎哟”了，很平静地望着她，静静地听着她唱歌。

“这一刻，我只觉得我做对了，虽然不太擅长唱歌，但是我感觉自己不仅是唱给这位阿姨听，更是唱给武汉所有的患者听，希望你们战胜病魔，早日康复。”每一位医护人员都是长着隐形翅膀的天使，他们用自己的至善至诚，为病患抹去伤痛，抚慰心灵。

重症隔离病房的护理工作很繁重，除了治疗外，患者的吃喝拉撒全部要管，还有垃圾处理、病区消毒等工作，陈彦洁还是坚持每天都要和患者逗逗乐，因为她明白，积极乐观的态度会带给患者正能量，能提高他们的免疫力，提高他们与病毒战斗的能力。面对一个个宝贵的生命，再苦再累也是值得的，阳光总在风雨后，战胜疫情的胜利日子已经不远了。

我不知道你是谁，但我知道你为了谁

王光海

山东第一医科大学第一附属医院、第三批援鄂医疗队队员

武汉突发紧急疫情，史无前例。2 月 2 日山东省第三批援助湖北医疗队从山东不同地方、不同医院集结会师到济南。

在送行仪式上，队员们透过厚厚的口罩，铿锵有力地发出铮铮誓言："坚定信心，不辱使命，敢打必胜！武汉加油！中国加油！"

经过两个多小时的飞行，我们到达疫情前线——武汉。初到武汉天河机场，一片寂静，没有了以往的热闹繁华、熙来攘往，静寂得让人神经有些紧张。不用提醒，更不需要安排，大家虽互不相识，但都自发整齐地会聚起来，一起搬运好行李，静静排队上车。

驶往驻地的途中，看到路上偶尔有几辆车疾驰而过，没有了往日的车水马龙，只有大战前的静寂与等待。突然，远远流动的霓虹灯闪耀着火红的“武汉加油”映入眼帘，大家一片欢呼：“快看，武汉加油！”在这沉寂、昏暗的夜晚，我们仿佛看到了生机和希望，兴奋与激动油然而生。此刻，全国人民齐援武汉，众志成城，我们一定能渡过难关！

到达后的次日，大家不顾疲惫，进行了严格的防护培训、考核，积极做好战前准备工作。在完成医疗救治这个根本任务的同时，还要做好感染防控、后勤保障等工作，以便更快、更精准地形成工作合力。

2月4日下午，我们出发了，直奔抗击疫情临床一线。2月10日，山东省第三批援助湖北医疗队全面接管武汉同济医院中法新城院区C栋7楼西危重症病区，一切工作步入正轨，大家配合更加默契。

为了患者的康复与期待，医疗组长和大家每天都格外认真、仔细地查房，全面掌握病情变化，及时调整诊治方案。每天进入病房污染区之前，我们在清洁区办公室中，先在电脑前对每个患者的诊疗方案逐一核查，及时复查异常血液化验，复查咽拭子核酸检测，对比、复查胸部CT等，然后经反复洗手穿好防护服，才能进入病房污染区。

接着，就是在防护服密闭下的问诊，如“几天不发热了？”“咳嗽减轻了吧！”“还有胸闷吗？”“活动量有无好转？”等等，几个患者问诊下来，就满头大汗，有些气短，需张口呼吸一会儿，有时甚

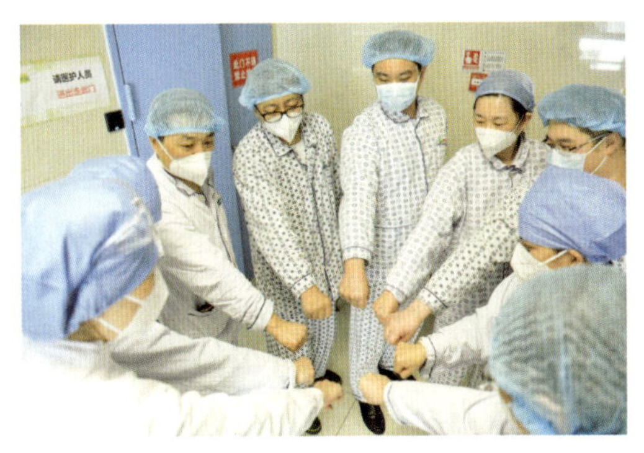

至还会有胸闷等不适的感觉。

查完房后，接下来的是三级防护下取咽拭子。二级防护就让大家有些“雾里看花”，三级要再加戴一个密闭的头罩，工作起来可以说是难上加难。尽管困难，大家还是在队员、患者的共同配合下努力完成了采集任务，这时已是汗流浃背。待工作完成脱下防护服回到清洁区时，全身又是凉凉的。顾不上许多，加件衣服，赶紧再进行医嘱的调整。大家都深知责任重大，再苦再累都没有抱怨，反而更多的是谨慎、仔细，冲锋在前！

为了患者早日走出病房，走出心理阴霾，每查一位患者，我们都紧挨着他们，让问诊停留的时间更长一些，和患者站在一起，给予他们更多的关爱，这无形之中减轻了患者对疾病的恐惧，增强了他们战胜病魔的信心。其实，我们也知道，延长与患者近距离的接触时间，也会增加自己感染的风险。在我们管理的病区中，也有已被感染的武汉医务人员，他们由以前冲锋一线的医务人员变成了患者。但是，为了病患能早日康复，我们还是毅然选择了前者。

有的患者说：“你们是唯一敢靠近我的人，不是远远躲着，山东这么远，你们跑来帮助我们，了不起！感谢你们！”患者发自肺腑的感谢，是对我们工作的认可与肯定，是对我们的信任与支持，更是对我们做好工作的鞭策与鼓励。

工作之余，大家也相互学习，相互交流经验，如咽拭子的获取、如何与患者沟通、患者的心理安慰、新冠肺炎指南的更新、新冠肺炎的影像特点，等等。每一个医务人员都在全方位地努力，目的只有一个——让患者早日康复！

为了控制疫情，大家时刻做好对病毒的隔离。在武汉，在病房，无论你从哪里来，要到哪里去，也无论你是干什么工作的，所有人的脸上都戴着一个大大的口罩。透过口罩下的眼神大家相互是那么地熟悉，已是一个战壕的战友，已是老朋友了，工作起来已很默契。口罩隔离的只是病毒，隔不开人与人之间的关爱，隔不开大家工作的激情与彼此的配合。

尽管来武汉工作已半月有余了，大家对彼此的面貌仍是陌生的，或许，摘下口罩相互免不了仍不认识。我不知道你是谁，但我知道你为了谁。为了谁？为了抗击疫情，守护人民健康，为国“卫”民！

写到这里，我要感谢那些为我们医疗队做后勤保障的人、给我们送餐的人、接送我们上下班的人、做感染防控的人、转运患者的人、募集物资捐献的人、照顾我们家属的人，还有山一大一附院的全院职工，山东人民，全国人民，我们不知道他们是谁，但我们心中早已感谢他们千万次！

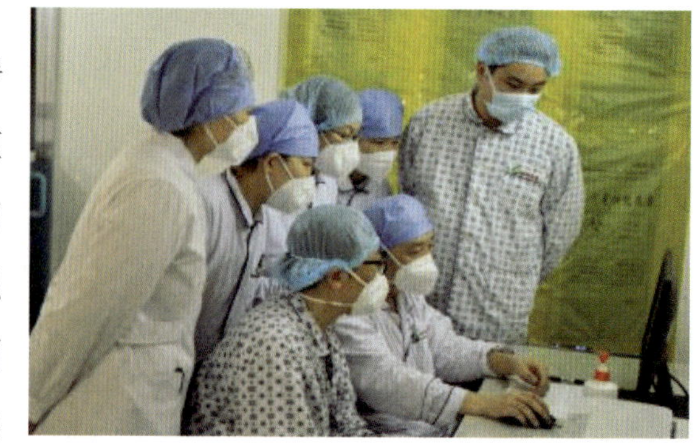

哪里有什么岁月静好，不过是有人替你负重前行。如果记不住他们的名字，请记住他们的职业；如果记不住他们的面容，请记住这段生死与共

的时光！

2020，同一个武汉，同一个使命，我们聚守湖北，风雨同心！我不知道你是谁，但我知道你为了谁！

雷神山的第一个夜班

王 静
华润辽健集团阜新矿总医院

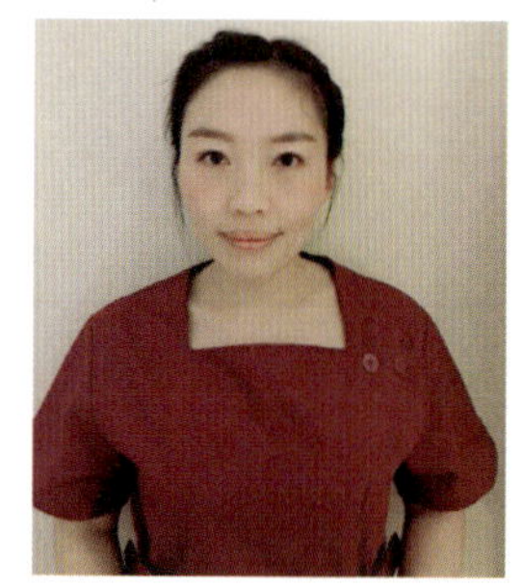

2 月 14 日，武汉，暴风雨

2 月 14 日，是我到武汉雷神山医院支援的第一个夜班。我们凌晨 0 点从驻地出发去医院，遇到了恶劣天气，刮着 8 级大风，下着暴雨。这注定是一个特殊的情人节。为了缓解紧张和恐惧的气氛，小伙伴们开玩笑说，这是生生地将爱情片拍成了恐怖片。

凌晨 2 点，我们一组 4 名护士和 2 名医生提前穿好隔离服进入病区。病区一共 29 名患者，我们立即投入了繁忙的工作中。

穿戴着厚厚的隔离防护服，每一项操作都要耗费比平时多好几倍的体能。虽然很累，但是当我们看到患者一张张期盼的笑脸和感激的神情时，觉得一切的付出都是值得的。

当我们在患者身边操作时，29 个患者每一个人都礼貌地和我们说着“谢谢”，说我们大老远地从辽宁过来支援武汉，非常感谢我们。

在巡视病区的时候，我注意到一位大爷从我接班开始，好几个小时一直没喝水。我问他原因，他说：“我腿脚不方便，不敢喝水，怕上卫生间给你们添麻烦，你们已经够忙了。”遇到这样贴心的患者，我当时就红了眼眶。我给他倒了杯水递过去，安慰他说：“没关系的，要是去卫生间就按呼叫器，我陪您去。”大爷哽咽着拍拍我的手点点头。

雷神山的第一个夜班，一直忙到第二天上午 9 点半才下班。

回到驻地吃早饭，其实已经是中午 12 点了，雨停了，风也停了，但又下起了小雪。

一夜之间，我看到了暴风雨中顽强的武汉，也感受到了武汉人的温暖。相信这次疫情很快就会过去，我们一定能打赢武汉保卫战！打赢湖北保卫战！

很早之前，我就和朋友说过，想一起来武大看中国最美的樱花。我相信，今年的樱花也一定会如期绽放。因为没有一个冬天不可逾越，没有一个春天不会到来！

这就是我作为一名重症医学护士存在的价值

徐 筠

上海同济大学附属东方医院重症医学护士

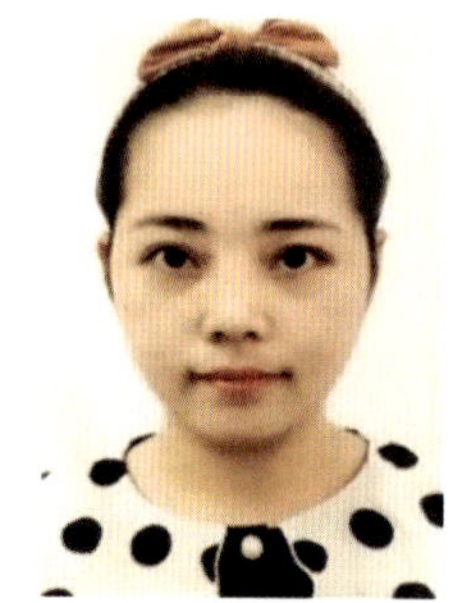

1月29日，今天我上的是白班，工作时间为8:00—14:00。清晨6:30，闹铃响了。我抓紧时间洗漱，吃完早餐后，我们白班8名队员于7:10在约定的酒店大厅会合，一起步行至武汉市金银潭医院，路程大约10分钟。

透过层层玻璃，我们看到了在病区内忙碌的白衣天使。心疼的同时内心多了一丝紧张。穿戴好装备后进入隔离病房，我分管的是304号房间，里面住着3位患者，其中两位患者意识清醒，高流量吸氧，还有一人则用着无创呼吸机镇静中。

巡视病房一圈后，我同往常上班时一样，向两位清醒的患者介绍了自己的姓名，告知他们今天我是他们的床位护士，一切治疗及生活护理由我来完成，可以喊我“小徐”。

一上午工作内容除了常规的补液、推针、测体温、写护理记录单之外，还需照顾患者的日常起居饮食。一番忙碌后，我感觉浑身被汗水浸湿了。此时，其中一位患者问我是不是上海来的，在得到肯定的答复后他说：“辛苦你们了，从那么远的地方到这里来帮我们。”我说：“这是应该的，更何况我是湖北媳妇，应该过来的。全国人民都在为你们加油，你们一定会早日康复的！”

患者看似可以和你聊两句，但其实他们的身体还是很虚弱。今天同组的老师还因找不到条件好的静脉着急，于是我帮忙给患者留置了一根颈外静脉。颈外静脉的优点是留存时间长，患者双手活动不受限制。

时间不知不觉到了下午 2 点，整理完护理记录单，测了下午的体温，接班的战友们来了。床旁交接病情及治疗后，我下班了。卸下隔离衣及防护服就用了 20 分钟。身上的汗水已经收干了，但衣服还是湿漉漉的，窗外的风一吹，不禁打了个寒战。此时我才想起来，自己已经 8 个多小时未进食、未上厕所了。

要问我觉得苦吗，说实话，也苦也不苦：远赴武汉，离开家人孩子到一线，工作强度大，肯定是苦的；但和躺着的患者比起来，我能吃、能喝、能动，又何谈辛苦呢？我想，作为一名重症医学的护士，这就是自己存在的价值吧！

我的防护服背后写着 8 个硕大的字。上面 4 个字是“东方徐筠”，这是我的身份。上海首批援鄂医疗队的 136 名医护人员，来自上海的 52 家医院，很多医护人员之间彼此都不认识，我们一组

8 个人，来自不同医院，写上医院和名字，紧急时刻喊衣服上的名字更高效。

有记者问我，名字是不是写得太大了？我说，一点都不大。我们穿上隔离服，刚刚戴上护目镜的时候，就像戴着眼镜吃火锅一样，视野很小，要过很长一段时间护目镜上的雾气才会消散，雾气中需要显眼的字体。

下面 4 个字是“武汉加油”，这是写给病患看的，为他们加油打气。在隔离病房，患者能看见的只有医护人员，他们看不清医护人员的脸庞，但能看到满满的加油和鼓励！

我们这组 8 名医护人员，负责的是 3 楼的 7 间病房，每间病房住 4 个患者，由一名护士照看，组长则负责巡房。

重症病房的病患大都上了呼吸机或者插着呼吸管，起居、饮食、治疗……几乎一切行为都需要护士照看。我的职责主要是上常规的补液治疗，记录每个病患的尿量、大便等数据，输血，以及各种生活护理。

医生会来巡房，会根据呼吸机的参数和化验指标来调整参数，如果吸入氧浓度下调，说明患者正在转好，我们需要观察患者体征，一旦有变化要及时告知医生。

目前病房里的设备比较齐全，走廊里也有多余的呼吸机备用，能保证病患及时得到医治。来自上海不同医院的护士之间，也会互相配合。隔壁房间的护士来自呼吸科，重症监护的经验不多，找不到患者的静脉，我便为患者打了脖子上的留置针，这样如果患者清醒了，也不会受到限制。

在一线，我们总是冲在最前方，尽力做好护理，最大限度为患者着想。

昨晚下班，一层层脱下隔离服，进行基础消毒，我算了一下，共花了 20 分钟。我给自己拍了张自拍，脱下口罩的素颜上，压疮清晰可见。

我忍不住自嘲了一句："鼻梁高的人，戴 N95 好像更吃亏。"

方舱医院故事五则

编者按：武汉告急！云南省妇幼保健院响应国家号召，立即组建两支医疗队，分别于2月15日、16日驰援武汉。这些年轻的护士们用笔记录下发生在方舱里的那些难忘的故事。

方舱医患情

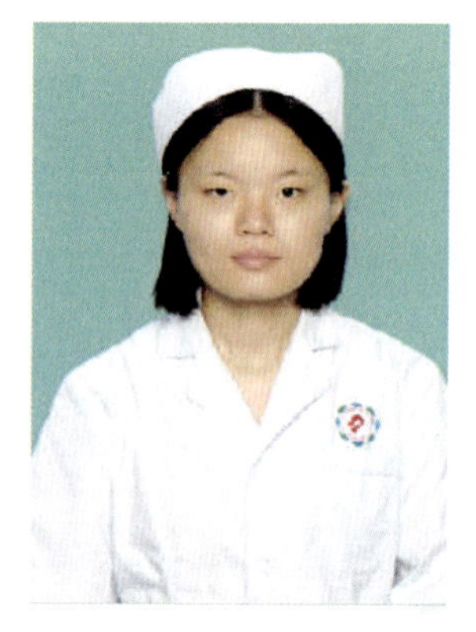

李九锟　*云南省妇幼保健院第一批援鄂医疗队队员*

我们云南省妇幼保健院第一批援鄂医疗队支援的是武汉汉阳体校方舱医院。

在方舱里，同事们每天讨论的最多的就是如何给予患者更好的护理，如何熟练掌握我们并不熟悉的办公软件，如何做好自己的防护，如何用自己房间里的物件打造一个多功能区，等等。因为我们到这里来不为别的，只是为了救治患者，让更多的患者好起来。

这里的患者，大概是我短暂的从医生涯中遇过的最好的患者。他们吃饭的时候会把自己的那一瓶酸奶留给我，告诉我："姑娘，我也没带什么吃的，这瓶酸奶就给你吧！"在他们进入方舱以后，对我们说："看见你们这些医生和护士，我就放心了。"在得知我们是云南医疗队的时候，他们说："谢谢你们，大老远的来救助我们，麻烦你们了！"在这里，病患相信我们、尊重我们、关心我们，这种信任和关爱也在温暖着我们，让我们汇聚成无穷的力量，和他们一起打赢武汉保卫战。

医者，仁心也。在高超的医术面前，更难得的，是一颗赤子之心，是对医学的热爱，是对患者的无私奉献。愿我们历经磨难，依旧无私无畏。

静静地坚守

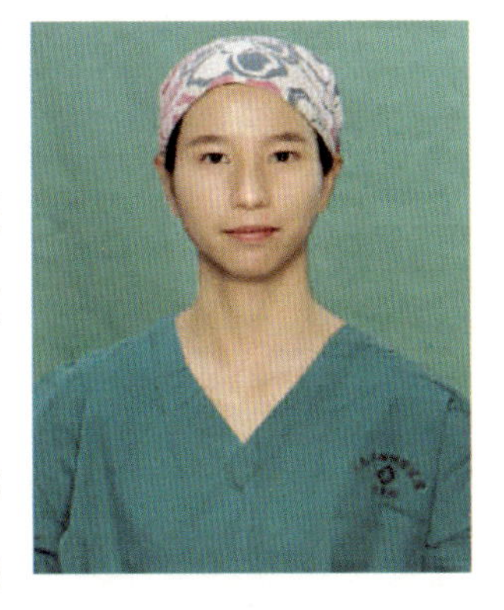

张晓丽 云南省妇幼保健院第一批援鄂医疗队队员

我叫张晓丽，是云南省妇幼保健院援鄂医疗队的一员，2 月 23 日是我援鄂以来第一次走进方舱医院近距离接触患者。

我是第二组进舱人员。进入病区后，我意识到我的战斗已经开始了。我和同事郑继艳被分到一起为患者录生命体征，处理医嘱。"你好，请问你叫什么名字？麻烦看一下你的手腕带。你是因为什么入院的？身体有哪些异常情况吗？我们这边需要了解你的相关信息，麻烦你帮忙填一下。"这就是我跟每位患者交流的"开场白"。所有患者都非常配合我们，工作进展得非常顺利。

在采集信息的时候，我观察了一下，这批患者都是轻型患者，生活能自理，这让我松了一口气。整理好信息采集表后，我和刘倩开始巡视病区，查看有无不适的患者。我们在静静的坚守中与全国人民共克时艰，抗击病魔。

守得云开见月明

农桂南　云南省妇幼保健院第二批援鄂医疗队队员

我们援助武汉已经第 10 天了，不知不觉间我已经进了那么多次方舱。今天我们给患者带去一些云南的特产“鲜花饼”，在吃晚饭的时候分发给患者，他们拿到时都很高兴，一声声道谢充满了整个病房。

病区里有几个生活不能自理的患者，每天我们都要给这几个卧床的爷爷、奶奶喂饭、喂药。给我印象最深刻的是 35 床的爷爷。他患病后心情不好，不吃饭。今天因为在旁边哄他吃，说了很多话，使我的护目镜雾气蒙蒙的，几乎什么都看不见了。不过值得高兴的是，爷爷在我的安慰下终于吃了小半碗稀饭，喝了一小碗银耳汤，我还坚持喂了他一盒牛奶。

厚重的防护服下，每干一件事情都是大汗淋漓，尽管已经比第一次适应了，但是，在做处理垃圾这些体力活的时候还是很吃力，因为缺氧，出舱的时候两个大黑眼圈就像是熬了很多个夜班一样。

这几天，很高兴看到病房里的患者越来越有精神，也很高兴能听到病房里传来的欢声笑语。看着这些上了年纪的爷爷、奶奶，不由得让我想起出发前突发脑梗还卧床在家的外公。从小外公、外婆抚养我长大，这次因为走得匆忙，外公卧病也没机会去看他。作为曾经是留守儿童的我，看到这些爷爷、奶奶就仿佛看到了外公、外婆，希望疫情早点结束，这样我可以回家看看生病的外公。

回来的路上下起了小雨，但是，我一点也感觉不到冷，我想这应该是春雨来了吧！方舱的救治就是坚守，我相信，我们一定能守得云开见月明。

顺利完成首次咽拭子采集

雷红梅 云南省妇幼保健院第二批援鄂医疗队队员

2 月 26 日上午，按工作安排，我要首次给患者进行咽拭子采集工作了。

对于给新冠肺炎这种主要经呼吸道飞沫传播的疾病患者采集咽拭子，老实说我还是有些害怕的，想着要怎样做才能在保护好自己的前提下，顺利、准确、安全地完成咳嗽患者的咽拭子采集。大脑里一遍一遍地在回放咽拭子的采集方法和注意事项，抽血时要怎么样提高穿刺成功率等。

夜里，在我的班上，舱内一位老爷爷全身酸痛睡不着觉，一直喊叫。我生怕他缺氧加重病情，只得不断安抚他，陪他说话。慢慢地天快亮了，老爷爷身上的酸痛可能有所缓解，才安然睡着了。

到了早上，我舒展一下疲劳的身体，开始为患者进行咽拭子采集。按平时严格的训练，我顺利地完成了首次咽拭子采集，真是个令人振奋的早晨！

有条不紊地完成好护理使命

沈　沂　云南省妇幼保健院第二批援鄂医疗队队员

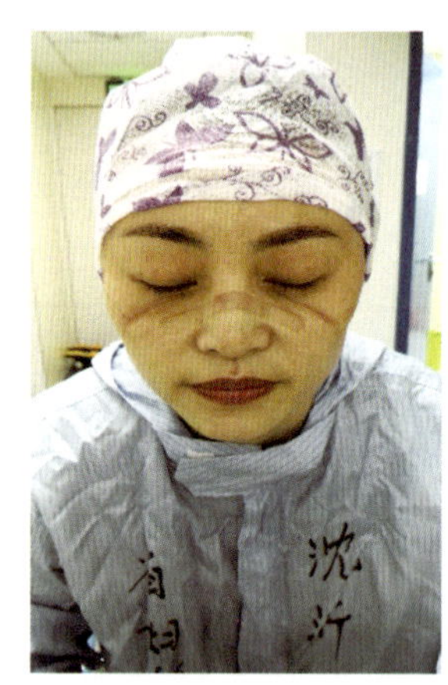

我们云南医疗队负责的病区 90% 以上是福利院的老人，患者年龄大，有的瘫痪、生活不能自理，还有的有精神障碍，需要为他们定时翻身、换尿片、清理大小便，这些都加重了我们的护理强度和难度。护理生活完全不能自理的老年人从进食、进饮到大小便排泄，所有事都需要护理人员完成，体力透支是全队人普遍的感觉。

作为队长，我需要给大家加油打气、安抚情绪。我和她们在微信群里聊天开玩笑，也强调要量力而行，进舱后不要逞能，一定要注意保护好自己，方舱护理工作太累，所以下了班我就催促她们赶快去休息了。

对下班回来的同事，我都详细了解了她们的工作情况，工作中是否有突发情况，感觉如何，等等。确认完大部分患者都很平稳后我也安心了些。同事农桂南刚做完抢救、心肺复苏，还有些心有余悸，好好地安慰她一番后，我嘱咐她赶快洗澡、休息。经过一段时间的调整和适应，队员们逐步适应了方舱救治工作。

云南医疗队成立了临时党支部，医疗方面设置了医疗组、护理组、一病区组、二病区组，物资保障方面有物资组，各个医院的队长设立了组长群或队长群。前线组织机构的建立健全，保证大家能够有组织、有纪律地形成战斗力，并有条不紊地工作和生活。

“如果出院，我将继续投入战斗”

潘慧璘

上海中医药大学附属岳阳中西医结合医院 CCU 护士长

我所在的病房都是危重症患者，有的患者病情变化很快，看着很难受。

1 月 29 日，我上中班。我看护的患者中有一位是武汉当地医生 Z 先生。他告诉我，他是在看门诊时被患者传染上的。在和他的交流中，最让我感动的是，他说：“出院隔离 14 天后，如无异常，我将继续投入抗击新冠肺炎的战斗中去！”话语伴随的是他淡定、坚决的眼神。我内心的敬佩之情油然而生！

“健康所系，性命相托”，面前的这位医师，时刻铭记着当初许下的誓言，时刻坚守着自己的从医初心。

白衣天使，就是白衣战士！没有豪言壮语，但字字如金！

中班的时候，他还在高流量吸氧的治疗中，走 10 步左右就会出现喘促症状，他的肺功能还需要继续康复。他在等待 CT 复检，如果 CT 结果好转的话，他就能转入普通病房继续治疗。

作为一名中西医结合医院的护士，当时我给他提了些中西医结合康复相关的建议，可以用中药调理，可以进行功能锻炼，比如，我们的“呼吸六字诀”等。

2 月 1 日，听小伙伴们说，Z 先生已经转到普通病房继续治疗了。这真的太好了，真是个好消息！

加油，Z 先生，祝你早日康复！

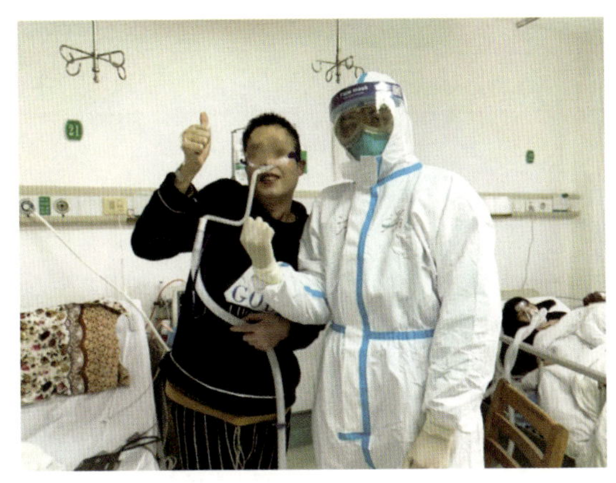

“旦旦”人生中的没想到……

严　华

上海市奉贤区中医医院党委书记

古灵精怪的“旦旦”是一个“90后”女孩，名字叫孙旦萍，是奉贤区中医医院内三科的一名护士，大家的开心果。一场突如其来的疫情席卷武汉、蔓延全国，这猝然而至的灾难，让“旦旦”在这些天一下子集结了人生中这么多的“没想到”。

她喜欢旅行、嗜爱美食。2020年她和闺密的旅行计划是3月去武汉，看武大的樱花，吃豆皮、热干面，逛琴台、汉街、晴川阁……没想到，武汉之行这么快就提前到来了。

除夕夜，她甚至来不及准备好行囊就和医疗队匆匆登上飞往武汉的航班，落地坐标武汉。只是此行和樱花无缘，所有的行动轨迹，就是酒店和医院周而复始的两点一线；所能看到的风景，就是空无一人的街道，暗黄灯光下上夜班的同事和自己的影子。

不过，出太阳的时候，上班路上看到小树上有零星的花儿绽放，“旦旦”心头还是很欢喜。她说：“第一次认识武汉，是在这样的情况下，但尽管如此，我依旧喜爱武汉。”

她崇拜英雄，也会追星。她说，我这样的凡人注定成不了英雄，但可以做一些力所能及的事，加入中华骨髓库、成为志愿者、捐款献爱心帮助别人。

没想到，有朝一日，自己也会成为被大家致敬的英雄。非典肆虐、汶川地震时，医护人员生死关头奔赴前线的故事深深烙在了她的心里。武汉疫情暴发初期，她和小伙伴们讨论着，会不会也像“非典”时期一样，组建医疗队支援武汉，如果需要，一定报名参加。

1 月 23 日下班时，单位工作群里发出了报名驰援武汉的通知，她和小伙伴们纷纷报名请战。驰援武汉后，当大家赞她为英雄的时候，她却屡屡表示：“我真的没做什么，只是换了个地方工作而已。”

是换了个地方，但这个地方是战场，住在病区里的都是新冠肺炎的重症患者。没想到，所面对的是前所未有的医疗护理状态。医疗物资紧缺，为了节约，甚至 8 小时不吃、不喝、不上厕所；连平时习惯了一针见血的静脉穿刺也有了很大的难度。

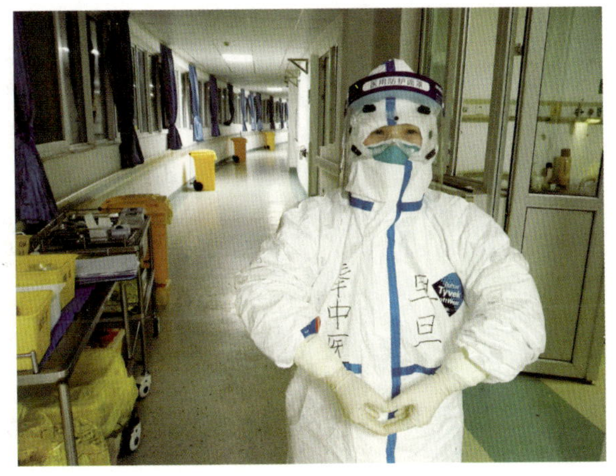

戴着眼罩、面屏，穿着厚厚的防护服，有一天竟然有 5 位患者的留置针都肿胀不滴，只好重新穿刺，让“旦旦”心里很难受；患者的配合、安慰，那一遍遍“谢谢，谢谢”，却让她感觉自己做的一切都是值得的。

总大声嚷嚷着要谈一场恋爱的“旦旦”，从来没想到，除了医疗护理，她还需要做更多密切的生活护理。她在日志上写道：今天我在帮一位患者喂饭的时候，看着他吃一口饭要嚼 5 分钟，还无力下咽，容易呛咳，觉得特别难过，我希望除了医疗护理之外，我能为他做更多更好的生活护理，让他可以更安心地接受治疗。

喂好饭，他意外尿湿了，和同组的小伙伴一起为他换好床单后，又独自一人为他更换了内裤和秋裤。全部安置好后，他双手合十对我表示感谢，那一刻，我真心被感动了，知道我们的付出都被他们记在心里了。我内心在想，只要患者病情能好转，再苦再累也值得。

来到武汉已是第 18 天了，越过生命的零度就是春暖花开的时刻。“旦旦”，我们等待你和伙伴们早日平安归来。

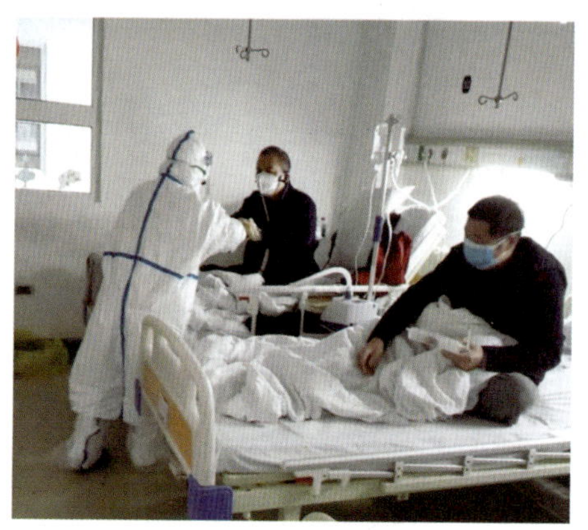

抢救的患者在逐渐好转，我放心了

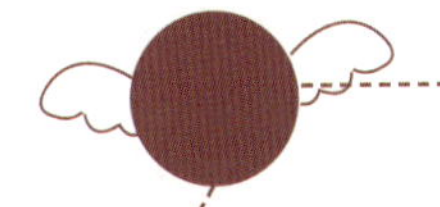

周海英

复旦大学附属金山医院呼吸内科副主任

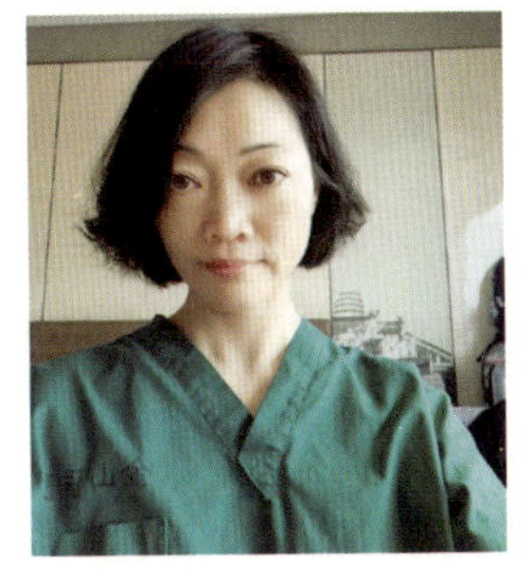

2月8日（星期六）正月十五

忙忙碌碌间，来武汉金银潭医院已经半个月了，逐渐适应了这里的工作与生活。

今天是白班，上午8点到下午6点。开好晨会交好班，我们熟练地换好口罩，穿好隔离衣、防护服，戴上护目镜、面屏……一切准备就绪后进入隔离病区，床位上有好几个病情非常重的患者，有用无创呼吸机的，也有气管插管的，我们询问症状，观察体征，根据病情调整呼吸机参数。

也有几位患者病情逐渐好转，其中有一位患者自我们接手时就住在这里，现在病情好转了，准备转到轻患病房。转移前，她询问

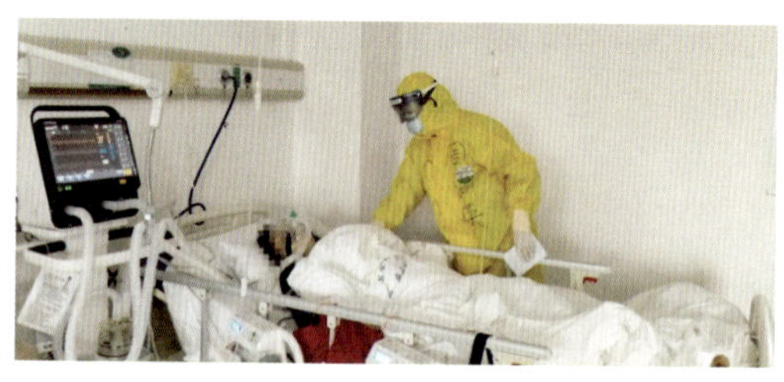

我是哪里的，我向他自我介绍："我是上海医疗队的。"她问："你们是不是第二批呀？"我说："我们没有换过，我们一直在这里。"因为层层防护全副武装，患者对我们只闻其声不见其颜，他们认不出我们的脸，以为是换了医生呢。其实我们也不需要他们都认识，只希望他们都能尽快好转起来。

看过一圈患者后，已经感到透不过气来，小心翼翼地脱去防护服，来到半污染区，回到办公室，终于可以缓口气。

中午，金银潭医院的领导给我们送来了汤圆和慰问，这才想起今天是元宵节。我们虽然没能和家人团聚，但是总有人在默默地关爱着我们，吃着汤圆，我们心里也是暖滋滋的。

下午 3 点多，呼叫器响起："医生在吗？医生在吗？"

"我在我在。"

"× 床脉氧 50%，心率 47，血压 73/46"，我一听是我管的插管患者，顿时紧张起来。

上午我去查房的时候指标还挺稳定的啊，怎么突然间就不好了呢？赶紧让里面的护士把患者的呼吸机参数拍照上传，加快多巴胺滴速，加去甲肾上腺素，上调氧浓度，急查动脉血气……一系列抢救措施过后，里面的护士传来好消息，血压稳定了，心率上来了，氧饱和度上来了，可是血气的情况非常糟糕。再次调整呼吸机参数，过后再复查血气。

不知不觉，夜班医生来接班了，和他交代了几个重患者的情况，尤其是刚刚在死神边缘徘徊的患者的状况，请他给予特别关注。走出金银潭医院的大门，虽然怀疑空气中也弥漫着病毒，但是下班的步履总是轻松的。

晚上，金山区副区长张娣芳、卫健委主任吴靖平和我们队员视频通话，了解我们的生活、工作情况，表达了金山区政府和全区人民对我们的关心，我们深切感受到虽然身在前线，但是我们有坚强的后盾，所以，我们不怕！

临睡前，职业习惯刷一遍手机，看看我们医护值班群里发出的信息，尤其关心下午抢救的患者。当我看到这个患者血气正在逐渐好转时，我放心了。也看到好多朋友发来节日祝福，并十分关心我现在的安全。我想，还是发个朋友圈报个平安吧，不是为了刷存在感，只是为了让正在关心我的人放心！

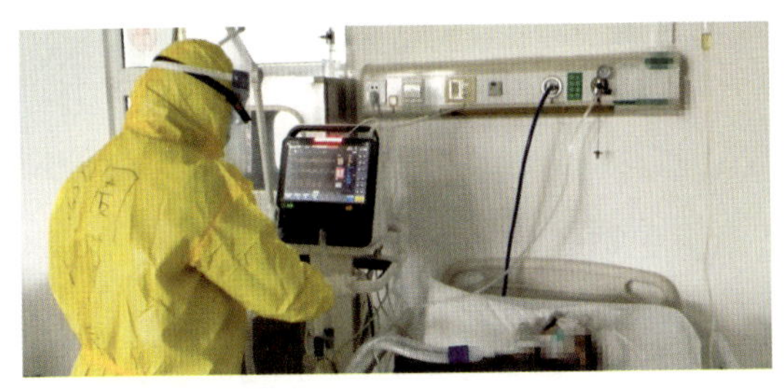

我真正体会到了这件白袍的使命所在

张文英

复旦大学附属金山医院神经外科重症监护室主管护师

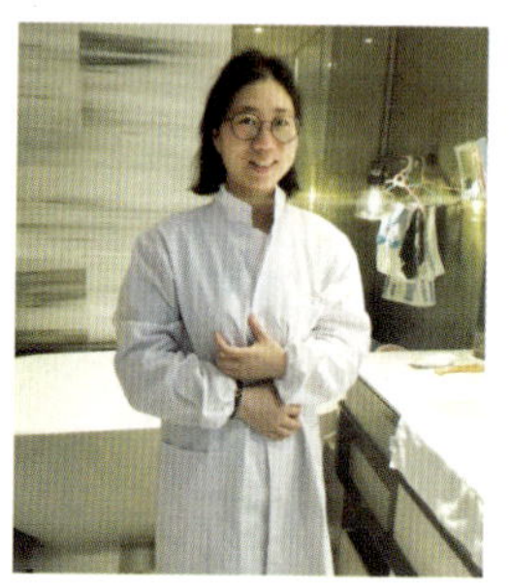

转眼间，从大年三十到现在来武汉支援已经两周了，由刚开始对穿防护服的焦躁不安到现在的淡定从容，由初来对陌生环境的忐忑到现在轻车熟路的无所畏惧，由互不相识的各路同行到现在团结友爱的战友，一路走来，感受颇多。

依稀记得2003年抗击非典，正逢我高考之际，深刻感受到一线医务人员的崇高敬业精神，也悄悄地在我内心深处种下了一颗种子。而如今，时隔17年，当我穿上白袍以一名医务工作者的身份冲锋陷阵在抗“疫”一线，以自己的绵薄之力为身陷病魔中的众多患者带来希望之光时，我真正体会到了这件白袍的使命所在。

1 月 31 日（星期五）大年初七

好消息，经我们照顾治疗的武汉市某医院的左医生正式从重症病房转入普通病房。至此，武汉又一位前期感染的医护人员救治成功。

1 月初，左医生在工作岗位上感染新型冠状病毒肺炎，1 月 9 日入住东西湖人民医院本部，症状呈进行性加重。后于 1 月 16 日下午转武汉金银潭医院重症监护室。经过 14 天精心治疗，左医生肺部功能逐步恢复，已脱离高流量氧疗，改为低流量普通给氧。

今天我除了日常护理外，还参与了科室的视频查房，内外连线全方位给出治疗经验。

2 月 1 日（星期六）大年初八　中班

可能因水土不服加上精神高度紧张，今天上午腹泻两次，食欲欠佳，进食量减少。经过下午的休息后自我感觉良好，本着不麻烦他人的心态，依旧坚持今天的值班。

今天中班，20:00，我像往常一样做好防护隔离进入病房，交接、巡视、治疗、书写……有一个 26 床阿姨，65 岁，因使用面罩呼吸机辅助呼吸感觉闷，一直呻吟，久了口干舌燥，一直要求喝水，水喝多了，自然大小便也多了。于是，我和我们组长同济医院的护士长惠慰老师一起给阿姨擦洗大便，更换床单被套，让阿姨保持舒适。

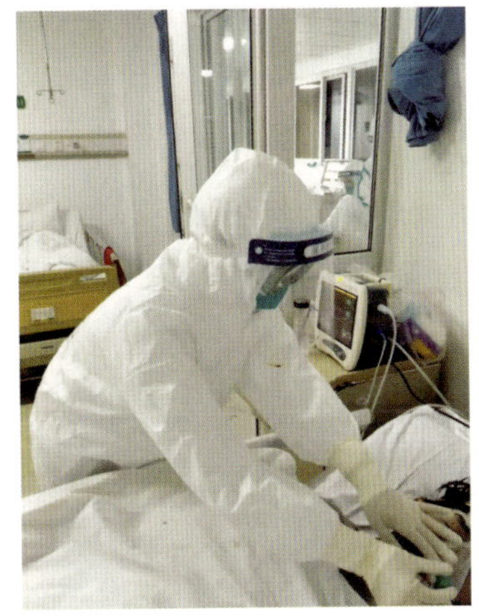

为了缓解她的情绪，我们边给她护理边心理安抚："阿姨，你不要紧张，

跟着我一起吸气—吐气—吸气，你要多休息，保持住体力才能战胜病魔，家人才能放心。”阿姨跟着我们抑扬顿挫地吸气吐气的节奏，慢慢地尝试着去做，渐渐地她就安静下来，逐渐进入梦乡。

如此工作两小时后，我才有空坐下来书写病历。此时，我才感觉全身虚脱，后背比往常出了更多的汗，呼吸也比往常来得更急。旁边来自普中心医院的男护王东麟最先发现了我的异常，随即要拉着我离开重症监护室。本来我想休息一下就好了的，看到我的犹豫，组里的其他队友立马接过我手中的病历：“先出去休息一会儿，有我们在，你放心。”

卸掉“盔甲”，来到医生休息室，第二波关怀又来袭，值班医生嘘寒问暖，经过医生的初步问询断定，还是腹泻惹的祸，腹泻加少食，最终引发了低血糖。团队的力量是强大的，他们翻出来巧克力，一颗巧克力吃进去症状终于缓解下来。为了怕我“溜”进去上班，而得不到充分的休息，他们特意安排我回去休息。

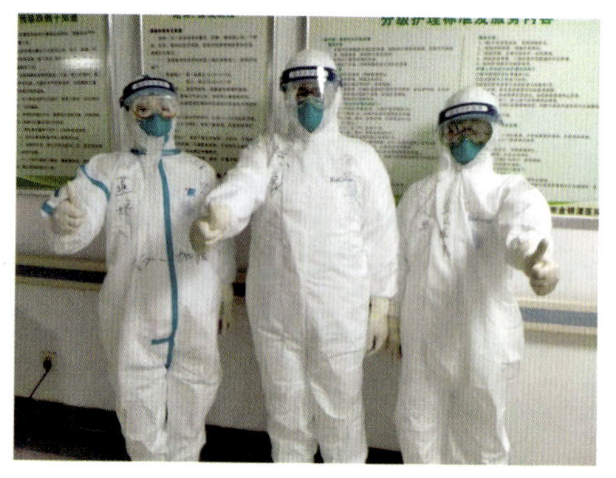

那一刻，我被感动了。我们是战士，是共同抗击疫情的战友，更是相亲相爱的家人，我们相互依偎，彼此温暖，一份战地情感将我们凝聚在一起，我们的心都彼此相连……我为我们上海医疗队感到骄傲自豪。

2月2日（星期日）大年初九　夜班

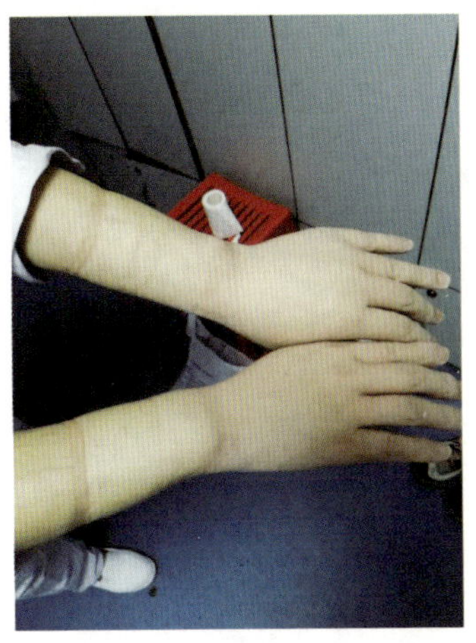

爱，总能让人充满力量。在队友的关爱下，经过充足的休息，我的元气“小宇宙”又爆发了。为了保证里面的队员能早点下班，我们又习惯性提前一个小时出发。这是我第一个夜班，穿着防护服，层层叠叠，还有护目镜和面屏，戴着双层手套，保护措施是杠杠的，但时间久了呼吸就会困难、步履就会缓慢。下夜班的那一刻，我的护目镜已是雾蒙蒙一片，脱下手套双手已发皱发白。

2月6日（星期四）外围班

本周我是外围班，12小时制，白天4个人，夜间2个人，主要负责医嘱执行，各种补液、口服药，联络外界，传送物资等。我们通过对讲机和病房里的老师进行沟通，然后通过传送窗进行各种物资的传送；同时将病房里各个患者的生命体征、出入水量等根据时间节点记录在册并录入电脑体温单，方便医生查看。

患者的饭菜、补液、给药，还有病房里需要的物资都是通过这个传送窗传递的。这个传送窗是负压状态，为了保证清洁消毒，我们每次取放东西时都要喷洒消毒液。

外围班工作区域是半污染区，所以我们的工作要眼观六路，耳听八方，并且在院感老师指导下进行各种治疗。由于我有多年内科工作的经验，能沉着面对错综复杂的药物治疗，能气定神闲地严格执行

“三查八对一注意和身份识别制度”，能做到忙而不乱，乱而不慌，认真做好每件事。

俗话说，细节决定成败。只要把控好每个细节，相信我们一定会攻克难关，胜利的曙光在召唤我们。

来自征战武汉的报道

张金月

四川省达州市中西医结合医院党委办公室

武汉，新冠肺炎疫情的重灾区。武汉的医院，是这场疫情阻击战的前沿阵地。医务工作者在与新冠病毒抗争的每一刻，都充满了危险和艰难。

2 月 13 日，四川省达州市中西医结合医院两名护理骨干，响应组织号召，踏上驰援武汉抗疫的征程。她们以不畏艰险、勇于担当的精神，生动诠释了医者的初心和使命。

不吃饭，不喝水，连续战斗 9 小时

16 日上午，笔者联系到我院护士张永娟，她用十分疲惫的声音回答："从 15 日晚上 7:30 到 16 日凌晨 5:00，一个班连续战斗 9 小时，回来只想睡。"

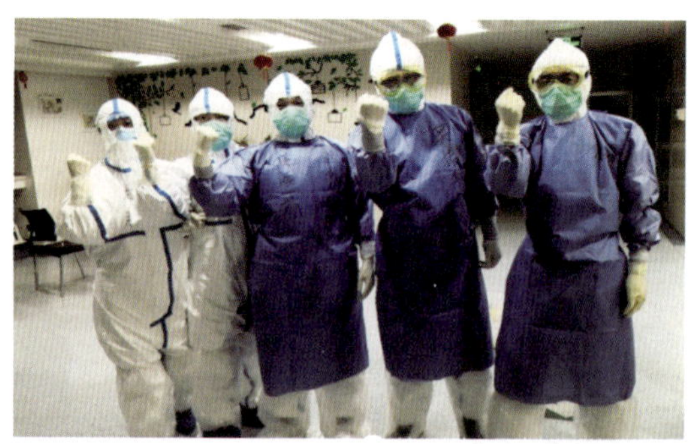

最开始她们接到的通知是15日下午4点正式上岗，所以从那之前就开始准备，后来因为一些原因延迟了。“我们负责武汉协和肿瘤医院重症监护室患者的救护工作。当天晚上7:30，我们开始准备，先是在医院的清洁区穿戴防护服及各种装备，成员之间相互检查。穿戴好后，由专业的老师再详细检查一遍，合格后进入半污染区，最后才能到污染区（病区）。”张永娟说，她们站第一班岗的期间就收治了21名新冠肺炎患者。

“我们一班岗14人，共护理50多位患者，都是确诊的新冠肺炎患者。我们不仅要给患者做治疗，还要帮其做日常护理，如喂饭、喂药、喝水、帮助大小便等。”张永娟说，工作强度非常大，不能喝水，有痰和口水不能吐，只能吞下去，当然更不能吃东西，由于不能上厕所，每个护士都穿了尿不湿。

上班前的防护很细致，下班后的消毒也超严格。为了做好防护消毒，她们下班后按照规定要洗9次手，还要洗至少半小时的澡，回到酒店已是第二天早上6点。

真正走近患者，心里反而平静了

每一位请战去武汉援助的人，在按下手印的那一刻，都明白意味着什么，张永娟和张秀也不例外。

“我有两个儿子，大的14岁，小的4岁。在来武汉之前，我把家里所有的事情都托付给了老公，房子按揭款也提前还了几个月，银行卡密码也说了，连自己存的两万元私房钱也全交给了他。”张永娟说：“在进医院之前，由于不知道里面到底是怎么样的，心里有些忐忑，当真正走近患者时，心里反而平静了下来。”

“虽然我只是一个普通的女人，但我也有家国情怀。这个时候，我只想尽己所能，护理好我的患者。”张永娟坦言，她很乐观，对于接下来的工作，她做好了最充分的准备。

张秀说，这些天收到了领导、同事、朋友们的叮嘱和祝福，心里很温暖。最艰苦的那3天已过，以后应该一切都好！因为我们去了病房，有物资了，心里更有底了，现在我们能够坚持近10小时不吃、不喝、不上厕所。

在抗击新型冠状病毒感染肺炎疫情这场没有硝烟的战争中，我们的医护人员舍小家、顾大家，一声令下，不畏惧、不退却，义无反顾地奔赴前线，投入全力保障人民群众生命安全和身体健康的工作中。我们希望通过分享这群勇敢逆行者的战地日记，在朴实的文字中，体会她们的真实日常和点滴感动。

张永娟日记

2020年2月15日　武汉　雪

大雪过后必有暖阳，大难过后必有后福。古往今来，多少文人墨客代代传诵的黄鹤楼，中外驰名的“汉阳造”，香喷喷的热干面，极致唯美的武大樱花……这是一个我非常向往的地方——武汉。

从来没想过，

用这样一种方式来到这里。

一张没有名字的机票，

一个不限重量的行李箱，

一次没有欢歌的特殊“旅行”。

肩负着救治新冠肺炎患者的使命与责任，

带着川陕革命老区人民的重托及厚望，

我来到了这个英雄的城市。

昔日繁华的街道冷冷清清，行人寥寥无几，漫天的雪花在飞舞，我的心很痛。还好，酒店工作人员温和的言语、从容的态度，让我备感暖心。各路英雄豪杰，为了一个共同的目标齐聚在此，这个城市什么时候才能重按开始键，又什么时候才能恢复往日热闹，想到这些，我浑身充满了力量，热血在沸腾。

我坚信：大雪过后必有暖阳，

大难过后必有后福！

我期盼：满街的热干面，

武大的樱花盛开……

我们共同期待疫情早日烟消云散，

期待抗疫勇士全部安全凯旋，

加油！

逆行的白衣天使们！

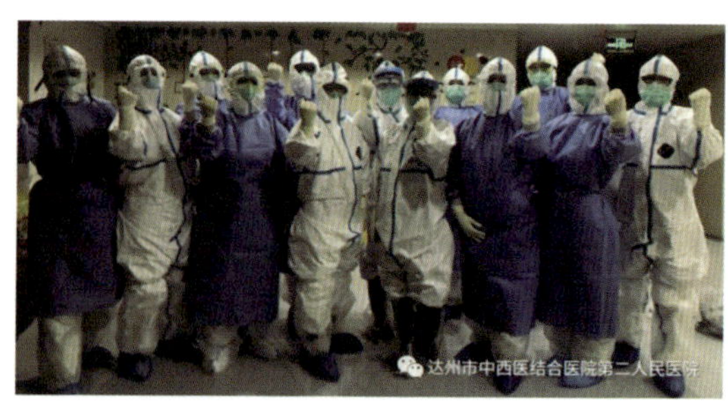

我保证，把每一个患者顺利交到下一班

祁伊莉

上海中医药大学附属岳阳中西医结合医院急诊医学科护师

来到武汉十多天了，每天都在忙碌中度过。

今天白天好好补觉，养足精神，不敢懈怠。晚上迎接我的将是4个小时的夜班。

爸爸妈妈，各位长辈、老师、亲爱的同事，还有某个人，我挺好的，你们放心。

看到自己的照片“曝光”，还是给大家交代一下近况。放心啦，有那么多的人关心我、支持我，我一定会坚持下去。

因为工作时需要长时间穿戴隔离衣、防护服、护目镜、口罩、手套，脸上的皮肤被压伤了，手上也出现了湿疹小水疱。所以，一直不敢发照片，不敢给大家信息，是因为不想让你们担心。

前两天上班刚穿好防护服，就感觉闷闷的，想着可能是太紧张了，也没太在意。工作到一个半小时的时候，实在撑不下去，我竟然晕倒了。大概是太闷了导致缺氧，不过，休息了片刻就恢复了，我便又继续工作。后续上班的时候，我一直有些提心吊胆，害怕自己再这样晕过去。希望、坚持、意志力，靠着它们，我挺到了交班。其实不是怕别的，只是这样的突然晕倒让我有些紧张，生怕拖了同事们的后腿，生怕影响了对患者的护理。好在一切顺利，我安全地把患者交给了下一班，踏上了回驻地的路。

此刻，我望着窗外阴郁的天气，真心地祈祷疫情早日消散，而我也要尽快调整好自己的身心状态，做好防护，做好自己，认真对待每一天的工作与生活。

我保证，在武汉的每个班，都要顺顺利利地把患者交到下一班的手中。等到阳光洒满大地的时候，我们一定平安归来。

我要活出自己想要的模样，做一个正直且有大爱的人。

波澜不惊的一个夜晚

田　园

华润辽健集团阜新矿总医院

编者按：今天是阜新矿总院首批医疗队在武汉的第 25 天，让我们继续以更新日记的形式，了解医疗队员们在武汉工作、生活的点点滴滴。今天日记的主人公是首批医疗队员、总院 ICU 病房护士长田园。

今天的患者都非常危重，我开始了繁忙的一夜……

首先我对分管的两名重症患者从头到脚地护理了一遍，这也是我多年 ICU 工作的一个习惯。

从胃管开始护理，检查胃管刻度，通畅情况，鼻饲营养液的速度调节；气管插管，检查气管插管刻度及通畅情况，调整好呼吸机；做深静脉置管护理，用肝素盐水通好管路，这一点很重要，因为危重患者泵入的都是抢救药，如果管路不通，后果不堪设想。

安置好患者体位，为她们更换新的盖被后，按照在医院时的“6S”管理流程，我又将患者床单的卫生收拾得干干净净。

两个患者都安顿好，已经过去了两个多小时，我已是一身大汗，但是看着被我整理干净且生命体征也逐渐稳定的两名患者，我觉得流这点汗不算什么。

今天还干了一个“大活儿”，给患者换床。由于患者一直住在加床，加床是气垫床不好用，所以要把患者挪到正当床位上。

这可是一个大工程，因为加床呼吸机是使用的氧气筒，又大又沉，患者很重又脱不了氧，并且患者一共泵有五组药物，其中一组是升压药，不可有一刻停药和一点闪失，换床动作一定要快。

我把患者一切的导线安置好，把所有泵都放在床上，呼吸机由患者右边移至患者左边，现在说着感觉很简单，但做起来并不简单，需要观察很多细节。最重要的是，她的气道不能有一下断开，断开一下就有可能造成气溶胶感染，因此不可有一点失误存在。

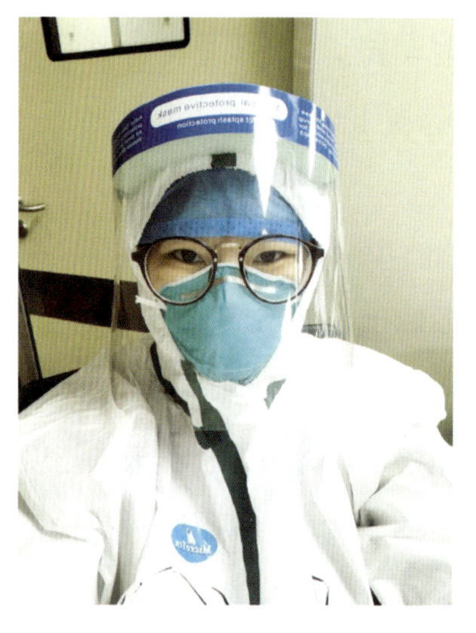

整理好患者，我把我换床的整个流程与左右两床的护士详细沟通了一下，大家全都准备好，有人负责患者气道，有两人在患者右侧，有两人在空床左侧接应。

“1，2，3！”大伙一起喊着口号，过床成功！

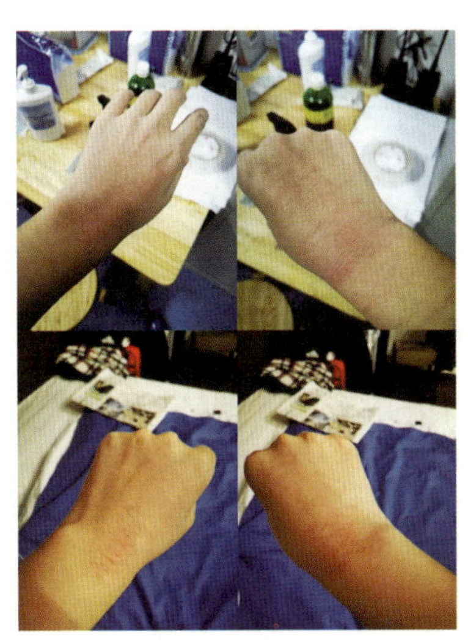

经过了二十几天的相处，我们组的组员之间真的越来越有默契了。安顿好这名患者，我又一次汗流浃背。能认识这么多过命的兄弟姐妹真好，我们很团结，我们很乐观，病毒终将被我们这群阳光之人打败！

就这样，我马不停蹄地一直工作到下班。下班后，才感觉到手背有些刺痛，在里面工作忙可能也没感觉到，当我取下最后一层手套，才发现整个手背全是红色的点点，我立刻意识到我过敏了。

波澜不惊的一个夜晚就这样过去了。迎着朝霞，武汉今天很晴朗。医院安排我们做核酸检测，拍 CT 片。CT 没事，相信核酸检测也一定会过关。

今天，辽报新媒体还第一时间在抖音发布了我们的鼓舞小视频。在这里，真心感谢关心我们的每一个人，感谢大家的关怀与牵挂，我们一定会勇敢地坚持下去。

下班了，放松一下心情，来个自拍。加油！我对自己说。

用心灵温暖心灵，用生命守护生命

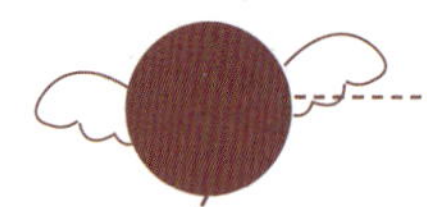

黄玉梅

江苏省徐州市第一人民医院宣传处

面对这场来势汹汹的新冠肺炎疫情，中华大地上吹响了集结号。虽然武汉已经封城，但武汉不是一座孤岛，无数最美逆行者向你飞奔而来。在这场阻击疫情的硬仗中，虽然没有划破夜空的军号声，但为了守护百姓身心健康，徐州市第一人民医院医护人员毅然扛起了使命，积极履行社会责任，他们的身影勇敢而坚定，用逆行的光温暖武汉，为患者驱散疫情的阴霾。

徐州市第一人民医院 ICU 副护士长、省重症监护专科护士吕成伟作为徐州市第二批医疗队员驰援武汉，他是第二批 6 人应急医疗队的唯一男性。

今年 37 岁的他，从事一线工作 11 年，曾在急诊、神经外科工作过，具备丰富的临床经验、快速的应急能力以及过硬的专业水平，2016 年成为省重症监护专科护士。时刻为生命护航，是吕成伟的座右铭。他说：“作为一名重症监护病房的医护人员，因为见过生命的脆弱，绝不对每一个生命轻言放弃，拼尽全力去抢救是我们的职责与使命。”下面，让我们一起读一篇吕成伟的“工作日志”：

1 月 31 日，援鄂第一天，在武汉大学中南医院综合 ICU 上班。医院安排我们去了三区，有 15 位危重患者，患者虽不多，工作量却不少。我们一上班就投入紧张忙碌的工作中，采血、输液、换药、吸痰等。

还要协助一些恢复期的患者下床，进行功能锻炼。刚安顿好这个患者，那边患者又要俯卧位治疗，忙得不亦乐乎，一直到中午一点多，才抽出一点时间赶紧扒几口饭，紧接着又投入忙碌的工作中。虽然忙碌，但想到终于能为武汉做些事情，心里却是无比幸福。

一位妊高症早产的女患者，产后抑郁，孩子早产在新生儿监护室，她既担心孩子，也担心自己。这会儿正安静地输液，过会儿就莫名地哭起来。我就赶紧上前去安慰她。我告诉她，这个病毒没有那么可怕，只要做好防护，就不会被感染，即使不小心感染了，积极治疗也能很快恢复，甚至有的能自愈。全国各地的医务人员都不害怕，都来帮助你们，你还有什么可怕的。当前最重要就是快快康复起来，并做好病毒防护，因为新生儿室的孩子在等着妈妈。在我的开导下，这位年轻的妈妈终于释怀。

此次疫情，考验着武汉，考验着这里每个人的身心。身为医务工作者，必须敬畏每一个生命。我们拼尽全力救护每一位患者，因为每一个人的背后都是一个家。

吕成伟的爱人是徐州市第一人民医院康复科的护士，从不记日记的她，在吕成伟开展救援任务走后的第一天写下了“处女作”日记。从日记中可以看得出她对吕成伟的牵挂、理解与支持。她在日记中写道：“每天吕成伟与很多患者密切接触，不知他有没有做好自我防护，真担心他的安危。”

有时候，吕成伟的爱人在他下班后给他打三四个电话才能打通。原以为他下班后回到宾馆会很放松，其实和她想的不一样。吕成伟告诉爱人，每天从医院回到宾馆，他要用一两个小时的时间洗澡、消毒、清洗当天穿的衣物，消毒住处的环境，做好自我防护。

吕成伟说：“在完成救援任务的同时，做好自我防护，是为了不给救援医院添乱，既是对自己负责，更是对救援任务负责。”简单的一句话，其实是吕成伟对救援工作敬业的体现。工作中他总是兢兢业业，刻苦钻研业务，处处以高标准严格要求自己，处处为他人着想。立足平凡的岗位默默奉献，用心灵温暖心灵，用生命守护生命。

每一个生命都值得敬畏和爱护。比起耀眼的成就和光环，吕成伟只想要一点因生命而带来的自豪和感动。在这没有硝烟的抗击疫情的第一线，吕成伟郑重向临时党支部递交了入党申请书，表达了自己志愿成为一名共产党员、坚决打赢疫情防控阻击战的决心。

护理组长日记

朱 媛

吉林大学第一医院感染科护士长、援鄂医疗队队员、护理组组长

今天是驰援武汉正式工作的第 2 天，夜里 12 点左右回到房间，洗漱完之后尽管已经很累了，但还是想写点什么。

从武汉疫情开始的那一刻起，所有消息牵动着我们每一个人的心。吉林大学第一医院也确定为新型冠状病毒感染肺炎的定点救治医院。短短一天的时间内，发热门诊和留观病房就正式投入使用，感染科的医护人员迅速承担起各项工作。

作为感染科的护士长，我带领团队在发热门诊负责接诊、采血及照顾病房留观患者的工作。正值新春佳节，每位护理人员都取消了休假，返回工作岗位。我不仅要保障每一个护理姐妹的防护安全，同时需要与各方面协调沟通，处理突发应急事件，恨不得一分钟掰成几瓣用。大年三十的下午，我和家人匆匆吃了一口团圆饭，就又回到了工作岗位。

接到驰援武汉任务的时间是1月25日的11:55，感染科要派出3名护士前往武汉驰援。半个小时迅速确定人选，我就是其中之一。3人中，年龄最大的45岁，曾经参加过2003年的抗击非典战役，她的父亲刚刚出院；护士杨荣荣刚刚结婚6天，就离开心爱的爱人走上了战场；而我也是，扔下还不到两岁的女儿，承担起了这份职责与使命。

出发前一天，我们仍然坚守在工作岗位，一直工作到很晚。来不及准备任何物品，就投入了出发前的培训。

1月26日22:40，到达武汉天河机场。与我们对接的医院是武汉同济医院中法新城院区。安排好接洽入住各种事宜已是凌晨两点。

1月27日中午，我们开始进行全员的新冠肺炎诊疗方案及防护方面的培训。严谨规范的培训，给我们增添了信心和保障。下午4点，吉林省领队召开医疗及护理组会议，各家医院的医疗领队及护理领队参加了会议，成立医疗组与护理组，选拔组长，经过大家推荐和领导认可，我成为吉林省第一批援鄂医疗队护理组组长。临危受命，我身上又多了一份责任与担当。

我们共有来自8家医院的93名护理队员。保障大家的防护安全及工作的顺畅推进是我接下来的工作。在工作和生活中照顾好每一个队员是我的工作职责。

1月28日，接到院方的紧急通知，我们立即进驻中法新城院区12楼东区开展工作，这是中法新城院区第一个开放的病区，吉林省援鄂医疗队也是第一批进驻这个病区的。不熟悉环境，不熟悉人员，不熟悉工作流程，每天我们都有太多需要磨合和协调沟通的工作。

固定的内容和突发的事件让每一天的工作都满负荷，不能按时吃饭，每天工作都会到凌晨两点，我们总是要商讨下一步的工作部署及解决问题的合理方案，每天只能用短短几分钟的时间跟家人报个平安，不敢和还不到两岁的女儿视频通话，怕控制不好自己的情绪，也怕孩子太想妈妈，因为从女儿出生到我出发之前，她一天也没有离开过我。

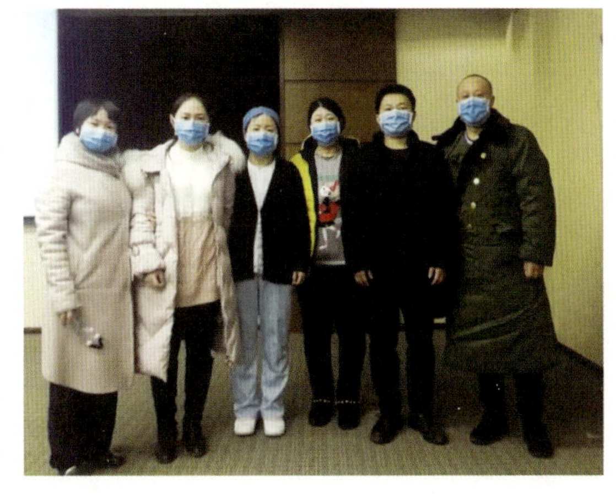

我们对进驻病区第一天值班的工作人员进行了值班的反馈。1 月 29 日的早上，为了能够让护理人员尽快地适应环境，确保防护工作及护理患者的工作流程更有序、更快、更顺畅，我进入了一线的病房，踏查工作流程、工作环境及患者情况，梳理了一些工作内容，及时与院方及护理组成员沟通协调。院方也是非常积极努力给予配合，帮助我们解决了一些实际问题。在保障大家的防护用品充足、保障安全的同时才能够让工作顺利地开展。

1 月 30 日是进驻病区的第二天。经过大家的共同努力和全体队员的密切配合，目前工作开展顺利。虽然有困难，但我作为领队必须克服，尽快适应新的工作环境及工作内容，完成上级交给的工作任务。

感谢领导们的关心与关爱，感谢同志们的支持与鼓励，感谢家人们的辛苦付出，我爱你们！好了，今天就写到这儿吧，又已经凌晨1点了。

1月31日，武汉第6天。今天要不是带队领导的提醒，已经不知道是大年初七了，今天是该吃面条的日子了，中午就吃个泡面吧！

武汉今天的天气多云，白天最高温度12℃，温度适宜。但屋里还是特别冷，都需要穿保暖的秋衣。不知不觉已经是到武汉驰援的第6天了。正式进病区工作的第4天，心里真是五味杂陈，有太多想说的话和想写的内容，由于时间的关系没能及时地记录下来。

每天我和我们团队的副组长及护士长都要做一些事务性的工作和处理突发事件，我们也深入病区去了解大家的工作环境及工作内容，防护用品的数量保障以及消毒隔离存在的问题，弹性排班的原则及注意事项等问题。病区工作强度大，护士的工作非常辛苦，大家穿着两层防护服，戴着3层手套，还要在病房进行一些穿刺及生活护理，难度很大。每天工作时间至少6小时，加上交接班及脱防护用品的时间，就得长达7个小时。队员们每天都不敢多喝水，每天都会穿着纸尿裤来进行一天的工作，每一个人都在挑战生理极限。

我每天也会接到来自以前素不相识的队友的关心和鼓励、支持与理解，我相信，只要我们在一起，执行规范防护流程，意志坚定，就一定能够战胜这场疫情。

又要继续工作了，今天就写到这儿吧。

全面排查，不落一户，不漏一人

夏　辉

中国疾病预防控制中心传染病所

奔赴武汉

为落实孙春兰副总理在武汉市疫情全面排查动员部署会上的指示精神，以战时状态抓好源头防控，切实保障人民群众生命安全和身体健康，2 月 6 日，根据上级工作安排，中国疾病预防控制中心传染病所派出 6 名技术骨干作为社区病例排查专家组成员奔赴武汉。他们分别是来自布鲁氏菌病室的姜海、新病原室的孟双和王艳、媒介生物控制室的刘小波、细菌耐药室的陈霞、生物信息室的张雯。

6 位同志中有 5 位是中共党员，孟双和张雯来自传染病所第四党支部。孟双为第四党支部书记，她多次提出申请参加一线防疫，2 月

4日，她再次向组织提交请战书。她写道："作为一名党员，在入党时就已准备随时为党和人民牺牲一切。作为一名党支部书记，我更应该起到模范带头作用，冲锋陷阵、责无旁贷。"

姜海和陈霞来自第二党支部，姜海担任此次工作任务的疾控组长。作为共产党员，姜海2015—2016年，援疆一年，有着丰富的基层工作经验。刘小波来自第六党支部，曾连续担任两届支部委员。2019年赴塞拉利昂开展技术培训，为西非疟疾及其他重要蚊媒传染病控制贡献力量。6位同志均是博士，为疫情控制冲在了第一线，践行自己作为一名疾控人员的天职。

2月6日晚上9点，6位专家和中心专家队其他成员到达武汉火车站。到达住处后立即召开了碰头会，再次传达孙春兰副总理的指示精神，要求抓好源头防控，不落一户，不漏一人。工作组要协助地方排查四类人员（确诊、疑似、无法排除新冠肺炎的发热、确诊密切接触者），测体温，询问密切接触者。

6位同志分别搭档社区工作的6位同志，每区形成疾控、社区、地方的3人小分队。2月7日，大家根据各自分配的区域与各区民政局对接，分别抵达各自负责的防控指挥部，第一时间投入战斗。

截至目前，传染病所共派出86人参加疫情防控工作，党员54

人。派往湖北一线工作人员 21 人，党员 11 人。从党委书记、党委委员到党支部书记、支部委员，再到普通党员。他们在这次抗击疫情的战斗中挺身而出，奔赴一线，真正把投身疫情防控第一线作为践行初心使命、体现责任担当的试金石。

他们在党和人民最需要的时候全力以赴，与武汉人民并肩作战、共克时艰，凝聚起众志成城的强大力量，让党旗在防疫战场上高高飘扬。

方舱医院工作纪实（一）

李　喆

海南省妇女儿童医学中心（海南省妇幼保健院、海南省儿童医院）援鄂医疗队队员

2月4日晚上8时，海口飞往武汉的专机抵达武汉机场，当地温度9℃，刚下车，一阵寒意袭来，海南省妇女儿童医学中心援鄂护理团队的队员们把中心给大家准备好的羽绒服紧紧裹在了身上。

晚上11时许，10名队员入住武汉市委党校，一路奔波还没吃晚餐的队员们吃了泡面充饥。待从机场运来的行李到达后，队员们整理完毕入睡时，已是凌晨2点多。

2月5日早上，队员们用完简单的早餐原地待命，等待出发通知。领队给每位队员都测量了体温，全部正常。

我对大家说："现在觉得早餐挺丰盛呢，粗细搭配，牛奶、水果

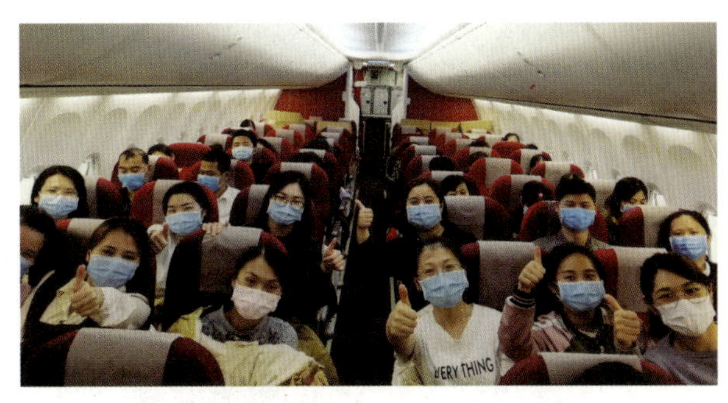

也都有。这边买东西是挺费劲的，后勤工作人员也少，大家都不容易，昨天能在那么晚了还给我们解决晚餐，已经很不错了。”他们很不好意思地说：“晚上每个队只有三瓶牛奶了，大家匀着喝。”

由于还没有收到出发通知，队员们就按照总领队要求自己做院感培训，参考培训视频，练习穿脱防护服、隔离衣。为了做好自身防护，增强肌体免疫力，队员们还互相帮忙注射胸腺5肽。

下午4时，全体医护人员出发前往国际会展中心开会。上车的时候，有些路过和驻足在自家阳台上的武汉的老百姓都在向我们挥手，竖起大拇指。

据悉，武汉市在江汉区、武昌区、东西湖区建设“方舱医院”，用于收治新冠肺炎轻症患者。此次海南支援湖北的护理团队工作的地点就是国际会展中心方舱医院。中心领导时刻关注队员们的情况，叮嘱我“要组织大家认真学习工作流程和防控制度，安排医务科负责汇总编制，便于第二、第三梯队换岗时尽快熟悉工作”。

当晚10点，护士们接到紧急通知，立即赶往方舱医院，准备上岗。当队员们抵达方舱医院时，这里已经开始收治患者。医院夜班的任务将由来自海南省妇女儿童医学中心、省中医院和省五院的30名护士来承担。

时间紧、任务重。协和医院院感科的老师们带护士们在医院各分

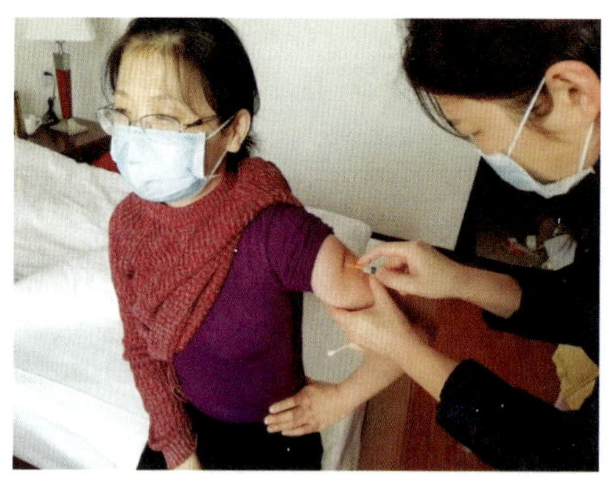

区走了一遍，并详细介绍了穿脱防护服和隔离衣及洗手的流程。队员们也在老师的带领下再次口述两遍穿脱流程。

1月6日凌晨1时许，更换好防护装备后，队员们在总领队和协和医院护理部老师的带领下走进了方舱医院。在协和医院护理部老师的动员和带领下，队员们很快投入了工作。

我和队员李丹协助协和医院的老师进行预检分诊及引导患者的工作。副领队赵小丽，队员叶艳、林诗婷、陈小芳、段文敏、林婷、黄琳欢、刘琪负责病区、房号、床号标识张贴及新转院患者引导床位等工作。同时，队员们还承担了个别有情绪患者的疏导工作。据悉，至6日早上8时，这个方舱医院共收治600多名患者。

2月6日上午，忙了一整夜，稍微能够喘口气的队员林诗婷说“已经出病房了，一晚上就住进患者几百人，由于医院刚建设完毕，设施条件还不完备，没有水洗手只能靠手消。”除了高强度的工作，队员们需要克服的困难还很多。

2月6日上午，为了保障我们在武汉的生活，中心保障部准备好红外耳温枪、奶粉、食品、护士服、医用外科口罩等物资，紧急寄给了我们。虽然在不同城市，作为后方的大家庭还是把暖暖的爱送给了我们，竭尽全力为我们提供好的生活、医疗保障。

樊利春院长十分挂念身在前线的我们。她反复在微信群里叮嘱道："第一天进病房大家就遇到了这么多困难，确实是个挑战，所以可以想象，后面肯定还会遇到更多的困难，大家首先要调整自己的心态，尽快地适应这种又快又乱的工作节奏，注意忙中不要出错，乱中不要出错。要注意休息。休息之前把要穿戴的衣物都摆好，以备有任务时找东西不至于很慌乱。生活物品尽量程式化，一进宿舍就把下次要穿戴的东西准备好，固定地摆在一个地方。"

她还像关照自己的孩子一样给我们做了个起床穿衣建议流程：纸尿裤→保暖内衣内裤（内衣扎进内裤）→棉袜（把内裤脚扎进袜子）→毛衣或羊毛衫（没有的提出来）→羽绒背心→外面的裤子（厚点，没有的提出来，可以统一买厚的加绒运动裤）→羽绒服→棉服。

海南护理队根据总队安排，负责 16 个病区 410 个患者的护理，在东区，每天 4 个班，每班 6 小时。我们中心的 10 名护士安排在夜班，下午卫生健康委院感防控专家组还为队员们做了《新型冠状病毒感染防控》的培训。为减少交叉感染概率，护士叶艳利用换班休息时间让队友帮忙剪去一直舍不得剪掉的长发。

2 月 6 日 21:30，我作为中心支援湖北护理专业医疗团队临时党支部的支部书记，主持召开了援鄂护理团队临时党支部的第一次视频会议。

会上，我征集了大家目前存在的困难和待解决的事项，并鼓励她们积极向党组织靠拢，递交入党申请书。最后，我还向队员们强调了无论是在工作区还是在住所，一定时刻注意做好个人防护，勤洗手、勤消毒，开窗通风，多喝温水，按时吃饭，以充足的体力和精力投入抗击疫情一线的工作中去。

向阳而生，逆向飞翔，姑娘们，加油！

"一切安好，勿念"

严　华

上海市奉贤区中医医院党委书记

微信朋友圈里，每天都会看到丁绍荣发来的这条信息："一切安好，勿念！"看到这句话，大家就安心了好多："嗯，在武汉前线，我们的队友平安无事。"

而在这短短的平安信息背后，大家所不知道的是……

1 月 25 日，到达武汉的第二天，当队友忐忑地告诉连日里一直处于紧张状态的小丁"可能要被隔离"的消息时，小丁强忍着的泪水一下子涌了出来，她哽咽着和队友连声说："抱歉，真的非常抱歉，我拖累了团队。"此刻，她最担心的不是自己而是大家，队友们再次泪崩。

丁绍荣是上海市奉贤区第一批援鄂医疗队中的队员，奉贤区中医医院急诊科的一名护士。1 月 22 日下班时，工作群里发出了报名去武汉医疗援助抗击新冠疫情的通知，要求 30 分钟时间内完成报名。在急诊科护理部工作的小丁没有丝毫犹豫，第一时间抢到了报名机会。

“老公，我报名去武汉了。”电话那端，停顿片刻后，传来老公稳稳的声音：“去吧，国家需要你，家里有我。”那瞬间，老公的这份坚定的支持让小丁鼻子酸酸的。事后她说，当时自己被老公感动到了。很快，名单确定了，她和单位其他 3 位队员随时待命出发。

1 月 24 日，除夕夜，老公说：“你们不知道啥时出发，有可能就是今夜，我们早点吃年夜饭吧。”于是，下午 3 点半，一家人围坐在一起，吃了有生以来最早的一次年夜饭。

17:30，小丁接到了出征的电话通知，她立即带上老公为她准备好的行装，告别家人，和队友们一起义无反顾地踏上驰援武汉的征途。一路紧张、忐忑，心里却更多期盼着能早日进入战斗状态，和武汉共抗疫情。

1 月 25 日凌晨两点，上海医疗队到达住宿地武汉卓尔万豪酒店，稍作安顿已是凌晨 4 点。下午就要开始布置任务，意外的状况发生了，她感觉自己浑身乏力不舒服，测量体温 38.6℃，发烧了！

感冒发烧？她一下子蒙了，虽然明知应该就是着凉后的普通感冒，但这是在疫区，在疫情的非常时期，却不能不严阵以待，一个不慎将影响整栋楼里 400 多人的援鄂医疗团队。工作组的老师们正紧锣密鼓地开会讨论要马上开展的相关工作。怎么办？看着弱小的小丁，和她一起等着结果的队友又心疼又难过，如果需要隔离，不知道她将如何面对和度过。

等待过程的煎熬难以想象。害怕、焦虑、担心、难过……还没上阵就倒下了、害怕拖累大家，这是小丁最难受、最沮丧的。为大局，一个人隔离在房间；怕引起恐慌，不能外泄情况；为了早日痊愈，她不管是否会损害身体，虽是普通感冒却当“新冠肺炎”医治，大把吃药。

远在上海的单位领导得知情况，担心、焦虑却又无奈，只能电话、微信联系。“我现在好多了，就是有点低烧”“我没想到我会发烧”“真的非常抱歉，给他们添了好多麻烦”“嗯，谢谢书记，我会积极配合”，面对关切，她担心的不是自己，却一再为拖累团队而抱歉，为不能和大家并肩作战而难过。看着微信上的这些回复话语，无不让人动容。

晚上，尚不知情的老公发来微信视频，问情况怎么样。刚读一年级的女儿，举着刚拼好的图给妈妈看：“妈妈，我会很乖的，你早点回来哦。”她看着视频里可爱的女儿，强颜欢笑说：“一切都好，不用担心。”可当老公问道：“还没上岗吗？什么时候轮到？”所有的难过和伤心，此时再也忍不住，怕家人看到自己流泪而担心，她匆匆回复：“等着排班，我有事要忙了。”关掉视频，她趴在床上大哭。

1 月 26 日，在煎熬中终于等来了好消息：检测报告阴性，所有的检查结果都正常。

1 月 27 日，她向前线临时党支部递交了入党申请书，朴实的言语

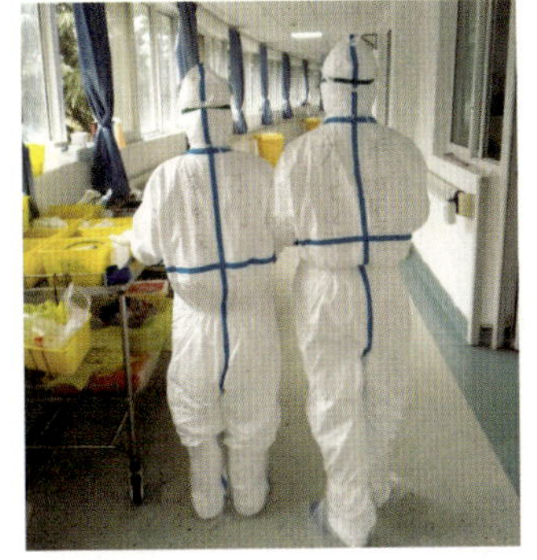

就如其人："救援工作，我们责无旁贷，尽我所能去帮助他人。"

1月28日，体温恢复正常，她迫不及待地向带队的鲁主任和周主任提出早日上岗的请战申请。医疗队领队让她再休息几天，她说："大家都在打仗，我待着心里不踏实。"再三要求上阵。

1月31日，第一天从武汉金银潭医院北二病区上岗回来的小丁，脸上全是勒的红印痕，笑得很灿烂："虽然很累，但终于可以为抗击疫情出份力了。"截至2月4日，她已连续5天当班奋战，她对排班老师说："我不休，要把前几天少打的仗补回来。"

“看着患者，我很心疼他们……”

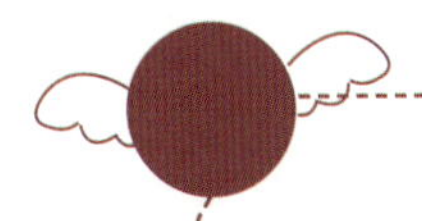

李　惠

河北省人民医院心外科、中医科党支部组织委员

“再苦再累无惧无畏，追逐梦想总是百转千回，无怨无悔，从容面对，风雨彩虹，铿锵玫瑰，纵横四海笑傲天涯风情壮美。”送行我院第二批援鄂人员出征时，我的脑海里不停地回闪着这首歌曲，看着队员们坚毅果敢的眼神，心里除了不舍，更多的是祝福和期盼：春回暖，花会开，盼望你们早日凯旋。

说起赵媛洁，科里的人无一不竖大拇指，热情开朗，元气满满，业务精湛，乐于助人，是公认的“知心姐姐”，是科里的“感情纽带”。此次疫情突发，赵媛洁作为一名中共党员，更是早早递交了请战书，强烈要求援鄂。援鄂名单没下来前，科室派人支援急诊预检分检，护士长没报媛洁的名，媛洁执着地再三跟护士长请愿，要求支援急诊，那份坚持，让人钦佩。

平时我们都管媛洁叫“扎针小能手”，几乎没有她扎不上的针，患者亲切地管她叫“赵一针”，常常被点名指定扎针。这次在武汉病房，即使穿着厚重的防护服，戴着双层手套，还有起雾的护目镜捣乱，她依然不负众望一针搞定。

近日，从武汉中南医院向方舱医院转来了部分患者，工作量也一下子多起来，经常会加班加点，可大家没有抱怨，工作依然井然有序。媛洁动情地跟我说：“看着患者，很心疼他们，身边没有家属，心里还有恐惧，所以总想着做治疗时轻点、快点，尽可能减轻患者痛苦，有空了多跟他们聊聊，让他们放松放松，有一丝丝家的温暖。”

我问：“穿着防护服憋闷吗？”她憨憨地说：“有一点，很快就能适应。每次下班时都想再多上一会儿吧，也让防护服的价值体现得更淋漓尽致些，我还年轻，多上几个小时也没问题……”她平淡自然地说着，泪水早已打湿了我的眼眶。一线的白衣战士们，向你们致敬！

其实，媛洁还有一个身份——军嫂，爱人是北京现役军人，所以此次报名主任跟她谈话，担心她家里有困难。媛洁拍着胸脯强调：“没问题！孩子由爷爷奶奶照顾，我毫无顾虑，随时可以奔赴一线！”简单的话语透着坚定。我跟他爱人微信聊天，我让他别担心媛洁，告诉他武汉防护很到位，他动情地跟我说：“毕竟那边是前线，还是挺担心的，不过也相信她，更是义无反顾地支持她。”这是一名军人，也是一名医护家属的诺言，铿锵，有力！

出发前理完短发，媛洁像个利落的小伙子，回到家，不到6岁的女儿安安差点没认出妈妈，听妈妈解释完原因，女儿乖巧地说："妈妈短发也漂亮。"女儿还一一告知家里人，不许笑话妈妈的新发型。昨晚媛洁跟女儿视频，安安说给妈妈画了一幅画，稚嫩的小手画出了她的心声和她的骄傲，"小棉袄"还贴心地告诉妈妈："安安会乖乖听话，等妈妈回家。"这就是一名医务工作者和一名军人不足 6 岁女儿的"觉悟"，怎不让人动容！

春回大地，愿山河无恙、天下皆安。到那时，让我们张开双臂，拥抱你们这些战地英雄！

鏖战武汉的日子里

毛志发

江西省鹰潭市人民医院、援鄂医疗队队员

2020 年 1 月 26 日，我参加江西省鹰潭市援鄂医疗队驰援武汉。当时，新冠肺炎疫情肆虐，武汉鏖战正急。虽然每天工作紧张，疲惫至极，但我还是用日记的形式记录下在武汉市第五医院那段难忘的战斗岁月。下面，听我讲述我曾经遇到的 5 个不一样的新冠肺炎患者的故事。

2 月 5 日（星期三）晴转小雨

最“突然”的患者

记得 1 月 30 日第一次见到她，一副乐观豁达的模样，虽然吸着氧气，带着气喘，但是眉目之间洋溢着喜悦，我还没开口，她便主动告诉我她的情况：“医生，我现在好多了，住进医院后就再没有发热了，我一定会很快好起来的。”“嗯嗯，一定会的，但你现在要好好吸氧，好好配合我们治疗，这个病绝大部分人都会好起来的。”得到我的回应，她重重地点下头。

后来我才知道，因为早期新冠肺炎患者发病势头超出了武汉本地医疗救治能力，导致有些患者只能在发热门诊治疗，住院病房一床难求，这个现象随着全国各地赴鄂医疗队的加入逐渐改善，所以这部分患者住院后紧张的情绪放松了下来，自主症状都觉得有了很大改善。

这个患者的病情随着治疗逐渐改善，复查胸部 CT 肺部病灶虽然没有明显好转，但也较之前有所吸收，患者自主症状及氧合都朝着我们的目标改善，似乎一切都往好的方向发展。

但冷酷的现实似乎又在印证这次新冠肺炎的隐匿性和多器官损害性。患者在所有症状都在改善的情况下，今天下午突然猝死，不给我们一点挽留她的机会，最终考虑是暴发病毒性心肌炎。这位患者的突然离世，让我们心中背负着更多的压力，也希望能早点研发出特效药，阻止类似悲剧的重演。

2 月 8 日（星期六）多云转晴

最“无助”的患者

我刚到武汉的第 6 天，也就是 2 月 1 日，穿着防护服的我走进病房，坐在床上没戴口罩的患者和戴着口罩一直忙碌着的家属，都没理会我。

我主动靠近患者：“老大爷，你要戴好口罩哦，告诉我你怎么不舒服了？”老人看了看我，拉好耳边的口罩，没有作声，我再次重复地问他：“您有什么不好吗？”仍得不到回应。我转向家属：“他平常也是这样吗？”家属连忙答道：“不是呀，他平常不是这样的，你快回答医生呀！”之后还是一阵沉默。我只能透过并不清晰的护目镜观察患者的神态及表现，我通过和家属交流了解了他的情况：新冠核酸检测阳性，胸部 CT 肺部已经有病灶，基础高血压、糖尿病，但控制得还行。

了解清楚后，我郑重地告诉家属，患者新冠肺炎的诊断是明确的，目前尚没有特效药，他有一定的基础病，现在情况还行，但要警惕可能进一步发展，家属点点头说知道了，把我送出了病房。

突然，那个老大爷走到我面前开口说：“医生，我能回家去吗？”我刚想回答，他又接着说下去，听完我才知道：他家里总共 4 个人，3 个发热，只有他一个人没有发热，原本以为可以待在家里隔离观察，但因为核酸检测阳性，胸部 CT 有典型病灶，必须住院，可是家里还有两个人需要照顾呢。

我能理解他的处境，只能告诉他为了他和家里人的健康着想，必须配合隔离和治疗，有事我们电话联系他。值班结束离开病区前，我特意再去病房看了看这位老大爷，他刚从厕所出来，看见我低声说了声“谢谢”。

接下来，我们遵循新冠肺炎诊疗方案给患者治疗，其间也多次跟患者沟通，老大爷早期还能配合我们治疗，后来逐渐变得不愿配合吸氧及检查，无论我们怎么跟他反复沟通，也无济于事。虽然后来和家属取得联系，但是效果不明显。

看着患者渐渐加重的呼吸困难，我们知道他的病情在加重，后面也给他上了呼吸机，希望能帮他度过急性期，但老大爷最终还是没能抗过去，在昨天深夜，安静地“走”了，新冠病毒不但肆虐了他的身体，也切断了他求生的念头。

那一刻，我想到他家里还有人需要他照顾、在等待他回家，心里万分悲痛。我只想尽自己最大能力救治更多的患者，快点阻断疫情，好让更多家庭团圆。

2 月 13 日（星期四）多云转小雨

最“反复”的患者

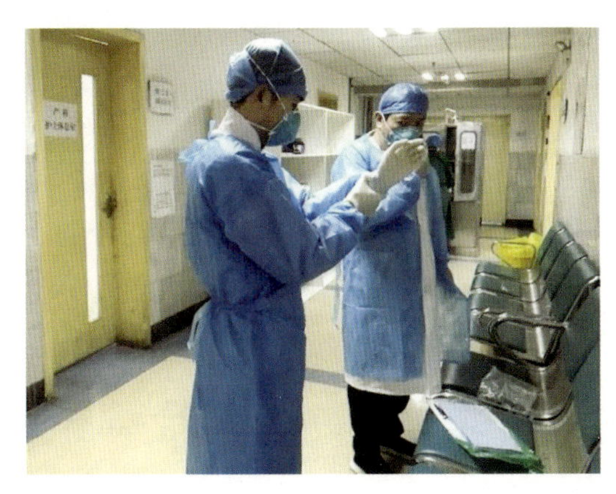

这个患者是前段时间从其他发热病区转过来的，原本是想转入 ICU 治疗的，但因为没有床，家属主动要求转入我们江西医疗救援队病区，我们接手的时候患者情况非常差，平静状态面罩吸氧下氧饱和度在 70% 左右，胸部 CT 提示双肺病灶超过 50%。患者想表达自己的想法，却连一句完整的话都不能说完。

我立即想到的是给患者插管上呼吸机，但目前病房的条件不能做也不允许做，只能退而求其次地给患者进行无创呼吸机通气，但很快这位患者就表现出明显地不适应。看着往下掉的氧饱和度和她痛苦的表情，只能再次换上面罩，同时告诉患者，用鼻子吸气，再慢慢用嘴呼气，因为防护服的遮挡，患者看不到我的示范，我只能一遍遍重复着话语。

慢慢地，患者的痛苦表情减少了，虽然呼吸起来可以看到喘息，但氧饱和度可以达到 80%，还好有效，我再三嘱咐患者继续保持我教给她的呼吸技巧，无创呼吸机还是放在床边以备不时之需。临下班时我再看看她的血氧，可以维持 80%，我向接班的医生交代好她的具体情况。回去休息的时候，我也一直在惦记着她，暗暗希望她能坚持下去。

第二天我查房，首先看向这位患者床旁的心电监护氧饱和度情况，还好维持在 80% 以上，悬着的心放了下来，询问患者的自我感受，她告诉我还是有胸闷、气短的症状，但较昨日好点，比预期好，我嘱咐患者继续氧疗及抗病毒对症治疗，临出门我对她说："加油，你会慢慢好起来的。"

患者坚定地点下了头。随后的几天，一切比刚进来时预期的好，患者情况逐步在改善，血氧平静时可以上到 90%。但在第四天的时候，护士突然打电话过来说患者胸闷气促明显，氧饱和度下降至 80% 以下，我嘱咐准备好无创呼吸机。

当我跑到病房时，患者的确气喘明显，氧饱和度比刚才稍稍上升，能维持在 80% 以上，我一问才知道，因为自主症状改善，患者自行去卫生间洗漱，我郑重地告诉她，该病主要是侵犯肺部，目前还处于疾病的急性期，过早的运动负荷会增加氧的需求，但是肺部无法满足，所以造成她刚才的危急时刻，"最近还是尽量不要下床，尽量减

少不必要的活动。”待患者平静下来后，我反复嘱咐道。

胜利的天平终于向我们倾斜。经过了这一次惊险的波动后，患者症状逐渐改善，平静状态下呼吸已经很平稳了，低流量给氧下血氧可以维持在95%以上，两次新冠核酸检测都是阴性，不过活动耐量还是差了些。

2月7日，我们计划为她复查胸部CT，就在一切准备就绪，就要进CT室的时候，患者再次出现胸闷气促，口唇轻度发绀，我们立即停止检查，和同事们一起把她送回病房，经过对症处理及加强氧疗，患者的症状及指标回到了之前的状态。又是一场“虚惊”，也再次证明了新冠病毒比以往的病毒性肺炎更“狡猾”。

今天，患者的病情已经由最初的病危改成了病重，胸部CT也做完了，肺部病灶没有进一步发展，说明在我们的治疗下危险期已过，下一步就是对症支持治疗，期待她能早日康复出院。

2月15日（星期六）小雪转多云

最“悲情”的患者

今天我推门进病房，是一个年过七旬的男性患者，安静地躺在病床上，床头柜上心电监护提示：心率75次/分，血压125/73mmHg，氧饱和度 93%（吸氧 3L/ 分）；从最初的无创通气才能维护在 80% 左右，历经面罩给氧后，到现在的鼻导管低流量给氧，患者的肺部氧合情况明显改善。

“感觉怎么样，老大爷。”我看下患者，他轻轻地点下头：“还行。”我已经习惯了这位患者的回答，每次都是简短的几个字加上一些肢体语言，目前的各项指标都在提示患者逐步好转，我也就没有再打扰他休息。

当我刚想越过他的床位走向下一位病友时，“我的老伴走了。”老人哽咽地说道。我吃惊地转过身，看着他，他没有再说话，但含泪的双眼肯定了我的疑问。另一床的病友告诉我，原来在他住院前，他的老伴就因为疾病去世，由于有许多基础疾病，最终也不能确定是什么原因造成她的离世，老伴走了两天后，老人因为新冠肺炎住院治疗。我知道，此时任何安慰的言语都很苍白，但我还是尝试跟他交流，努力安慰他、开导他。

通过交流，我才知道他还有一个儿子，目前也联系不到，老人猜测儿子可能也感染了新冠病毒，目前不知在哪里，因此老人的情绪一直低落。我怕他成为另一个不愿配合治疗的人，就耐心地和他分析道：“老伴离世希望你节哀，已经发生的事没有办法改变，但是你和你的儿子还活着，家还在。你儿子目前是不是感染还不确定，像你进来时这么重，我们都能让你好转，你儿子比你年轻，比你免疫力好，就算不幸感染了，也一定比你恢复得更快，你儿子已经失去了一个最亲的人，不能再失去你了。你一定要好好治疗，才能在往后的日子里多陪陪他。”他缓缓地点下头，拭去了眼角的泪水。

之后的日子，老人的心态逐渐地好转起来，查房时也会主动向我们说明他的自主症状，一切都在向好的方向发展。愿老人早日康复，和儿子一家团圆。在此，我也希望那些失去家人的同胞都能够挺过去，和自己爱的人相伴，平平安安度过余生。

2 月 18 日（星期二）晴转多云

最“阳光”的患者

今天我想讲讲我遇到的一名从方舱转来的年轻患者，30 来岁。第一眼看到他时，他躺在床上玩手机，等我走到床边，他马上抬头看下我，虽然脸被口罩遮挡住，但眼角的皱褶告诉我他面带笑容：“医生，我一切都好，之前还有发热，现在体温都正常了，就等核酸结果阴性我就能出院了。”“好的，配合治疗，好好休息。”我回应道。

其实，患者的病情没有他想象的那么好，如果真是这样的话，也不需要从方舱病房转到我们病区了。回到办公室，调阅患者的胸部 CT，显示已经有病灶出现，好在病灶目前不大，但怕有进一步发展。

接下来的日子，患者按部就班地接受治疗，但病情还是有进一步的发展，从最初的不需要吸氧、呼吸平稳，到现在的鼻导管给氧，略带深重的呼吸，好在氧饱和度一直维持在 95% 以上，他唯一不变的还是面带笑容的自信和放不下的手机。

就在今天，查房时他还在玩游戏，一听声音就知道在玩“王者”，因为我也曾经是这款游戏的忠实玩家，“怎么样，还在玩游戏呀，你需要好好休息，等你好了我有空可以陪你一起玩哦！”“我很好呀。医生，你也会玩这游戏呀，等有空一定一起玩，就这么说定了。”他说完，就继续沉迷在游戏中了。

当我走出病房以后，突然想到，他连我的联系方式都没有，以后怎么一起玩游戏？但再想想，谁又能肯定我们以后不会在游戏中相逢，只是我们不知道是彼此罢了，就像我不知道我会以这种方式在这种情况下来到武汉。就像有人说的，命运就是一盒巧克力，你永远不会知道下一颗是什么味道。

2 月 20 日（星期四）晴转小雨

历经此“疫”，难忘一生

江西鹰潭到武汉 500 多公里，是我人生中走过的一段非常重要的旅程，我践行着救死扶伤的学医初心，不负这份神圣的职业使命，带着父母、妻儿的牵挂和支持，以及鹰潭父老乡亲们的关爱与祝福，逆行武汉，这段路程虽是艰险的，却是无悔的，更是光荣的！

疫情是一定能够被打败的。我想多年以后，我会带着我的家人，再次来到这座英雄城市——武汉，我会跟我的小孩讲述当年这里经历过的事情；我也期待着，能够跟这些我治愈的患者来一次偶遇，在黄鹤楼前，在樱花树下，在长江岸边，在热干面的小馆子里，突然有人对我喊道：“你是江西医疗队的医生吧！”

“精忠报国”是我的第一想法

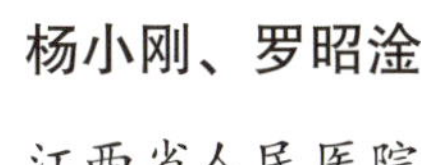

杨小刚、罗昭淦
江西省人民医院

我是江西省人民医院重症医学科主治医师杨小刚，从医已经20年，在病毒性肺炎救治领域经验丰富，曾参与过鹰潭火车脱轨事故救援。这次我志愿到武汉支援抗疫，其实做好了充分的心理和身体准备，在武汉理了小“光头”。

2020年1月31日晚8:20，我进入武汉市第五人民医院重症病区值晚班。同批来援助武汉的我院同事喻杰正好也在值班，在清洁区里穿上防护服后，我请他帮我写上名字，以便于同事们互相辨认。

在右胸前，他写完了“Dr. 杨小刚”之后，我请他在左胸前再加上

“必胜”二字，当他问我背后写什么的时候，我第一时间联想起“岳母刺字”，就说写“精忠报国”。周围的其他同事帮我们录下了这段视频，成为了我在武汉工作的见证。

到武汉之前，就听说这里有许多被新型冠状病毒感染的患者，我所在的重症病区里也一直住满了这类重症患者，属于“重度污染区”。我们的穿戴非常严格、厚重，但依然有可能被传染。但我们都是长期在重症医学科工作的医护人员，职业素养早已具备，这个时候正是发挥我们关键作用的关键时刻。

武汉市第五人民医院重症医学科就是我的“抗疫阵地”。自 1 月 29 日进入病区以来，每天的日常工作是在病房查房、调整诊疗方案，包括一些治疗上的操作和文书书写。上班时间安排得比较合理。在这里的工作强度和预期差不多，工作的确是特别辛苦，但患者那期望的眼神就是我们的动力。

这些天来，由于防护服不透气，偶尔感觉到有汗水沿着身体往脚下流，对里面湿透的衣服已经习惯了。由于要戴两层手套，操作时又再加一层，手套不能太紧，否则手指发麻……刚开始明显影响工作效率，这些困难我都在慢慢地适应。

相信这些困难，我们江西援助湖北医疗队的队员都有遇到，重症病房里面医护人员穿戴防护服的时间比较久，感受更明显一些。队友们加油！

武汉人民很热情，而且很感恩，虽然我们做的都是本职工作，但在这里受到的是“恩人”般的待遇，社会给了我们医疗队员无上的荣誉。“我在平凡的岗位上干着神圣的工作”——心里这么想着，自然而然士气就上来啦。

援助这么多天，最难忘的是有一个患者好转后，用着无创呼吸机，面带笑容会心地给我们点赞，笑得很开心，这是对我们医护人员最好的回报。

来武汉支援抗疫，家里人还是很支持我的。我在接到通知报名前就和爱人商量过，她没说同意，但是接到正式通知后得马上出发，她帮我收拾了行囊，送到医院来。我没有跟爸爸妈妈讲，怕他们担心。尽管事后二老都知道了，也没有怪我，只是反复叮嘱注意安全。现在唯一的愿望就是这场战斗早点结束，回家吃个团圆饭。

另外想说的是，这几天收到来自社会人士捐赠的各种物资，让我真切感受到党的强大号召力、执行力和人民的力量，相信这场战斗很快会胜利。

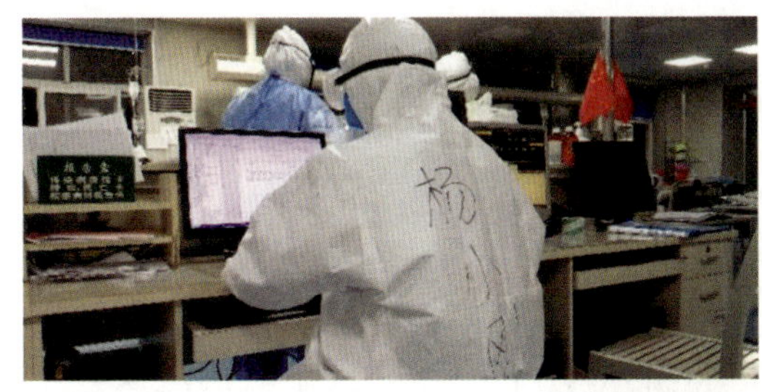

图一 杨小刚在查看病例

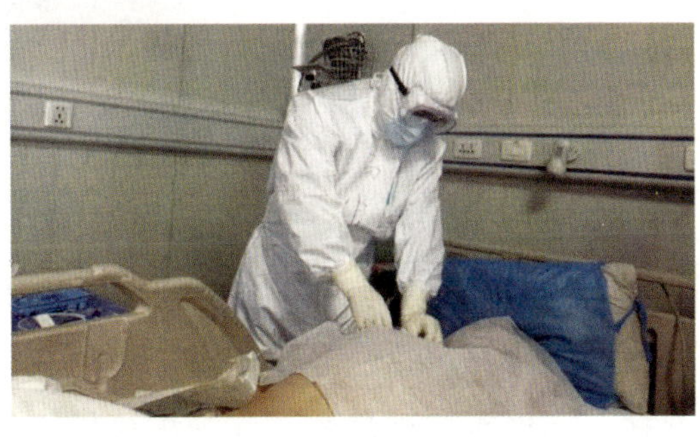

图二 杨小刚在进行锁骨下静脉穿刺术

走进浙江省疾控中心援武汉流调组

曹艺耀

浙江省疾病预防控制中心职业健康与辐射防护所科长

2月18日凌晨4:37，是浙江省疾控中心援助湖北防疫小分队抵达武汉的时间。

江城刚刚下过雪，气温尚低，凌晨的寒风格外清冷，队员们裹紧了身上的衣服，走出车站。他们的对接单位是武汉市青山区疾控中心，两地“战友”没有太多寒暄和客套，简单的交接后小分队前往驻地酒店。

这支来自浙江的队伍由省疾控中心选派，每个成员各有所长。在前往武汉的火车上，他们就做好了初步的职责分工：林军明受国家卫生健康委统一安排，赴汉阳区进行消毒指导；张蓉、潘劲、陈志健、何林、陈彬参与现场流调和数据分析工作的同时各有侧重，张蓉负责团队的消杀及感染控制工作，潘劲负责数据清洗处理，陈志健和何林侧重流调现场工作，陈彬做好整个团队的综合协调，同时也参加流调等工作。为了打好接下来的“硬仗”，感染控制专家林军明在旅途的车厢内为成员详细培训了感染控制注意事项。

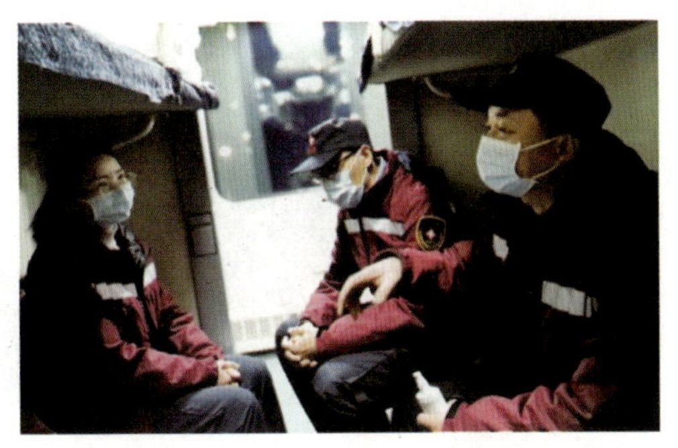

一到酒店，张蓉就开始忙碌起来。她结合酒店房间布局，合理划分了污染区、半污染区及清洁区，为队员设计了进出房间的洗消流程。疫情不等人，小分队上午就与青山区疾控工作人员会商，初步明确近期的工作方向，并承接了多项工作任务。

青山区报告患者数在武汉各区中偏少，但病死率相对较高，主要是因为青山区是老工业区，人口老龄化较为严重。小分队就位以后，针对该区前期由于工作量大，数据比对困难等问题，强化数据梳理核查，短短 3 天时间，队员们合并 200 多个病例数据库，形成了青山区截至目前最完整的核酸检测样本库。

仅 2 月 20 日一天，队员们就筛选出阳性结果 2732 人次，对 827 条密切接触者记录进行比对，并将整理好的未检测名单下发到各个乡镇；又整理了 2720 条密切接

触名单，进一步明确密接数据。“宝藏男孩”潘劲精通各种统计软件，熟练应用计算机函数和语言，他能将本该几天完成的活在几十分钟内完成。在区疾控中心经常会响起“小潘、小潘”的急促呼叫声，这时大家都明白潘劲的活儿来了。有时半夜也会被急促的电话叫醒，但他义无反顾高效地完成了任务。

队员们第一时间拿到当地的疫情数据，和青山区疾控中心的队友们一起讨论优化本地疫情分析报告，对数据进行深入分析，提出针对性的对策建议，呈送指挥部研判并得到充分肯定。队员们每天战斗在各个岗位上，到凌晨一两点才肯离开，只为了能多完成一些工作。

聚集性疫情危害大，也逐渐成为目前武汉市的防控重点。针对辖区内发生聚集性疫情的情况，应青山区疾控中心的要求，小分队队员前往某养老院、某医院等聚集性疫情发生地指导疫情防控工作，对疫情防控的薄弱环节提出建议。

每次疫情调查完，队员们深入讨论疫情报告的撰写，队员何林利用特长多次快速、高效地完成疫情报告并提交指挥部。接触者的摸底是队员陈志健最近的主业，每天上千条数据都能精准有效识别并分配到每个社区，大大提升了接触者调查效率。

另一头，社区的消杀指导也不能耽误。队员林军明走访了汉阳区永丰街道仙山社区、汉琴社区、玫瑰西苑社区，洲头街道洲头社区等地，查看社区消毒剂种类、社区工作人员个人防护情况、社区测温点、社区公共区域消毒情况以及居民使用消毒剂的情况。在社区中来回穿梭，细心的林军明总能发现工作中的薄弱点，逐条对社区消杀提出了操作性非常强的指导意见。

疫情控制工作任重而道远，高强度的工作给每个队员的身心带来了极大的考验。但集结号已经吹响，发令枪已经鸣发，他们争分夺秒竭力奔跑。所有付出和努力只有一个目的，那就是战胜新冠病毒，打赢这场没有硝烟的攻坚战。

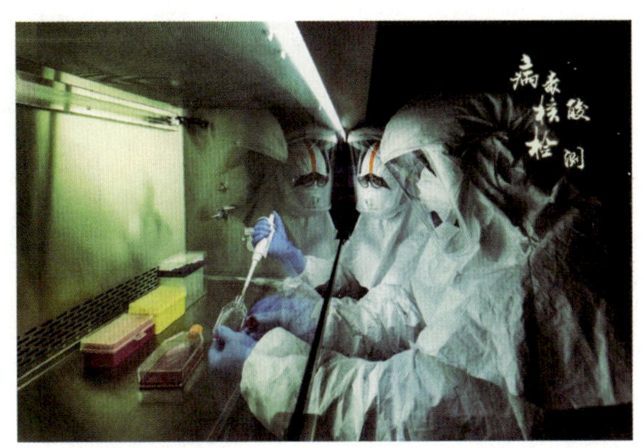

为了一个患者的安全，宁愿付出九个人的努力

肖 飞
中日友好医院胸外科

2020 年 2 月 16 日，在同济医院中法新城院区，中日医院国家援鄂抗疫医疗队平安顺利地完成一例危重症患者转运检查任务。

患者 62 岁，女性，主因发热 19 天，呼吸困难 9 天，经外院核酸检测已确诊为新冠肺炎。2 月 5 日，该患者收治入我院负责的同济医院中法新城院区 C6 东病区。

由于患者有既往高血压病史，合并病态窦房结综合征，且处于心脏起搏器植入术后阶段，虽然该患者近期复测鼻咽拭子核酸转阴，但相关感染指标仍然持续高位，抗感染、抗病毒治疗效果欠佳，且继发合并凝血功能及肝功能异常。目前给予持续无创通气，支持力度相对较高，患者脱氧不耐受，指尖氧饱和度可迅速降至 80% 以下，且恢复缓慢。

患者入院前 CT 提示双肺弥漫胸膜下磨玻璃影及实变影。入院后经过 10 余天的治疗，急需了解肺部情况，而影像学检查最能提供客观依据，也能为下一步制订个体化治疗方案提供帮助。

事实上，医疗团队不止一次地想为包括这例患者在内的诸多危重症患者复查胸部 CT。限于安全性的考虑（患者病情危重，对缺氧极不耐受，离开机器 20 分钟就可能去世，必须保证转运中的供氧）及传染性疾病的特殊情况（为避免转运过程中带来的交叉感染风险，必须对转运路线精心设计、转运流程充分协调、保障参与转运医务人员的防护需求），大家一直在协调、筹划，调整流程，创造最佳的转运条件。

经过精密计划、仔细筹备，团队终于打通各个环节，将看似简单却又极其复杂的全流程付诸实施。

重症治疗团队早上 9 点交班后即进入隔离病区，进行转运准备工作，调试转运呼吸机，接通转运钢瓶，备足备用氧源。一路是护理团队，3 位护士在孙菁护士长带领下，联系转运助理转运床，同时忙着开

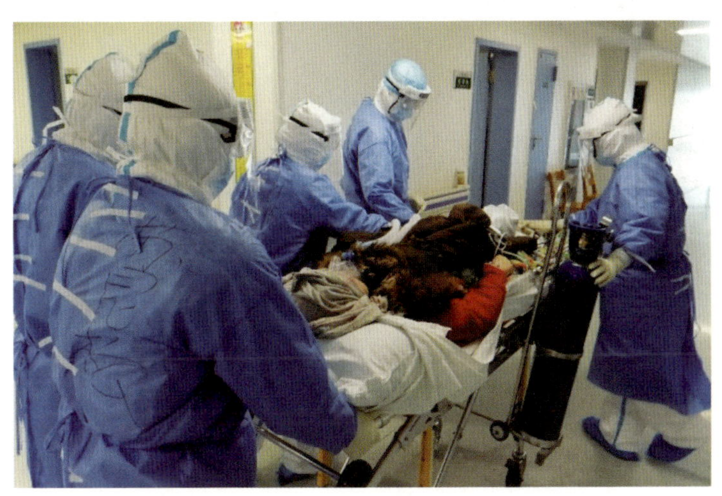

转运过程中

通抢救用静脉通路、筹备抢救器械药物；另一路是在清洁区的团队，指挥的 SICU 段军主任已联系好院区救护车。

准备完毕，5 位医生 1 位护士组成的危重症转运医护团队共同护送患者搭乘专用电梯抵达 1 层，上救护车。为保证患者安全，救护车上配备了监护仪器和层流设备。

绕过大半个院区，达到急诊 CT 室，精准对接、迅速完成检查后，原路返回病房，连上心电监护，患者心率和氧合都没有明显波动。整个筹备、实施流程，耗时 1 个多小时。因为真正做到了想在前面，最终做到了万无一失。

预判精准、准备充分、科学救治、保障有力。成功转运的背后，是我们执着的坚守，也充分体现了中日友好医院国家援鄂抗疫医疗队对每一位患者认真负责的态度。

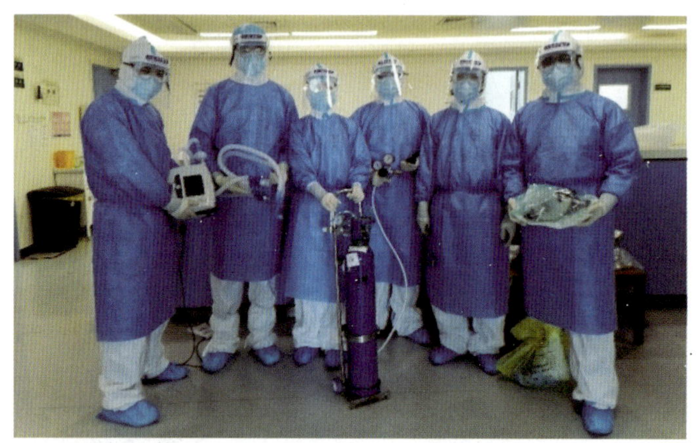

危重症组转运医护团队（从左至右）：SICU 李涛、胸外科肖飞、肺移植科孙菁、RICU 李敏、RICU 夏金根、胸外科苏昆松

四 告捷 Gao Jie

医者：医身，更要医心

张正华

上海市奉贤区古华医院应急办主任

我是一名党员，理应冲在最前线

1月23日，收到抗击新冠肺炎驰援武汉的消息，我毫不犹豫地回复："本人报名！作为一名医生，救死扶伤、清除瘟疫是我的使命与职责。"

除夕夜，我还在吃年夜饭，便收到紧急通知，让我们立刻赶往集合点。临行前，妻子担心我两年前刚做过视网膜脱落术的眼睛，问我是不是非去不可，我坚定地回答："我是一名共产党员，理应冲在最前线，责无旁贷。"

召之即来，来之能战

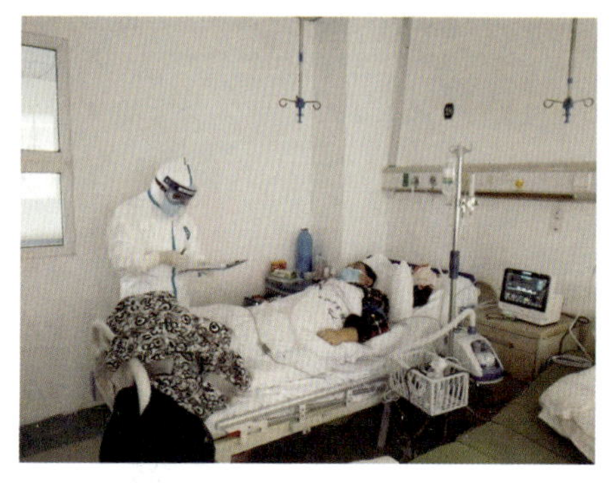

上海医疗队接手了武汉金银潭医院北三楼的 2 层和 3 层两个病区。作为奉贤医疗队的党支部委员和副队长，我主动请缨承担病区的第一个日班与夜班，收治了北二病区的第一个患者。

穿上防护服，为了节约紧缺的防护物资，我们必须严格控制饮水和进食，甚至 10 小时不吃不喝。忙碌了一天的我来到值班室，没有被子、没有被套……在寒冷的冬夜里，我蜷缩着坐了一晚上。第二天上午查好房后 10 点下班，真是又冷又困，饥寒交迫。但我知道，我们的战“疫”才刚刚开始，在国家遇到困难，人民需要我们的时候，作为共产党员，就该召之即来，来之能战。

患者治愈出院，见到曙光

我所在的北二病区，是隔离病区，住着全院相对危重的新冠肺炎患者，每位患者都接着氧疗设备。

今天，我的两位患者出院了，其中一位曾经还是重症患者。这两位患者的治愈，是我来到武汉一周以来，最高兴的一件事。

今天还有一件高兴的事，我和同事们把整个病区 30 位患者全部检测了一遍，没想到，结果全部呈阴性。这也就意味着，大部分患者的情况已经好转，甚至可能没有病毒传染的危害性了。我心里想着：这两位患者出院后，接下来，一定会有许多患者接二连三地出院的，我和医疗队员们看到了希望和曙光。

医者：医身，更要医心

“我好了，我要出院。”当我在 4 号病房查房时，患者李先生的声音从背后传来。忙完手上的工作，我赶紧过去问询：“李先生，想问问谁通知你可以出院？”他满脸诧异：“不是说我两次病毒核酸是阴性吗？”我没有否认。他急忙补上：“我现在没有任何不舒服，发热也停了 7 天了。”他飞快地吐字仿佛能为被批准出院加码。

我本可以直接告知他两次阴性并不是出院的唯一根据，可是从他的眼神里，我看出这是他日夜期盼的结果。作为一名医生，医的不仅仅是身，还有心。我耐心地说道：“你知道吗，公卫中心有一个病例，和你一样，两次检测显示阴性，但是第三次却呈阳性。也有人，两次核酸均阴性但肺泡灌洗液核酸检测出现了阳性。因此我建议，等你胸部的 CT 复查病灶基本吸收后再出院。”

听了这话，他脸上流露出委屈和不安，眼里升腾起的火苗黯淡了。我于心不忍，微笑着补充道：“这也是为了你和家里人的安全，别担心，过几天再给你复查一下，假如 CT 提示完全吸收，或者是大部分吸收了，那就可以给你安排出院。”

虽然不能马上如愿，但他听懂了我的话，对我满意地点点头。尽管他只是我众多患者中的一个普通患者，但在这个特殊的时期，我想，每一位患者都更需要一些温暖和理解。

战"疫"情人节

黄玉梅

江苏省徐州市第一人民医院宣传处

有一种浪漫，牵手就永不放手；有一种情愫，一日不见兮，思之如狂；有一种爱情，执子之手，与子偕老！

2月14是西方情人节，在武汉疫情一线，透过厚厚的隔离衣，我看到了一朵怒放的爱情之花，看到了爱情最美的模样！就让我们听一听徐州市首批支援武汉医疗队队长施海和徐州市中医院的爱人段晓薇的甜蜜爱情表白。

施海：老婆，今天是情人节，病房里一对马上要结婚的小情侣康复出院了，这是我们送给他们的特殊礼物，希望他们能永远爱着对方，就像我们一样，永远不离不弃！

段晓薇：老公，也不知道你昨晚多晚吃的晚饭，更不知道你几点入眠，但是我知道你有多累。今天是不一样的情人节，我们相隔万里，一样不变的是我对你的爱！你总是说我们的7年该"痒"了，每当我听到这调侃的话，其实心里总有些不服气，因为我从来没有其他想法，因为你总是给我想要的、向往的生活状态。

白头偕老是我想和你在一起的终极目标。我有小脾气，你总是包容体谅我，虽然咱们吵过架。你生气时，真怕你不理我了，向你保证以后我会懂事的。第三次分开这么久，每天晚上等孩子睡着后都是最想你的时候。

这次你义无反顾地去了武汉，让我对你有了新的认识。你不仅对家负责任，而且对国家有担当，真心地为你自豪！好好照顾自己，身体棒棒哒！好好照顾别人，还有许多事情需要你去守护！永远记得2020年的2月14日，非同寻常的意义。加油！我的英雄！等你平安凯旋，给你做番茄鸡蛋吃。

施海，徐州市第一人民医院呼吸二病区副主任医师，也是第一批出征武汉的医疗队队长。他的爱人段晓薇是徐州市中医院的护士。在这次抗击新冠肺炎疫情的战斗中，作为一名有着25年党龄的党员，他向领导主动请缨，在大年初二本该阖家团圆的时刻，告别父母妻儿，带领徐州医疗队奔赴武汉抗疫一线，在武汉江夏第一人民医院呼吸与危重症三科开展救治工作。

今天，他用精湛的医术、救死扶伤的大爱、不畏风险的守护，芬芳了一对年轻恋人的爱情之路、健康之路。同时对夜以继日紧张奋战在“战疫”第一线的广大医务工作者来说，新冠肺炎患者的治愈出院，亦是莫大的欣慰。

在工作中，他从来都是站在前，冲在先。目前，武汉江夏第一人民医院呼吸与危重症三科的很多医生是从其他科室调来的非呼吸专业医生，不太熟悉患者的治疗，施海充分发挥了自身专业优势，以严谨务实的工作态度，协助并指导当地医务工作者开展救治工作，同时还指导当地医务工作者对病房隔离设施进行改造，以进一步减少病毒的传播渠道，加强对医务人员的保护，赢得了科室同人的一致好评。

作为徐州医疗队的领队，施海在做好临床工作的同时，还不辞辛苦，充分做好队员的医疗和后勤物资保障，努力保证队员“零感染”。他说：“作为领队，不仅要保障自己平安，我还身负 23 位战友的安全，我要把他们都平安带回徐州！”

相隔800公里唱响的生日歌

卢　焱

江苏省南通市中医院

一包藏在物资包裹里的方便面，一段长达18年的闺密友情，一个隐藏在疫情背后的生日。

1月30日下午，南通市中医院协调了一批医疗和生活物资，准备发往武汉一线。在快递点，大家忙碌地分装、打包、贴单，数十个箱子高高垒起，现场一片热火朝天。

这时，供应室护士陈文倩匆匆赶来。原来，援鄂医疗队员蒋丽带去湖北的高领毛衣不符合工作要求，拜托她打包几件上衣寄过去。负责物资工作的监察室主任卢焱接过敞开的箱子，却在衣服中间发现了一个意外的东西——一包方便面。询问之后，大家才知道这包方便面背后的故事。

陈文倩和蒋丽相识于2002年。正值青春年华的两个女生，是南通卫生高等职业技术学校（原体臣卫生学校）的同班同学，而且还是床铺相连的好室友。从那时开始，学习、工作、恋爱、结婚、生子——她们见证了彼此生命中最重要的环节。

在陈文倩眼里，闺密蒋丽文静乖巧，“不是那种女强人型的大女人”。然而，正是这个外表瘦弱的女子，做出了令所有人由衷敬佩的举动——在武汉疫情岌岌可危的关键时刻，她挥别丈夫和年幼的儿子，主动报名、奔赴一线，毅然决然地投身没有硝烟的“战场”！

谈到远在湖北抗疫一线的好闺密蒋丽，陈文倩的眼睛红了。“我和她约定，每天在朋友圈里发一条报平安的动态。不管多晚，只有看到这条动态，我才能安心睡下。而我早晨睁开眼睛后做的第一件事，就是打开手机，发一句为她加油的话。”“心里非常舍不得她、担心她，但又忍不住为她骄傲！她是好样的！”

蒋丽的生日是农历正月初十。每年，闺密二人总是相约共同庆祝，从没有落下。18年来，这是第一个无法为她庆祝的生日——于是，陈文倩在寄给蒋丽的包裹里，悄悄地加了一包方便面。“不管怎样，寿面还是要吃的！等她平安回来，我们再为她好好地补过一次生日。”

此外，陈文倩还和蒋丽的丈夫阚亮共同策

划了一个惊喜：他们订购了生日蛋糕，准备了精美的礼物和鲜花，录制生日视频发给了远在湖北的蒋丽。当得知蛋糕是为身在武汉一线的医疗队员庆祝生日时，经理一再拒绝收下费用，并表示前方医生们辛苦了，向他们致敬。

陈文倩看着镜头，尽力控制不让眼泪流出来，“亲爱的闺密，我给你准备的礼物，就是等你平安回来，带你去找一位最棒的托尼老师，把你自己动手剪短的头发重新修得美美的！”

（阚亮送妻子蒋丽前往集合点）

阚亮，蒋丽的丈夫，中共党员，同时也是一位退伍军人，面对镜头似乎有些放不开：“蒋丽，祝你生日快乐！家里一切有我，你不要担心。你在武汉一定要照顾好自己，等到疫情结束，我们一起接你回来！”蒋丽赶赴湖北后，他除了照顾孩子衣食起居，还要辅导功课、陪上网课，而此前，这一切都是妻子在默默地承担。阚亮坦言，从没想过蒋丽这么辛苦，今后自己也一定要承担更多。

8 岁的熙熙只说了一句“妈妈生日快乐”，就背过身去。在蒋丽报名参加支援湖北医疗队时，这个懂事的孩子主动对妈妈说：“你去吧，我在家里一定听话，不让你担心。”转眼间 10 天过去了，尽管爸爸对待自己比平时温和百倍，偶尔也允许自己玩一会儿手机，但是妈妈这么久不在家，孩子的心里还是有些难过。“我想妈妈，可是不能告诉她，因为我答应过不让她担心。我怕妈妈听我说想她会掉眼泪。”

与此同时，在武汉抗疫一线，南通市中医院援鄂医疗队队长苏成程在整理队员资料时，注意到蒋丽的生日即将到来。他和其他 4 名队员一起，在物资有限的情况下，为蒋丽举办了一个简单的庆祝仪式。

没有大餐，却有吃起来一样香的方便面；没有豪华的生日礼物，却有大家弥足珍贵的心意；没有家人围绕，却拥有了 5 位特殊的“亲人”。

这天晚上，蒋丽在朋友圈里写了很长的一段话：“从未想过会在外面，没有家人的陪伴，一个人过生日。但是，晚上哥哥、姐姐们精心准备了惊喜，有这样一份心，足矣！还收到了大家在南通帮我庆祝生日的视频，看完后真的永生难忘。最后，想对我的妈妈说声您辛苦了。女儿答应你，一定会平安回来。”

当你阅读这篇文章时，春天已经走在了她的来路上。尽管疫情正在祖国大地上无情地肆虐，然而，我们坚信，14 亿中华儿女万众一心、众志成城，一定能够打赢这场没有“硝烟”的战役！正如一位作家曾说过的那样：“再长的路也有尽头，再黑暗的夜晚也会迎接清晨。”

方舱医院工作纪实（二）

李　喆

海南省妇女儿童医学中心（海南省妇幼保健院、海南省儿童医院）援鄂医疗队队员

我们海南支援湖北的护理专业医疗团队被分到方舱医院，每组16名护士，分别负责16个病区，每个区的患者在25～30名，一天4班，一班工作时间6小时。到了医院，我们先在物资处领取防护用品，再到清洁区换防护服、隔离衣，戴口罩、帽子、手套、鞋套等。因为没有镜子，队员们都是相互之间进行整理，整装待发清点人数，由组长带领队员们一起进入舱内。

我们的工作内容主要有以下4个表单：首次评估表、出舱评估表、护理记录单和在院信息登记表。当班需要查点人数，观察病情，发口服药，测体温、血脉氧等，个别患者需要测血糖、吸氧等。

多数人是需要做心理疏导和安慰的，有的患者会不断地找医护人员反映自己的不适症状，有的患者两三天滴水未进，有的患者不言不语，有的患者情绪很焦躁。在测血糖等治疗中，我们都是两名护士搭配着做，以防万一。

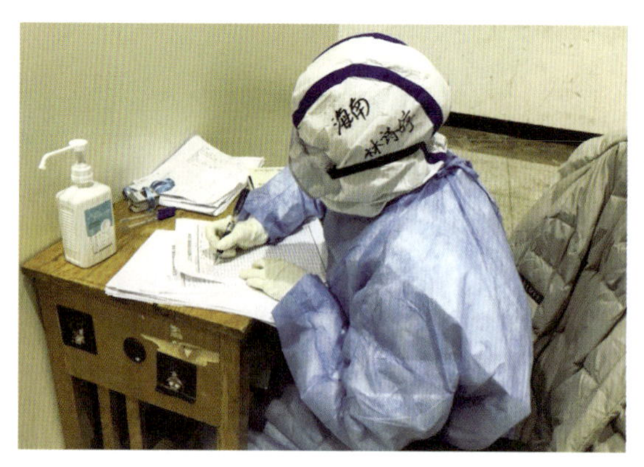

每次手消（都是把酒精分装在手消液里）以后，手都很凉，每个人下班后手都会麻木一阵才会慢慢缓过来。困难都是暂时的，条件都在逐步改善，相信我们这里也会越来越好。

现在，我们的工作流程越来越细化，工作职责也越来越明确，每组还专门设定院感质控员，每次上下班监督本组队员穿脱防护服、隔离衣及终末消毒等。

2月9日，今天白班。我们6:30出发，6:50到达方舱医院。等待领取防护物品，因为场地有限，我们每次上班的人员都是十来个人在一个活动板房（清洁区）里面更换防护服，全副武装出来已经7:45了。

因为各位队员都是第一次穿纸尿裤，有的队员即使穿上纸尿裤，因为有心理障碍，反而尿不出来了。进入病区和夜班护士进行交接班后便开始了一天的工作。

我们主要负责发放早餐、巡视病房、测量体温、指脉氧、测血糖、发口服中药、随同值班医生进行查房。因为个别患者有情绪，为了防止负面事件发生，我们负责做好“特殊患者”的情绪疏导，及时解决患者的合理诉求等工作。有些患者经常问我们：“我今天能不能出舱啊？”有些新入舱的阿姨非要护士当着她面把已经备好的床品重新换一套。

查房医生的一句话挺暖心："我觉得你们3人明后天吧，就可以出舱了，加油啊。"看似一句简单的话语，让躺在床上的3位患者激动了好一阵子，都露出了欣喜的笑容，双手合十感谢医生。数十位患者站成一排，呼喊着口号：武汉加油！中国加油！

下午2点交接班完毕后，我们集体去脱隔离衣和防护服，回住所进行消毒、测体温、洗澡等，下午4点，我们开始吃午饭，这时距离早餐已经10个小时了。

"初到武汉时，内心忐忑，临时党支部和各位战友的帮助让我坚定了信心。当我看到各位党员战友在国家有难时勇于向前，只要党和人民需要就会奉献一切，全心全意为人民服务的精神深深地触动了我，感染了我，所以我志愿加入中国共产党。"

"作为新时代有志青年，我十分渴望加入中国共产党这个光荣的组织……希望党组织从严要求我，使我能更快、更好地进步。我将严格要求自己，请党组织考验我、监督我。"

2月7日，在武汉参加抗疫医疗救治的工作间隙，我们的队员刘琪、林婷亲笔写下了“战地入党申请书”，表达了自己对党的无限崇敬之情，以及全力抗击疫情的坚定信心和决心。远在武汉的她们把手写的申请书以照片的形式郑重地上交给医院党组织，用行动表达了入党的决心！

2月9日，又有3名进步青年向组织递交了入党申请书。目前，我们一行10人当中，共产党员3名，九三学社社员1名，入党积极分子1名，战地递交入党申请书同志5名。新时代的年轻人，思想上进、行动向上，大家团结一心，无论是工作还是生活都彼此相互照应。她们虽然有些是年轻的“90后”，但是丝毫不比我们这些“老大姐”和老党员们逊色，她们很有担当，相信未来是属于她们的。作为临时党支部书记，看着她们在战争中进步，我感到由衷的高兴。

雾霭消逝，霁云终临

于书卷

山东大学齐鲁医院

最暗的夜，才能看见最美的星光。无意中在电视上听到《天使的身影》这首歌：“我看不见你温柔的面孔，却看得见你美丽的眼睛；我看不见你甜美的微笑，却看得见你忙碌的身影；那被汗水浸透的衣衫，是我心中最靓丽的彩虹……”

中国现在正面临着严峻的疫情，这次疫情是对全国人民的一次考验。团圆时刻，一声号召，数千名工人放弃与家人团聚的温馨奔赴雷神山、火神山建筑工地；一声令下，数万医务人员回到岗位，随时待命；各地无名志愿者捐赠物品放下就跑；海外留学生四处购买口罩，支援祖国……

2 月 2 日，我随山东省第三批援助湖北医疗队来到武汉，和同事们一起加入抗击疫情的战斗。在这期间得到了领导、同事、朋友及家人的鼓励与支持。从山东大学齐鲁医院院方一批批抗疫物资和防护用品的驰援，到科室领导送给家人的蔬菜、水果，到爱心人士捐赠给一线医务人员的暖立方，再到武汉同济医院院方捐赠的羽绒服，还有好心人士主动联系家人，帮助即将中考的女儿有针对性地辅导。一件件感人的事情更加坚定了我在前线打赢这场战“疫”的信心！

疫情突然，但每个人都用自己的方式为抗击疫情做着贡献，每个人都有足够的意志力和决心，各司其职，战胜疫情。就如女儿所写：雾霭消逝，霁云终临。

女儿今年上初三，近日在武汉收到她写的一篇作文，读后不禁感慨“吾家有女初长成”，下面就与您分享。

雾霭消逝　霁云终临
——致所有正在以自己的方式抵抗疫情的人们

二月的风吹在身上依旧有些许凛冽，空荡荡的城市街头，灯光依旧璀璨，却弥漫着一股无法言说的压抑。仰头望去，天空中仍笼罩着层层雾霭，但一缕缕阳光透过雾霭洒下丝丝温暖。太阳已经东升，霁云终将来临。

每天看着妈妈从武汉前线往群里发的各种文章和照片以及网上的新闻报道，心中就不禁感慨万千。照片中的妈妈穿着厚重的防护服，护目镜上起了一层水雾。我看不清妈妈的脸，但水雾掩盖不住的，是她眼神中的那一份坚定。

许许多多医务工作者剪掉了留了多年的长发，妈妈也剃了鬓角。

此时，她们是最美的。那种美，是无可逾越的。大街小巷播放着疫情注意事项，志愿者和保安坚守在小区门口和街道口，老师也将课堂移到网络，身为初三的学生，更是得到了无微不至的关照。

此时大家虽无法聚在一起，但中华民族达到空前的团结，每个人都在以自己的方式对抗新冠病毒，新闻上、网络上，甚至一些没有得到报道的事迹无一不展现着“中国精神”。的确，虽然疫情来势汹汹，但我们也不会甘拜下风。如果奇迹有颜色，那一定是中国红！

无论是可敬的逆行者，抑或是募捐支援重灾区的大众，所有人都有一份热，发一份光，令点点萤光汇聚成炬火，照亮黑暗。鲁迅先生言：“无穷的远方，无数的人们，都与我有关。”此刻，我们与武汉携手，与祖国同在。

我相信我们众志成城，终将走出浓云密布望不见星与月的日子，似樱花初绽，像月破云层，似剑指苍穹披星戴月。雾霭将要消逝，天边霁云已现。

初阳已透过雾霭，照暖了阒无一人的堤岸，眼前的一切无不光芒四射。

方舱医院里的小小生日会

张存兰

江苏省盐城市中医院 ICU 护士

今天是我来武汉的第 12 天，和往常一样，我和王京京还有其他两个小伙伴带着必需的物资来到了方舱医院，但跟往常不一样的是，我们手里多了几样东西：自制的小卡片、香囊、气球、糖果和写着“武汉加油”的爱心贴。你一定很纳闷吧，去医院带这些东西干什么呀？不着急，等会儿你就知道了。

我们换好防护服，来到病区，把带的东西悄悄地放在一边。跟上一班做好患者的交接，并做了简单的自我介绍后，就开始跟着省中医院的陈明祺主任询问患者病情，测量体温、呼吸、氧饱和度等生命体征。

忙忙碌碌到了 10:30，接到消息说我们预定的蛋糕到了。现在知道

我们要干什么了吧？

对，是过生日，我们要给我们病区的一位患者过生日，事先我们没有告诉他，准备给他一个惊喜。趁他不在的时候我们偷偷把他的床头稍微布置了一下。等他回到病床时，我们把所带的东西拿出来，摆放在一个小推车上，把蛋糕放在中间，当我们推着蛋糕，唱着生日歌来到他的面前时，他有点蒙了，我们告诉他：“今天是你的生日。”

他激动地说：“太感谢你们了，我都忘了今天是我的生日了，真的太谢谢你们了！”当我们把准备好的生日卡送给他的时候，他哽咽着说：“这是我 32 年来过得最特殊、最珍贵的生日，谢谢你们！”他还许了一个愿望：愿疫情早日结束，我们所有人都能跟家人团聚。

病房里所有患者都纷纷聚了过来，唱起了生日快乐歌，在歌声中，我们把蛋糕、糖果、香囊分享给其他患者，有的患者说：“你们太好了，太让我们感动了！让我们感到了家的温暖！”有的患者说：“看着我们吃，你们都吃不到，你们真是太辛苦了！”我说：“看到你们吃，我们就开心了。”看着患者们开心地吃着蛋糕，相互说着祝福的话，我真的比自己吃了蛋糕还开心！

虽然是一个小小的生日会，没有鲜花，没有蜡烛，却温暖了患者的心。对他来说，这是一个特殊的生日；对我们来讲，又何尝不是一次终身难忘的回忆！

作为医者，有时是治愈，常常是帮助，总是去安慰。不是所有的病，我们都能治愈，但只要我们心中有爱，一切为患者着想，也许一个微小的举动，一句温暖的话语，一个不经意间的微笑，都可以带给患者无限的力量！

愿疫情早日结束，一切美好都如约而至，世间充满生生不息的希望和感动。

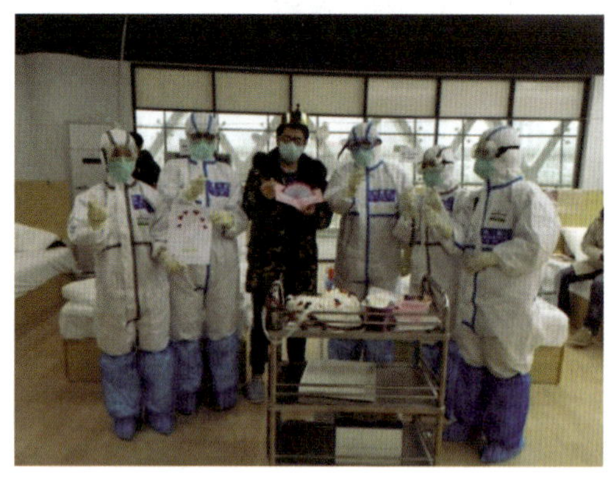

我们的心里升起了太阳

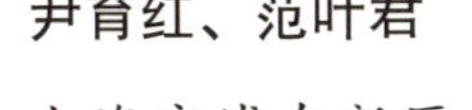

尹育红、范叶君

上海市浦东新区人民医院呼吸与危重症医学科护士长、重症医学科护士长

今天下夜班，从医院走出来，初升的太阳暖暖地照在我们身上，身虽疲惫，心暖志坚！这是一个充满正能量、爱意满满的世界！打开手机，微信消息已爆满，同事的、领导的、同学的、亲朋好友的，还有家人的……每天都有很多关心我们援鄂队员生活、工作状态的暖心问候！

武汉—上海，两地之间虽相隔遥远，但是我们的心却是紧紧连在一起的！

由于我们出发得很紧急，个人用品准备得不充分，医院领导考虑到这点，启程后便立即为我们准备齐全，就在刚刚，包裹收到啦！看看这件，又摸摸那件，简直比小时候收到盼了一年的新年礼物还激动！

上海援鄂医疗队这几天都能收到来自社会各界的爱心捐赠，大到取暖器、保暖外套，小到指甲钳、眼镜脚固定器等，还有各类生活用品、食品、水果等，管物资的老师会登记后平均分发到每一位援鄂队员手中，也可以按需领取，避免浪费。

其中，我们收到了上海小学生寄来的几个很特殊的包裹，有一个上海小朋友寄了近30个口罩，里面夹了张纸条写着："奥利给，叔叔阿姨，加油啊！"

还有一名上海的小学生"萌萌"用红色信封和精美的信纸，在正反面都写了满满的祝福——"当我们在舒适安逸的家里时，你们却冒着被感染的风险，一直战斗在工作岗位上。"还有人用手绘为大家点赞，写下留言："等你们平安回来！"

虽然下夜班有点昏昏沉沉，当我们看到这封信却一下子兴奋了起来，感觉整个心里升起了太阳。我们给署名萌萌的小朋友写了封信，希望萌萌小朋友能看到。

亲爱的萌萌小朋友：

你好！你的来信叔叔阿姨们都收到啦！

敬爱的叔叔阿姨们：
你们好，
我是一名普通的上海小学生，虽然我们素不相识，但你们勇敢的举动深深地感动了我。你们明明可以在较安全的上海，却自愿冲锋陷阵，守护病人，你们是最可爱的人！
现在新型冠状病毒的魔爪正伸向中国大地，带走了许多人，它正带着邪恶的笑容凝望我们，但是，只要我们团结一致，就一定能在这场人与病毒的战争中胜利！
你们的坚定不移深深地触动了我，当我们

虽然我们从未谋面，但是叔叔阿姨们能从你的字里行间感受到你的牵挂和祝福。非常感谢你！在这寒冷的冬天里，你让远离家乡的援鄂队员们感受到了来自上海亲人的温暖。目前，我们这儿的工作和生活都还顺利。叔叔阿姨们一定会战胜疫情，平安回家！

最后，阿姨想对你说的是：等你长大了，不一定要成为一个伟大的人，但是一定要成为一个对社会有用的人！无论你将来在哪里、做什么工作，当祖国有难，当人民需要你的时候，你现在所学到的知识，必将发挥作用！

萌萌，让我们一起努力吧！

上海市第一批援鄂医疗队队员、浦东新区人民医院
尹育红　范叶君
2020 年 2 月 4 日晚　写于武汉

风雨过后，定有彩虹

宗明珠

江苏省盐城市中医院十六病区护士

今天我是凌晨 3:00—9:00 的班。夜里 1 点闹钟一响，立刻爬起来换上手术衣，扎好头发，洗漱一番，带上已准备好的物品和京京姐、存兰姐一起下楼。一楼大厅，司机早已站在门口等着接我们了。

1:40，我们的专用公交车发动了，路过灯火通明的江夏区第一人民医院，我想里面应该充满了生的希望，大家一定要加油呀！车子将我们安全送到武汉大花山方舱医院门口，感谢完司机师傅，我们迅速穿过入口，走进更衣室。

比起第一个班，这次多了一份信心与经验。我们花了足足的 40 分钟时间，一而再再而三地相互确认彼此全身的装备，然后一行 3 人顺利通过一楼至二楼的长长通道，与小夜班同志开始会合交班。

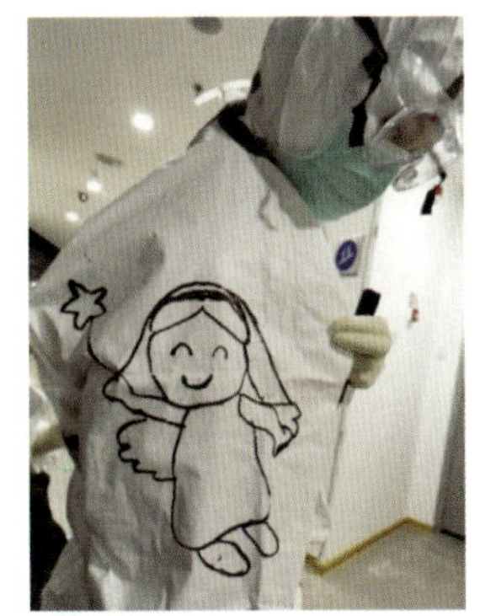

凌晨 3:00，病房里的患者基本都处于熟睡状态，因为走路时防护服会有摩擦的沙沙声响，我们巡视时都轻手轻脚的。我们 3 人连同一位安保人员，静静地坐在病房门口走廊里，查看登记簿，也成了赶走一丝困意的方式。

5:30 左右，陆陆续续地有患者起床去洗漱，每个经过我们面前的人都问了同样的问题："你们一夜没睡啊？"

"真是辛苦，谢谢你们一直守护着我们！"还有个别患者起床在走廊里做一些伸展动作，向我们"报告"昨天武汉又治愈出院了多少患者。他们向我们表示："我们也要早日恢复健康，到时候邀请你们一起去看武大的樱花。你们对我们这么好，我们出院了一定会舍不得你们。"

6:00，我们开始给患者测量体温、脉氧、脉搏、呼吸、血压等生命体征，随即至办公室录入信息系统，并完成纸质交班报告。

早餐需要我们下楼领取上来分发，我跟存兰姐早早来到楼下，谢绝了一位要帮我们一起下来拿的女患者。在回来的路上，我提了 20 来份粥和 10 来份包子油条，加上大大的防护服，不免行动缓慢，旋转楼梯上，两位端着洗漱用品的其他病区的患者见状，不由我婉拒，立马接过我双手中的早餐，让我在前领路，帮我提到离病房只有 10 米左右的地方。

这种和谐的医患关系让我感到非常温暖，我连连道谢。赶紧分发了早餐，看着患者满意的笑脸，我觉得他们对生活充满热情与向往，在积极配合治疗的背后，何尝不是想和亲人早日团聚的心。

8:40，早班人员来了，我们将物品的数量、夜间患者情况及早上生命体征测量的情况、早上满意度调查等结果进行了交接。之后就到一楼排队开始换衣服下班。

9:50，换完衣服出了医院大门，今天值班顺利完成！

望着蓝白色天空和对面依然有些雾蒙蒙的山峰，呼吸着夹杂泥土和青草气息的空气，突然觉得一切都是那么美好与充满希望，我始终坚信：风雨过后，定有彩虹。

抗疫战争中我们相遇相知

王海红

上海市奉贤区中心医院急诊科主管护师

因为武汉的疫情，因为相同的使命和信念，我认识了援鄂医疗队现在武汉的室友——上海市奉贤区中医医院呼吸科主任周东花老师。

初次的相识和交谈还历历在目。周老师嘴里偶尔“蹦”出来的一句地方特色话，让我惊喜地发现，原来我俩是老乡，都是奉贤“东乡宁”。

家乡人民特有的沌朴、热情和善良的本质在我俩的交流中自然而然地流淌开来，我们意犹未尽，大有“酒逢知己千杯少”“相见恨晚”“惺惺相惜”之感。

周老师就像一位知心的姐姐，无微不至地照顾和关心着我。我进入武汉金银潭医院上的第一个班是中班。尽管已经做好心理准备，可陌生的环境、高强度的工作、长时间的煎熬、防护服内体力的大量消耗，让我坚持到凌晨 1 点回到住的地方时，早已身心疲惫，本想吃根火腿肠垫垫肚子就睡觉，可当我坚持着用仅剩的一点力气从头到脚洗刷一遍的时候，周老师已经轻手轻脚地起床，帮我烧了开水，泡好了泡面。

周老师边叮嘱我慢慢吃，边跟我聊班上的情况，无形之中缓解了我身心的双重压力。我瞬间被感动得一塌糊涂。平时都是我在照顾别人，这一刻，我成了被照顾者，终于体验到了"饭来张口"的幸福感觉。

周老师是一个热爱学习、积极上进的人。医疗队原本的工作安排中，我们奉贤的援鄂医护人员都是进入金银潭医院普通病房工作，但由于接手的ICU的患者病情重，形式严峻，周老师和我同时被抽调入重症组工作。

周老师是中医大毕业的，是中医专科医院的医生，收治的重症患者，需要应用西医的先进技术和仪器设备，周老师总是很认真地学习、研究和探讨，她不断学习此次新冠肺炎的相关知识，并很出色地完成了重症组的医疗任务。

好几次，我下班后没有时间概念地倒头就睡，而周老师总是坐在小圆桌前，在笔记本上写写画画，一坐就是两三个小时。在我睡醒之后，我俩就一起讨论分管床位患者的情况，她讲患者的治疗方案、药物原理、监测要点，我讲患者的治疗效果、各项身体指标、心理状况、配合情况……医护两人竟是如此地和谐，相辅相成。

从来没有从天而降的英雄，只有挺身而出的凡人。特殊的境遇，让我们相遇相知，这也是我们一辈子的交情和缘分！

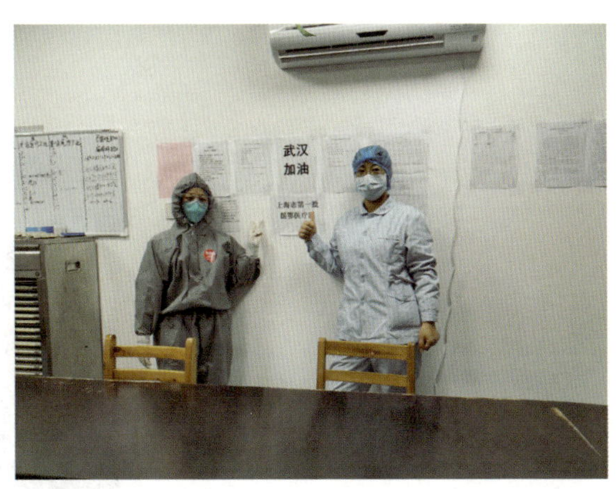

抗疫师徒档，上阵送瘟神

刘思盖

河北省人民医院宣传统战处

在武汉大学中南医院，河北省第七批援鄂医疗队中，有一对来自我院配合默契的师徒搭档，老师齐晓勇是河北省第七批援鄂医疗队队长，学生党懿是一名经验丰富的心内科医生。

今年61岁的齐晓勇教授是我院刚刚退休的副院长，疫情发生后他主动请缨，要求前往疫情一线，如今他奋战在武汉大学中南医院，却比以往任何时候都更加忙碌。

齐晓勇教授在此次援鄂任务中还有另一个身份，那就是河北省支援湖北第七批医疗队队长。身经百战的他尽管参与了非典、禽流感等多次突发卫生事件的处置，但是这次以最快的速度管理好一支来自8个不同地市、40家医院的150名队员还是让他感到了身上的压力。

到达武汉后，齐晓勇教授带领队员因地制宜地制订了收治患者的流程、采集标准流程、感控流程等各项标准化的制度方案，避免了不同医生在治疗患者时产生的异质化，从而影响患者的治疗疗效。

学生党懿是我院心内二科的副主任，他是齐晓勇教授的硕士和博士研究生，同时是第七批援鄂医疗队的骨干力量。有师父的坐镇，他很快适应了武汉的工作。在武汉大学中南医院，党懿带领的医疗小组负责收治的患者，大多伴有高血压、心血管疾病等基础性疾病。在治疗中，他发挥专长，对心血管疾病的并发症进行了有针对性的治疗，取得了非常不错的效果。这对师徒档一起上场作战，老师挂帅，学生冲锋，定能将病毒杀得片甲不留。

经过半个多月的奋战，我院医疗队负责的患者中，已经有 38 名治愈出院，而最让这对师徒档欣慰的是，他们所在的病区，已经实现了床等人的情况，这就意味着我们离胜利的曙光不远了……

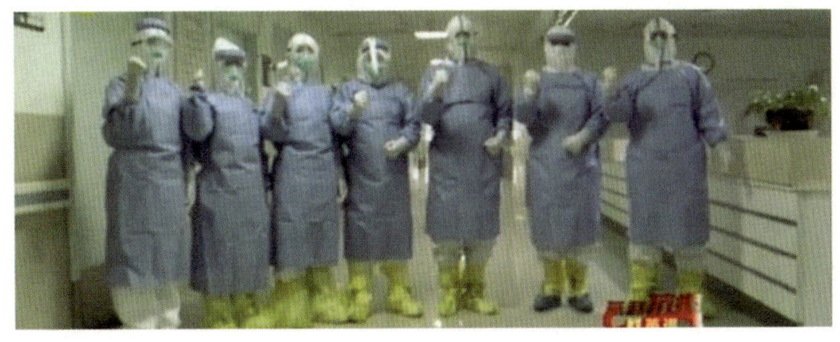

给我逆行勇气的，正是当年的你

李佳辰

北京大学第一医院重症医学科

编者按：这是来自武汉的声音日记。今天我们为大家讲述这样一对母女的故事。妈妈叫韩金香，是北京市大兴区人民医院手术室护士长；女儿叫李佳辰，是北京大学第一医院重症医学科的医务人员，目前在武汉战“疫”一线。

2020 年 2 月 10 日　凌晨 1:00　北京

亲爱的女儿：

得知你要去武汉前线的消息，一时间有些感慨。思绪拉扯回 17 年前，我去非典前线的一幕幕浮现在眼前，那时你刚刚 9 岁，也许你还不懂非典是什么，前线是什么。为了能给妈妈加油鼓劲儿，你用稚嫩的小手给妈妈弹奏了一首《世上只有妈妈好》。那时的妈妈，身上肩负着医务人员的责任与使命，虽义无反顾奔向前，但心里最牵挂、最放心不下的，是年幼的你啊！

长江后浪推前浪。17 年后的今天，新冠病毒肆虐，奔赴抗疫前线的，由我换成我的宝贝女儿。妈妈很是欣慰，我的女儿长大了，当年那个给我弹琴加油的小丫头，如今背上行囊，逆行出征。妈妈为你骄傲，为你自豪，也为你揪心。你永远是妈妈最大的牵挂。

小丫头，今天是你在武汉的第一个夜班。此时此刻，妈妈坐在办公桌前，满脑子都是你在武汉工作的想象画面。看着一秒一秒蹦跳着的时钟，计算着你下班的时间。

闺女，防护服穿得是不是规范？戴着三层手套操作是否方便？你已经进入病区 3 个小时了，护目镜里的水雾和汗水，会不会影响你的视线？你对躺在病床上的患者，传递了多少温暖？时间一分一秒地向前赶，闺女，坚持住，你正在用智慧和汗水与病魔搏斗，你若坚持，它则必败。

妈妈坚信，这次特殊的经历，注定会成为你人生中的一次沉淀与成长，看到朋友圈里关于你们征战疫情的报道，平日里爱发朋友圈的妈妈，没有任何想发朋友圈的欲望。妈妈只盼我的女儿勇战病毒，脱下铠甲战袍的你，依旧是以往天真洒脱的模样。

这一次血与火的考验，一定丰满了你的羽毛，强健了你的翅膀。让你真正体会作为一名白衣战士的使命与责任。

这一次生与死的较量，一定会让你更深刻地思考人生的意义，褪去稚气，重新调整人生的天平，用你的感悟，为你今后的人生导航。

亲爱的女儿，妈妈为你骄傲、为你自豪，妈妈为你祈祷、为你祝福！

——爱你的妈妈

2020 年 2 月 17 日　武汉

亲爱的老妈：

见字如面。17 年前，虽然我还小，不能确切地理解何为前线，何为没有硝烟的战场，但在我心里，妈妈是个拯救生命的英雄，就像动画片里救人于水深火热之中的超人。那时的我，不懂得奋斗在一线的辛苦和危险，只是骄傲地觉得，我有一个超人妈妈。

而如今，我也像曾经的您一样，肩负使命，站在这个没有硝烟的战场上。临行前，您一遍又一遍地叮嘱我，保护好自己，照顾好患者，穿防护服要仔细，不能有遗漏，脱防护服要小心，千万不要污染。在您故作镇定的目光中，在您难以抑制颤抖的话语里，我感受到了您的不舍与担忧。老妈，别紧张，给我逆行而上勇气的，正是当年那个勇往直前的你啊！

17 年，弹指一挥间。在肆虐的病毒面前，曾经是你，而现在是我。终于，我成了你。我们是同为白衣天使的母女，而此时此刻，我们更是肩负同样责任与使命的战友。我们一路相伴，砥砺前行。

放心吧，老妈！我定会不辱使命，照顾好我的患者。

放心吧，老妈！我会时刻牢记你的百般叮咛，保护好自己。

放心吧，老妈！你的女儿已经长大。

——辰辰

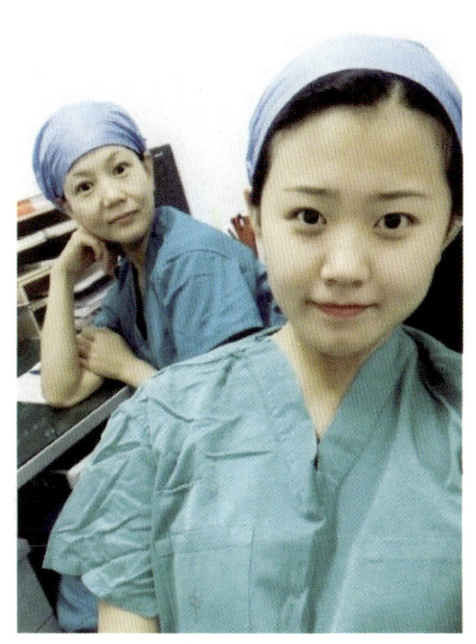

严冬退去　春回江城

王　娜

河北省人民医院老年病科宣传委员、第七批援鄂医疗队队员

伴着徐徐春风，我所支援的武汉大学中南医院接到一个备受鼓舞的消息。在我们仅剩的 27 名患者中，6 名患者即将出院，21 名患者将依次转往雷神山医院，这意味着河北省第七批支援湖北医疗队圆满完成在中南医院的阶段性抗疫任务。

3 月 10 日，为了使转院的工作顺利进行，我和我的战友们连夜调整了工作方案，一大早就开始忙碌了起来，为患者发药、测量患者生命体征、打印患者出院小结等，有序开展着后续工作。我走在略显凌乱的楼道里巡视病房时，忽然听到一位阿姨在焦急地打着电话，向儿子诉说着，自己没有这个、没有那个，就要去雷神山医院了，可怎么办呀。的确，转院的各种工作和手续让我们的工作繁忙起来，也让患者的情绪突然地紧张了起来。

10 点，接转患者的专车准时停在楼下，我们的患者按要求 5 人一组被分批转运。临走时，我们将从驻地带来的水果、饼干、牛奶

等生活必需品分发给患者。我拿出了儿子和他的同学们绘制的绘画作品，作为小礼物送给了这些天朝夕相处已经成为朋友的患者。希望继续与病魔斗争的患者朋友们，能够从孩子们的画中感受到战胜疫情的勇气。

刚才焦急打电话的阿姨在收到我们的东西时，紧皱的眉头终于舒展开来；一位年轻的小伙子对我说："娜姐，你就是哆啦 A 梦，什么东西都能变出来，无论什么时候都能带给我们十足的希望，真想抱抱你。等到疫情结束，你再来武汉，我请你吃热干面啊。"大家听了纷纷大笑起来，这笑声对于我而言，是来武汉的最大收获。

3 月 11 日是我们在中南医院值守的最后一个班。我们组的大夫吴婧在群里写道："今天，我和往常一样，一丝不苟地穿戴着装备，看着冷清的病房，心里五味杂陈。这是我战斗过的地方，有我们和时间赛跑，跟病魔抢人的战绩，有我这辈子最美好的回忆！""但是，吴老师，这也是我们和患者之间最甜蜜的分别呀！吴老师，你闭上眼睛，有没有看到武大的樱花呀？嘿嘿！"群里的年轻护士俏皮地

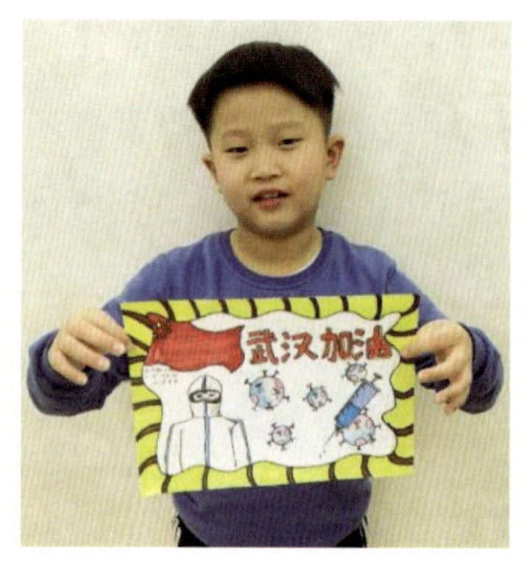

回复道。

看到这儿，我的眼眶有点湿润。是啊，26 天了，我们经历的这次分别，标志着在大家的努力下大部分患者病情已经转轻或者达到了出院标准，更标志着我们国家抗击新冠肺炎疫情工作取得了重要的阶段性成果。

再打开手机，看了看我建立的医患群，也已经热闹非凡了。在中南医院的 20 多天时间里，为了方便医患沟通，我们建立了微信群，便于大家了解患者需求，安抚患者情绪，给予出院患者生活指导。随着大家的联系热络起来，医患对病毒的恐惧早已抛掷脑后，仿佛真的成了一家人。群里很热闹，有的患者展示着隔离点的设施，有的患者在说雷神山医院的情况，还有一个老阿姨，居然特意拍下了我建立的“爱心加油站”的照片，发在群里了。

“爱心加油站”是我们医护人员和家里的孩子们一起建立起来的，我们每隔一段时间就会更新一些孩子们的画作，给患者和医护人员打气加油。每次我经过“加油站”时，看到儿子的画作，都会想起他胖乎乎的小脸蛋，顿时就能扫去我的疲惫。如今，“爱心加油站”还在，患者们都出院了。

明天，我就要作为河北省第七批援鄂医疗队的先遣人员，赴雷神山医院开展整队转战的准备工作了。我们将接替其他医疗队的工作，独立接管两个病区，一切都是新的开始。习近平总书记称赞我们是希望的天使，是时代的英雄。其实，救死扶伤是我们的职责和使命，我们一定白衣执甲，一直守护你们到康复的那一天。

听说，武汉大学的樱花绽放了，春天回来了……

来自方舱医院的战“疫”笔记

刘文涛

河南省肿瘤医院医技党总支放射介入科主管技师

3月9日，随着武汉江汉方舱医院的最后一位患者出院，这家医院正式休舱，我和战友李彦乐的工作也暂时告一段落。算起来，我们已经在此奋战了120多个小时。等待新任务的同时，我得以抽出时间，记录下在武汉的难忘经历。

出　征

2019年年末，新型冠状病毒感染肺炎来势汹汹，疫情肆虐。武汉市是疫情的“风暴眼”，每天数以千计的人被确诊。病毒通过飞沫和接触传播，传染性之强令人胆战心惊。

作为筛查新冠肺炎重要途径之一的CT影像检查就成为疫情攻坚

前线的重要环节。而我们影像技师就像战“疫”前线的“侦察兵”，要及时为临床医师提供诊断依据，为打赢疫情防控阻击战提供准确信息，容不得半点儿疏漏。

2月22日，身为河南省肿瘤医院医学影像科技师的我和李彦乐，加入了河南第十三批支援湖北医疗队，这也是河南省首批援助武汉的影像技师医疗队。

作为队长，我率队30人奔赴武汉。2月24日，是个值得纪念的日子。这天，我和同事李彦乐将正式进入江汉方舱医院进行CT检查操作，紧张的情绪，不安的心情，使我一夜都没有休息好。早上5点起床后，简单洗漱吃饭，我俩提前一小时到达方舱。

我们按照流程，穿戴好严密、厚重的防护用品，在带教老师的带领下进入战斗岗位。真正入舱的那一刹那，看到周围忙碌的医务人员以及秩序井然的患者，我紧张的心情奇迹般地平静下来，握了握拳头，心里默默地对自己说：“加油！”

奋 战

我们到来后，接替了华中科技大学同济医院附属协和医院同志们的工作，此前，他们已在此坚守了20多天，我们的支援使疲劳的他们得到了极大的缓解。

我和李彦乐迅速熟悉了工作流程，熟悉了新的机器，很快就掌握了新 CT 机的使用方法。我们分工配合，我负责扫描患者，李彦乐负责叫号、安排患者的检查时间、检查顺序，并告知患者检查前的注意事项。

大量的患者，厚重闷热的防护服，没一会儿，内衣就被汗水湿透了。护目镜里全是小水滴，因为不能取下处理，只能坚持着，透过水滴的缝隙看着机器为患者做检查。

温　暖

在这里，医患之间结下生死情。尽管患者等待的时间和地点都不固定，要随时听从我们的安排进行检查，但他们没有丝毫怨言，认真服从安排；在进行患者信息核对时，方言不通给我们的工作增加了难度，有患者主动站出来为我们充当翻译；需要提前叫号，安排检查时间时，又有患者主动充当我们的联络员，在舱内帮助联系患者。

还有的患者，怕传染我们，在检查过程中，自己动手更换防护用品，小心上下扫描床，尽量避免与我们接触。检查完，一声“谢谢你们”，一个温暖的微笑，一个加油的手势，都给了我们极大的鼓励，使我们备感温馨。截至 3 月 9 日，我们河南省援鄂第十三批医疗队影像技师队伍，共计为 1791 人进行了检查。

在这里，豫鄂之间传递战友情。负责我们后勤保障的是武汉市第十九初级中学的老师们。他们热情周到，积极协调，24 小时待命，全力保障队伍需求。他们每天要进行进门量体温、消杀，以及队员的乘车工作。

甚至有几位老师，家里有人不幸感染了新冠肺炎被隔离，他们依然坚守在岗位上。老师们说：“看到了你们，我们就看到了希望，相信一定会战胜疫情的！”在物资紧缺的情况下，老师们为了保证我们有营养丰富的饮食，多方找指挥部沟通、协调，为大家送来热干面，煮上了茶鸡蛋，炖上了银耳羹。

还有来自第十九中学的感谢信（如图），让我们的内心温暖着。第十九初级中学法语班的学生们还通过短视频，一句句“MERCI（谢谢）”，一声声感谢，是他们最真挚的祝福：“亲爱的哥哥姐姐们，你们好。谢谢你们的到来，感谢你们，我们有了更多的力量。请好好照顾自己，多多保重。我们谢谢你们！”

回想起在武汉经历的每一分每一秒，回想起我们和武汉人民之间的那份互帮互助，就像一股股温暖的泉水，流淌在彼此心间。正是因为这份爱，我们才有了战胜瘟疫的信心与决心。此刻，爱与信心的传播比病毒蔓延得更快。

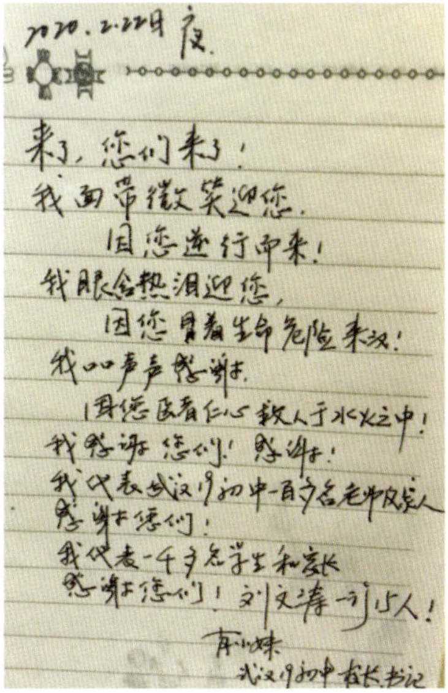

武汉加油！湖北加油！中国加油！

“方舱大白”，这个名字我喜欢

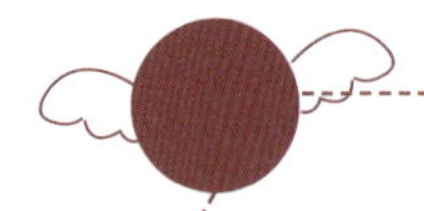

李维一

河北省石家庄市中医院放射科技师

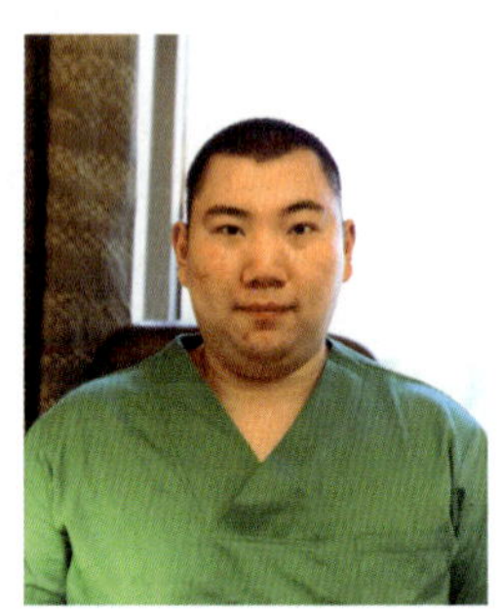

编者按：李维一是石家庄市中医院放射科的一名技师，河北省第九批援鄂医疗队队员。方舱患者多，有的患者需要进行3次以上CT检查，CT技师们面临着被病毒感染和放射损伤的双重风险。2020年3月4日，李维一从湖北省武汉市武昌方舱医院传来战“疫”日记。他说，虽然工作很忙很累，但看着一批批患者健康出院，一切的付出都是值得的。

到达武汉

2020年2月22日（星期六）　阴

晚上9:30，火车进站，我真的到达武汉了。一路上激动的心情难以言表，因为我终于可以为患者贡献自己的一份力量了。疫情暴发后，我早早写了请战书，这次河北省第九批援鄂医疗队第一次需要放射技师支援，我终于有机会参加，到达前线，全力奋战！

入舱培训

2020 年 2 月 23 日（星期日）　晴

武汉的空气比河北家里的空气潮湿一些。今天参加入舱培训，我们的领队带着队员们前往培训的医院，认真听老师给我们讲解穿脱防护服、日常防护注意事项以及消毒隔离制度等，随后我们第九批援鄂医疗队的 30 人被分成了 3 个组，分别到达不同的医院，进行医学影像 CT 的拍摄救治工作。

我被安排到第 2 组，前往武昌方舱医院工作。接到任务后，我开始反复练习穿脱防护服的细节要点，熟悉流程，做好消毒隔离消杀工作，为下一步开展工作做好充足的准备。

进入武昌方舱医院

2020 年 2 月 24 日（星期一）　晴

今天星期一，就像往常每个周一一样，积极向上充满活力，又觉得这个周一又那么的不一样，因为接下来要面对的全是新冠肺炎疑似患者或者核酸检测阳性的确诊患者，深感肩上的担子重大。深吸一口气，为自己加油鼓劲，回想着昨天老师给我们培训的种种注意事项，

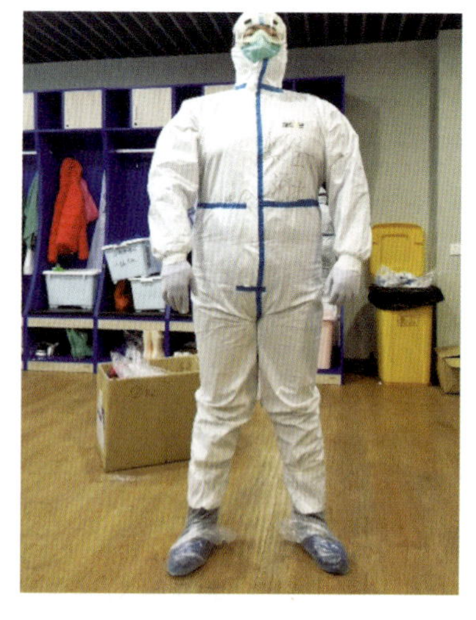

嗯，前进，我是最棒的！

进到病区，患者较多，为了判断治疗效果，有的需要进行 3 次以上 CT 检查，工作量很大。今天，我为 50 多名患者进行了扫描检查，一天下来，满脑子都是肺部影像。按隔离要求脱下防护服，做好交接班，回到驻地休息。

2020 年 2 月 25 日（星期二）　阴

今天到班上后，开始了一天的 CT 检查工作，还是我和二哥王韬一组。二哥给予了我最大的照顾，扛起了最危险的工作，在检查室亲自为患者摆体位、指导患者如何配合检查。

听着二哥一遍遍对患者讲“您好，我来扶您上检查床，您放松，我来帮您摆放体位。一会儿您听我的指挥，配合做吸气、憋气、正常呼吸”，我在内心一次次记着二哥的好，看着患者对二哥充满信任的眼神和脸上欣慰的笑容，我的心里顿时也充满了力量！

我有了新的名字——方舱大白

2020 年 3 月 2 日（星期一）　晴

3 月到了，春天来了，病区里患者人数在逐渐减少，看着每天都有患者出舱，心里很是欣慰。

2020 年 3 月 3 日（星期二）　小雨转阴

外面下起了小雨，很喜欢武汉湿漉漉的天气。今天有好几位患者要出舱了，心里甭提多开心了，忽然听见远处有个声音在喊：“方舱大白！”我隔着起雾的护目镜看到一位阿姨热情地冲我挥手，我微笑着问：“您是在叫我吗？”她一脸开心地说道：“你好，方舱大白，每次拍 CT 都觉得你特别耐心地给我们讲解，感觉特别温暖，这是我们病友们对你的称呼。我们今天都可以出舱了，感谢你对我们的照顾！大白，再见！”

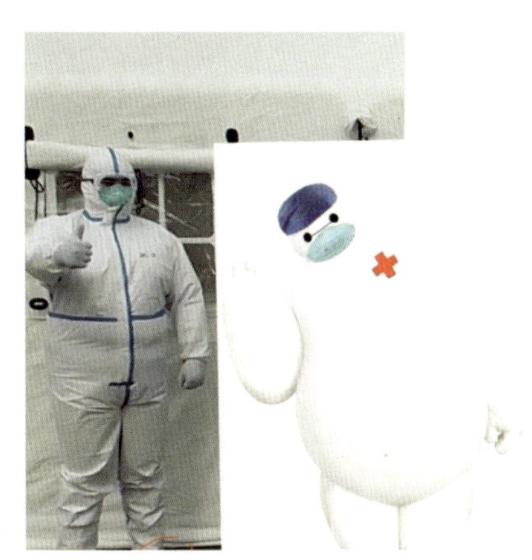
（李维一大白照片）

听完阿姨的话，心里暖暖的，嘿嘿嘿，我这胖胖憨憨的身型的确是和大白有一些相似呢，我连忙回答她们：“谢谢阿姨，我喜欢这个名字，以后我就叫方舱大白了。恭喜你们康复出院！走，我今天的工作任务是送你们出舱！”

2020 年 3 月 4 日（星期三）　小雨转阴

今天是我来武汉的第 12 天，从进舱的 700 多位患者到现在的 300 多位患者，看着陆续出舱的患者，心里有说不出的开心。CT 检查具有方便、准确、快捷的特点，对病变大小、范围、密度等显示精准，是新冠肺炎早期诊断、临床分型、疗效评价、出院判断的重要手段和依据。

我的工作就是要当好新冠肺炎的“侦察兵”，配合临床医生，使患者尽快康复出院。我会尽自己最大的力量，和我们队员一起守护患者的健康，冲锋在前，坚决打赢这场疫情阻击战！疫情不退，我们不撤！

武汉随感

和　平

西安交通大学第二附属医院呼吸与危重症医学科副主任医师、第一批援鄂医疗队队员、共产党员

今天是我来武汉的第 20 天，早上去查房，碰到工人师傅换氧气筒，看见他把一筒筒的氧气摆放整齐，护士长悄悄告诉我，昨天夜班期间这位大叔给我们病区送来了 50 余筒氧气，忙了一整夜。

这只是我们一个病区，想到医院里还有那么多楼层，他得有多辛苦。查房后，又遇到了接送患者去做 CT 检查的志愿者，因为身着防护服，戴着 N95 口罩、护目镜的缘故，我们只能是相见不相识了。

前两天，我们全程诊治的病区第一例患者痊愈出院前，我打电话与他所在社区的工作人员联系，电话对面的声音听起来有些疲惫，但当我将那位患者可以出院的消息告知后，她立刻兴奋起来，说这是社区第一位出院回家的新冠肺炎患者，并对我表示感谢。

下班后浏览新闻，从电视和网络新闻里我了解到，社区的基层工作人员近期都是没日没夜在工作，能给她带去这个好消息，我很激动。好消息鼓舞了她，她的兴奋也鼓舞了我。

也是那一天，因为忙着办理患者出院的手续，加班后回到驻地已很晚，在一楼大厅服务的志愿者一边给我测体温、喷杀消毒，一边问我怎么回来得这么晚，我告诉他们今天病区第一位出院患者，这位志愿者高兴地叫了起来，另一位志愿者则赶快张罗着给我热盒饭。

吃着晚餐里的洋葱炒鸡蛋，我不禁想到，前两天的电视新闻里曾提到，新疆用火车给武汉送来了皮芽子（新疆人称洋葱为皮芽子），我在想，此刻，餐盘里的洋葱也许就是新疆运来的那些吧！

我上班的武汉九院离驻地不是很远，偶尔没赶上班车的时候，下班也会走路回驻地，有时候会遇见飞驰而过的汉警快骑。途经中百连锁超市，依然还在开门营业。有个队友因为长时间佩戴口罩和护目镜面部过敏，去买药，街上的药店也开着门。

虽然街道上的车辆、行人很少，但街面很干净，医院里也有保洁人员在辛勤工作着，清扫楼层，收拾垃圾。这些生活的细碎场面，还有夜里窗外的万家灯火，都让我觉得莫名地安心与温暖。

2020 年 1 月 26 日，长江日报记者在街头直播时，面对几乎空无一人的街道数次哽咽，反复说“武汉快点好起来”，那一天，也是我们医疗队抵达武汉的时间。

这些天来，这个城市很安静，但我知道，安静的背后，有无数平凡普通的人在各自的岗位上默默地努力和付出着，维持着城市的运转，那干净的街道，那灯火通明的夜晚，那打开水龙头就有的热水，那下班后就可以吃到的饭菜，都让我感受到在我看不见的地方，有他们的付出。这座英雄的城市，因为有了每一个行业里默默努力的人，有了全中国乃至世界的帮助而变得充满希望！

没有一个冬天不可逾越，没有一个春天不会到来，这是今年最流行的一句话。我坚信，那位记者的愿望应当很快就可以实现，武汉很快会好起来。

感动与温暖常在

汪广凤

江西省鹰潭市人民医院、援鄂医疗队队员

2020 年 2 月 19 日，武汉今天晴天。前几天这里还在下雪，可是这个时候，谁也没有时间、没有心情去欣赏大自然的馈赠。每天早上醒来都会第一时间拿起手机关注全国、武汉的确诊患者人数，忽然看到组里微信群说，有个患者家属也确诊了，心里很不是滋味。

我作为一名一线医护人员，跟随江西省鹰潭市援鄂医疗队到达已经有一段时间了。当初请战书上的誓言言犹在耳，出征仪式上的豪情依然在怀，领导、同事、亲朋好友的关爱温暖在心。

到武汉后，我们被安排在武汉第五医院工作，我快速地适应了新的工作环境。在和病患、武汉市民接触的这些天中，身边许多普通人做着的普通事令我感动，以至于让我有提笔写下来的冲动。

我们病区收治了一名武汉当地的护士确诊患者，虽然她现在也是患者，但她仍然力所能及地帮助身边的人，她每天都会鼓励病房的其他患者，而且到时间就提醒患者测体温；好多患者讲的武汉方言我完全听不懂，她也会帮忙翻译。她对我们说，疫情结束以后，欢迎我们来武汉找她玩，她请我们吃武汉的热干面。

我们入住的喆啡酒店，老板人特别好，暖男一枚，我们对这里饮食不适应，他就去超市买凉菜、辣椒酱等。因为根据规定我们医疗队员一般是不能外出的，自己想买什么就会请他帮忙，我一个同事说想吃鸡爪，我就跟他提了一下，过了两天他就帮忙买了鸡爪回来，一共7包，各种口味的，他说第一天没买到，第二天跑了两个超市才买到，我要付钱他怎么都不肯要，我能感受到一个普通的武汉酒店老板对我们医护工作者的一份心意。

这里的患者听说我们是从江西来支援的，我们每做一件事，他们都非常诚恳地对我们说“谢谢”，我心里很感动，他们让我深切体会到我正在做的事情是非常有意义的。有一次在电梯内，3床的家属说：“你们是江西的？我听到你说话的声音了。”这让我们内心觉得很亲切，仿佛他乡遇故知。

要知道，在病房我们都只有通过防护服的名字才能认出彼此。病毒无情人有情，在武汉，我亲眼看到了疫情虽然带走了很多人，但我看到了更多的人在彼此依偎、患难与共、默默守护，散发着光与热。感动与温暖常在，一次次的感动让自己泪点越来越低，他们给予了我援医路上更强大的力量。

我记得看过的一个视频说：我逆行，我无悔。我在窗前站立良久，这也是我们鹰潭市援鄂所有医护人员的心声。有了这些患者对我们的信任，有祖国大后方的支援，我们有理由相信，一定能够战胜新冠肺炎疫情，还我泱泱中华一个国泰民安、春暖花开！

冬已尽春可期
愿花开疫散山河无恙

于春雨

江苏省徐州市第一人民医院神经内二科副主任医师

3月8日，来武汉援鄂整整一个月，经过我们的共同努力，我们所在的武汉体育中心方舱医院顺利休舱。我们做到了“零回头，零病亡，医务人员零感染”，接下来暂时原地休整待命，听候组织安排。

最后一次坐在从体育中心方舱医院到酒店的公交车上，留恋地望向车窗外，心中感慨万千，这一个月的情景一幕幕地浮现在脑海中。

从开舱到休舱，从第一位患者入院到现在的集体出院，不同地域、不同专业的医务人员，因为这场疫情紧密相连，成为一个团队的一部分，组成风雨同舟的大家庭，我们并肩作战，共同筑起了抗击疫情的钢铁长城，每个人都在参与一场没有硝烟的战斗。

从自发请战到组队出发前往武汉，从来时的紧张无措到最后的得心应手，我们在不断成长、不断强大。

还记得 2 月 9 日凌晨，我们接到电话通知火速集合，来不及做太多准备就踏上征程，和同事、家人哽咽着告别。

还记得初到武汉，我们迅速开始防护培训，夜以继日加紧练习，一遍一遍地穿脱防护服，直到全员通过。

还记得 2 月 13 日晚，我们徐州队全体医生在武汉体育中心方舱医院打响了头阵，平稳有序地收治了方舱里第一批进舱的患者。

甚至能清晰地记得每一次值班时的情景，每一次穿上防护服后，舱内 6 小时刻骨铭心的“冰火两重天”的感受。

我们见过夜晚各个时间段的武汉。每个早班，我们披星戴月地出发；每个中班出舱时，迎接我们的又是满天星辰；每一个晚班、夜班，挨过了最艰难的漫漫长夜。

苦吗？无疑是苦的，一穿好防护服就感觉到憋闷不适，稍加活动就全身大汗，汗水湿透衣服时又是彻骨的湿冷。

累吗？无疑也是累的，每个班次舱内 6 小时，加上穿脱防护服以及路上的车程总共需要 10 小时左右，出舱做好消杀时，谁都是又饿又累。

怕吗？刚开始也是怕的，病毒肆虐已经让太多人倒下，其中就有很多是武汉当地的医务人员。当然，随着对科学防护知识的掌握、医疗物资的充分保障，我们逐渐消除了心中的恐惧。

后悔来武汉吗？却是从没有过的，因为疫情当前，职责所在，我辈当如此，纵然艰险，也必须勇往直前，绝不能退缩。

于我来说，这次抗击疫情的经历，是人生中的一次考验、一次历练、一次成长。

在舱内值班时，我是医疗组长，负责全舱内的大小事务。作为组长，作为党支部副书记，我必须以身作则。刚进舱时，有些医务人员过度恐惧，虽然做好了自身防护，仍然不敢近距离接触患者，我就亲自先给患者查体，和患者交流，让战友们明白，只要科学防护，就不会发生感染。这样的举动鼓舞了我们的医护人员，使得工作可以顺利进行。

我重视每位患者，每次值班都会对各病区进行巡查，对重点患者密切关注，当患者病情突然变化时，第一时间进行处理，必要时联系转到重症病房，确保患者安全。作为组长，还要确保本班次的医疗质量，不给下个班次留后患，逐一核对好各种信息。每个班，我总是最后出舱的那一个。

出舱后队员们可以休息了，但我的工作并没有结束。舱内 500 多名患者，合并有其他系统疾病的很多。作为神经内科专业的副主任医师，我必须 24 小时待命，负责全舱病患神经内科相关的会诊工作，有时刚出舱不久准备休息时，就会突然接到会诊的紧急任务，必须振奋精神仔细分析病情，指导治疗，为患者排忧解难。

我们收治的患者，除了躯体上的病痛需要治疗之外，还需要心理上的支持。很多患者进舱以后，情绪都是紧张焦虑，甚至是绝望的，这些情绪上的问题更加强化了他们躯体上的不适，我们必须给予他们强大的心理支持，树立他们战胜疾病的信心。舱内没有配备专业的心理医生，作为神经内科的医生，我具有一定心理学的基础，工作时可以利用专业优势对患者进行心理疏导，闲暇时向心理学专业的同学、同事不断地虚心求教，以更好地帮助患者。我们的工作不只是治病救人，更传递着爱与力量。

同时，作为徐州市医疗队副队长兼党支部副书记，我还承担着协调各种大小事务，关注全队思想情况，帮助队员疏导情绪，保障队员物资发放，保护全员“零感染”的重任。

所有的付出都是值得的，从开舱到休舱，我们共同收治了新冠肺炎病例 570 人，治愈 436 人，转院 134 人，患者在这里获得新生，重回美好生活，是对我们工作最大的肯定。我本人也获得了“党员先锋”的荣誉表彰。

现在方舱医院的任务已经完成，但我们仍要负重前行，时刻保持战斗的状态，作为一名共产党员，我将继续在一线坚守，以身作则、冲锋在前，带领队员迎难而上，做好医疗救治工作，为抗疫工作贡献力量，待到全面胜利之时，带领我们全队平安归来。

愿中国再无疫情，武汉再无方舱。冬已尽，春可期，愿花开疫散，山河无恙，世间皆安！

方舱休舱，武汉的春天来了

方舱实战，很累但不悔

农桂南　云南省妇幼保健院第二批援鄂医疗队队员

20日下午我们开始进入武汉优抚方舱医院救治第一批患者。

进舱前，穿戴水鞋、鞋套靴套，防护服、隔离衣等防护用品就用了近一个小时的时间，穿完不到十分钟，护目镜就开始起雾了，外围的老师们给我们检查，确定穿戴好以后，我们就沿着进舱通道开始进舱。

进舱后完成交班，组长沈沂带着我们去巡视患者。优抚方舱医院不像普通的方舱医院，不仅有轻症患者，还有许多的重症患者，年纪大生活不能自理的也很多，给我们的护理工作带来了不小的挑战，当我们做好基本的护理和患者的生活护理后，已经满身大汗，护目镜凝结了许多小水珠，视线很模糊，基本看不清。

这时有个危重患者血压测不出来，心率、氧饱和度一直在掉，我又赶忙推着急救物品去抢救患者，并做心肺复苏。处理完这些以后，整个人都要虚脱了，有的同事已经开始出现心慌、呕吐的中暑症状。

在护士站，同事发现我刚才在抢救患者忙着做心肺复苏时，全封闭的隔离服拉链稍微往下移，已经开始露出来了，好险！为防止感染，我只能提前出舱。看着仍旧在舱内忙碌的战友，心里有些内疚，战友们，今天不能继续和你们一起坚持战斗了。

离开医院时已是凌晨 0 点多了，从空旷的大街回到住处，洗洗躺下已经是快 2 点了。穿戴全副武装的防护用品后的工作强度，远远超过了过去正常情况下的工作强度，因为吸入过多的二氧化碳导致自己全身的肌肉都在酸痛。真累啊，倒头就睡着了。

原来能够正常呼吸是那么幸福

郑继艳　云南省妇幼保健院妇科第一批援鄂医疗队队员

从 23 日第一次进汉阳方舱医院起，到目前已经无数次进舱了，没有了当初的紧张感，更多了份从容。

今天我主要负责对出入院患者信息进行电脑录入和医嘱处理等工作。为了 50 位患者的医嘱不出现错误，我来回地奔波于医生办公室与护士站之间，几趟下来身上已冒出了无数的汗珠，但是忙碌的我却无暇顾及，继续奔走着！ 50 位患者信息和医嘱，在几个小时的忙碌中终于处理完了。

15 点，我们交完班准备出舱。因规范脱下防护用品耗时长，为保证安全，同事们排着长龙准备出舱。这个时候的等待是最难熬的，没有了忙碌工作转移注意力，厚重不透气的防护服使我抬不起头，口罩、帽子、护目镜压得脸上生疼，越靠近出舱门口，身体越是承受不住。

缺氧症状一下上了头，头晕脑涨、胸闷气短，觉得等待的每一分钟都是煎熬。虽然如此，但是我们依然是坚持下来了。按照正规的操作流程一层一层地脱下防护用品时，就像卸下了身上巨重无比的担子，出最后一道门的那一瞬间，心里乐开了花，原来能够正常呼吸是那么幸福！

回想着，上班期间帮助患者解决问题后，他们一遍又一遍的感谢让我感动！武汉人民送来的各种物资，上面写的感谢的小纸条让我感动！我们云南省妇幼保健院在后方为我们照顾家人让我感动！党和政府的支持以及社会各界对我们的照顾让我感动！这么多的感动，成为我抗疫的力量，在这场没有硝烟的战争中胜利一定属于我们！

暖春将至，坚持就是胜利

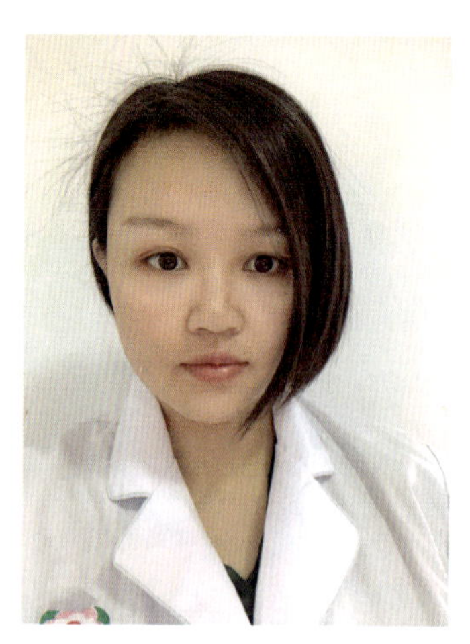

刘　倩　*云南省妇幼保健院第一批援鄂医疗队队员*

转眼已经来武汉 18 天了，护理新冠肺炎患者的日夜里，我深刻体会到了新冠肺炎患者对医护人员的依赖与信任。在被隔离的日子里，他们见不到家人，没有了日常娱乐活动，每天面对的都是病友与医护人员，在相互鼓励和支持中，我们成为彼此的朋友、亲人。

每天的护理之余，我们和他们亲切地交流各自的地域特点，推荐当地特有的人文风貌、旅游名胜和特色小吃。他们期待着疫情结束后携亲朋到云南看一看苍山洱海的风花雪月，走一走泸沽湖边隽永秀丽的小巷，尝一尝独具特色的滇菜。我们也竭尽所能为他们祛除病痛，并衷心期望他们早日康复、武汉早日恢复往常的繁华、全国人民早日摘掉口罩大口呼吸。

看着病区里患者痊愈出院后日渐空出的床位，听到已经有方舱医院关闭的消息，战友们都感受到了春天的暖意，我们始终坚信通过我们的努力奋战，寒冬终将过去！春天已经来了，百花即将盛开。

方舱里乐观的力量能支撑起一片灿烂的阳光

肖承慧 *云南省妇幼保健院第一批援鄂医疗队队员*

今天方舱病区里洋溢着欢乐的气氛，大家聚在一起说说笑笑。我好奇地询问原因，几位阿姨异口同声告诉我，她们的核酸检测都是阴性，CT 结果也没有什么异常，应该是快出院啦！她们对回家期盼、兴奋的神情写在了脸颊上，对她们来说，这真是一个好消息！我和其他队友会心一笑，这一刻不需要言语的赘述，那正是我和战友们共同努力要达成的结果啊！

当大家都沉浸在康复出院的欢乐时，我却注意到一位皱着眉头默默地坐在病床上的大叔，他的午饭还放在床旁。我轻轻走过去给他发了口服药，问道：“大叔，是不是身体不舒服？怎么午饭凉了也不吃，要不要帮你去热一下？”

这时一个志愿者告诉我，大叔的核酸检测还是阳性，看着其他病友已经能出院了，心中难受。

听了这些话，我想，温暖乐观的力量一定会支撑起一片灿烂阳光，驱散眼前的困苦。我们几位队员和组长商量了一下，决定在不影响工作的间隙、晚上 7 点的广播时间给大家表演“感恩的心”手语舞。增添方舱里乐观的情绪，缓解患者的心理压力。

晚上 18：30，患者就已经满怀期待，几次催促我们表演了，我们略显笨拙的演出却意外受到了大家的喜爱，大叔也露出了开心的笑容，欢快的气氛驱散了疾病的阴霾。

胜利已现曙光，没有一个春天不会到来！

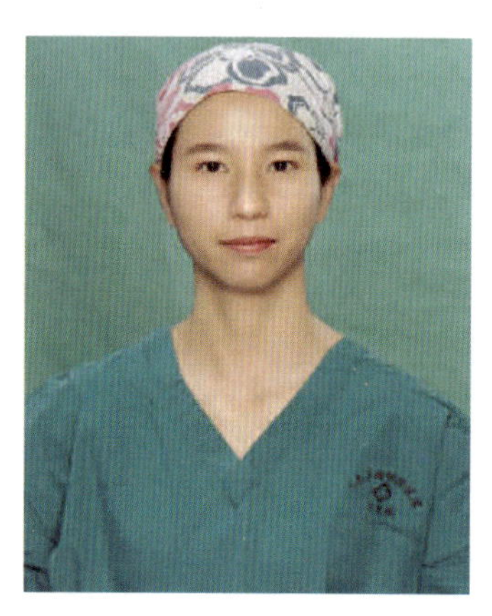

张晓丽 云南省妇幼保健院第一批援鄂医疗队队员

3 月 7 日晚上，我听到我们战斗的汉阳体校方舱要休舱了，当时心情很是激动，当天晚上都失眠了。

为了再看看患者，休舱当天，我和同事徐绍坤申请到外围帮忙。在医院门口，我看见医院的保洁员脸上洋溢着笑容，我也对着她们微笑。因为我们都清楚，休舱意味着武汉离春天不远了。

我站在操场上，看到出舱的患者在车上与医护人员挥手告别，不经意之间，喜悦的眼泪在打转。我抬头望向天空，生怕在这喜庆的日子里落泪。这时看到在舱内上班的郑继艳出舱了，我激动地跑过去跟她打招呼，她还一脸蒙地看着我问：“你怎么会来这？”我说：“我来接你们回家啊！”虽然她刚出舱，但我不“嫌弃”，给了她一个大大的拥抱，对她说：“辛苦啦！”

邹晓莲和刘倩是最后出舱的，出来后，两位美女坐在石头上都有点虚脱了。我感觉她们很伟大，不管自己有多累，都要坚持到最后一个患者出舱，虽然疲惫，但脸上还是挂满了笑容，我的鼻子又开始酸了。一路上我们欢声笑语，“我想吃炸洋芋”“我要吃火锅”……每个人都在想着吃啥，空气中洋溢着喜悦的气氛，似乎也在庆祝我们的首战告捷。

再见了，体校方舱。希望今天出舱的患者都能早日回到家中和亲人见面，我心里这样想着。

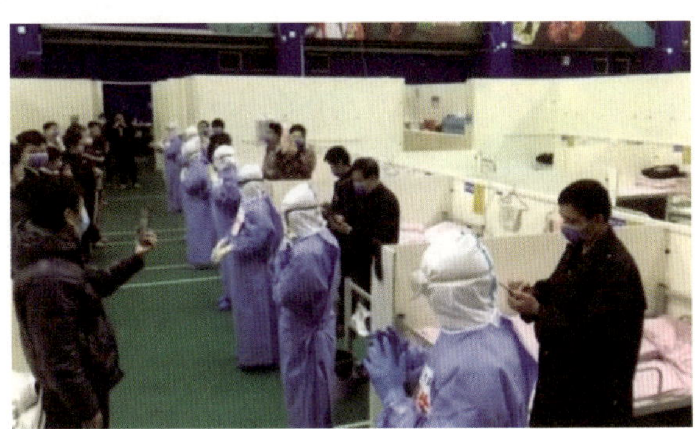

樱花盛开 冰雪消融

编者按：这里选编了复旦大学附属华山医院援武汉第三批医疗队队员在武昌方舱医院的日记三则，让我们同他们一起共享休舱前的喜悦。

刘若茜 复旦大学附属华山医院护理部

2020年2月26日（星期三）

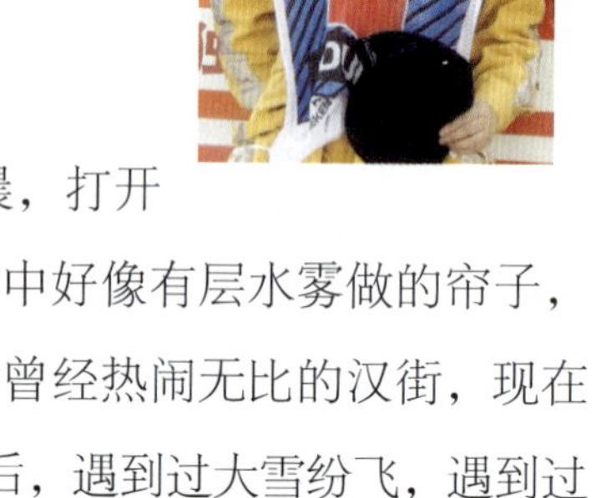

樱花快要盛开了吧，就像我们即将迎接的胜利一样

昨夜的武汉断断续续下了小雨。今晨，打开窗户，外面还是阴霾的天气，望出去，空中好像有层水雾做的帘子，看不清。坐在去方舱医院的班车上，望着曾经热闹无比的汉街，现在的萧条让人心里不是滋味。来这个城市以后，遇到过大雪纷飞，遇到过小雨霏霏，遇到过艳阳高照，也遇到过乌云密布，仿佛经历了四季。

在方舱的工作中，我们更多地是给予患者必要的心理护理。人都是性格迥异的，有些人很外向，善于表达，在医生查房时会将自己的病情一一阐述；但是有些内向的患者就不善于表达，往往主诉不多，需要我们护士去发现。这也是我们这些“老”护士比新护士更有优势的地方，职业敏感度更高一些。

记得有一天我进舱，看到一个患者在吸氧，他姓余，话不多，躺在床上，恹恹的，引起了我的注意。从床位护士那里获知，老余是前一天晚上开始吸氧的，伴有高烧，已经退热了，但是氧饱和度一直都不是太高。于是我和搭档特意去看了他，询问了情况，但是他不怎么搭理我们，有一句没一句的，很喘，讲话都感觉累。我们知道这种情况不是太好，所以及时和舱内的医生沟通，医生看完老余后开了一个胸片检查。

鉴于老余的情况，我们决定用轮椅推他过去，路上使用便携式氧气袋。但因为方舱内条件有限，氧气袋没有连接口，“一”形接口导致鼻导管和氧气袋的橡皮接口会脱开。于是，一路上我的搭档一直用手捏着那个接口，抱着氧气袋，以保证老余可以得到充分的氧气供给。我负责推轮椅。

方舱是体育馆改建的，没有预留轮椅通道，地上还有落地的临时水管，不好推，碰到有障碍的地方，我们会让老余站起来跨过障碍物，看到他走得喘，我提出说背他过去，但他双手使劲摇，断断续续地说：“不用不用，我自己来，你们能到武汉来，已经很感谢了，我可以走的，我休息一下就行，你们都是女娃娃，不能来这里让我们使唤。”说得特别真诚。

做完胸片，我们医生又特地出来跟他说让他放心，等会儿跟护士回病房以后，上级医生还会来看他。老余连声感谢，我看到他眼里泛着泪花。我们送他回床边以后，帮他接好氧气，安置好被褥。他微微颤抖地双手合十，努力地说出：“谢谢你们，谢谢。”

对我们来讲，老余就是千万名患者中的一名，并不特殊。但是对老余来说，我们或许就是救命的稻草，给了他生的希望。但是很可惜，因为病情加重，老余最终被转院进行进一步治疗，第二天我到方舱已不见他。我们都希望他接受治疗后能尽快好转，尽快回家。

在方舱，护士做的最多的治疗是观察病情和心理护理，通过了解患者的教育情况、家庭背景、性格特点等，给予相应的心理支持，这对于病情缓解是很关键的。如果碰到不善于表达的患者，护士要把患者的特殊情况告诉医生，医护一起为患者建立起抵抗疾病的防线。心情好了，配合度高了，自然遵嘱性就强了。

现在大家都不能外出，但都在渴望回到以前繁华热闹的日子。虽然还无法见到外面的景色，但是大家都知道，武大的樱花快要开了，就像我们即将迎接的胜利一样。

黄　静　复旦大学附属华山医院护理部

2020 年 3 月 9 日（星期一）

一个多月转眼即逝，却已刻骨铭心

昨天是三八妇女节，今年这个节在武汉洪山体育馆武昌方舱医院里度过，倒很有过节的气氛。医疗队给舱内患者分发我们平时“省吃俭用”的零食。回到酒店，收到了来自各方的祝福和礼物，惊喜数不胜数。特别是战友张红阳医生和王兵老师忙碌准备了一下午的自制贺卡，心意满满。

3 月 8 日也是老妈的生日，前几天就给她订了蛋糕，“鬼鬼祟祟”地跟老爸单线联系了两次，想给妈妈一个惊喜。结果快递小哥太给力，提前把货送到，老爸出门没看手机，错失电话，只好联系妈妈自己去签收。世界上还有比这更乌龙的事吗？说好的惊喜呢？但不管怎么说，老妈还是很开心的，视频里对着蛋糕和甜品一个劲地夸，说："老妈好喜欢，谢谢贴心小棉袄。"好吧，我的目的达到了。

今天早上进舱的时候，看到空落落的病房，心里还有些说不清、道不明的失落。方舱又变得同第一天似的整齐划一了。这个地方，也许是最后一次来；这身防护服，也许是最后一次穿了。第一次进舱的场景仍历历在目，而今一个多月仿佛转眼即逝，刻骨铭心。

晚上下起了中雨。经过提议，大家一起进舱，有机会好好同患者们话别，这才觉得好像弥补了心中的那份空荡，也算圆满了。不同的是，一样走在舱外吹着冷风，走过那条无数次走过的长廊，这次里面的衣服少穿了一件都没觉得手心发凉，是因为有战友在身边吗？还是因为患者的陆续康复出院呢？我想是因为我的心是暖的吧，是因为前路不再迷茫了！

休舱的前夜，祝所有仍在岗位上坚守的同人和患者一世安好，美满祥和。

陈 龙 复旦大学附属华山医院虹桥院区 ICU

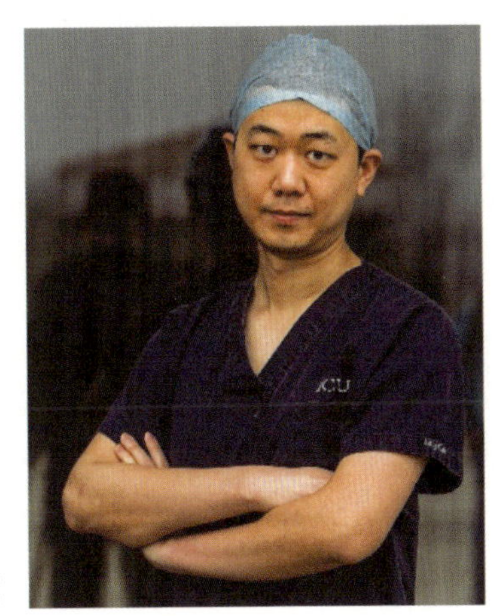

2020 年 3 月 10 日（星期二）

武昌方舱，再见，唯愿再也不见

这是值得纪念的一天，因为今天，武

昌方舱医院正式休舱了。

对于全武汉而言，这是 14 家方舱医院中最后一家休舱的。它的“关张”标志着这场“战疫”取得了阶段性的胜利。对于我可爱的“三纵”（华山医院第三批援武汉医疗队）袍泽而言，这是他们为之战斗的地方，如今他们可以尽情享受成功的喜悦。

然而对于我而言，武昌方舱这个名字，却有着与众不同的含义。这里是我支援武汉的起点，但不是终点。因为，我获悉“四纵”（第四批援武汉医疗队）接管的武汉同济光谷院区 ICU 更需要 ICU 专科医生，已经主动要求从“三纵”换岗到“四纵”了。

依然能清晰地记起初次入舱时的那份忐忑，听着自己在厚重防护服下的粗重喘息，凝望每一个疲惫但仍充满期盼的眼神，还有那场漫天飞舞却又片刻消融的雪……虽然没能完整地陪伴方舱走过这一路，但这里留给我的珍贵回忆，始终引领着我、指导着我，在新的战场如何继续前行。

有幸赶在休舱前又回了一趟方舱。当初熙来攘往的大厅此刻显得有些冷清，几位即将离舱的病友或整理行囊，或与我的战友们相拥作别。一个 20 岁光景的小伙子拉着护士小姐姐，非要再下一盘五子棋；一对中年夫妇噙着热泪，紧握医生的手谢了又谢，约定在不久的将来，等这些纷扰都过去，一定要来家中做客……我相信他们都迫切地想要离开这里，却又似乎都不舍得离开。

窗外，阳光透过斑驳的树影，洒了下来。

是啊，我们总能等到阳光灿烂、春暖花开的日子。

下午，作为“三纵”的一分子，亲眼见证了激动人心的休舱时刻。终于为一切开始的地方，亲手画上了句号。心满意足，了无牵挂。挥别亲爱的伙伴，匆匆返回“四纵”驻地，明天又将是忙碌的一天。

想起昨天在同济光谷院区查房时与一位病友攀谈。他说：“真羡慕方舱里的人，都好了，可以回家了。”我说：“放心，你也会好的。全武汉都会好的，全中国都会好的。”

武昌方舱，再见！唯愿再也不见！

白衣执甲　今朝凯旋

吴萌萌

山东省滨州市人民医院

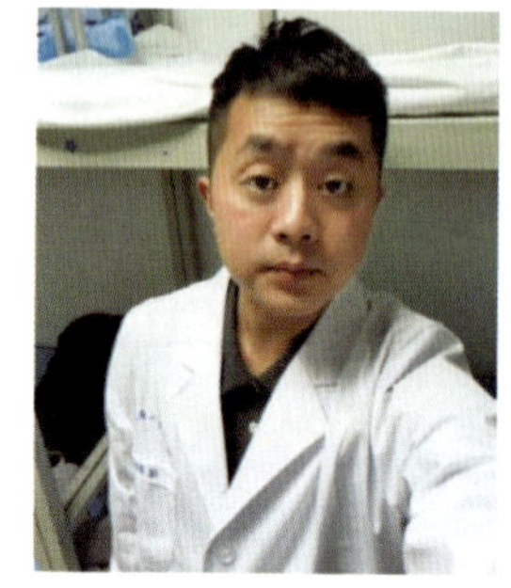

2020年3月17日，凌晨6点，一直当作摆设的房间电话突然响起了铃声，让还在梦游武汉的我顿时惊醒。我不情愿地接起了电话，电话那头："赶紧起床，收拾行李，合影，下午3点的飞机返乡。"我瞬间精神无比。终于，历时38天，我们接到了"凯旋"的通知。

起床后洗脸，看着镜前熟悉的自己，武汉战场的一幕幕呈现在眼前，突然很舍不得这个我们用心呵护的城市，舍不得酒店前的那片樱花，舍不得前台小姐姐为我们准备的热干面，舍不得武汉患者对我们说的每一句"感谢"，舍不得我的武汉兄弟们、我"不舍昼夜奋战过的方舱"……

凌晨6点，收拾行李，我把房间的每一处角落都打扫得干干净净，生怕给武汉兄弟留下不好的印象。桌子一尘不染，地面亮洁如新，又仔细检查了一遍，才依依不舍地关上了房门。

下楼打包行李，看见了酒店所有的工作人员整整齐齐地排了一队，在给我们行注目礼，那位跟我们日渐熟悉、相互打闹的前台小姐姐眼里分明含着泪花。我们走过去的时候，所有人给我们双手竖起了大拇指，告诉我们：你们是武汉的大英雄、大恩人，武汉就是你们的家，记得常回家看看。

走出了酒店门口，突然身后被人拍了一下肩膀，回头一看，是我们酒店的志愿者老李。他是个地地道道的武汉人，也是我在武汉新交的朋友。老李说："兄弟，听说你要走了，我一大早就来送你，一直约着要一起喝一杯，看来要等你下次来了。再来武汉，记得一定要找我，我欠你一顿酒。"是呀，老李，一直想和你喝一杯，没来得及就要走了，放心，这顿酒，不会太遥远……

我们临行前要一起合影，汉阳区的书记和领导也来为我们送行。我们来到了奋斗过的方舱医院的门口，大家看着眼前这个战斗过38天的地方，突然难以割舍。在这里，我们吃过苦、受过累，为患者的康复开怀大笑过，也为患者的病情加重失声痛哭过，我们相互之间，跨越了生死，收获了友谊。汉阳方舱是我们所有队员最舍不得的地方。

终于登上了前往机场的大巴，身后是送行的武汉人民。在车子缓缓开动的时候，他们深深地鞠躬，站起身，大声喊："武汉人民谢谢你们，再见恩人！"顿时，我们泪目了。

在我们的车前，武汉交警同志在给我们开路，车两边站满了警察，为我们保驾护航，大家齐刷刷地向我们敬礼。我们也不由自主地以并不标准的军礼回敬。真的，前所未有的荣誉，从未体验的自豪感，我们又一次湿了眼眶。

车子继续前进，路过居民区，突然听到掌声雷动，透过车窗，我看到那一栋栋高楼几乎所有的居民都在跟我们挥手致敬，为我们鼓掌，大声喊着：“谢谢白衣天使，谢谢你们！”又一次，我为“白衣天使”四个字感到无比自豪，援鄂也许是我这辈子做出的最正确的选择。

来到机场，我们“偶遇”了四川国家救援队和甘肃医疗队，我们相互问好，互道辛苦，直言“江湖再见”。他们唱起了《歌唱祖国》分享回家的喜悦，而我们则用我们山东人独有的《好汉歌》回应：“路见不平一声吼，该出手时就出手。”我们山东人用朴实的歌声传递人间大爱，声音一浪压过一浪。五星红旗迎风飘扬，我们用胜利的歌声歌唱祖国。再见，四川队；再见，甘肃队；再见，武汉……

历时 38 天，我们带着“患者零死亡、医务人员零感染、舱内管理零事故、进驻人员零投诉、出院患者零返舱的骄人战绩，踏上了返乡的征程。

飞机缓缓起飞，升入了天空。俯瞰武汉，真的很美。还没来得及好好看看这座城市，就要说再见了，是的，也许很快就会再见，是以另一种方式。

飞机上，我们跟山航的乘务们一起欢声歌唱。空姐们也为我们精心编排了舞蹈，送给我们纪念礼物，还有珍贵的具有纪念意义的机票。听说，我们飞机的乘务长是山航最优秀的机长。他是主动要求接“英雄”回家的。

飞机平稳着陆，山东航空公司用航空界最高礼仪“过水门”为我们接风洗尘，让我们备感荣幸。山航，感谢你们，你们做到了“一个不少地把我们带回了家”。

省委书记刘家义、省长龚正到机场迎接。听刘家义书记讲话，有情有义，备感亲切，又听到山东话了，还是那个味儿。家乡的父老乡亲们，我们303人一个不少安安全全地回来了……

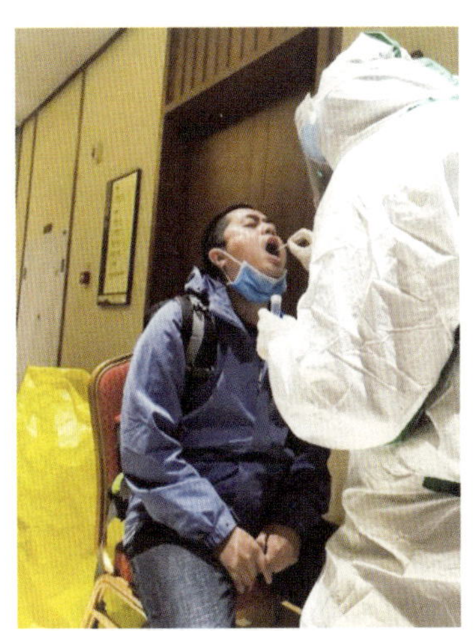

来到了酒店，等待我们的是采集咽拭子。一直都是我们给别人采集，现在互换角色，我们也感受了一次“武汉来鲁人员”的特殊照顾。我们现在是在隔离期间，必须遵守“大门不出二门不迈”的原则，严格遵守隔离制度，不准串门、不准见人。我们将迎来为期14天的隔离日子，我的家人、朋友、同事、邻居……让我们14天后再相见！

14天后，我要好好拥抱你们！

凯旋时刻

李 昕

上海市东方医院心内科主治医师

满城都是感动

3 月 18 日下午，医疗队返回上海的命令下达了。武汉东西湖人民将亲手摘来的新鲜的樱花压在镜框里，我们生活居住的武汉华尔登邑居酒店的员工，把它送到援鄂医疗队每个队员的手中。

我也情不自禁在医疗队给酒店的感谢信上写下自己的留言：“方舱乃战场，酒店是后方。疫路多温暖，回家添力量。感谢武汉华尔登邑居酒店全体员工的无私帮助、照顾和付出。”

当开往武汉天河机场的大巴徐徐启动时，激动人心的一幕出现了。对面金湖御品小区的业主不约而同打开窗子或站在阳台上齐声高喊："谢谢你们，白衣天使！""你们为武汉拼过命！"我们不曾相识，我们未曾谋面，但是一场突如其来的疫情把我们紧紧联结在一起。

致伟大的你

这个小区的业主专门建了微信群，为我们送行还拍了抖音。回想起3月8日，武汉客厅方舱医院休舱那一天，这个小区业主齐声唱起《我爱我的祖国》。这歌声在武汉三镇回荡，怎让人不热血沸腾、热泪盈眶呢？

武汉还在封城，市民们还不能出门欢送我们，但江城人民这千家万户阳台挥手的送别，以不同寻常、满城空巷的隆重仪式，铭记在每个医疗队员心中！在离开武汉的那一刻，满眼都是泪水，满心都是感动。

弥足珍贵的援鄂抗疫纪念登机牌

到达武汉天河机场后，每个队员拿到三张登机牌，其中两张抗疫纪念登机牌弥足珍贵，值得我们世代珍藏。一张是武汉天河国际机场特制的援鄂抗疫纪念登机牌——航班：胜利号；登机口：凯旋门；舱位：功勋舱；始发站：武汉；目的地：美丽故乡；日期：抗疫胜利日；副券：最美逆行、同心战疫、英雄凯旋、感恩有你。

另一张是中国东方航空的纪念登机牌——航班：凯旋号；舱位：仁心厚德；目的地：家；登机口：英雄的城市；日期：杏林满园时；备注：唯愿岁月无恙、同享时光静好。

我们医疗队有18名队员要随救援车一起返沪，不能乘坐飞机，他们也希望得到这珍贵的纪念登机牌，留作纪念。在和手拿“最美逆行者”logo的空姐合影时，我们互加微信，并转达了那18名队员的迫切心愿。没想到的是，20日上午，一叠东航纪念登机牌就如约快递到我上海的家中。家乡的父老兄弟姐妹和医疗队的队员心是连在一起的。

整装待发，迎接新的挑战

返沪后，经过隆重的欢迎仪式，我们入住青浦预订的酒店，开始为期14天的医学隔离。在武汉，我们是在方舱医院抗击疫情的战士，外面是污染区，我在酒店住房门口用纸盒子隔离，做了个半污染区，我的房间是清洁区。

到了上海，一切都翻转过来了。接我们的司机和酒店员工都身穿防护服或隔离衣，二级防护。保洁员三级防护。给我们送饭时，规定不准开门。我的房间成了污染区，酒店大堂列为半污染区，外面空间才是清洁区。猛地一下，还真有点不习惯。

雷院长及时发来微信，告诉大家隔离正是为了更好地去战斗，要我们尽快适应这种角色的转变。正好趁着隔离这段时间，好好梳理一下武汉战“疫”的经过、经验和得失，准备返回医院迎接新的挑战。

驱散没有硝烟的战火，

我们终于凯旋。

爷爷对爸爸说起武汉，

“爸爸在这里做过贡献！”

我会对女儿讲，

“妈妈抗疫在武汉上过前线！”

驱散没有硝烟的战火，
我们终于凯旋。
不，抗疫尚未全胜，
江汉关的钟声奏响在黄浦江畔。
明天还有新的征程，
我们整装待发，
迎接更多的挑战！

群众心里有杆秤

巩守平

西安交通大学第二附属医院党委书记、教授

已经是 3 月 22 日的凌晨了，我难以入睡，想了很多很多。最近，我们在武汉接收了 32 名预备党员，还有 17 位同志确定为发展对象。想起我们的考察过程，谈话、上党课、个人工作总结、支委会讨论、党员大会通过……还有每一个预备党员和发展对象激动的发言。

“我家里还没有党员，我光荣地成为一名党员，我给家里树立了榜样。”“我 80 多岁的爷爷鼓励我上抗疫战场，我今天成为预备党员，我自豪！我骄傲！”“我要努力工作，不忘入党誓言。”“在这里，很多党员冲在前面，还考虑着我们的安全，我感动！”“选择抗疫是我一生最正确的选择！”“在困难的时候，组织号召党员先上，今天我成为一名预备党员，以后我可以自豪地说，我先上！”……

他们发自内心的感言，在我的脑海里不停地循环播放着。他们在病房艰辛付出的背影，穿着严实的防护服查房、护理、气管插管、配合手术、CRRT 置管的画面，乐观互助地比心、食堂里的回眸一笑、鼓励患者的坚定手势……所有这些，都深深地触动着我。难道这些都是电影里的画面吗？是什么让这些战友们冲锋向前、不畏生死？

一位队员对我说："以前也没有觉得入党的迫切性，我是一名医生，把患者治好就是给社会做贡献！我不见得比一些党员差，不入党并不影响我给别人治病。可这次来，我的思想认识变了，我看到了这么严重的疫情，两个月内被控制住了，这在世界上没有其他任何一个政党和国家能够做到，而我们国家做到了！为什么？就是因为我们有始终把人民装在心里的中国共产党！我加入了中国共产党，有了值得我托付和为之奋斗一生的信仰和追求！"

武汉战"疫"取得了阶段性的胜利，各省援鄂医疗队一批批凯旋。昨天晚上得知，我们要坚持到最后。我没有在第一时间告诉大家。我在评估着最近很多医疗队返回对他们的心理影响，我估摸着他们都在想家。我还清楚地记得，出征时送行人员抱在怀里的孩子，看着即将启动的大巴，哭着喊着要妈妈的场面；也听说，最近复工复产后，队员的孩子没人照顾的困难；我也担心当晚他们看到继续坚守通知后的不眠……我甚至有很多很多的猜测，我在想我该怎样给他们做思想工作。

今天早上，我把通知发到群里，即刻间群里沸腾了。"收到！坚决落实上级要求，继续坚守！""收到，服从安排，坚持坚守！""收到，一起加油！""收到，一定坚守到底！守好最后一班岗！""收到，服从安排。疫情不退我们不退！坚持！”……

看来，我的顾虑是多余的，我被我们的队员再次感动着！无声的群里表态更显誓言铿锵！为什么有这么多同志积极申请入党？为什么有这么多同志对组织表达忠诚？是什么让大家不惧风险，舍生救治患者？是什么让大家有着“医路同行战‘疫’情，不破楼兰誓不还”的家国情怀？

其实道理很简单。只要组织上做着正确的事情，心里装着老百姓；党员干部把私心放在一边儿，把事情做到公平、公正、公开，把对群众的关心做细、做实。自然就会得到群众的拥护，群众自然就愿意加入，同志们自然就会兢兢业业、默默无闻地无私奉献，毫无怨言地做好每项工作。

事实证明，在最吃紧、最吃劲的时候最能考验人；在最困难、最危险的时刻最能看出一个组织的吸引力、凝聚力和号召力；而这些“力”不是挂在嘴上、贴在墙上，它需要组织里的每一个成员的忠诚付出，需要组织里每一位成员的实际行动，哪怕是最危险的时候都不敢有一丝懈怠。

群众心里有杆秤！我们心里有群众，群众才会跟党走，关键时刻才会义无反顾！

3 月 22 日深夜于武汉